J.Rangnick Verlag

Joachim Rangnick, Jahrgang 1947; nach dem Grafikstudium lange Jahre Redakteur beim Ravensburger Verlag, dann Gründer einer Werbeagentur.
„Die Austräger" ist der zweite Kriminalroman einer mehrbändigen Reihe mit dem Investigativ-Journalisten Robert Walcher als Hauptfigur.

„Die Austräger"
Walcher recherchiert in Sachen Organhandel und stößt bei seinen Nachforschungen auf geklonte Kinder, Organhändler und auf skrupellose Mediziner.
Wir werden Zeugen eines bedrückenden Szenarios.
Das scheinbar erstrebenswerte Ziel der Erforschung lebensverlängernder Maßnahmen wird ad absurdum geführt und spaltet die Menschen in zwei Lager: in das der Organlieferanten und das der kleinen Schicht der superreichen Nutznießer. Schließlich läuft Walcher selbst Gefahr, als Organspender missbraucht zu werden ...
Vor dem Hintergrund des beschaulichen Allgäus erleben wir eine Kriminalfiktion, die an Spannung, Grauen, ja Realitätsnähe kaum zu überbieten ist. Sie führt uns, Brutalität und Menschenverachtung im Gepäck, um die halbe Welt und wieder zurück.

# Die Austräger

Joachim Rangnick

Kriminalroman

J.RangnickVerlag

Erstauflage Dezember 2006

www.rangnick-verlag.de

Umschlaggestaltung: Uli Strohmeier

Der Allgäuer Künstler, Maler, Karikaturist und Grafiker Manfred Küchle, Kempten/Albus, malte das Gemälde für das Titelbild

Satz: J.RangnickVerlag
Druck und Bindung: Ebner & Spiegel, Ulm
Printed in Germany
ISBN 3-9809889-1-0

Bibliografische Information der Deutschen Bibliothek
Die Deutsche Bibliothek verzeichnet diese Publikation in der Deutschen Nationalbibliografie; detaillierte bibliografische Daten sind im Internet über http://dnb.ddb.de abrufbar.

Metuschelach war 187 Jahre alt
und zeugte Lamech und lebte danach 782 Jahre
und zeugte Söhne und Töchter,
dass sein ganzes Alter ward 969 Jahre,
und starb.

*1 Buch Mose, Kap. 5, 25-27*

## Walchers Traum

Drei Uhr nachts. Schlaftrunken starrte Walcher auf die roten Ziffern seines Weckers. Durch das offene Fenster schien der Mond ins Zimmer und so konnte er an den Konturen erkennen, dass es tatsächlich seines war und nicht der Raum, in dem sich gerade sein Traum abspielte.

Walcher tastete nach seinem linken Unterarm und stellte erleichtert fest, dass von dem Einstich der riesigen Spritze, von der er geträumt hatte, keine Schwellung fühlbar war.

Den Druck, der ihm auf der Brust lastete und ihm die Luft aus den Lungen presste, spürte er aber immer noch.

Einer der fünf hatte sich breitbeinig auf ihn gesetzt. Der zweite saß auf seinen Beinen schwer wie ein Stein und zwei weitere hielten je einen seiner Arme fest, wie Schraubzwingen. Der fünfte jagte ihm diese monströse Großwildspritze in den Arm, deren Nadelspitze auf dem Knochen explodierte und eine heftige Schmerzlawine durch den Körper rollen ließ.

Die Männer machten das Zimmerlicht an, so als wären sie hier zu Hause. Ihre Bekleidung bestand aus weißen Kitteln, weißen Hosen und weißen Turnschuhen. Auch ihre Köpfe waren verhüllt, unbedeckt nur ihre Hände. Alle trugen sie identische Gummimasken, eine Karikatur des ehemaligen Kanzlers der Deutschen, Helmut Kohl. Diese Maskerade verlieh dem Überfall eine zusätzlich bedrohliche Note, weil hinter dem Anschein des Lächerlichen eine unberechenbare Gefahr lauerte, wie ein maskiertes Monster in einem Horrorstreifen.

Angst verkrampfte Walchers Muskeln und dämpfte seine Gegenwehr. Oder wirkte bereits der Stoff, den sie ihm gespritzt hatten?

Als wäre er selbst unbeteiligt, erlebte er mit, wie er, von harten Händen gepackt, aufgehoben und auf eine Trage gelegt wurde. Anstelle der Hände schlangen sich Gurte um seinen Körper und pressten ihn an das Leder der Trage.

Dann schwebte er unter weißen Zimmerdecken davon, in gefährlicher Schräglage weiter unter Holztreppen entlang, segelte kurz unter dem Nachthimmel dahin und landete schließlich in einem metallenen Sarg, hineingepresst wie Sardinen in eine Konservenbüchse. Dann fuhr der Wagen, in den sie ihn geschoben hatten, davon.
Irgendwann endete die Fahrt. Walchers Kopf war klar, er nahm wahr, wie der Blechsarg aus dem Wagen gehoben wurde. Es ging wieder hinauf und hinunter. Der Deckel verschwand. Außer einem grünlich diffusen Leuchten konnte Walcher nichts erkennen, keine Formen, keine Konturen, nur einen unendlichen Raum.
Mehrere Hände hoben ihn aus dem Sarg und legten ihn mit dem Kopf voran auf eine glatte, nach unten geneigte Fläche, auf der er sofort zu rutschen begann. Kurz nur, dann tauchte er in eine angenehm temperierte ölige Flüssigkeit ein, die auch die Quelle des grünlichen Lichts schien. Der angeborene Reflex ließ ihn die Luft anhalten und in heftigen Schwimmbewegungen zurück an die Oberfläche rudern. Aber es gab kein Oben oder Unten. Seine Lungen brannten. In seinem Kopf knisterte es, der Puls überschlug sich, bis seine Panik von tiefer Schwärze umhüllt wurde. Der Drang, Luft zu holen, wurde übermächtig. Er stieß hustend die verbrauchte Luft aus den Lungen und erwartete an der Flüssigkeit zu ersticken, die seinen Mund füllte. Das geschah aber nicht, stattdessen konnte er die Flüssigkeit atmen, als wäre sie Luft. Auch die Schwärze verschwand und er sah wieder das grüne Licht. Schwebend wie ein Fisch im Wasser, dachte er und drehte sich mühelos um die eigene Achse, um zu erkennen, worin er schwamm. Lichtes Grün, soweit er sehen konnte, rund um ihn, wie in einem Aquarium, dessen Wasser und Wände türkis gefärbt waren. In eine Richtung zu schwimmen nahm er sich vor.
Wie aus dem Nichts schwebten plötzlich nackte Männer und Frauen auf ihn zu und winkten. Fassungslos starrte Walcher sie an … das war der Moment, in dem er schweißüberströmt

aus seinem Traum aufschreckte und, als er halbwegs wach war, aus dem Bett stieg. Die Gewohnheit führte ihn in der Dunkelheit sicher die Treppe hinunter ins Wohnzimmer und dort an den alten Bauernschrank, hinter dessen Tür sich seine Hausbar verbarg. Er vermied es, Licht und Lärm zu machen, nicht aus Angst vor der Wiederkehr seines Traums, sondern um Irmi nicht aufzuwecken.
Walcher tastete die ihm vertrauten Formen der Flaschen ab und griff den "La Ina" - einen exquisiten Sherry aus einer der ältesten Bodegas in Jerez - und nahm, ohne sich groß Umstände mit einem Glas zu machen, einen tiefen Schluck aus der Flasche. Aber kaum rann die köstliche Flüssigkeit über seine Zunge, hörte er Lisas Stimme sagen, nicht aus der Flasche, mein Freund, und er sah ihr Gesicht vor sich.
Walcher stöhnte auf und fragte sich, wie lange es wohl noch andauern mochte, dass wie ein Geist in der Flasche bei jedem Schluck Sherry die Erinnerung an seine ermordete Freundin ihn wieder einholte. Vielleicht sollte er eine Weile auf den Genuss seines Lieblingsgetränks verzichten, überlegte er. Korrigierte sich jedoch sofort, weil ihn Irmi, Lisas Adoptivtochter, die er nach ihrem Tod bei sich aufgenommen hatte, noch viel häufiger und intensiver an seine große Liebe erinnerte.
Acht Monate lag der Mord an Lisa zurück, aber Walcher kam es vor, als wäre es letzte Woche gewesen.
Nach einem weiteren Jetzt-erst-recht-Schluck tappte er die Treppen hinauf und zurück ins Bett. Bevor er jedoch wieder einzuschlafen versuchte, notierte er sich den Traum.
Er hatte gelernt, seine Träume ernst zu nehmen, als eine Botschaft aus dem Unterbewussten.

## Auftrag, Dienstag, den 25. Mai

Es war kurz vor vierzehn Uhr. Die Holzstufen zur obersten Etage knarrten und kündigten den verabredeten Besuch an. Walcher saß hinter seinem kleinen Schreibtisch, der genauso ordentlich aufgeräumt war wie das ganze Zimmer. Allerdings lag das weniger an seinem Ordnungssinn als vielmehr an der Tatsache, dass er das Büro erst vor zwei Wochen eingerichtet hatte. Die Anregung dazu stammte von Johannes, seinem Studienfreund und wie er Journalist. Er machte den Vorschlag, Walcher könne doch zusammen mit ihm und zwei weiteren Kollegen ein Gemeinschaftsbüro gründen. Damit es in der Mitte ihrer Wohnsitze läge, kam zunächst Kreuzlingen, auf der Schweizer Seite am Bodensee, ins Gespräch. Ernst Böhmer, einem der Vier, wurde jedoch überraschend günstig eine Dreizimmerwohnung im Dachgeschoss eines alten Hauses in der Innenstadt von Ravensburg angeboten. Er unterzeichnete kurzerhand einen Mietvertrag. Von dem Ziel, ein halbtags besetztes Sekretariat einzurichten, waren sie weit entfernt, sie diskutierten bei ihren Treffen nach wie vor über eine sinnvolle und sozial verträgliche Kostenaufteilung.

Walcher freute sich über das Büro im nahen Ravensburg, weil er sich nach den bedrohlichen Erfahrungen bei seiner letzten Reportage über die „Lotto Company“ vorgenommen hatte, Privatleben und Beruf deutlich voneinander zu trennen. Insgeheim blieb er aber seiner Auffassung treu, Beruf und Privatleben gehörten zusammen wie Vormittag und Nachmittag.

Seit Irmi, die vierzehnjährige Adoptivtochter seiner ermordeten Freundin Lisa, auf seinem Hof im Allgäu lebte, wollte er ihr größere Sicherheit vor seiner oft mit Gefahren verbundenen Berufswirklichkeit bieten. Deshalb saß er nun hinter besagtem Schreibtisch in dem neuen Büro und erwartete den Besuch, der sich als mögliche Auftraggeberin avisiert hatte.

Eine Freifrau von Wedern. Am Telefon erzählte sie etwas von Biotopschutz und Internationalität und Katalogisieren und so weiter.
Als Walcher Schritte auf dem letzten Absatz der Holztreppe hörte, stand er auf und ging zu der nur angelehnten Tür. Die Wohnungstür hatte er ebenfalls offen gelassen und sogar mit dem Holzkeil arretiert, der seit ihrem Einzug in dem schmalen Flur lag. Walcher kam allerdings nicht dazu, seine Bürotür selbst aufzuziehen, denn Freifrau von Wedern trat zielstrebig ohne anzuklopfen ein und saß bereits auf dem Besucherstuhl vor dem Schreibtisch, während Walcher überrumpelt noch an der Tür stand und die Puzzleteile seines Begrüßungskonzeptes zusammenzusetzen versuchte, wie: *Herzlichen Dank für das Interesse, so pünktlich trotz des regnerischen Tags, Kaffee oder erfrischendes Getränk, bitte nehmen Sie doch Platz...* er gab auf.
Die Freifrau ordnete ein Bündel Papiere, das sie aus einer schmalen ledernen Aktentasche gezogen hatte, und hörte damit erst auf, als Walcher ihr gegenüber auf seinem Drehstuhl Platz nahm und sie ansah.
Gepflegte Gesamterscheinung, dunkler Hauttyp, schmales Gesicht, kastanienfarbenes Haar, schulterlang nach hinten gekämmt, wahrscheinlich getönt, weil mit intensiv roten Strähnen durchzogen, ausdrucksvolle dunkle Augen, aber leichte Schatten darunter. Hübsche Nase, volle Lippen wie ein Fotomodell, sportliche Figur, sportlich frisches Parfum, wirkungsvolles blaues Kostüm, insgesamt höchst verlockend, Anfang vierzig, höchstens fünfundvierzig.
Walcher nahm einen zweiten Anlauf und bot, leicht irritiert, seinem Gast eine *heiße Pünktlichkeit mit kühlendem Tag ...*
Diese Frau hatte es geschafft, ihn binnen Sekunden zu einem Idioten mutieren zu lassen.
*Wir, die IPF, die International Plant Foundation,* überging Freifrau von Wedern seine unverständliche Einladung und erklärte das Kürzel mit der harmonischen und versierten Stimme einer Nachrichtensprecherin, *freuen uns sehr auf eine*

*mögliche Zusammenarbeit mit Ihnen.* Dabei hielt sie Walcher einige bedruckte Blätter hin, die er auch artig entgegennahm.
*Eleócharis palústri, Polygonum amphibium, Hydrocharis morsusranae,* las er stockend die ersten lateinischen Bezeichnungen der aufgelisteten Pflanzennamen, mit denen auch die weiteren fünf Blätter beschrieben waren.
Sie ignorierte auch diesen Versuch Walchers, Nähe herzustellen, und fuhr sachlich mit ihrer Erklärung fort.
*Das Biotop Eriskircher Moor ist so etwas wie eine Arche, eine Pflanzenarche.*
Walcher nickte interessiert und überlegte, was die Freifrau eigentlich von ihm wollte, sollte er eine Reportage über Pflanzen schreiben?
*Und dieses einmalige Paradies soll einer Wellness-Anlage weichen, soll trockengelegt werden.*
Ihre Stimme nahm dabei einen vorwurfsvollen Ton an.
*Wenn in einem solch sensiblen Landschaftsschutzgebiet Planungen dieser Art laufen, wurden vermutlich bereits im Vorfeld sämtliche Behörden involviert und es dürften, aller Wahrscheinlichkeit nach, Einflussnahmen in großem Stil stattgefunden haben.*
*Ohne massiven Druck aus der obersten politischen Ebene würde sich keine der unteren Landschaftsschutzbehörden erlauben, auch nur einen Gedanken an ein derartiges Vorhaben zu verschwenden.*
Die Entrüstung der Freifrau schien Walcher zwar etwas gekünstelt, war aber durchaus hübsch anzusehen.
*Und, machen Sie's?,* unterbrach sie Walchers Gedanken.
*Was machen?,* fragte er zurück.
*Na, ob Sie darüber schreiben? Recherchieren, aufdecken, anprangern, das ist doch Ihr Metier?*
Walcher überlegte und wollte ihr irgendeinen seiner standardmäßigen Hinhaltesprüche als Antwort geben, um Zeit zu gewinnen. Er kam aber nicht dazu, denn als ob die Freifrau seine Gedanken erraten hätte, ergriff sie wieder das Wort.
*Ich mache Ihnen einen Vorschlag. Sie sehen sich erst einmal das Biotop an, bevor Sie sich dafür oder dagegen entscheiden.*
*Bitte rufen Sie mich aber bis spätestens Freitag an, denn am*

*Samstag haben wir ein Meeting, in dem wir die weiteren Schritte in der IPF durchsprechen wollen und einen Maßnahmenplan verabschieden müssen. Das haben wir uns bindend vorgenommen.*
Walcher wandte ein, *Freitag, aber da müsste ich ja morgen schon in den Sumpf.* Weiter kam er aber nicht, weil sich ihre Blicke trafen. Er glaubte in ihren Augen eine große Trauer und Qual zu erkennen und sagte deshalb spontan zu.
*In Ordnung, ich seh's mir morgen an und gebe Ihnen dann am Freitagmittag durch, ob ich der richtige Partner für Sie bin. Wie kann ich Sie erreichen?*
Freifrau von Wedern gab ihm eine Visitenkarte, die er, ohne sie sich anzusehen, in sein mobiles Büro steckte, wie Walcher seine Hemdentasche bezeichnete.
Ebenso kurz und knapp, wie ihre Begrüßung ausgefallen war, verabschiedete sich die IPF-Agentin wieder, oder wäre es zutreffender, wenn er sie als Repräsentantin titulierte?

Walcher saß da mit den Pflanzenlisten, einer Visitenkarte der Freifrau von Wedern sowie der Erkenntnis, dass er noch weit von jener reifen Entwicklungsstufe entfernt war, in der eine attraktive Frau sein Gleichgewicht nicht in Sekunden auszuhebeln vermochte.
Um nicht irgendwelchen Phantasieträumen nachzuhängen, beschloss er, nach diesem ersten Arbeitsgespräch in seinem neuen Büro, folgende Dinge zu tun: in die Stadtbibliothek gehen und alles über das Eriskircher Moor heraussuchen. Mit den ausgeliehenen Büchern dann ins Rathauscafé setzen, lesen und Kaffee trinken. Vielleicht könnte er sich dazu auch einen kleinen Sherry genehmigen, denn der Arbeitstag näherte sich dem Ende entgegen. Irmi war bei ihren Großeltern, den Brettschneiders, und Bärendreck, der Hofkater, war auf seine Anwesenheit ohnehin nicht angewiesen.
Der Regen hatte aufgehört, dennoch war es für Ende Mai viel zu kalt. Walcher nahm sich vor, im Büro einen Pullover und eine Jacke zu deponieren, und auch einen Regenschirm.
Als er am Vormittag vom Hof losgefahren war, hatte es nach

einem warmen, sonnigen Tag ausgesehen. Er dachte an Irmi, die für diese Witterung auch zu dünne Kleider trug. Sicher war sie von ihrer Großmutter längst mit warmen Sachen versorgt worden. Großmutter Brettschneider hatte nach dem Tod ihrer Tochter, Irmis leiblicher Mutter, alle Sachen aufgehoben.

## Erinnerungen

In der Bibliothek fand Walcher heraus, dass das Eriskirchener Moor als ein Ried bezeichnet wurde. Wodurch sich ein Moor von einem Ried unterschied, wurde nur in einem Nebensatz erwähnt, nämlich dass ein Moor wenigstens eine dreißig Zentimeter tiefe Moorschicht aufwies. Ob die Freifrau wohl den Unterschied kannte, fragte sich Walcher.
Wenn er der Fülle von teilweise überschwänglichen lokalen Publikationen Glauben schenken konnte, dann handelte es sich um ein wirklich außergewöhnliches Schutzgebiet.
Walcher hatte einige Heftchen, Broschüren und Bücher aus den Regalen gezogen und stand vor dem Ausgabeschalter, um sich eine neue Ausleihkarte ausstellen zu lassen - seine drei anderen, die er bei solchen Gelegenheiten hatte kaufen müssen, lagen zu Hause. Da fasste ihn jemand an die Schulter und flüsterte ihm ins Ohr, *bist du's oder bist du's nicht?*
Walcher drehte den Kopf um und sah in Simones strahlende Augen. Das erhöhte spontan seinen Puls, denn mit Simone hatte er immerhin zwei Jahre zusammen gelebt, lange bevor er Lisa kennen lernte.
Simone verließ ihn damals wegen einer feurigen Liebschaft mit einem Polospieler aus dem Industrieadel, einem aus der Waschmittel- oder Stahlbranche oder so. Er hatte es vergessen oder besser gesagt verdrängt, wegen wem sie ihn hatte sitzen lassen. Jetzt stand sie vor ihm und strahlte ihn an wie eine Hundehalterin ihren seit langem entlaufenen Rüden.
Er fand den Vergleich irgendwie treffend, obwohl nicht er,

sondern sie diejenige gewesen war, die sich aus dem Staub gemacht hatte. Aber Simone besaß immer schon die Gabe, eine Tatsache in ihr Gegenteil zu verdrehen.
*Lange nicht gesehen, wohin gehen wir heute Abend?*
Simone hatte nichts von ihrer Direktheit verloren, auch Walcher nicht, denn er antwortete ihr spontan.
*Ins Central. So gegen acht, okay?*
Simone nickte und somit war der Abend verplant. Sie entschwand mit einem verheißungsvollen Augenzwinkern und Walcher eilte mit seinen Büchern und Broschüren ins Café.
Auf dem Weg dorthin rief er bei Irmis Großeltern an. Irmi musste neben dem Telefon gestanden haben, sie war sofort dran. *Kannst du bei Oma und Opa bleiben, bei mir wird es ziemlich spät,* kam Walcher sofort auf den Punkt. Irmi stimmte sofort zu, *super, dann kann ich bei Sophie schlafen, wollt' dich deswegen gerade anrufen, Bussi* und legte auf.
Walcher lächelte noch, als er das Café betrat.

## Café

Schon in seiner Jugendzeit verbrachte Walcher gern und viel Zeit in großen alten Cafés. Der Duft nach Kaffee, heißer Milch, Schokolade, Zigarren und Frauenparfüm, die distanzierte Anwesenheit anderer, die meist ballsaalhohen Räume, das Gemurmel, all das war es, was Cafés für ihn ausmachten.
Die Gäste von Cafés waren meist ruhige, unaufgeregte Menschen. Sie wollten für sich und doch nicht allein sein und die einsamen unter ihnen lebten in der Hoffnung, durch ausdauernde Präsenz neue Bekanntschaften zu machen oder angesprochen zu werden und sei es nur, dass sie nach einem freien Platz, einer Zeitung gefragt wurden.
Bei Walcher waren es vor allem die Zeitungen und Zeitschriften die den Grundstein zu seiner Caféhauslaufbahn gelegt hatten.
Cafés, die eine große Auswahl davon boten, gewannen ihn

leicht als Dauergast. Wo sonst, so argumentierte er, wo sonst auf dieser Welt konnte er für den Gegenwert einer Tasse Kaffee so viele Zeitungen lesen, wie er wollte? Nur in Cafés und Bibliotheken, wobei es in Bibliotheken nicht so angenehm duftete, pflegte er seine Frage meist gleich selbst zu beantworten.

Das Rathauscafé war ein lang gestreckter hoher Saal mit offenem seitlichen Durchgang zu einem kleineren Nebenraum. Dessen Wände waren mit raumhohen Spiegeln verziert, vermutlich der Grund, weshalb dieser Raum ein beliebter Treffpunkt für Jugendliche war. In den Spiegeln konnten sie sich in ihrer Sebstverliebtheit ausgiebig spiegeln.

Auch an diesem Nachmittag füllten sie den Nebenraum. Walcher suchte sich einen freien Tisch. Die ausgelegten Zeitschriften beachtete er diesmal nicht, er hatte genügend Lesestoff aus der Bibliothek bei sich. Er bestellte Kaffee mit einem trockenen Sherry dazu und trank beides mit Genuss.

Als er den Kaffee schlürfte, blickte er über den Tassenrand, hinüber auf die Spiegelwand des Nebenraums, und entdeckte darin das Gesicht der Freifrau von Wedern. Sie befand sich inmitten eines Gewirrs junger Köpfe, die sich jedoch ständig bewegten und es Walcher unmöglich machten herauszufinden, an welchem der Tische die Freifrau saß.

Walcher wollte sich gerade noch einen Kaffee bestellen, als er im Spiegel sah, wie sie sich erhob und mit ihr zwei Männer, die sich jedoch gleich darauf wieder setzten und in dem Gewirr untertauchten. Die Freifrau verschwand ebenfalls aus dem Spiegelbild, um kurz danach leibhaftig aus dem Nebenraum aufzutauchen. Über dem blauen Kostüm trug sie einen knöchellangen hellen Trenchcoat.

Distanziert und selbstsicher, wie bei ihrem Auftritt in seinem Büro, ging, nein schritt sie durch das Café dem Ausgang entgegen. Walcher nahm sie nicht zur Kenntnis. Es schien ihm, als hätte ihn kurz ein Blick von ihr gestreift, aber sicher war er sich nicht. Freifrau von Wedern hatte das Café verlassen, aber ihre Gesprächspartner saßen noch am selben Tisch.

Walcher beschloss, sich die beiden Männer näher anzusehen. Er signalisierte dem Kellner, dass er den Tisch wechseln würde, stand auf und ging mit dem Stapel an Büchern in den Nebenraum. Dabei durchquerte er eine feine Parfümwolke, die von niemand anderem als der Freifrau stammen konnte, da die Gäste rundherum nicht nach solch teurem Luxus aussahen. Es irritierte ihn nur kurz, dass es nicht das gleiche Parfüm war, welches seine Nase bei ihrem Besuch im Büro genussvoll registriert hatte.
Die zwei Herren saßen an einem kleinen runden Tisch, der für vier Personen gedacht war. Walcher nickte kurz, so als beantwortete er sich seine Frage selbst, ob bei ihnen noch ein Platz frei sei, und setzte sich einfach dazu. Der Jüngere der beiden, knapp dreißig Jahre alt, mit einem bleichen Nachtgesicht und extrem öliger Frisur, unterbrach kurz das intensive Gespräch mit seinem circa zehn Jahre älteren Tischgenossen. Der sah aus wie ein Kriminalkommissar in einer deutschen Fernsehserie. Er blickte kurz auf und raunzte barsch: *geschäftlich.*
Walcher nahm sich vor, die beiden zu provozieren, musterte den Öligen und sagte lächelnd, *ich bin privat hier, habe aber natürlich nichts dagegen, wenn Sie geschäftlich hier sind. Büromieten sind heutzutage ja unerschwinglich hoch.*
Die beiden glotzten Walcher an, als würden sie ihm gleich eins auf die Nase geben, rissen sich aber zusammen, fixierten sich kurz gegenseitig und verständigten sich offensichtlich darauf, keinen Streit anzufangen. Der Typ, der aussah wie ein Kommissar, drehte sich nach dem Kellner um und brüllte: *zahlen.*
Wenn zwei so dubiose Typen einem Streit aus dem Wege gingen, dachte Walcher, hatten sie vermutlich allen Grund dazu. Nach dem Zahlen gingen sie, ohne Walcher noch eines Blickes zu würdigen. Walcher überlegte, was die Freifrau von Wedern mit diesen schrägen Vögeln zu tun haben mochte, ihm fiel dazu aber keine plausible Idee ein. Also zahlte er und ging ebenfalls, und zwar zurück in sein Büro. Bis zu seinem

Treffen mit Simone konnte er sich noch einen kleinen Schlaf gönnen, in einem der drei Büroräume stand nämlich eine Liege, für besondere Notfälle.

## Das Biotop

Der Bodensee wirkte unwirklich, wie eine unten blaugrau gestrichene Glasplatte in einem Diorama. Auf der Oberfläche spiegelten sich die Strahlen der Vormittagssonne. Walcher fühlte sich ebenso unwirklich. Er lag mit dem Bauch auf einem vermodernden Holzsteg und sah blinzelnd aufs Wasser. Eigentlich war er hergekommen, um das Biotop anzuschauen, stattdessen lag er auf diesem Steg und dachte an den vergangenen Abend, an die Nacht.
Simone war die gleiche unglaubliche Person geblieben, wie er sie vor über zehn Jahren kennen gelernt hatte. Es war diese forsche Direktheit, wofür er sie wohl auch geliebt hatte. So genau wusste er es nicht mehr. Ohne Umschweife steuerte sie auf den Kern einer Sache zu und dabei handelte es sich stets um ihre Vorstellungen und Wünsche, die diesen Kern ausmachten.
Es war ein anregender Abend mit ihr gewesen, gestern, und es erinnerte ihn an früher. Nur vermisste er bei sich mehr Tiefgang. Lust empfand er, aber es war mehr die Lust eines ausgehungerten Wolfes. Aber auch das wäre nicht der eigentliche Störfaktor gewesen, sondern sein Kopf kämpfte unablässig gegen Bilder der Erinnerung an Lisa. Deshalb empfand er auch nicht wirklich ein Bedürfnis, Zärtlichkeiten mit ihr auszutauschen.
Im Gegenteil, er hatte sich danach wie ein Verräter gefühlt, ein Verräter an seiner Liebe zu Lisa.
So gegen zwei Uhr in der Nacht war er nach Hause gefahren, um seine Traurigkeit in Sherry zu ertränken.
Ohne Erfolg.

*Der isch dood.* Diese nüchterne Feststellung weckte Walcher aus seinen Gedanken. Zwei kindliche Augenpaare glotzten ihn an. Sein: *schaut's dass ihr weiterkommt,* machte keinen Eindruck auf die vielleicht achtjährigen Jungs. Auch ein zweiter schärferer Versuch mit einem *Verpisst euch,* führte nicht zu der erhofften Reaktion. Erst als sich Walcher aufrichtete und wild brüllend den Wütenden mimte, rannten die beiden davon, herzerfrischend kichernd. Offensichtlich waren sie schärfere Drohungen gewohnt.
Ich sollte ihnen dankbar sein, dachte Walcher, immerhin haben sie mich wieder in die Realität zurückbefördert - und die bestand zur Zeit aus dem Ried und den internationalen Naturschützern und dieser Freifrau von Wedern.

Der altersmorsche Steg in der winzigen Bucht ragte vergeblich in den See hinaus. Ein Steg, an dem keine Boote lagen, wirkte so traurig und verloren wie Bahnhöfe an stillgelegten Gleisstrecken.
Walcher hatte auf der Wanderkarte „Rund um den Bodensee" diese Bucht ausgesucht, weil sie am Anfang des Rieds lag. Rechts vom Steg begann die Wildnis, links davon hatten Anwohner das ehemals ebenfalls sumpfige Gebiet bis nah an den See heran in blühendes Obst- und Ackerland verwandelt.
Die Obstbäume blühten prächtig, ebenso die Wiesen, aus denen bereits Streifen von Gras für das Vieh herausgemäht waren. Die Erdbeerpflanzen, ein Feld für Selbstpflücker, waren mit frischer Holzwolle unterlegt und Hopfenpflanzen drehten sich schon den ersten Meter hoch an ihren Kletterhilfen dem Himmel entgegen. Kühe waren auf den Weiden in der Minderzahl, streichelwillige Ponys, Ziegen und Lämmer für Touristen hatten ihnen längst den Rang abgelaufen.
Unschlüssig, welchen der für den Autoverkehr verbotenen Feldwege er nehmen sollte, wählte er einen grasbewachsenen Pfad, der von einem Weiler aus an den See führte.

Auf der Wanderkarte waren die beiden Höfe und die kleine Feldkapelle des Weilers lediglich als winzige rote Flecken verzeichnet. Der Feldweg endete an einem Holzsteg. Walcher fuhr ein Stück zurück und parkte den Wagen im Schatten eines Haselnussstrauchs.
Das Ried von seinem Anfang her durchwandern wollte er, musste seinen Plan aber bereits nach einigen Metern aufgeben. Stellenweise tiefgründiges Moor hinderte ihn daran. Der Steg brachte ihn auf die Idee, das Ried von der Seeseite aus in Angriff zu nehmen. Es fehlte ihm nur noch das Boot dazu.
Zurück bei seinem Wagen, musste Walcher erst einmal ein Graffito entfernen, das vermutlich die zwei Jungs in die Staubschicht aufs Auto schmierten. Nein, bei allem Verständnis für naive Kunst, damit wollte Walcher nicht herumfahren.
Die Jungs hatten ihrer Kreativität freien Lauf gelassen, das Wort ARSCH, allerdings ohne R geschrieben, stand da und daran anschließend hatten sie einen riesigen Penis gezeichnet. Vermutlich sollte das Ganze soviel bedeuten wie„Arschficker". Die Sonne, die Blumen und Smileys ließ Walcher stehen, nicht weil sie künstlerisch gelungen waren, sondern weil der nächste Regen das Problem für ihn lösen würde.
Dann fuhr er langsam den Feldweg rückwärts zurück bis zu den paar Häusern und hoffte dort auf einen Einheimischen zu stoßen, bei dem er sich nach einem Leihboot erkundigen wollte.
Ein älterer Mann, der sich mit den Weinranken an seinem Haus beschäftigte, war der Einzige, den Walcher entdeckte. Der Mann schaute den Fremden erst einmal prüfend an, bevor er verneinend den Kopf schüttelte.
*Neu, do hot keuner mehr an Kahn, do missed'Se noch Friedrichshafa, do gibt's a Schpordgschäft.*
Also fuhr Walcher nach Friedrichshafen und war in zehn Minuten in der Zeppelin-Stadt. Die Suche nach dem „Schpordgschäft" und dann nach einem Parkplatz dauerte

entschieden länger. Dafür hatte der Laden alles, was mit Wassersport und Fischerei zu tun hatte. Komplette Taucherausrüstungen, Harpunen, Netze, Tauchermesser, Angeln, einfach alles, selbst nautische Instrumente bis hin zu Radaranlagen für die Hochsee. Es roch intensiv nach Wasser und Fisch, was sich wohl irgendein Marketingberater als Werbegag ausgedacht hatte, nahm Walcher an.
Auf seine Frage nach einem Boot, einem Kanu oder Kahn, nickte der sportliche Verkäufer mit seinen vielleicht gerade mal zwanzig Jahren charmant.
In Walchers Gedächtnis, was seine Einkaufserfahrungen anbetraf, blinkten sofort alle Warnlämpchen. Dieser junge Mann mit seinem Verkaufstalent wäre in der Lage, einer fünfundsiebzigjährigen Oma einen Außenborder mit zweihundert PS anzudrehen, statt ihr eine neue Batterie für ihr Hörgerät zu verkaufen.
Gespannt folgte er ihm in die Bootsabteilung. Dort lagerten, ordentlich auf Metallregalen sortiert, die Wunschträume der Wasserfreunde: Kajaks, Jollen, Kanus, ein Katamaran ... riesengroß die Dinger. Etwas irritiert meinte Walcher, dass er nicht vorhätte, einen Transportbetrieb über den See zu eröffnen, und beschrieb sein Vorhaben.
*Ja dann,* meinte der Fachmann, *empfehle ich Ihnen unbedingt ein Kanu, es ist leicht, flach und praktisch,* und deutete auf ein knallrotes Exemplar. Da solch ein Kanu, eigens aus Kanada importiert und unsinkbar, aber über tausend Euro kosten sollte, erkundigte sich Walcher nach einem Leihboot.
Auch das sei machbar, nickte der Verkäufer, für zwanzig Euro pro Tag und zweihundert Kaution, das Paddel ginge allerdings extra. Ahorn natur, für sechzig Euro.
Ob er denn schon mal mit einem Kanu gefahren sei, wollte der Verkäufer wissen und Walcher glaubte, deutlichen Zweifel daran in seinem Blick zu erkennen.
*Hab ich mir gedacht,* meinte er beiläufig, als Walcher ihm mangelnde Kanupraxis gestehen musste.
*Ist aber überhaupt kein Problem,* baute er ihn gleich wieder auf.

*Sie müssen sich nur einen Trick merken, dann können Sie auf große Fahrt gehen.* Sprach's und zog aus einer Tonne mit Rudern und Paddel eins heraus und führte Walcher einen Paddelzug vor. *Wenn Sie nur einseitig paddeln, dann fahren Sie im Kreis herum oder müssen ständig auf die andere Seite wechseln, damit Sie geradeaus fahren, klar?*
*Klar,* bestätigte Walcher.
*Sie müssen das Paddel als Antrieb und gleichzeitig als Steuerruder einsetzen, klar?*
*Klar,* nickte Walcher, obwohl ihm überhaupt nichts klar war.
*Schauen Sie, darauf kommt's an. Am Ende eines Zugs drehen Sie das Blatt jeweils ein wenig und sorgen so für eine regelmäßige Gegensteuerung,* drückte Walcher das Paddel in die Hand und zwang ihn, als Trockenübung einen Paddelzug auszuführen, mit der kleinen Drehbewegung am Schluss.
*Klar jetzt?*, und Walcher fand, es klang schon etwas genervt.
*Klar,* bestätigte er deshalb rasch.
Walcher füllte den Leihschein aus und unterschrieb ihn, inklusive einer Versicherung für fünfzehn Euro. Er zahlte die Kaution und das Paddel, ließ sich noch einen wasserdichten Eimer für Wertsachen, ein Ankerseil mit einer Zugkraft von zehn Tonnen sowie zwei Spanngurte für den Transport auf dem Autodach angedrehen.
*Ein wirklich guter Verkäufer,* dachte er sich, dann holte er sein Auto und durfte direkt vor dem Laden parken.
Bis er dort ankam, hatte der Verkäufer das Kanu bereits auf dem Bürgersteig abgelegt, wo es wie ein riesiger Spielzeugfisch lag.
Obwohl riesengroß, passte der Monsterfisch auf das Autodach, als wäre es dafür konstruiert.
*Haben Sie eigentlich hohe Gummistiefel?*, fragte das Verkaufsgenie, während er Walcher zeigte, wie die Gurte an die Dachreling gespannt wurden. Als er verneinte, führte ihn der Verkäufer noch einmal in den Laden zurück. Kurz danach war Walcher glücklicher Besitzer hüfthoher Fischerstiefel. Ein Sonderangebot für nur achtzig Euro.

*'Ne Anschaffung fürs Leben,* wie der Verkäufer meinte.
Kein Wunder, dass sich in den meisten Häusern unnützes Zeug ansammelte, dachte Walcher, als er mit seinen neuen Anschaffungen eilig davonfuhr.
Der fortgeschrittenen Zeit wegen kaufte er sich nur ein karges Mittagessen. Auf den Knien zwei Wurstsemmeln, mit jeweils einer halben Essiggurke, verließ Walcher Friedrichshafen, um zu seinem Ausgangspunkt, der Bucht, zurückzukehren. Kurz hinter der Stadtgrenze biss er in eine der Semmeln, wobei die Essiggurke herausflutschte und auf der Hose landete. Er machte einen Schwenker nach links, worauf der entgegenkommende Fahrer sofort mit Hupen und eindeutigen Handzeichen reagierte. Walcher bekam den Wagen und die Gurke sofort wieder in den Griff, aß seine Semmeln auf und holte dann aus dem Handschuhfach die kleine Minolta und einen Ersatzfilm. Für Beweisfotos, nahm er sich vor, wenn er schon solch einen Aufwand trieb, mit Kanu, Stiefeln und dem anderen Zeugs, dann wollte er es auch dokumentiert haben.

Walcher fuhr wieder den Feldweg hinunter zur Bucht, bis kurz vor den Steg. Es war das erste Mal, dass er ein Kanu zu Wasser lassen würde, und er fand es richtig aufregend.
Die Gurte von der Dachreling zu lösen, war noch einfach. Das erste Problem trat auf, als er mit dem Rücken am Heck stand und das Kanu vom Autodach ziehen wollte. Bereits nach einem halben Meter sperrte sich das Ding. Also brach er den Versuch ab und sah sich das Problem von der Seite aus an. Geradezu organisch schmiegte sich das schnabelförmige Heck - oder war es der Bug? - an die Frontscheibe. Nach hinten würde er es nicht vom Autodach herunterziehen können, nach vorn allerdings ebensowenig.
Walcher öffnete deshalb die beiden Seitentüren und stemmte das Kanu, mal von hinten, mal von vorn, über die Dachreling auf die offen stehenden Autotüren. Es von dort bis auf den Boden zu bringen, würde er auch noch schaffen.

Walcher stellte sich unter das Kanu und packte es leicht versetzt an beiden Bordkanten, um es gegebenenfalls ausbalancieren zu können. Dann stemmte er es hoch, bis seine Arme gestreckt waren. Das Ding war schwerer, als er vermutete. Vergeblich versuchte er das Kanu im Gleichgewicht zu halten, aber es schmierte nach hinten ab, knallte auf die Tür und quetschte ihm dabei seine linke Hand ein. Einhändig das Kanu zu halten, das mit dem vorderen Teil in der Luft schwebte, mit dem hinteren seitlich auf der Autotür lag, wäre sicher auch für einen durchtrainierten Muskelmann eine Herausforderung gewesen.
Dann rutschte das Kanu von der zufallenden hinteren Tür auch noch ab, schrammte an Walchers rechter Hüfte und Oberschenkel entlang zum Knie und landete schließlich mit einem dumpfen Trommelton auf dem Boden.
Völlig aus dem Gleichgewicht gebracht, geriet Walcher ins Stolpern, musste über das Kanu springen, strauchelte bei der Landung und stürzte zu Boden. Hand, Hüfte, Oberschenkel, Knie – höllische Schmerzwellen trafen sich in seinem Magen, und er war kurz davor, sich zu erbrechen. Walcher fluchte laut, verdammte alle Kanus, Freifrauen und Biotope dieser Welt.
Nach schmerzvollen Minuten legte sich der Brechreiz, seine bis dahin gute Erste-Kanu-Wasserungslaune war allerdings dahin. Humpelnd zog er das gefährliche Monstrum zum Steg und dort ins Wasser. Beim Einsteigen setzte das Kanu auf den Ufersand auf. Also stieg Walcher wieder aus und schob es in tieferes Wasser. Erst da fiel ihm ein, dass er die übrigen Utensilien vergessen hatte. Also schob er es wieder auf den Sand. Holte Paddel, Stiefel und das Tau zum Ankern aus dem Auto. Die Minolta und den Film legte er in den wasserdichten Eimer, bevor er zum Kanu zurück humpelte und bis auf das Tau alles einlud.
Auf dem Steg kniend, knotete er das Ankertau in der Bugöse fest und zog das Kanu vom Steg aus ins Wasser.
Dann setzte er sich auf den Steg, um sich von dort aus in das

Kanu gleiten zu lassen. Kaum stand er darin, driftete das offensichtlich höchst boshafte Wassergefährt vom Steg weg. Trotz schmerzender linker Hand klammerte er sich verzweifelt an den Steg. Ein filmreifer Slapstick, dachte er sich, während er krampfhaft versuchte, den Abstand zwischen Steg und Kanu, überbrückt durch seinen gestreckten Körper, zu verkürzen, was ihm auch gelang. Endlich saß er mit zitternden Knien, schwitzend und ziemlich frustriert auf dem hinteren Sitz des Kanus.

Dass sich ein Kanu wirklich nicht wie ein Ruderboot antreiben und steuern ließ, belegte Walchers Zickzackkurs, begleitet vom fröhlichen Gekicher der beiden kleinen Plagegeister, die sich wieder angeschlichen hatten. Sie trauten sich nun auch, die ihnen gebotene Vorstellung laut zu kommentieren. Walcher machte wohl nicht den Eindruck, als wäre er in der Lage, rasch zum Ufer zurückzukehren und die Lästermäuler abzustrafen.

Die beiden würden es im Leben sicher weit bringen, dachte Walcher, sie hatten einen untrüglichen Sinn, zur richtigen Zeit an dem Platz zu sein, wo ihnen was geboten wurde.

Er musste selbst über seinen Schlangenlinienkurs schmunzeln, in dem er sich langsam vom Ufer entfernte. Erst als er sich den Kurzlehrgang des Verkäufers in Erinnerung rief, blieb er besser auf Kurs.

Voller Konzentration, den Blick zur Seemitte hin gerichtet, gelang es Walcher, die Spottdrosseln zu ignorieren, und zog mit wachsender Perfektion davon - Lederstrumpf auf der Jagd, nur dass er nicht auf Beute aus war.

Walcher stellte erfreut fest, dass Kanufahren kein Hexenwerk war. Nach ein paar weiteren Metern beherrschte er die Technik und schaffte es, geradeaus zu fahren.

Noch einige Paddelschläge weiter und es lief wie mechanisch. Jetzt nahm er auch wieder seine Umgebung wahr und bemerkte, dass er weit auf den See hinaus gepaddelt war. Da eine Autofähre Kurs auf ihn zu nehmen schien, paddelte er hektisch ans sichere Ufer zurück.

Er, der unerschrockene Späher der Mohikaner, näherte sich wagemutig den Palisaden des weißen Mannes. Aus seiner Perspektive wirkte das Uferschilf wie ein grüner Schutzwall. Vögel flatterten aufgeschreckt hoch und davon, als er diese Wand aus Schilf mit dem Kanu zu durchbrechen versuchte, um anzulanden.
Ihm fehlte es jedoch an Tempo, mehr als einen halben Meter weit drang der Bug nicht in das Schilf vor. Also paddelte er weiter, um eine offenere Anlegestelle zu suchen.
Es roch nach Wasser und Fäulnis, nach was sonst, dachte er, hätte es hier auch riechen sollen.
Mohikaner. Mit welcher Ernsthaftigkeit er als Kind immer die Rolle des Indianers gespielt hatte. Alle anderen Kinder in seiner Straße mit ihren Wasserpistolen und Plastikcolts wollten Cowboys sein. Nur der doofe Burkhard konnte mit einem Schreckschusscolt und echten Patronen angeben. Er klaute ihn seinem Vater aus dem Nachttisch. Klar, dass er deshalb auch immer die Rolle des Sheriffs übernahm. Manchmal, wenn aus irgendeinem Grund sein Stern im Sinken war, ließ er sich herab und seine Hilfssheriffs durften auch mit dem Colt schießen. Aber immer nur einmal, dann riss Burkhard den Revolver seines Vaters wieder an sich.
Mit Walchers Bogen wollte meist nur sein Freund, der Paul, Pfeile abschießen, selten einer von den anderen Mitspielern. Obwohl Bogen und Pfeile mit viel Mühe gebaut, mit Federn und Schnitzereien verziert waren, alles genau nach der Vorlage in einem Indianerbuch. Auch dass ein Pfeil viel wirksamer sein konnte als ein Spritzer aus einer Wasserpistole oder ein Schuss mit dem Schreckschussrevolver änderte daran nichts. Walcher war der Feind der Cowboys, ein Indianer, ein Wilder, und galt obendrein als ein Spielverderber, weil er sich nicht schnappen ließ, bevor der Nachmittag dunkel wurde und die Rufe der Mütter-Squaws durchs Wohnviertel schrillten.
Walcher hing seinen Erinnerungen nach und wäre fast an einer Öffnung im Schilf vorbeigefahren. Deshalb drehte er

um, fuhr ein Stück zurück, erhöhte die Zahl der Paddelschläge und rauschte mit Karacho in einen kleinen Kanal, bis das Kanu festsaß. Er ruckelte noch ein paar Mal vor und zurück, so wie man bei einer Schiffschaukel versucht, den Bremskeil zu überlisten. Aber der Kanal verengte sich und hielt das Kanu fest, wie der Keil die Schaukel.
Als Walcher sich aufrichtete, um das sumpfige Terrain zu betreten, wackelte das Kanu nicht einmal, woraus er schloss, dass er große Mühe haben würde, das festsitzende Gefährt wieder freizubekommen. Aber erst einmal war die Erkundung des Geländes angesagt.
Begrüßt von einer Abordnung Stechmücken, die Walchers nackte Stellen seiner Haut attackierten, machte er vorsichtige erste Schritte. Der Boden war schwammig. Auf dichten Pflanzenbüscheln, vermutlich besonders schützenswerte Arten, die wie kleine grüne Inseln aus einem Gemisch von verrottetem, dunklem Pflanzenmaterial herauswuchsen, tastete sich Walcher weiter in das Biotop vor, dessen Einmaligkeit sich ihm nicht gleich erschloss, außerdem stank es intensiv nach Fäkalien. Vielleicht stapfte er hier nur durch eine als Urwald getarnte Kläranlage, vermutete Walcher und erklärte sich damit auch den vitalen Pflanzenwuchs dieses angeblich so himmlischen Fleckchens Erde.
Unter hohen Weiden, Erlen und Eschen strebten Brennnesseln, Gräser, Schilf und Büsche dem Licht entgegen. Efeu und andere Schlingpflanzen wucherten zwischen all dem und behinderten sein Vorwärtskommen in dieser Wildnis.
Ein Tümpel zwang Walcher zu einem Sprung, der jedoch zu kurz geriet. Mit dem linken Fuß landete er im Wasser, sank bis zur Wade hinein und versuchte sich durch einen hektischen Satz aus der Gefahrenzone zu bringen. Dabei verlor er das Gleichgewicht und sah sich schon der Länge nach im Dreck liegen. Mit einer Drehung seitwärts und schnellen Trippelschritten schaffte er es zwar sich zu fangen, stieß aber an ein grünes, festes Hindernis. Ein Maschendrahtzaun, überwuchert von allen möglichen Pflanzen.

Maschendraht in einem Biotop, das unter Naturschutz stand?, stutzte Walcher. Ein Zaun, befestigt an verwitterten Betonpfosten, auf deren Spitzen Stacheldraht gespannt war. Walcher erinnerte diese Art der Umzäunung an militärische oder sonstige unter staatlicher Hoheit stehende Gelände.
In jedem Fall hatte er ein Markierungszeichen für seinen Rückweg zum Kanu und würde sich in dem unbekannten Terrain nicht mehr verirren können.
Absperrungen machten ihn immer schon neugierig, noch dazu wenn er nicht erkennen konnte, was sich dahinter verbarg. Walcher arbeitete sich die etwa fünfzig Meter am Zaun entlang bis zum Eckpfosten, dort ging es weiter.
Eine Bunkeranlage aus dem letzten Krieg oder das Wochenendgrundstück eines Kapitalisten, überlegte Walcher, während er gegen Mücken kämpfte, die auf seiner verschwitzten Haut unablässig damit beschäftigt waren, ihn anzuzapfen.
Er hätte doch einen Pullover anziehen sollen. Sein Hemd war nass, seine Haut brannte. Unter die Mücken hatten sich auch noch Bremsen gemischt, deren Stiche rasch zu juckenden Quaddeln anschwollen. So stellte sich Walcher eine Expedition durch den Regenwald vor, fehlten nur noch Blutegel, Schlangen und das Brüllen eines schwarzen Jaguars.
Unvermittelt spuckte ihn die Wildnis wieder aus, als wäre er durch einen Vorhang getreten. Vor ihm lag ein Platz so groß wie ein halbes Fußballfeld, gesäumt von Baumreihen.
Ein Parkplatz, ungepflegt zwar und von hohen Gräsern und Büschen zurückerobert, aber sein einstiger Zweck war noch zu erkennen. Außerdem standen fünf Autos in einer Reihe vor dem Zaun, links neben dem geschlossenen Tor.
Alle Autos waren Neuwagen, ein VW-Kombi, ein Landrover, drei Wagen der Mittelklasse, von denen Walcher die Marken nicht kannte. Quer über den Platz verlief eine Fahrspur, wo das Gras abgefahren war. Die Spur führte auf die grüne Wand aus Büschen und Bäumen zu, die den gesamten Platz umschloss.
Die Entfernung bis zu dem Tor im Zaun schätzte Walcher auf

fünfzig Meter, danach waren es noch einmal etwa achtzig Meter bis zu dem gegenüberliegenden Grün aus Bäumen und Büschen.
Hinter dem Tor lichtete sich das Grün. Eine gemähte Wiese, Busch- und Bauminseln, dazwischen weiße Mauerabschnitte mit Dachziegelrot darüber. Automatisch hatte Walcher seine Minolta gezückt, die er jetzt an einem Halsriemen unter dem Hemd trug. Es gab dafür keine rationale Erklärung, aber Walchers Adrenalinpegel stieg, sein Herz schlug schneller. Der zweitwichtigste Trieb eines Mannes war in ihm erwacht, der Jagdtrieb.
Äußerlich lässig wie ein Tourist, der sich verlaufen hat, aber innerlich unter höchster Anspannung, schlenderte Walcher am Zaun entlang zum Tor. Dort öffnete sich ihm ein guter Blick auf das Areal hinter dem Zaun.
Es war warm und die Sonne schien auf ein Holzhaus, bei dem sich der gemauerte Keller bis zur Hälfte über der Erde befand. Das Gebäude war um die fünfundzwanzig Meter lang, zwei Stockwerke hoch und mit Gaubenfenstern im Dach. Baustil: „Kraft-durch-Freude-Müttergenesungswerk“, alles frisch renoviert und gestrichen wie schwedische Ferienhäuser. Daneben standen zwei halb so große Baracken gleicher Bauart. Dazwischen eine kurz gemähte Wiese bis an das Seeufer, unterbrochen von dichten Inseln mit Holunder und weißem Flieder, der intensiv in dem umgebenden Grün leuchtete.
Walcher machte eine Aufnahme und bedauerte, seine Digitalkamera nicht eingesteckt zu haben, mit der hätte er wesentlich näher an die Schemen heranzoomen können, die sich hinter einem der Holunderbüsche bewegten. Als sie dahinter hervorkamen, sah Walcher drei Kinder, gefolgt von zwei Frauen.
Er drückte auf den Auslöser, obwohl ihm bewusst war, dass die Bilder nur von mäßiger Qualität sein würden.
Die Kinder und die Frauen tollten laut und ausgelassen über die Wiese – ein Paradies am See, glückliche Menschen.

Keine Familie, eher vielleicht eine Gruppe, unterwegs mit einer Ferienorganisation. Die Kennzeichen der Autos vor dem Zaun stammten aus fünf unterschiedlichen Städten.
Walcher konzentrierte sich aufs Fotografieren und nahm deshalb die Bewegung zwischen den beiden kleinen Häusern nur aus dem Augenwinkel wahr. Erst als er die Kamera vom Auge nahm, entdeckte er den Mann in blauer Arbeitsmontur, der gemächlich auf das Tor zuschlenderte. Der Mann konnte ihn nicht gesehen haben, denn Walcher stand hinter dem Stamm der Platane, rechts vom Tor. Walcher fotografierte ihn ebenso wie den zweiten Blaumann, der kurz darauf dem ersten folgte. Dieser hielt die linke Hand ans Ohr, anscheinend telefonierte er, denn er bewegte den Mund und gestikulierte mit der rechten Hand.
Die zwei Männer trafen sich am Tor, öffneten es und zogen die Torflügel wieder hinter sich zu. Die beiden Flügel wurden nur mit einer rasselnden Kette, ohne ein Schloss daran zusammengehalten. Sie gingen auf den Kombi zu, stiegen ein, fuhren langsam quer über den Platz und verschwanden durch die Lücke in der Pflanzenwand.
Walcher hatte sie beobachtet, wobei er seinen Standort hinter dem Baumstamm verändern musste, um in Deckung zu bleiben. Nun stand er mit dem Rücken zum Grundstück, ungedeckt. Das fröhliche Rufen der Kinder war immer noch zu hören, zu sehen waren sie nicht mehr.
Er schob seine Kamera wieder unters Hemd und ging in die Richtung zurück, aus der er gekommen war. Sein Adrenalinpegel sank. Wozu hatte er eigentlich Fotos gemacht, fragte er sich. Da waren irgendwelche Pfadfinder und zwei Heizungsmonteure aufgetaucht – na und?
Hiervon sollte er Fotos machen, dachte er, als er wenig später das Kanu wieder aus dem Morast zu ziehen versuchte.
Schaukeln, drücken, schaukeln, schieben, schaukeln, fluchen. Er stand bis zu den Oberschenkeln in dem schwarzen, stinkenden Sumpf. Das Kanu saß fest und schien eine untrennbare Verbindung mit dem schwarzen Schlamm eingegangen

zu sein. Erst als er mit dem Paddel unter den Bootsrumpf stocherte und es als Hebel einsetzte, ließ sich das Kanu aus dem Moder befreien: endlich floss Wasser unter den Rumpf. Richtig viel Kraft kostete ihn dieser Akt und er freute sich deshalb umso mehr, dass er wenigstens die Paddelei beherrschte und zielgerichtet sein Basislager ansteuern konnte. Dort vertäute er das Kanu am Steg, zog Schuhe und Hose aus und schwenkte sie im Wasser halbwegs sauber. Dabei fiel ihm sein Marsch durchs Wasser ein, damals in Wasserburg, knapp zehn Monate war es her. Auch damals war er knietief durch Morast gewatet, nachdem er eine Leiche entdeckt hatte. Eine Leiche, die ihn zu seiner bis dahin interessantesten, aufregendsten und auch gefährlichsten Recherche veranlasst hatte. Vielleicht waren Moorwanderungen ein Omen und er stand auch diesmal am Beginn einer aufregenden Nachforschung. Damals hatte er, nur mit einer nassen Unterhose bekleidet, nach Hause fahren müssen. Deshalb war er jetzt richtig froh über seine alte Jeans, die er aus dem Sack mit den Sachen für die Kleiderspende wühlte, der seit Tagen im Wagen lag. Vielleicht hätte er doch die teuren Gummistiefel anziehen sollen, dachte er sich.
Es war inzwischen dreizehn Uhr geworden. Gerade die richtige Zeit, um Irmi bei den Großeltern abzuholen.

## Irmi

Nach dem tödlichen Autounfall von Irmis Eltern vor drei Jahren, hatte Lisa ihr Patenkind adoptiert. Walcher unterschrieb den Adoptionsantrag als der Lebenspartner Lisas, der mit ihr in einem „Eheähnlichen Verhältnis“ lebte, wie es in dem Formular stand. Wer konnte damals ahnen, dass Lisa tatsächlich etwas zustoßen würde.
Irmis Großeltern, die Brettschneiders, und das Jugendamt waren einverstanden, dass nach Lisas Tod Irmi zu ihm zog, vor allem, weil es Irmis Wunsch war. Auch Lisas Eltern, die

Armbrusters, die Irmi als ihr zweites Großelternpaar betrachtete, begrüßten Walchers Bereitschaft und förderten Irmis Wunsch. Irmi hatte ihn in den vergangenen Jahren längst als Ersatz für ihren leiblichen Vater angenommen.
Für Walcher als Junggesellen war es anfangs eine gewaltige Veränderung gewesen. Aber schon nach kurzer Zeit erschien es ihm vollkommen normal und er nannte Irmi seine Tochter, genau wie Lisa sie in ihren Gedanken und in ihrem Gefühl ganz als Tochter adoptiert hatte. Trotzdem fühlte sich Walcher mit dieser Aufgabe manchmal überfordert. Die Rückbesinnung auf seine eigene Erziehung gab als Muster nichts her, die Erinnerung an seine Eltern reduzierte sich im Wesentlichen auf Zurechtweisungen.
Walcher war froh, dass Irmi ziemlich selbstständig war. Nur hin und wieder gab es irgend etwas wegen der Schule zu regeln. Ansonsten machte sie fast alles mit sich allein aus. Eben das war Walchers zentrale Frage: ob das gut so war? Und war es normal, wenn Irmi beinahe alle drei, vier Wochen den Freund wechselte? Oder war es eine Folge ihrer traumatischen Kindheit. War es die Angst vor Bindung und vor dem Verlust von Menschen? Walcher hatte sich über all diese Fragen mit der Psychologin beraten, die Irmi seit dem Tod ihrer Eltern betreute.
Es war Lisa gewesen, die dafür gesorgt hatte und Irmi bei der Therapeutin, einer Freundin von ihr, anmeldete.
Seit Lisas Tod - von dem außer ihm und Hinteregger niemand wusste, dass er auf so gewaltsame Weise geschehen war - bestand Walcher erst recht darauf, dass sie weiterhin in Behandlung blieb. Irmi brauchte Konstanten in ihrem Leben, das war schon die nachdrückliche Forderung der Therapeutin nach dem Unfall der Eltern gewesen. Dass sie irgendwann selbst eine der Konstanten in Irmis Leben sein würde, das war nicht vorauszusehen gewesen. Umso mehr legte sie Walcher nach Lisas Tod ans Herz, Irmi nur dann bei sich aufzunehmen, wenn er wirklich ernsthaft dazu bereit wäre. Er entschied sich ganz klar dafür.

Beide Großelternpaare waren Walcher dankbar. Wie früher bei Lisa besuchten sie ihre Enkelin nun häufig bei Walcher oder er brachte sie zu ihnen oder Irmi fuhr mit dem Rad hin, um sie zu besuchen. Alle gingen in den Häusern der anderen ein und aus. Walcher fing sogar an, diese Art familiären Lebens zu mögen, ein offenes Haus zu führen, in dem Irmi mit allem, was zu ihr gehörte, für frischen Wind sorgte.
Besonders in der Anfangszeit nach Lisas Tod war es daher oft Irmi, die für Walcher in seiner Trauer eine Stütze wurde.
Irmi mit ihrem bunten Leben aus Schulfreundinnen, Freunden aus der Nachbarschaft, ihren Verwandten und ihrem Schulalltag zwang ihn ins normale Leben zurück.
*Ich bin zufrieden mit der Entwicklung, die ihr beide nehmt,* sagte die Therapeutin einmal zu ihm.

Als Walcher in den Hof der Armbrusters einbog, schob er seine Gedanken zur Seite. Klingeln brauchte er nicht, die Küche, in der sich Irmi meist aufhielt, wenn sie bei den Armbrusters war, lag zum Hof hin. Irmi kam schon aus dem Haus gelaufen, einen neuen Verehrer an der Hand.
*Das ist Michi,* stellte sie ihm den Jungen vor.
*Hallo Michi,* lächelte Walcher aufmunternd, weil Michi ein bisschen gehemmt wirkte. *Kommst du mit zu uns oder wohnst du in der Nähe?*
*Michi ist mit dem Fahrrad da, er wohnt gleich da oben,* deutete Irmi über die Schulter hinter sich.
Walcher nickte. *Ich schau noch schnell zu den Armbrusters rein.*
*Brauchst nicht, sind schon da,* tönte es hinter ihm. Die beiden begrüßten ihn freundlich. Aber seit Lisas Tod stand ihnen diese Trauer in den Augen geschrieben, wie es bei Menschen der Fall war, die den Tod eines geliebten Angehörigen nicht verwanden.
Der alte Armbruster zeigte auf Walchers nackte Füße. *Warst' beim Kneippen oder ham's dir die Schuhe gestohlen?*
*Kneippen kommt nah hin,* lächelte Walcher, *bin am Bodensee im Moor herumspaziert.* Und weil er Armbrusters Neugier kannte,

lieferte er gleich noch die Erklärung dafür nach. *Hab den Auftrag, dort ein Biotop anzusehen, wo sie ein Feriencenter bauen wollen.*
Armbruster war zufrieden und brummte nur, *überall spinnen sie. Hier wollen sie einen Bannwald umhauen, für einen Skilift.* Armbruster schüttelte heftig den Kopf, ihm war anzusehen, dass er sich bei diesem Thema schnell erregte. *Obwohl es schon seit Jahren keinen richtigen Schnee mehr hat, und dann ist das auch noch ein Sonnenhang. Hab ihnen ausrichten lassen, dass ich ihnen alle Naturschützer Deutschlands aufs Rathaus schick.*
Walcher wollte Interesse zeigen, *welcher Bannwald?*, aber Armbruster ignorierte seine Frage.
Frau Armbruster schob sich vor ihren Mann und reichte Walcher eine Tüte, *frisches Zopfbrot mit Rosinen, damit ihr mir nicht verhungert.*
*Der kann schon für sich selber sorgen,* maulte Armbruster, grinste aber verschmitzt dabei, *sollten wieder mal eine Partie Schach spielen, wie wär's?*
*Kommt doch nächste Woche rüber,* lud Walcher sie ein.
*Gut, am Dienstag würd's mir passen, wir bringen dann Irmi gleich von der Schul' mit,* schuf Armbruster sofort Fakten.
*Freu mich drauf,* meinte Walcher, dachte sich aber: einfach schlau der Alte.
Dann fuhren sie los.

## Kinderbilder

Ihre Unterhaltung am Abend war inzwischen zu einem festen Ritus geworden. Heute nahm Walcher nebenbei den Film aus der Kamera und steckte ihn in den Entwickler, den er in die Küchenzeile in einen der Unterschränke eingebaut hatte.
Irmi deckte währenddessen den Tisch für das Abendbrot.
Durch diese Gespräche waren sie immer auf dem Laufenden und wussten genau, was beim anderen gerade los war und wie es um ihn stand.

Irmi erzählte von ihrer Freundin, mit der sie einen handfesten Krach gehabt hatte.
*Weshalb?*, fragte Walcher nach und weil Irmi zögerte, forderte er sie auf, *komm schon, heraus damit, interessiert mich.*
Irmi seufzte, *hab ihr Michi ausgespannt.*
*Hm*, machte Walcher und überlegte, was er dazu sagen sollte.
*Findest das nicht so gut?*, Irmi unterstrich ihre Frage, indem sie den Kopf schüttelte und den Mund zusammenkniff, als hätte sie Schmerzen.
*Wie würdest du es denn finden, wenn sie dir deinen Freund ausspannt?*, er musste spontan an seinen Studienfreund und dessen Freundin denken, in die er hoffnungslos verliebt gewesen war. Fast ein ganzes Semester beschränkte er den Kontakt zu den beiden auf ein Minimum, weil ihm klar wurde, dass eine Beziehung auf Kosten einer Freundschaft immer belastet sein würde. Aber das wollte er Irmi nicht erzählen, diese Art der Pädagogik hatte er immer als lehrmeisterhaft empfunden. Auch so hatte er mit seiner Frage bereits Irmis Gefühle getroffen.
*Ich wäre erst einmal verdammt wütend und dann wahrscheinlich ziemlich traurig*, kam zögernd Irmis Antwort.
*Vielleicht ist es möglich, dass ihr euch darüber unterhaltet, vielleicht stellt sich auch heraus, dass Michi deine Freundin gar nicht mag oder du ihn nicht oder er dich nicht. Oft laufen wir Illusionen nach, die sich dann als Seifenblasen herausstellen*, Walcher war stolz auf sich. Irmi nickte. Dann berichtete sie noch von dem Streit mit der Handarbeitslehrerin, die ihr eine Vier für die, nach Irmis Meinung, perfekte Skizze von einem komplizierten Makramee-Knoten gegeben hatte. Es wären zu viele Rechtschreibfehler in der Erklärung dazu.
*Rechtschreibfehler, kannst du dir das vorstellen, in Handarbeit! Hab sie deswegen gefragt, ob künftig in Deutsch etwa auch zeichnerisches Können benotet würde. Was, glaubst du, hat sie dann gemacht?*
Walcher zuckte nur mit den Schultern.
*Einen Eintrag ins Klassenbuch hab ich kassiert. Wegen Frechheit!*

*Mann, ich war wirklich stocksauer auf die blöde Krähe.*
*Wär ich vermutlich auch gewesen,* Walcher überlegte, ob er für das Bemühen der Lehrerin Verständnis zeigen sollte, ließ es aber. *Ich bin stolz auf dich, dass du dich getraut hast, deine Meinung zu sagen.*
Irmi war versöhnt, nickte und stand auf. *Gute Nacht, ich geh ins Bett.* Vor der Tür drehte sie aber noch einmal um, *und was hast du erlebt?*
Walcher erzählte in Kurzfassung seine Erlebnisse des Tages, vom Eriskircher Ried, von dem Verkäufer und von seiner Fahrt mit dem Kanu. Erfreut forderte sie von ihm, demnächst einen Bootsausflug zu machen, nachdem er nun ja kurz vor dem Kapitänspatent stünde, winkte Walcher nochmals eine gute Nacht und ging hinauf in ihr Zimmer.
Walcher blätterte kurz die Allgäuer Zeitung durch und nahm sich vor, ebenfalls ins Bett zu gehen. Das ungewohnte Paddeln forderte seinen Tribut, von der Quetschung der Hand, den Prellungen und Schürfwunden an Hüfte, Oberschenkel und Knie nicht zu reden. Er spürte ein Ziehen in den Oberarmen und in der Bauchmuskulatur. Wahrscheinlich würde er morgen einen ordentlichen Muskelkater haben, dachte er, nahm den Diafilm aus dem blinkenden Entwickler und föhnte den Film trocken.
Mit einem doppelten Sherry und dem Film ging er hinauf in sein Zimmer. Der Sherry erinnerte ihn an Lisa und an das ungute Gefühl, das ihn nach der vergangenen Nacht wegen Simone beschlichen hatte.
*Trauer zulassen,* dachte er an die Worte des klugen Hinteregger, der sich seit Lisas Ermordung, die sie beide nicht hatten verhindern können, immer wieder nach Walchers Seelenlage erkundigte. Walcher schätzte Hinteregger längst als einen besonderen Freund und wenn er an ihn dachte oder wenn dieser sich bei ihm meldete, tat ihm das einfach gut.
Abschied nehmen braucht seine Zeit, nickte Walcher, trank erst einen Schluck Sherry, schaltete dann den Leuchtkasten an und legte den Filmstreifen darauf.

Mit einem Vergrößerungsglas betrachtete er seine Ausbeute an Fotos. Das Haus, Grün, Büsche, die Wiese, die Monteure, Kinder, zwei Frauen, eine blond, eine mit intensiven roten Haaren, nichts, was irgendwie originell oder besonders interessant war.
Trotzdem legte Walcher den Abschnitt mit den Fotos von den Kindern auf den Scanner und digitalisierte die Bilder, der Reihe nach, in der höchst möglichen Auflösung. Diese Daten überspielte er auf den Computer. Jetzt konnte er alle Details unendlich vergrößern, mal davon abgesehen, dass die Qualität der Aufnahmen zu wünschen übrig ließ. Die mit dem Normalobjektiv der Minolta aufgenommenen Motive näherten sich bei der Vergrößerung sehr schnell dem Grenzbereich zur Punktauflösung und damit zur Unschärfe.
Trotzdem erkannte er in der Rothaarigen eine attraktive junge Frau, die er auf etwa fünfunddreißig Jahre schätzte. Er ertappte sich dabei, dass er ihr Gesicht ausgiebig betrachtete und sich mit dem Gedanken beschäftigte, sie kennen lernen zu wollen. Die Kinder hatten alle die gleichen blonden Haare und ihre heiteren Mienen verrieten den Spaß, mit dem sie gerade beim Spielen waren.
Walcher sah eins nach dem anderen in voller Größe an, sodass ihre Gesichter den Bildschirm komplett ausfüllten. Dann zoomte er wieder auf die Originalgröße zurück, markierte die drei Köpfe mit eins, zwei und drei und vergrößerte sie erneut, weil er unsicher war, ob er nicht dreimal ein und denselben Kopf angeschaut hatte. Walcher sah noch einmal genau hin, konnte jedoch keinen Unterschied in den Gesichtern feststellen. Sie waren sich absolut ähnlich. Er setzte die drei Porträts in eine Reihe nebeneinander und stellte fest, dass hier nicht von Ähnlichkeit die Rede sein konnte, sondern dass es sich um eineiige Drillinge zu handeln schien. Gut, aber was bedeutete das?
Drillinge waren nicht so ungewöhnlich, vor allem bei den heutigen medizinischen Möglichkeiten nicht. Hormonbehandlungen, künstliche Befruchtung fielen ihm als Stichworte ein.

Und dass sie von zwei Kindermädchen betreut wurden, ließ auf wohlhabende Eltern schließen, mehr nicht. Walcher sah sich die drei noch einige Male an, sie glichen sich wie ein Ei dem anderen.
Nach einem weiteren Sherry, den er sich unten im Wohnzimmer einschenkte, steckte er die Kinder-Dias in einen Umschlag und nahm sich vor, am nächsten Tag Vergrößerungen anfertigen zu lassen, die von weit höherer Qualität sein würden als seine Scans.
Obwohl es bereits kurz vor dreiundzwanzig Uhr war, ließ sich Walcher ein heißes Bad ein. Er hoffte, dadurch seine Blessuren zu lindern und dem sich ankündigenden Muskelkater vorzubeugen.
Im heißen Wasser schwebend, überdachte er den Tag und nahm sich vor, das Ferienheim ein zweites Mal zu besuchen. Er musste eingenickt sein, denn das Badewasser war kalt und er fror. Die geprellten Hautstellen hatten sich dunkel verfärbt, weshalb er aus der Arzneikiste im Küchenschrank die große Flasche mit Arnikatinktur holte. Damit rieb er sich die malträtierten Körperstellen ein, dann ging er ins Bett.

## Davids Traum

Die Raupen hatten wieder ihre Wanderung begonnen. Sehen konnte er sie nicht, aber spüren, wie sie sich unter seiner Haut bewegten, wie Wühlmäuse in ihren Gängen. Der Juckreiz, den sie dabei verursachten, würde ihn noch in den Wahnsinn treiben. Wahnsinn, ein Wort, das ihm nichts sagte. Zeit und Raum und die Erinnerung, sein Gehirn schwamm in einem milchigen Nebel, der nur selten aufriss und einen kurzen Blick auf Bilder freigab, die schon wieder verschwunden waren, noch bevor er sich erinnerte, was sie darstellten.
Seine Muskeln, seine Nerven zuckten, flimmerten und schüttelten ihn. Er wollte seinen Schmerz und seine Wut hinaus-

brüllen, hörte aber nur ein groteskes Röcheln aus seinem Hals, weil der arretierte Kiefer nicht erlaubte, den Mund aufzureißen und zu einem Schrei zu formen. Sein Schmerz trat stattdessen aus den Tränendrüsen, versickerte jedoch in der Augenbinde.
Unkontrollierbar steigerten sich die Zuckungen seiner Muskeln und übertrugen ihre Energie auf die blecherne Wanne, in der er lag. Wie eine Waschmaschine beim Schleudern mit dem Wäscheballen kämpft, zu vibrieren beginnt und sich über den Boden bewegt, so begann die Blechwanne samt Unterbau zu rattern und über den Fliesenboden zu wandern. Rohre, Schläuche und Kabel schlugen aneinander, das Blech einer Verkleidung löste sich und schlug scheppernd auf dem Boden auf.
David nahm den Einstich nicht wahr, auch nicht, dass sich die Verkrampfung löste. Er hörte auch nicht das kurze Aufheulen der Vakuumpumpe, die seine Ausscheidungen zusammen mit dem lauwarmen Wasser, mit dem er abgespritzt wurde, in das Abflussrohr saugte. Automatisch.
Bis sich wieder Löcher im milchigen Nebel seiner Wahrnehmung auftaten, würde er zwölf Stunden schweben, schweben und schweben …

## Das Biotop II

Zehn Minuten nach sechs Uhr war es, als Walcher wieder an dem Steg stand. Er hatte Irmi früh geweckt und ihr, mit größtem Verständnis für ihre Morgenmuffeligkeit, im Auto einen Apfel und ein Knäckebrot in die Hand gedrückt.
Irmis Schule begann erst um halb acht, was für eine Exkursion durch das Ried aber zu spät war. Walcher setzte Irmi deshalb wieder bei den Armbrusters ab, noch am Vorabend hatte er es so mit ihnen abgesprochen, wie sie es immer dann handhabten, wenn Walcher sehr früh aus dem Haus musste. Irmi setzte sich bei ihnen in die Küche und vertrieb sich ihre

Zeit mit Frühstücken oder machte noch nicht erledigte Hausaufgaben. Manchmal tauchte die Oma im wallenden Morgenmantel auf und setzte sich zu ihr oder machte ihr ein Pausenbrot. Meist blieb sie aber im Bett, Irmi hatte ja einen eigenen Hausschlüssel. *Das Kind muss doch selbstständig werden,* erklärte dazu die Oma, dabei wussten alle genau, dass sie selber eine notorische Langschläferin war. Für Irmi war das aber in Ordnung, sie fühlte sich bei den Großeltern zu Hause und bequem war es außerdem, weil der Schulbus vor der Haustür hielt. Da war es von Walchers Hof zur Bushaltestelle viel weiter.

Als sich Irmi verabschiedete, meinte sie ganz nebenbei: *übrigens haben wir seit gestern Pfingstferien.*

*Verdammt,* entfuhr es Walcher, *die hab ich total vergessen. Entschuldige bitte, lass uns am Nachmittag darüber reden, ich komme dich wieder hier abholen, okay?*

*Brauchst dir kein schlechtes Gewissen machen, wir haben das doch längst geklärt,* lächelte Irmi und verschwand in der Haustür der Großeltern.

Auch wenn sie letzte Woche gemeinsam entschieden hatten, nirgendwohin zu fahren, hätte er den Ferienanfang nicht vergessen dürfen. Er musste sich da etwas ausdenken, nahm er sich vor.

Der Tag war noch jung und es würde wieder angenehm warm werden. Wie Finger stachen die ersten Sonnenstrahlen in den Dunst über dem Wasser, rissen ihn in kleine Fetzen auseinander und lösten ihn auf. Vage konnte Walcher schon das gegenüberliegende Schweizer Ufer erkennen.

Er war erleichtert, dass sein Kanu noch an dem Tau hing und ihn mit einem leichten Schaukeln begrüßte. Dieses Mal trug er seine Digitalkamera im kleinen Rucksack bei sich, den er in den wasserdichten Eimer steckte. Auch die Fischerstiefel legte er wieder ins Kanu und nahm sich vor, die teuren Dinger, die angeblich ja ein Leben lang hielten, auch tatsächlich zu benutzen.

Von seiner gestrigen Tour einen leichten Muskelkater in den Armen und Bauchmuskeln, bewegte er sich etwas hölzern. Auch schmerzten ihn, trotz Arnika, die Quetschung an der Hand und die geprellten Körperpartien. Trotzdem platschte Walcher nur die ersten Paddelschläge etwas ungelenk in das Wasser, dann war er wieder ganz der geschickte Mohikaner, der in See stach, um große Abenteuer zu erleben. Ein gutes Gefühl wärmte seine Brust, als er langsam und entspannt am Riedufer entlangglitt. Ab und zu schaukelte das Kanu sanft auf Ausläufern von Wellen, die von irgendwoher plötzlich angerollt kamen und mit einem schwachen Gluckern vom Schilf geschluckt wurden.
Der See, das Wasser, man konnte es als ein Lebewesen verstehen, dunkel-gläsern und friedlich, jedenfalls an diesem Morgen. Walcher spürte, wie dieses Lebewesen ihn auf seiner Haut trug, ruhig und wohlwollend.
Der Wind ruhte noch, weshalb auch das Laub am Ufer sich nicht regte. Aus dem Grün dahinter war ein Raunen aus dem Ried zu hören, mehr noch, ein Konzert, das die Vorlage zu Vivaldis *Jahreszeiten* hätte sein können. Einzelne Schreihälse setzten sich lautstark von dem Chor ab und schmetterten ihre Soli hinaus auf den See.
Schade, dachte Walcher mit etwas Wehmut, schade, dass er die Stimmen und Zeichen der Natur nicht verstehen konnte. Die Kundigen dieser alten Lehre waren hierzulande längst ausgestorben. Als bestätigten sich seine Gedanken, schnellte ein Fisch aus dem Wasser. Zu überraschend, zu schnell, als dass Walcher ihn hätte dabei betrachten können. Nur die Wellenringe auf der Oberfläche erzählten davon.
War es eine Botschaft, fragte sich Walcher? Erzählte der Fisch von tief fliegenden Mücken, weil sich ein Unwetter zusammenbraute? Oder schnappte er nach Luft, weil nicht mehr genug Sauerstoff im Wasser enthalten war? Walcher reimte eine Bauernregel. *Schnappt der Fisch am frühen Morgen, braucht das Huhn sein End' nicht sorgen.*
Unsere Ahnen hätten vermutlich eine Angel geholt, weil bei

diesem Wetter die Fische besonders gut anbissen, oder wären auf ihre Wiesen geeilt, um das trockene Heu vor dem angekündigten Regenguss zu retten.
Walcher ließ seine Gedanken umherstreichen, während er in Ufernähe mit ruhigen Paddelschlägen sein Kanu vorantrieb. Überrascht stellte er fest, dass er die Stelle, wo er gestern angelegt hatte, längst passiert hatte. Er lenkte das Boot zur Seemitte hin, weg vom Ufer, weil bald das umzäunte Gelände beginnen musste. So war es auch. Der Bewuchs mit Schilf, Büschen und Bäumen endete, dafür tat sich eine halbkreisförmige Bucht auf, mit einem Kiesstrand, der See und Wiese voneinander trennte. Menschen sah er keine, nur die Inseln aus Büschen auf der Wiese und das lang gestreckte Gebäude, diesmal von der Seeseite her.
Vor der überdachten breiten Holzveranda wuchsen Ziersträucher, von denen ihm aber nur die blühende Glyzinie bekannt war. Das ganze Anwesen wirkte sehr einladend und gemütlich. Walcher konnte sich gut vorstellen, dort in einem gemütlichen Sessel zu sitzen, zu lesen oder sich nur auf den See hinaus zu träumen. Pflanzkübel standen auf der Veranda, mit grünen Gewächsen darin, in einem steckte ein großes, signalgelbes Windrad. Korbsessel, ein Tischchen und Liegestühle waren aufgestellt, so sah ein Ferienidyll auf einem bunten Werbeprospekt aus. Nur Menschen fehlten darin.
Walcher vermied es, übermäßige Neugierde zu zeigen, drehte sich aber einige Male absichtlich zum Haus hinüber. Völliges Desinteresse an den Tag zu legen, wäre vermutlich auffälliger gewesen, dachte er. Vor ihm tuckerte ein kleines Fischerboot auf den See hinaus.
Er befand sich jetzt auf der Höhe, wo wieder Buschwerk und Bäume wuchsen, vermutlich an der Grenze des Grundstücks, als er über die Schulter zurücksah.
Mitten auf der Wiese stand ein Mann in einer blauen Arbeitsmontur und schaute in seine Richtung. Die Körperhaltung mit den angewinkelten Armen ließ darauf schließen, dass er ein Fernglas hielt. Aber das konnte Walcher nicht

richtig erkennen, auch weil ihm Äste die Sicht nahmen.
Ertappt, dachte Walcher und geriet zwei, drei Paddelschläge aus seinem gleichmäßigen ruhigen Rhythmus. Das Kanu schaukelte. Er hatte eine Hitzewallung empfunden, als wäre er mit zu hohem Tempo an dem grauen Kasten einer Geschwindigkeitskontrolle vorbeigerauscht.
Vielleicht hätte er dem Blaumann lässig zuwinken und auf Tourist machen sollen, dachte Walcher, aber zu spät, er war längst über die Grundstücksgrenze hinaus. Warum sah ihm der Blaumann mit einem Fernglas nach?, fragte sich Walcher und gab sich gleich selbst die Antwort: Warum nicht? Andererseits, wer hatte schon einen Feldstecher griffbereit bei sich? Höchstens ein Spanner an einem Nudistenstrand oder einer von der Wasserwacht. Aber hier war kein Nudistenstrand, und ein Monteur, der mit einem Fernglas herumlief, war eher als ungewöhnlich einzustufen.
Walcher war automatisch weiter gepaddelt. Still war es plötzlich, fiel ihm auf. Kein Vogelgesang, kein Grillenzirpen, nichts, wie in einem Stummfilm. Ein paar Vögel flatterten hinter ihm aus den Büschen am Ufer auf. Vielleicht war der Blaumann dorthin gelaufen, um ihn nicht aus den Augen zu verlieren? Walcher paddelte ruhig weiter. Fünfzig, hundert Meter müssten als Sicherheitsabstand zu dem Grundstück reichen, entschied Walcher und suchte das Ufer nach einem Anlegeplatz ab.
Er würde zur Grundstücksgrenze zurückgehen und beobachten, was sich dort tat, so war sein Plan. Sein Vorhaben in die Tat umzusetzen - daran hinderte ihn jedoch der dichte Bewuchs am Ufer. Erst nach weiteren fünfzig Metern öffnete sich eine kleine Bucht in dem dichten Schilf. Walcher hielt darauf zu. Einen Moment lang hatte er das Gefühl, als würden ihn Hunderte Mohikaneraugen aus dem Schilf beobachten. Aber er ignorierte das leichte Frösteln auf seinem Rücken, paddelte kräftig, um Fahrt aufzunehmen und in die Bucht einzulaufen.
Das Kanu landete jedoch nicht auf weichem Moor, sondern

schrammte mit einem hässlichen Kratzen auf einen Haufen zerbrochener Dachziegel.
Was bei Landwirten eine beliebte Methode der Entsorgung war, die mit Ziegelschutt ganze Waldwege pflasterten, schien auch den Fischern am Bodensee recht. Davon abgesehen, war es ein idyllisches Plätzchen, eingerahmt von grünem Schilf, uneinsehbar von der Landseite her. Gebückt stieg Walcher vorsichtig über den Bug aus dem wackelnden Kanu, Paddel, Stiefel und Eimer in Händen.
Die Dachziegel waren vermutlich von der Landseite her angekarrt worden, denn der Boden unter seinen Füßen war fest und ein schmaler Pfad führte in den mannshohen Schilfwald. Allerdings nicht in die Richtung, die Walcher einzuschlagen vorhatte, denn er wollte nach rechts, möglichst in Ufernähe zurück zum Grundstück.
Er schulterte seinen Rucksack, zog das Kanu noch einen Meter weiter auf den Ziegelhaufen, rammte einige Schritte entfernt das Paddel in ein Sumpfloch, um den Diebstahl des Kanus wenigstens etwas zu erschweren, und deponierte daneben den Eimer und die unförmigen Stiefel. Dann suchte er nach einem trittfesten Pfad.
Walcher war schon mal durch einen Schilfwald gestapft. Die Erinnerung daran überfiel ihn wie ein Phantom.
Der Auftrag, über Kindersoldaten zu recherchieren, hatte ihn in die Demokratische Republik Kongo geführt. Zehn Tage lang begleitete er einen Trupp im Grenzgebiet zum Nachbarland. Der Trupp, das waren sechs Söldner zwischen dreißig und vierzig Jahren, einer im Dienstrang eines Majors, zwei Leutnants, drei Sergeanten sowie dreiundsechzig Kindersoldaten - von denen die größten ihren Anführern gerade mal bis zur Schulter reichten. Der Kleinste war nur knapp einen Meter und fünfzig, so lang wie ihr Maschinengewehr, wie die anderen gern scherzten.
Die Warlords hielten viel von den Kindern. Sie waren nicht nur genügsam, sondern ließen sich auch leicht zu skrupellosen Killern manipulieren. Die Kinder wurden systematisch

einer Gehirnwäsche unterzogen, auch überreichte man ihnen feierlich Fetische, die sie angeblich gegen Kugeln unverwundbar machten. Trotzdem wurden sie nicht für den Kampf gegen reguläre Truppen eingesetzt, das hätten sie nicht durchgestanden, sondern wehrlose Zivilisten zu terrorisieren war ihre Aufgabe. Auch die Tatsache, dass immer leichtere Schusswaffen entwickelt wurden, förderte den Einsatz der Kinder. In dem Trupp, den Walcher begleitete, gehörten modernste ultraleichte Schnellfeuerpistolen zur Ausrüstung. Sie sahen damit aus, wie Kinder eben aussehen, die Krieg machen.

Walcher war bereits auf der Rückfahrt nach Mdandaka, dem nächsten Flughafen, als sein Führer und Chauffeur in einem armseligen Hüttendorf abseits der Hauptstraße Halt machte. Er hatte Walcher gebeten, dort einen Freund besuchen zu dürfen. In derselben Nacht brach ein Kinderbataillon über das Dorf herein, wie in einem schlechten Horrorfilm.

Sie zündeten die Hütten an, schossen wahllos auf die flüchtenden, wehrlosen Menschen und trieben sie aus dem Feuerschein in das nahe Schilfgebiet des Tumba-Sees. Sechs Tage lang versteckten sich Walcher und acht Flüchtlinge, tief in dem unendlich scheinenden Sumpf, immer in der Angst, dass die Kindersoldaten das Schilf anzündeten.

Sie ernährten sich von morastigem schwarzen Wasser und zwölf Powerriegeln aus Walchers Notration, die er in winzigen Stückchen unter seiner Gruppe aufteilte. Blutegel hingen zu Dutzenden wie Rastazotteln an ihren Beinen und saugten sie langsam aus. Zu dieser Geißel kam eine weitere hinzu. Nach drei, vier Tagen schlüpften in den Wunden der Flüchtenden, die das scharfe Schilf geschnitten hatte, die abgelegten Larven der Moskitos aus den Eiern und begannen, sich in das schutzlose Fleisch zu fressen. Das einzige medizinische Instrument, das ihnen zur Verfügung stand, war der Dorn von Walchers Gürtelschnalle und das Stück einer Muschel aus der Halskette einer Lubafrau.

Dass sie alle überlebten, hatten sie Walchers Fahrer und dem

von ihm organisierten Hubschraubereinsatz von Regierungstruppen zu verdanken.
Daran dachte Walcher, als er jetzt bis zur Wade in ein Wasserloch einsank. Allerdings war die Gefahr gering, dass sich Blutegel an seiner Haut festsaugen würden und Moskitos hießen hierzulande Mücken. Er war schließlich nicht im Kongobecken, sondern in einem deutschen Naturschutzgebiet. Aber die Bilder von damals waren ihm immer noch sehr präsent, die Erinnerung war eben doch nicht wie eine Speicherplatte, die nach Belieben gelöscht werden konnte, dachte er.
Vorsichtig wählte Walcher seinen Weg, umging dabei nicht nur sumpfig aussehende Stellen, auch das Bewegen der stehenden und ein Knacken der alten, auf dem Boden liegenden Schilfrohre versuchte er zu vermeiden.
Offenbar hatte Walcher die Distanz überschätzt, die er mit dem Kanu zurückgelegt hatte. Denn nach höchstens fünfzig Metern mischten sich grüne Büsche unter das Schilf. Und er hörte eine Flöte, keine Kinderflöte, sondern pfiffiger, eine Querflöte wie die bei Jethro Tull. Das war für ihn Grund genug, den Rucksack zu öffnen und die Kamera hervorzuholen.
Ein kurzer Check: Batterien voll, Speicherchip leer, okay.
Er hängte sie sich um, weil er beide Hände brauchte, um sich durch das dichte Buschwerk zu kämpfen. Liguster, Holunder, Hasel, Brennnessel, Erlenstämme, ein einziges Gewirr. Dann hielt ihn das Drahtgeflecht auf, genau wie auf der gegenüberliegenden Seite. Jenseits vom Zaun das gleiche grüne Gestrüpp, das ihm jede Sicht verwehrte. Also musste er über das Hindernis klettern, wollte er seine Neugierde befriedigen. Das wollte er allerdings, also hangelte er sich an dem Zaun hoch. Dabei erwiesen sich Äste, die durch die Zaunmaschen gewachsen waren, als praktische Kletterhilfe. Deshalb war das Hinaufsteigen weniger schwierig als der Wechsel über die Zaunkrone aus Stacheldraht auf die andere Seite und der folgende Abstieg. Der vollzog sich für Walcher dann auch sehr abrupt, zum einen, weil sich ein Ast

weigerte, seine Kniekehle freizugeben, zum anderen, weil sich seine Hose im Stacheldraht verhakte. Um sich von beidem zu befreien, wären zwei Hände nötig gewesen, aber die brauchte Walcher, um sich an einem Holunderast festzuhalten, denn er hing mit dem Oberkörper bereits nach unten. Die Rückkehr auf den Erdboden war somit eingeleitet. Vom lauten Knacken brechender Äste begleitet, stürzte Walcher ab und schlug auf dem Boden auf.

Dort blieb er erst einmal liegen und lauschte angestrengt, ob sich ihm jemand näherte. In seinen Ohren rauschte der Puls.

Der Schmerz des bereits am Vortag malträtierten Knies verlagerte sich an das linke Ohr. Sein Finger ertastete ein aufgerissenes Ohrläppchen voller Blut. Zum Glück ließ der Schmerz rasch nach. Für jemanden in der Nähe musste sein Sturz deutlich zu hören gewesen sein, vermutlich waren auch Vögel erschrocken aufgeflogen. Walcher erwartete deshalb, von dem Monteur gefasst und aus der Deckung gezerrt zu werden. Aber nichts dergleichen geschah. Die Querflöte spielte unverdrossen weiter, es hörte sich nach einem Stück von Mozart an.

Einige Minuten lang rührte sich Walcher nicht von der Stelle. Dann drehte er sich auf den Bauch und robbte von dem Zaun weg, hin zum Buschrand, zur Wiese. Dabei räumte er sogar trockene Äste aus dem Weg, um sich geräuschlos seinem Ziel zu nähern. Nach einigen Metern hellte sich vor ihm der Horizont auf, er hatte die Buschgrenze zur Wiese erreicht.

Allerdings wuchs dort ein breiter Gürtel von Brennnesseln unter den ausladenden Ästen drei ineinander verwachsener Haselnusssträucher. Er schob sich vorsichtig so weit vor, wie er glaubte, von dem dichten Blattwerk noch verdeckt zu sein. Das Nesselgift brannte höllisch auf den Händen, selbst durch das Hemd. Aber da musste er durch, sagte er sich, und zwar ohne zu fluchen und ohne zu jammern.

Durchs Teleobjektiv der Kamera sah er die Veranda, jedoch nur den mittleren Bereich. Die Sicht auf den vorderen und

hinteren Teil verdeckten die Büsche auf der Wiese und der üppige Fliederstrauch vorn an der Veranda.
Walcher schwenkte die Kamera von einem Notenständer, der dort stand, auf die Querflöte. Darauf spielte die Frau mit der roten Kurzhaarfrisur, die gestern mit den Kindern Fangen gespielt hatte. Er drückte auf den Auslöser und bannte das hübsche Gesicht auf den Speicherchip.
Die Flötenspielerin ließ ihr Instrument sinken, lachte, legte die Flöte auf dem Rand des Notenständers ab und ging in die Knie. In ihre geöffneten Arme stürmten drei kleine Figuren. Ein hübsches Bild. Dazu tönte herzhaftes Kichern herüber, das sich zu spitzen Tönen steigerte, als sich die Rothaarige aus den Umarmungen der Kinder löste und im Zickzack zum Ufer flüchtete. Walcher vergaß zwar nicht auf den Auslöser zu drücken, verfolgte dabei aber hingerissen die sportlich anmutigen Bewegungen der Frau. Die Kinder jagten ihr wie ein Geschwader hinterher, schwärmten aus und versuchten ihr den Weg abzuschneiden. Knapp zwanzig Meter vor Walchers Versteck schafften sie es, klammerten sich wie Kletten an die Flüchtende und balgten miteinander auf der Wiese. Eine junge Mutter, vielleicht auch eine Erzieherin, tobte mit ihren Kindern im Garten herum und er, der investigative Journalist Walcher, fotografierte sie dabei aus der Deckung eines Brennnesselfeldes heraus, wie ein Voyeur. Beziehungsweise, nicht minder übel, aus irgendeinem vagen Gefühl heraus und aus purer Neugierde.
Walcher ließ bei diesen Gedanken die Kamera sinken und wollte sich gerade zurückziehen, aber er blieb und drückte den Sucher erneut ans Auge. Aus einer der Verandatüren waren zwei, drei, vier weitere Kinder gehüpft, flitzten über die Wiese zu den anderen und sorgten für eine noch größere Balgerei.
Walcher sah auf den hellen Sommersachen der Kinder die Grasflecken förmlich vor sich, dachte kurz an seine Mutter, die so was bei ihm immer heftig moniert hatte, ließ sich aber nicht weiter aus dem Konzept bringen und knipste eine

ganze Serie von Fotos, so schnell es die Datenverarbeitung der Kamera eben zuließ. Der gellende Pfiff, der das lockere Spiel abrupt beendete, kam von dem Mann in Blau, der auf der Veranda stand und winkte. Das Knäuel löste sich auf und mit dem Rücken zu Walchers Versteck standen sieben gleich große blonde Kinder und die rothaarige Flötenspielerin.
Der Blaumann winkte noch einmal kurz, drehte sich um und verschwand durch die Verandatür, aus der er aufgetaucht war. Die Kinder sahen einander an und trippelten etwas resigniert, wie es Walcher schien, zum Haus zurück.
Dort war die blonde Frau auf die Veranda getreten, die auf den ersten Bildern des Vortags nicht besonders gut zu erkennen war. Sie winkte den Kindern entgegen. Durch den Sucher konnte Walcher ein freundliches Lächeln auf ihrem Gesicht erkennen.
Walcher schoss noch ein paar Fotos und hatte dabei auch kein schlechtes Gewissen mehr. Soweit es auf diese Distanz durchs Objektiv der Kamera zu erkennen war, musste es sich bei den Kindern um eineiige Siebenlinge handeln!
Er hatte aber noch nie etwas von der Geburt einer solch hohen Zahl eineiiger Geschwister gehört. Nein, dahinter steckte ein anderes Geheimnis, da war sich Walcher sicher, und fest stand für ihn auch, dass er das aufdecken wollte.
Seine Recherche über das Biotop konnte parallel laufen, entschied er.
Walchers Rückzug aus dem Brennnesselversteck und das Überklettern des Zauns verliefen diesmal schmerzfrei und leise. Jetzt, wo er Fotos hatte, wollte er kein unnötiges Risiko eingehen, weshalb er sich besonders vorsichtig in die Richtung zurückzog, aus der er gekommen war. Allerdings ließ seine Anspannung mit jedem Meter nach, den er hinter sich brachte – und damit wohl auch seine Aufmerksamkeit. So tappte er genau in jene Pfütze, die er auf dem Hinweg umgangen hatte, glücklicherweise, wie sich nun zeigte, denn Walcher versank bis zu den Hüften in der schwarzen Brühe und hatte Mühe, wieder aus dem Loch heraus zu kommen.

Genaugenommen war es keine Pfütze und auch kein Tümpel, sondern ein tiefes Loch, das sich mit Moorwasser gefüllt hatte. Vielleicht sogar eine Falle, von irgendeinem Arschloch absichtlich gegraben, fluchte Walcher in Gedanken.
Außer einem mächtigen Schreck und davon abgesehen, dass er schon wieder eine nasse Hose hatte, war weiter nichts geschehen. Trotzdem nahm er sich vor, aufmerksamer auf den Weg zu achten.
Verschwitzt, mit blutverkrustetem Ohr, in einer verdreckten, aufgerissenen Hose, auf der sich die Samen der Schilfwedel angesammelt hatten wie Puderzucker auf einem Napfkuchen, fand Walcher treffsicher sein Depot.
Er zog das Paddel aus dem Boden, nahm die Stiefel und den Eimer und machte sich auf die letzten Meter zu der Anlegestelle. Walcher freute sich auf eine gemütliche Rückfahrt mit dem Kanu.
Aber daraus wurde erst mal nichts. Das Kanu war verschwunden. In Walchers Kopf explodierten Signalraketen. Wilde Wellen konnten das Kanu nicht in den See gezogen haben, denn die Wasseroberfläche lag glatt und ruhig vor ihm. Oder doch? Besonders hohe Wellen von einer Fähre etwa? Walcher wollte sein Schicksal nicht so einfach hinnehmen. Er legte die Sachen und den Rucksack ab, das Paddel behielt er in der Hand und watete einige Meter in das Wasser hinein. Als er bis zu den ohnehin nassen Hüften im Wasser stand, hatte er offene Sicht über die kleine Bucht. Doch nirgends war ein rotes Kanu zu sehen.
*Also gestohlen*, sagte er sich und der Gedanke, dass vielleicht Blaumänner die Diebe sein könnten, trieb ihn zügig zurück ans Ufer, wobei er das Paddel zu Hilfe nahm, so als säße er in einem Kanu. Wieder an Land, band er die Fischerstiefel an den Rucksack und hängte ihn sich um. Mit dem Paddel in den Händen wie eine Schlagwaffe, suchte er in einem Halbkreis den Boden am Anlegeplatz ab, entdeckte aber weder Fußspuren noch die erhoffte breite Schleifspur ins Schilf, die ihn zu dem Kanu führen würde. Ob durch Diebstahl oder

Naturgewalten, das geliehene Kanu war vom Wasser aus abtransportiert oder abgetrieben und demnach ab sofort ein Versicherungsfall. Der Bootsverleiher! Vielleicht praktizierte der die Masche, seine verliehenen Boote einzusammeln und den Verlust in Rechnung zu stellen, kam es Walcher in den Sinn. Er verwarf diesen Gedanken aber sofort wieder, denn ein Kanu lohnte solchen Aufwand nicht und schon gar nicht das Risiko, dabei erwischt zu werden.
Wer auch immer der Dieb oder die Diebe sein mochten, sie zwangen ihn zu einem Fußmarsch durchs Ried. *Think positive,* seufzte Walcher und dachte an die Freifrau von Wedern, deren Auftrag zur Begutachtung des Eriskircher Rieds er mit dieser Begehung ja wohl gründlich erledigt hatte.

Eine Wanderung durchs Wasser am Ufer entlang hatte Walcher schon einmal durchgemacht, dieser Weg schied für ihn aus. Er wählte die Richtung Nordosten. Da müsste er am ehesten wieder auf Zivilisation stoßen.
Mit dem Paddel in der Hand machte er sich auf den Weg, in nasser Hose und mit durchweichten, quatschenden Turnschuhen, noch dazu auf einem tückischen, moorigen Terrain, alles andere als ein Vergnügen.
Von der angestrebten nordöstlichen Richtung abzuweichen, dazu zwang ihn bereits nach zwanzig Metern eine Sumpffläche, die aussah, als könnten aus ihr Moorleichen vergangener Jahrhunderte geborgen werden. Walcher entschied sich für einen Weg nach links. Rechts würde er sich wieder dem Grundstück nähern und das erschien ihm zu riskant.
Der Boden war weich, aber nicht grundlos, das Schilf stand dicht und überragte Walcher um gut einen Meter.
Für Mücken schien es nicht die rechte Tageszeit, dafür umschwärmten ihn dicke Bremsen und sorgten für Schwellungen, die sich nicht wesentlich von denen unterschieden, die er sich von den Brennnesseln zugezogen hatte. Walcher nahm es mit Gleichmut, ein Blatt Spitzwegerich, das er auf den Handrücken zerrieb, zeigte keinerlei lindernde Wirkung.

Damit erschöpfte sich sein heilkundliches Wissen über Pflanzen und der Saft einer Zwiebel, der sich bei Insektenstichen ebenfalls zur Schmerzlinderung eignete, war nicht zur Hand. Fernes Glockengeläut verkündete die Mittagsstunde. Intensiv brannte ihm die Sonne auf den Kopf, Durst meldete sich und er nahm sich vor, bei der nächstbesten Möglichkeit für einen Ausgleich des Flüssigkeitsdefizits zu sorgen, angefangen mit Wasser bis hin zu Wein pur. Aber er wurde in seinen Gedanken daran unterbrochen. Mit heftigem Flügelschlag und dem für sie typischen Pfeifton stiegen in unmittelbarer Nähe Wildenten auf.
Hatte er sie aufgeschreckt oder waren außer ihm noch andere unterwegs, überlegte Walcher, hielt sein Paddel als Schlagwaffe bereit und ging in die Hocke.
So kauerte er minutenlang am Boden und lauschte. Seine Beinmuskeln fingen bereits an sich zu verkrampfen, weshalb er aufstehen wollte, als rechts von ihm ein Sprechfunkgerät quäkte und eine Stimme hektische Befehle rief.
Walcher machte sich noch kleiner und wartete erstarrt.
Selbst die Bremse auf seinem Handrücken ließ er ungehindert stechen. Er konnte niemanden sehen, dafür war das Schilf zu dicht, aber wer außer den blau gekleideten Monteuren, sollte nach ihm suchen, fragte er sich. Schweiß perlte von seiner Stirn, sein Herz pochte so laut, dass er schon fürchtete, sich dadurch zu verraten. Walcher spürte, wie die Angst in ihm wuchs. Wenn diese Typen nach ihm suchten, nur weil er in einem Kanu an ihrem Grundstück vorbeigerudert war, dann waren sie wahrscheinlich gefährlich. Und weil sich Walcher nicht als einen Helden aus der ersten Reihe bezeichnete, fühlte er sich höchst unwohl.
Sein Handy fiel ihm ein und ein zusätzlicher Schreck durchfuhr ihn. Hektisch fummelte er es aus der Brusttasche und schaltete es aus. Er erinnerte sich noch sehr deutlich, wie er, verfolgt von einem Auftragskiller, in einer Milchkammer gefangen saß. Hätte damals das Handy geklingelt, sein Leben hätte vermutlich rasch ein Ende gefunden.

Walcher hörte Wortfetzen, ganz aus der Nähe kamen sie. Er wagte nicht laut zu atmen. *Sollten Hund her ... scheißnasse Füße ... Enten ... nein ... komme zurück ... roger.*
Dann hörte er ein Rascheln, das sich entfernte. Er atmete auf und setzte sich vorsichtig auf den Boden. Die Beinmuskeln hatten sich verkrampft und schmerzten. Dennoch blieb er gut eine halbe Stunde so sitzen, bevor er sich steif und ungelenk wieder auf den Weg machte.
Der Marsch zog sich jedoch hin, weil er nach nur wenigen Schritten immer wieder Halt machte, um zu lauschen.
Nur gut, dass er es offensichtlich nicht mit sonderlich geübten Jägern zu tun hatte und dass sie den Hund nicht einsetzten, wenn sie denn überhaupt einen dabei hatten.
Sie! Wer waren die Monteure in Blau und die Siebenlinge und die beiden Frauen? Wozu der Aufwand?
In Walchers Kopf drehten sich die Gedanken im Kreis, während er sich in nördlicher Richtung davonmachte, mit jedem Schritt, den er sich von dem Grundstück entfernte, fühlte er sich etwas sicherer. Sicherer war auch der Boden unter seinen Füßen geworden, sogar Brennnesseln standen zwischen dem Schilf. Brennnesseln? Walcher sah sich die saftigen hohen Pflanzen genauer an. Hanf, Marihuana - hier baute jemand für seine Träume vor.
Vermutlich hatte der Hanf aber nichts mit den Blaumännern zu tun. Wegen der Hand voll Pflanzen betrieb niemand einen derartigen Aufwand. Diese Miniplantage sah ihm eher nach einem pfiffigen Einzelnen aus, der damit seinen Eigenbedarf decken wollte. Wenn er Glück hatte. Meistens tauchte vor der Ernte die Polizei auf, kappte und verbrannte die Pflanzen und verkaufte die Aktion in der Zeitung als einen großartigen Sieg über die Rauschgiftszene.
Vielleicht waren das vorhin auch nicht die Blaumänner gewesen, sondern die Hanfpolizei, schloss Walcher das Thema fürs Erste ab.
Eine halbe Stunde später saß er auf der alten Holzbank des Bahnhofs in Eriskirch. Ohne Paddel. Aus Angst, man könnte

großräumig nach ihm suchen, hatte er dieses weithin sichtbare Erkennungszeichen im Ried zurückgelassen. Walcher würde ohnehin nicht so bald wieder mit einem Kanu herumpaddeln.
Für fünfzehn Euro ließ er sich von einem Taxi zu seinem Ausgangspunkt fahren, dem alten Steg im Bodensee.
Zwanzig Euro verlangte die Friedrichshafener Polizei, so stand es auf dem Strafzettel, der hinter dem Scheibenwischer an Walchers Wagen klemmte. Unerlaubtes Parken in einer Naturschutzzone. Walcher grinste bei der Vorstellung, welchen Aufwand die Polizei mit ihm gehabt hätte, wenn die Männer in Blau ihn im Moor versenkt hätten.
Mit einer Plastiktüte zwischen feuchter Hose und Sitzpolster machte sich Walcher auf den Heimweg ins Allgäu.

Irmi war der lange Tag auch anzumerken. Sie verschwand kurz nach dem gemeinsamen Abendessen in ihr Zimmer, allerdings nicht ohne vorher schnippisch nachzufragen, ob es sich für sie denn überhaupt lohnte ins Bett zu gehen. *Vielleicht hat der Herr Walcher ja vor, auch den nächsten Tag wieder mitten in der Nacht beginnen zu lassen.* Die Miene, die sie dabei zog, war so komisch, dass Walcher herzlich lachen musste. *Du sahst gerade aus wie ein Kettenhund, der unschlüssig ist, ob er den Postboten oder die Posttasche beißen soll,* erklärte er, als sie ihn fragte, was es da zu lachen gäbe. Walcher wünschte ihr eine gute und, was das Aufstehen am Morgen betraf, eine normale Nacht.
Walcher verbrachte den Rest des Tages vor dem PC. Er lud die Bilddaten der Kamera auf die Festplatte und brannte die gesammelten Daten auf eine CD sowie sicherheitshalber noch auf eine zweite. *Moorgeister* schrieb er drauf.
Die eine der CDs würde er im Büro deponieren, die zweite im Schließfach in der Bank. Bilder, Texte, alles was sich bei einer Reportage ansammelte, sicherte Walcher nach diesem System: eine Datei im Computer, zwei CDs als Sicherung, die er an unterschiedlichen Plätzen aufbewahrte.

Über die Jahre hinweg kam so eine umfangreiche Datensammlung zusammen. Vor allem auf seine Fotosammlung, die er nach Themen geordnet ständig erweiterte, war Walcher stolz. Einiges davon wollte er irgendwann einmal zu Bildbänden zusammenstellen, nahm er sich vor.
Irgendwann, wenn er es satt hatte, auf der Jagd nach brisanten Storys in der Welt herumzureisen.
Walcher kochte sich in der Küche einen schwarzen Tee und setzte sich mit der Tasse wieder vor den Bildschirm. Foto für Foto betrachtete er seine Ausbeute. Die Gesichter der sieben Kinder hatte er als Einzelbilder zu einer Bildfolge aneinander gefügt. Das Ergebnis war verblüffend!
Abgesehen von ihren Frisuren und ihrer Kleidung war es nicht möglich, Unterschiede zu erkennen. Diese sieben Kinder glichen einander wie Klone.
Walcher wiederholte das Wort noch mal: *Klone*. Er war doch nicht etwa auf eine unerlaubte Versuchsanstalt gestoßen? Schafe, das war bekannt, aber Menschen? Waren sie mit ihren Experimenten tatsächlich schon so weit vorgestoßen? Und wenn ja, wer waren SIE? Sofort lösten diese Fragen in Walcher den Impuls aus, ihnen auf den Grund zu gehen. Die Berufskrankheit der Journalisten, dachte er.
Er ging ins Internet und gab *Klonen* als Suchbegriff ein. Es gab Tausende von Seiten mit Einträgen, da hätte er für Wochen zu lesen. Über Ethik, über Wissenschaft und Widerstand gegen sie, über Schafe und geklonte Mäuse, über Hoffnungen der menschlichen Rasse und den Untergang von allem Natürlichen. Die Anzahl und Informationsgehalt der Beiträge überraschten Walcher.
Vielleicht war es ja auch nur eine verrückte Idee von ihm und die Kinder stellten sich als eine Laune der Natur heraus. Wie auch immer, bevor er sich in irgendwelchen Spekulationen verstieg, beschloss Walcher, als nächsten Schritt Informationen über das Grundstück einzuholen: wem es gehörte und was dort betrieben wurde.
Damit schaltete er den Computer aus und legte sich schlafen.

Freitag, den 28. Mai

*Gestohlen, wieso gestohlen? Ihr Kanu liegt sauber und wie neu im Regal,* hörte Walcher am nächsten Tag den pfiffigen Kanuverleiher sagen. *Wurde gestern kurz vor sechs abgeliefert.*
*Und die Kaution,* fragte Walcher, *was ist mit meiner Kaution?*
*Ausbezahlt natürlich, abzüglich Miete und Versicherung. Also Sie sind gut,* klang es leicht verärgert aus dem Hörer.
*Wer hat das Boot denn abgeliefert,* erkundigte sich Walcher.
*Soll das ein Witz werden, versteckte Kamera oder der Telefonschreck oder so was,* bekam er als Antwort und musste noch einmal nachhaken.
*Ich war gestern auf Geschäftsreise, deshalb bin ich noch nicht ganz informiert,* log er, *also, wer hat das Boot abgeliefert?*
*Na Ihre Frau selbstverständlich, von niemand sonst hätten wir das Leihobjekt angenommen und die Kaution hätten wir sonst auch nicht ausbezahlt.*
*Meine Frau,* meinte Walcher und beschrieb spontan die rothaarige Flötenspielerin. *So eine schlanke, hochgewachsene mit roten Haaren?*
*Bingo,* tönte es aus dem Hörer, *Sie kennen Ihre Frau. Entschuldigen Sie mich, Kundschaft,* und der Hörer knallte aufs altmodische Telefon, dass Walchers Trommelfell zuckte.
Walcher nahm es dem Verkaufsgenie nicht übel, dazu war er gerade viel zu stolz auf seine spontane Eingebung wegen der Rothaarigen.
Warum hatten die von dem Grundstück das Kanu geklaut und abgeliefert? Den Verleiher herauszufinden war nicht schwierig, der stand auf dem Schild innen an der Bordwand. Die Blaumänner und die Flötenfrau hatten sicher kein gutes Werk tun wollen. Nein, sie wollten den Namen und die Adresse des Spions herausfinden, der da um das Anwesen schlich, dachte Walcher, und der stand auf dem Verleihschein. Allerdings hatte er die neue Ravensburger Büroadresse angegeben. Sie kannten damit seinen Beruf und wussten auch gleich noch, dass da ein ganzes Nest von Journalisten

zusammen in einem Büro saß. Sie waren also in jedem Fall vorgewarnt, weshalb sich Walcher vornahm, diesem scheinbaren Ferienheim offiziell einen Besuch abzustatten und sich als der auszuweisen, der er war. Eventuell mit einem Begleiter, einem seiner Büropartner, als Zeugen und zum Schutz. Vorher aber war ein Besuch bei der Gemeinde angesagt.
Walcher erinnerte sich an sein Versprechen, Freifrau von Wedern seine Entscheidung bis Freitag mitzuteilen, ob er die Ried-Recherche übernehmen würde, und rief deshalb die Nummer auf der Visitenkarte an, die sie ihm gegeben hatte. Nach drei Versuchen im Abstand von jeweils zehn Minuten gab er es auf, mit dem guten Gewissen, sein Möglichstes versucht zu haben.

## Der Bürgermeister

Das Bürgermeisteramt von Eriskirch unterschied sich zwar äußerlich von vielen anderen Gemeindeämtern, denn es war schweinchenrosafarben gestrichen. Aber im Ton und Stil seiner Mitarbeiter war es so wie überall.
Eine missgelaunte Angestellte, die hinter einer Theke am PC saß, ignorierte Walcher erst einmal, bis er höflich fragte, *können Sie mir bitte eine Zeit nennen, wann Sie mit Ihrer Arbeit fertig sind? Ich komme dann gern noch mal später vorbei.*
Als hätte die Dame nur darauf gewartet, keifte sie über den Tresen zurück, der diese Welt in zwei Welten trennte: *Ja Sie wer'n doch wohl die paar Minuten Zeit ham, glauben'S denn, ich kann alles auf einmal machen?*
Dann läutete auch noch das Telefon, was sie in zusätzlichen Stress brachte, bis sie sich endlich herabließ und den Hörer abnahm. *Nein, jetzt net Rudi, bin mitten im Gespräch, du,* gurrte sie erstaunlich zärtlich hinein und lief rosarot an, vermutlich ihr Liebhaber, dachte Walcher und grinste. Weil sie das mitbekam, kostete es ihn einige weitere Minuten, in denen er

die ausgelegten Prospekte durchblätterte und zu einem Stapel anhäufte. Dann endlich wandte sich die Herrin über die Auskunft Walcher zu: *und was wellet'Se?*
Walcher beschrieb ihr die Lage des Grundstücks am See und fragte, *wissen Sie, ob man das Anwesen kaufen oder pachten kann?*
*Dazu müsset Sie sich an das Grundbuchamt wende, i bin koine Auskunft do, sondern des Vorzimmer vom Bürgermeischter.* Ihr angestrengtes Hochdeutsch hörte sich grässlich an. Trotzdem lächelte Walcher, als er nach dem Grundbuchamt fragte.
*Das Grundbuch, der Herr Hartnagel, ischt die und die nägschte Woche in Urlaub. Vertretung macht der Herr Bürgermeischter ...*
Der kam wie auf Bestellung in diesem Moment durch die seitliche Tür, mit einer Akte in der Hand.
Nach einer kurzen Wiederholung seiner Fragen saß Walcher dem Bürgermeister in dessen Amtszimmer gegenüber.
*Sie interessieren sich also für das alte Strandbad, kann ich verstehen, ein herrliches Anwesen. Aber daraus wird leider nichts. Es steht weder zum Verkauf noch suchen die Besitzer einen Mieter. Irgendeine Holding in Berlin, da müsste ich nachsehen,* bekam Walcher auf seine Frage nach den Besitzern als Antwort.
*Die haben das alte Strandbad schon nach dem letzten Krieg gekauft und zu einer Ferienanlage umgebaut, die sie besonders verdienten Mitarbeitern oder Kunden zur Verfügung stellen. Davor war das Strandbad bei den Nazis erst ein Lager für besondere politische Häftlinge und danach ein Erholungsheim für Mütter.*
*Heute würde ich niemals dem Verkauf von so einem Filetstück zustimmen. Aber wenn Sie interessiert sind, wir erschließen gerade ein neues Baugebiet, da sind noch einige Bauplätze zu haben.*
*Daran bin ich nicht interessiert, mich interessiert nur das Strandbad,* unterbrach Walcher den Redefluss des Dorfvorstands.
*Ja, dann kann ich Ihnen leider nicht weiterhelfen, sonstige Grundstücke, die zum Verkauf anstehen, sind mir nicht bekannt, schließlich bin ich ja Bürgermeister und kein Makler,* grinste er angestrengt über den eigenen Witz.
*Die Besitzer des Strandbads?*, hakte Walcher nach, *diese Holding.*

*Ich hätte gern einen Grundbuchauszug, ist das möglich,* lächelte Walcher den Bürgermeister an.
*Natürlich ist das überhaupt kein Problem, aber meine Termine sind diese Woche derart knapp gelegt. Wäre mir sehr recht, wenn Sie auf die Rückkehr unseres Grundbuchbeamten warten könnten, der ist, glaube ich, nächste Woche wieder an seinem Schreibtisch.*
Während der Bürgermeister ihm dies alles erzählte, strahlte er Walcher an wie auf einer Wahlveranstaltung. Dann stand er auf und beendete die Audienz mit einem kräftigen Händedruck und wollte seinen neugierigen Gast aus dem Amtszimmer komplimentieren. Walcher hielt aber an der Zimmertür an, eine letzte Frage hätte er noch, die allerdings nichts mit dem Strandbad zu tun hätte, sondern mit einer sehr guten Investitionsmöglichkeit, von der er flüstern gehört habe. Der Bürgermeister wartete Walchers Frage höflich ab. Wie es denn mit der Planung für das neue Wellness-Center im Ried stehen würde, wollte Walcher wissen.
Der verständnislose Blick des Gemeindechefs war nicht gespielt, *Wellness-Center?* fragte er verdattert. *Im Ried? Also da sind Sie einem Gerücht aufgesessen. Wir sind gerade in Verhandlungen, das Ried als internationales Naturerbe unter Schutz stellen zu lassen. Glauben Sie mir, in und an den Grenzbereichen dieses Naturschutzgebietes wird es keine Genehmigungen für Neubauten geben, zu welchem Zweck auch immer. Selbst wenn der Papst eine Kirche bauen wollte – hier nicht, so Leid mir das täte.*
Damit endete das Gespräch endgültig.
Walcher wurde regelrecht aus dem Zimmer geschoben, was ihn jedoch nicht weiter störte. Die entschiedene Antwort auf seine Kernfrage machte Walcher sicher, dass den Bürgermeister wegen des Strandbads irgendwelche Probleme umtrieben.
Walcher hatte ihn genau beobachtet. Immer wenn das Strandbad erwähnt wurde, glaubte er in den Augen des Bürgermeisters einen Funken von Unruhe, wenn nicht gar Angst zu entdecken.
Am Tresen der Vorzimmerdame blieb Walcher kurz stehen.

Die Dame telefonierte, legte aber den Hörer auf, als sie Walcher sah. Ihre Gesichtsfarbe glich dem Farbton einer halbreifen Tomate. Rudi, vermutete Walcher und bat sie: *schauen Sie bitte in den Terminkalender, nächste Woche, eine halbe Stunde mit dem Bürgermeister. Hat gesagt, Sie führen seine Termine.*
Ihrem Nicken entnahm Walcher, dass er Glück mit seinem Versuch hatte.
*Sie könnet praktisch immer nachmittags, wir ham's ausnahmsweise mal net so streng die nägschte Woche,* richtig freundlich war sie. Walcher dankte, er müsse da doch erst seinen eigenen Kalender zu Rate ziehen, und verabschiedete sich.
Walcher ging zum Auto, das er vor einer Gärtnerei eine Straße weiter geparkt hatte, und postierte sich in Sichtweite des Gemeindeamtes, in der Hoffnung, dass sich dort irgendetwas tun würde. Gerade rechtzeitig, denn der Bürgermeister eilte aus dem Amt zu seinem Wagen auf dem angrenzenden Behördenparkplatz. Eine Verfolgungsfahrt, wie aufregend, dachte Walcher und fuhr in einigem Abstand hinter ihm her. In einem Dorf wie Eriskirch würde sicher auch die wildeste Verfolgungsjagd in einem überschaubaren Rahmen ablaufen. Nur zwei Straßenkreuzungen weiter war für Walcher dann auch die eigentliche Verfolgung beendet, denn ab dem Ortsrand war klar, dass der Bürgermeister zum Strandbad fuhr. Um ganz sicherzugehen, rollte Walcher langsam bis zu dem Feldweg, der von der Teerstraße zum Strandbad abbog.
Zwar konnte er das Auto nicht mehr sehen, aber den Staub, den es aufgewirbelt hatte, der schwebte noch als zarte Wolke über dem Weg.
Was der Herr Bürgermeister wohl im Strandbad wollte und vor allem: mit wem würde er dort über welches Thema reden? Mit den Blaumännern oder mit den Frauen? Walcher hätte viel dafür gegeben, Antworten auf diese Fragen zu bekommen.
Mit seiner Ahnung, dass seine Fragen dem Herrn Bürgermeister Probleme machten, lag er in jedem Fall richtig, freute er sich.

Bisher hatte er die Leute im Strandbad nur durch den Sucher der Kamera gesehen. Walcher beschloss, sie auch persönlich kennen zu lernen, immerhin hatten sie ihm die Kaution für das Kanu geklaut.
Allerdings brauchte er dazu jemanden an seiner Seite, als Helfer, als Zeugen, was auch immer. Zu welchem Zweck war er eine Bürogemeinschaft mit Kollegen eingegangen, dachte er und nahm sich vor, seine Partner zu fragen, wer Zeit und Lust hätte, ihm Begleitschutz zu gewähren.

Während er in Richtung Ravensburg fuhr, kritzelte er auf einen Zettel: *Freifrau, Wellness-Center eine Ente?*
Hatte ihm die Freifrau eine Falschinformation zugespielt, überlegte er, und auch, dass er das möglichst bald mit ihr klären sollte, am besten gleich. Er wählte deshalb noch einmal ihre Nummer, jedoch wieder erfolglos, niemand nahm ab. Vielleicht sollte er zur Sicherheit bei dem zuständigen Bauamt anfragen, ob es Planungen im Bereich des Eriskircher Rieds gab, bevor er die Freifrau zu Unrecht verdächtigte. Walcher erinnerte sich noch genau an ihren Hinweis, dass bereits Planungen liefen, was ja wohl zu bedeuten hatte, dass grundlegende Genehmigungen schon gesichert waren. Ohne solche verbindlichen Zusagen würde heute niemand mehr auch nur in eine Planung einsteigen, die bereits richtig viel Geld kostete, überlegte Walcher.
Was aber, wenn es gar keine Planung gab? Und warum dann die Falschinformation? Oder war die Freifrau ebenfalls einer Ente aufgesessen. Einer Ente des IPF? Vielleicht einer Fehlinformation zu Werbezwecken, um auf das Ried oder auf die IPF aufmerksam zu machen.
Walcher wollte diese Frage sofort klären, drehte um und fuhr zum Landratsamt in Friedrichshafen.
*Sia, do hobet' Se Glick, dr Herr Werner isch grad komma und hoat au zeah Minuta Zeit fir Sia,* war die Auskunft der freundlichen Pförtnerin und Walcher war froh, alles verstanden zu haben. Der Baudezernent des Landratsamtes demonstrierte seine

Macht und tippte energisch mit dem Finger auf den Schreibtisch, nachdem Walcher wiederholt nachfragte, ob nicht doch eine andere Behörde, eine vorgesetzte oder übergeordnete Stelle, grünes Licht für die Planung eines Wellness-Centers im Ried gegeben haben könnte.
*Nichts läuft, ohne über diesen Schreibtisch zu laufen. Von mir geht es direkt zum Regierungspräsidium und wieder zurück. Wir haben gegen unsere eigenen Sünden in der Vergangenheit heftiger angekämpft als die Naturschützer. Ich denke, ich bin der meistgehasste Beamte bei den Landwirten, den Gärtnern, den Gastronomie- und Hotelbetrieben. Die Vergangenheit war schlimm genug, in der Zukunft ist das Ried durch jede Menge Gesetze und auch die Aufmerksamkeit der EU geschützt.Es gibt definitiv keinerlei Baupläne im Ried, ja nicht mal in der Nähe.*
Er lehnte sich selbstgefällig im Bürostuhl zurück und legte die Handflächen aneinander, als imitierte er Dürers Betende Hände.
*Und dann haben dank unserer Aufklärungsarbeit alle Beteiligten und auch die Bevölkerung längst erkannt, dass Touristen nicht wegen einer Badeanstalt oder einem Wellness-Center kommen. Die kommen wegen unserer einmaligen Natur. Im Umkreis von wenigen Kilometern gibt es alles, was das Touristenherz begehrt: einfache Fremdenzimmer, Gasthäuser, Gaststätten, Sternerestaurants, riesige Hotelanlagen, Badelandschaften, Schönheitskliniken, Sportcenter, alles ist da, selbst – freudige Häuser,* fügte er an und lachte herzlich über seinen Witz.
Walcher machte dieser Mensch wachsend aggressiv. Was er da von sich gab, war ja grundsätzlich in Ordnung, aber seine überhebliche und selbstgefällige Mimik und Gestik dazu gingen ihm gewaltig auf die Nerven. Hoffentlich benötige ich von dem nie irgendeine Genehmigung, dachte er, zwang sich jedoch zu einem herzlichen Dank für die profunde Auskunft und vor allem für die Bereitschaft zu einem Gespräch so kurz vor der Mittagszeit. Dann ging Walcher aus dem Zimmer, ohne auf die Frage von Herrn Werner zu reagieren, von wem dieser Nonsens mit der Baugenehmigung stammte.

## Johannes

Mehr als einen schmalen Spalt konnte Walcher seine Bürotür nicht öffnen, dann stieß er auf Widerstand, wenn auch nur auf einen beweglichen. Jemand fluchte laut, *Moment zefix, so wart halt,* und baute damit Walchers Anspannung ab, der nach einer Schrecksekunde überlegt hatte, was für ein Hindernis das sein mochte.

Die Stimme kannte er, es war eindeutig Johannes, sein Freund aus Zürich und Mitglied in der Bürogemeinschaft. Walcher wartete einen Moment, drückte dann erneut gegen die Tür und es tat sich vor ihm das Bild eines chaotischen Übernachtungslagers auf, begleitet von dem Gestank nach Schweiß, kaltem Rauch, Kneipe, Rotwein und Zwiebeln.

Johannes saß auf dem Boden, auf Sitzpolstern, die er sich wohl aus den anderen Büros zusammengetragen hatte. Auf dem Schreibtisch, dem Boden und dem Stuhl lagen Kleidungsstücke verstreut, eine Reisetasche, Kartons, eine Pappschachtel vom Pizzaservice, ein Viertel Pizzarest, der auch den Zwiebelduft erklärte, vier leere Weinflaschen.

Walchers Obstschüssel war mit Zigarettenkippen garniert und Johannes sah aus, wie einer eben aussieht, der mehrere Tage lang durchgesoffen hat: unrasiert, leichenblass, kurz vorm Kotzen.

Walcher war irritiert und beunruhigt zugleich und fragte deshalb auch nicht nach, warum Johannes nicht den gemeinsamen Aufenthaltsraum mit Liege zum Übernachten benutzte, sondern ausgerechnet Walchers gepflegtes neues Büro in eine Müllkippe verwandelt hatte.

Aber noch bevor er Vermutungen anstellen oder Johannes fragen konnte, flüsterte der: *Marianne hat mich verlassen. Keine Sorge, ich habe das Gröbste schon hinter mir. Das Problem ist, dass ich sie sehr gut verstehen kann, hast du 'ne Zigarette? Natürlich nicht, der Herr Walcher ist ja praktisch suchtfrei und ohne Fehl, solltest in die Heilsarmee gehn und da die große Bongo schlagen.*

Johannes war wirklich ziemlich durch den Wind. Er kauerte

auf dem Boden, stierte ins Leere und redete mehr mit sich als zu Walcher, der eine offene Tüte mit einem halben, sicher ehemals leckeren Döner von seinem Drehstuhl in den Papierkorb befördert, ganz nebenbei das Fenster geöffnet und sich gesetzt hatte.
*Sie hat wie eine Einzelkämpferin gelebt, bisher,* fuhr Johannes mit rauer, leiser Stimme fort. *Dabei hat sie sich immer nach Geborgenheit und nach finanzieller Sicherheit gesehnt, natürlich auch nach einem Partner, der ihren Vorstellungen entsprach.*
*Und da tauchtest du auf,* warf Walcher ein, bedauerte allerdings sofort, Johannes unterbrochen zu haben, noch dazu in diesem zynischen Unterton. Johannes schaute ihn aus verquollenen Augenlidern traurig an und nickte.
*Ja, dann kam ich und ich denke, wir waren beide ineinander verliebt und es hätte daraus eine gute Partnerschaft werden können ... bis Marianne entdeckte, dass ich eben nicht der wohlsituierte, betuchte Journalist bin wie du zum Beispiel, sondern von der Hand in den Mund lebe, ständig auf der Jagd nach neuen Futterkrippen.*
*Meine so genannten Rücklagen waren binnen eines Jahres aufgefressen. Ein Mann muss sich eine Frau leisten können, glaube ich, und ich kann es nicht.*
*Nein,* Johannes wischte den erwarteten Einwand von Walcher mit einer energischen Handbewegung beiseite, *ich will das jetzt nicht mit dir diskutieren. Ich bin froh, dass ich die ganze Sache zu nehmen anfange, wie sie ist, und nur noch gegen mein beschissenes Selbstmitleid ankämpfe.*
*Die Vorteile – seitenweise schreib ich die Vorteile eines Singlelebens auf, die Chancen, die eine Trennung bietet. Ich versuche sie mir einzureden und stürze dann jedes Mal wieder saumäßig in ein Loch.*
Johannes stöhnte.
*Weißt, diese Vorstellung: NIE WIEDER. Das bringt mich um. NIE WIEDER sie berühren, mit ihr sprechen, sie küssen, sie umarmen, sie vögeln. NIE WIEDER ... verdammt.*
*Das ist ... das ist furchtbar hart. Und dabei ist sie ja nicht tot, sondern lebt vielleicht zwei Häuser weiter ... aber doch unerreichbar ... oh, verdammt ist das grausam.*

*Wahrscheinlich denkt Marianne ähnlich wie du,* versuchte Walcher ihn von seinem Selbstmitleid abzubringen. *Und vermutlich geht es ihr dabei nicht viel besser als dir.*
Johannes' Antwort war an Schärfe kaum zu überbieten, aber wäre Walcher an Johannes' Stelle, er hätte vermutlich auch so reagiert.
*Genau so ein Geschwafel von irgendeinem selbsternannten Therapeuten wollte ich mir immer schon mal geben. Darum bin ich hier und hab auf dich gewartet. Danke, mein Freund, herzlichen Dank, dass du mich zurück ins Leben führen willst.* Bei diesen Worten quälte sich Johannes vom Boden hoch, torkelte zum Schreibtisch, stützte sich auf das Sammelsurium von Kleidungsstücken, beugte sich zu Walcher hin und zischte mit einer überraschend klaren Stimme: *Glaub mir, sich vollaufen zu lassen kann kaum schädlicher sein als irgendwelche Tabletten, die sie dir in der Klapse einwerfen. Kapiert? Ich komm da schon wieder raus ... hoff ich jedenfalls.*
Dabei atmete er eine derart intensive Fuselwolke aus, dass sich Walcher eine Gehässigkeit nicht verkneifen konnte.
*Solltest du dich tatsächlich zurück ins Leben begeben wollen, dann leg dich für wenigstens drei Tage in die Badewanne.* Als Antwort knallte Johannes die Tür ins Schloss.
Walcher wartete geduldig, bis er wiederkam, und bat ihn dann um seine Begleitung bei dem geplanten Besuch im Strandbad. Er hatte eine längere Diskussion erwartet und war deshalb überrascht, als Johannes ihn nur kurz ansah und fragte, *wann soll das steigen?*
Sie vereinbarten, dass er Johannes so gegen sechzehn Uhr abholen würde. Bis dahin konnte Walcher sich noch eine Verkleidung als Urlauber besorgen und Freifrau von Wedern anrufen.

Freifrau von Wedern

Mit der Freifrau von Wedern Kontakt aufzunehmen, stellte sich als schwierig heraus. Die Karte, die Walcher aus der Hemdtasche zog, seinem mobilen Büro, wie er das Bündel von Merkzetteln, Kassenbons, Geldscheinen und was sich sonst noch alles so ansammelte, nannte, war eigentlich keine Visitenkarte. Zwar stand in einer kursiven Antiqua ihr Name drauf, Anita Freifrau von Wedern, aber das war's dann auch schon. Mit Kugelschreiber von Hand geschrieben stand darunter nur noch die Telefonnummer 34 45 79, nicht mehr. Keine Straße, kein Ort, kein Fax, keine E-Mail und vor allem keine Ortsvorwahl.
Zu einer Telefonnummer die Adresse herauszufinden, war nicht schwierig, wenn man die richtigen Leute kannte, die wiederum Zugriff auf die Suchprogramme dafür hatten. Glorreiches Computerzeitalter. Walcher kannte einen bei der Kripo Ravensburg, der solche kleinen Freundschaftsdienste für ihn erledigte, ohne groß nach dem Warum und Wieso zu fragen. Walcher hatte ihn zufällig mal irgendwo mit einer fremden Frau gesehen und dieses Geheimnis für sich behalten, wem hätte er davon auch erzählen sollen.
Müller, Lutz, Mozartstraße 52 in Ravensburg, war er fünf Minuten später im Besitz der erbetenen Adresse. Gut, vielleicht wohnte die Freifrau zur Untermiete oder so.
Den Wagen parkte Walcher zwei Straßen davon entfernt. Dann schlenderte er gemütlich zu seinem Ziel, zum Haus Nummer 52 in der Mozartstraße. Die Häuser in der für die Nachkriegszeit typischen Siedlung standen inmitten großer Gärten. Nach dem Krieg spielte die Selbstversorgung aus dem eigenen Garten eine große Rolle. Gebaut von fleißigen Bürgern, später an-, um- und ausgebaut von ihren Kindern und Enkeln. Alles strahlte Ordnung aus. In den Vorgärten ein Unkraut zu finden war fast so unwahrscheinlich, wie ein vierblättriges Kleeblatt auf einer Wiese mit dreiblättrigem Futterklee zu entdecken.

Das Haus Nummer 52 war Zimmer für Zimmer weiter ausgebaut worden und dehnte sich fast über die gesamte Grundstücksfläche aus. Besonders hässlich war der Hauseingang. Zwei stolze Betonlöwen in der Größe ausgewachsener Schäferhunde bewachten das säulengestützte, linsenförmige Vordach.
Um dorthin zu gelangen, musste allerdings erst einmal die typisch oberschwäbische Gartentür durchschritten werden, obwohl es einfacher gewesen wäre, über das kniehohe Grenzsymbol hinwegzusteigen.
Neben der Tür mit dem Riffelglas im Messingrahmen ragte der Klingelknopf aus der Hauswand. *Müller* stand darunter auf einem weißen Kunststoffschild. Walcher drückte auf den Knopf und hörte ein *DingDongDeng – DengDongDing.* Passt zum Eingang, dachte Walcher.
Ein Schatten näherte sich dem Riffelglas und öffnete die Haustür. In einem grauen Trainingsanzug stand ein unausgeschlafener Mann von ungefähr fünfundzwanzig Jahren vor Walcher und musterte ihn ziemlich missmutig. An ihm vorbei entwich eine Duftwelle ins Freie, aus verbrauchter Luft, Putzmittel, Heizöl, Bratensauce und alten Socken.
*Ja?,* fragte der junge Mann.
*Hallo,* erwiderte Walcher extra freundlich, *ich möchte Frau von Wedern sprechen, ist sie da?*
Der junge Mann sah Walcher an, als käme er vom Finanzamt, kniff die Augen zusammen und fragte: *Wen wolln' Se?* Nachdem Walcher seine Bitte wiederholt hatte, schüttelte Müller den Kopf, sagte: *Nie gehört* und knallte die Tür zu.
Nach diesem Flop bat Walcher seinen Freund bei der Kripo erneut um Hilfe. Vielleicht war es eine Nummer aus den Ortschaften am See, gab er ihm als Tipp. Dann ging er einkaufen.
Walcher bestaunte gerade ein bezauberndes Freizeithemd mit der dazu passenden Bermudasshorts, als sein Handy brummte. Sein Kripofreund nannte eine neue Adresse, die er auf das Preisschild des Hemdes notierte, zu dessen Kauf er sich somit entschlossen hatte.

Um das Haus der Freifrau von Wedern würde er sich am Dienstag nach Pfingsten kümmern, heute war erst mal das Strandbad angesagt.
Johannes sah unverändert mitgenommen aus und roch auch noch genauso übel, als Walcher ihn abholte und in seinen Wagen zog. Teilnahmslos nahm Johannes seine detaillierte Beschreibung über das Ziel der Exkursion hin. Als Walcher eine Sprechpause machte, deutete Johannes mit einer diffusen Geste auf das Armaturenbrett und erklärte: *wir wollten uns auch einen Espace anschaffen.*
Dann schwieg er, bis Walcher kurz vor Eriskirch auf einem Parkplatz hielt und sich umzog.
*Hättest du mir vorher gesagt, dass du mich vernaschen willst, ich hätte mein Baströckchen angezogen, du Süßer, du,* grölte Johannes in einem anhaltenden Lachkrampf, als er Walcher in den Freizeitklamotten sah. Walcher war längst wieder losgefahren, als Johannes sich endlich beruhigte. *Dir fehlt noch eine Sonnenbrille, eine Schlägerkappe, ein Fotoapparat und unbedingt ein Blütenkranz um den Hals.* Dann schüttelte ihn der nächste Lachanfall. Der hielt an, bis Walcher auf dem Parkplatz vor dem Strandbad hielt.
Aus der Ablage zog Walcher die Wanderkarte von Eriskirch, in die er einige Kreuze eingezeichnet hatte. Sollten sie angehalten werden, so würde er behaupten, dass die Sekretärin des Bürgermeisters all die sehenswerten Ziele angekreuzt hätte. Aber dazu kam es erst gar nicht. Die Autotür wurde aufgerissen und ein riesiger Blaumann bückte sich zu Walcher hinunter und knurrte:
*Was wollt ihr hier? Verschwindet, aber ein bisschen plötzlich, das ist Privatbesitz.*
Davon unbeeindruckt, begann Walcher mit leicht sächsischem Akzent die Markierungen auf der Wanderkarte zu erklären, so wie er sich das vorgenommen hatte - als die Situation gefährlich eskalierte. Johannes hatte wieder in voller Lautstärke zu lachen begonnen, stieg aus und ging um den Wagen herum zu dem Blaumann. Als er sich, immer noch

lachend, vor ihm zu seiner vollen Größe aufrichtete – Johannes hatte das Gardemaß der Basketballer und war in Statur und Größe dem Blauen durchaus ebenbürtig –, zog der blitzschnell eine Pistole aus der Tasche und hielt sie Johannes vors Gesicht. Der verstummte sofort, flüsterte etwas wie *Gottfried Stutz*, hob die Hände, ging wieder zurück und stieg ein. Walcher startete den Motor, denn der Blaumann hielt die Pistole zur Wagentür herein und forderte ihn nochmals auf zu verschwinden.

Das tat Walcher dann auch. Der Typ in Blau schlug die Tür zu, dass es knallte wie das Getriebe, weil Walcher den Rückwärtsgang reinwürgte. Spätestens als sie quer über den Parkplatz davonjagten, war ihnen klar, dass jede Form der Gewalt sinnlos wäre. Sie passierten zwei weitere Blaumänner, die ebenfalls schwarze Gürtel trugen, mit schwarzen Ledertaschen dran, die viel zu groß für Handys waren. Und welcher Schwachkopf trug schon mehr als ein Handy mit sich herum?

*Sanitärmonteure sind das aber nicht,* lallte Johannes, bei dem der Schock über die Pistole wohl einigen Restalkohol aktiviert hatte.

*Die sehen eher so aus, als bräuchten ihre Gegner Sanitäter.* Dann kicherte Johannes wieder einige Minuten über seinen Witz. Walcher nickte und meinte trocken, *das war ja wohl ein Schlag ins Wasser.*

Johannes starrte sekundenlang vor sich hin, während Walcher den Wagen auf dem holprigen Feldweg aus der Gefahrenzone fuhr.

*Bleiweste,* grölte Johannes plötzlich. *Du hast mich bloß als Bleiweste gebraucht, du verantwortungsloser Schurke. Jetzt erkenne ich deinen wahren Charakter. Meine momentane Verwirrtheit, mein Leid, meine Pein, mein Vertrauen wolltest du ausnutzen und mich als Kanonenfutter vorschicken, damit du dann in aller Seelenruhe deine Reportage schreiben kannst. Das ist so was ... Mit einer Leiche als Krönung. Ich seh die Titelzeilen vor mir, triefend vor Rührseligkeit, du miese Ratte. Fett gedruckte Schlagzeile,* brüllte Johannes und zog eine Linie in die Luft, *fett gedruckt.*

*Mein treuer Freund. Er hat mir das Leben gerettet, mein Freund. Du bist* ... Walcher unterbrach Johannes, indem er kurz mal auf die Bremse trat. Nicht angeschnallt, stieß Johannes leicht gegen die Windschutzscheibe und verstummte.
*Entschuldigung,* meinte Walcher, *aber dein Gewäsch ist unerträglich.*
Und da sich Johannes beruhigte, erzählte Walcher von der Freifrau, von dem Kanu, von den sieben Kindern und den Blaumännern, von der rothaarigen und von der blonden Frau und dass er nicht wüsste, was hinter all dem steckte, und dass er ihn, Johannes, wirklich nur mitgenommen hatte, um einen Zeugen zu haben. Dass die Typen gleich mit einer Knarre herumfuchteln würden, hätte er nicht ahnen können. Dann lud er Johannes zu sich auf den Hof ein. *Da kannst du dich von deinem Schock erholen und ich mach uns Kässpatzen.*
Johannes nickte, *wie wär's, wenn ich die mach, die Kässpatzen?*
Walcher sah Johannes zweifelnd an, stimmte nach kurzem Zögern aber zu. *Okay, aber getrunken wird nur moderat, jedenfalls solange Irmi auf ist. Du weißt, ich habe eine Tochter.*
*Klar, hast mir schon erzählt. Werde mich gesittet benehmen, mein Bedarf an Alkohol ist ohnehin erst einmal gedeckt.* Johannes klang wieder halbwegs normal. *Schocktherapie,* grinste er und hielt sich die Hand an die Stirn, wie eine Pistole.

## Die Detektive

Der Auftrag war klar und präzise im Arbeitsvertrag der Detektei formuliert. Nämlich Namen und Anschrift der Firma beziehungsweise Organisation festzustellen, und zwar im Rahmen der geltenden Gesetze und Vorschriften. Dafür waren vier Tagessätze in Höhe von eintausendachthundert Euro plus Reisekosten und Spesen vereinbart.

Mark Niehmann und Jan Lader hatten sich bei einem Seminar über Krisenintervention auf der Polizeischule Hameln kennen gelernt und dort nach einigen Glas Bier im Spaß ausgemacht, eine Detektei aufzumachen, wenn ihnen der Polizeijob zum Hals heraushängen sollte.

Ein halbes Jahr danach war es bei Jan Lader so weit. Zum dritten Mal in Folge war seine Beförderung zum Hauptkommissar abgelehnt worden, stattdessen wurde einer seiner Kollegen berücksichtigt. Lader wusste, dass er bei seinen Vorgesetzten nicht beliebt war, aber dass sie deshalb seine Karriere behinderten, war ihm bis dahin nicht klar.

Von seinen Eltern hatte Lader einige Häuser geerbt, was ihm das Selbstbewusstsein eines wirtschaftlich unabhängigen Mannes gab. Das Auto, das er fuhr, die Kleidung, die er trug, dann spielte er auch noch Golf - das war alles viel mehr, als sich seine Vorgesetzten jemals würden leisten können.

Als Lader durch die Indiskretion einer Mitarbeiterin in der Landeszentrale erfuhr, dass er als „psychisch nicht belastbar" galt und diese Beurteilung aus der Feder seines direkten Vorgesetzten stammte, war ihm klar, dass seine Zukunft nicht in einer Polizeikarriere lag. Lader liebte seinen Beruf und deshalb ärgerte ihn diese vernichtende Beurteilung besonders. Psychisch nicht belastbar, da hätte sein Chef auch gleich schreiben können „Neigung zu Überreaktionen", was bei der Kriminalpolizei das Aus für höhere Positionen bedeutete. Im Klartext: Assistent eines Kommissars. *Lader,* hörte er in Gedanken, *in der Metzgerei Huber ist eingebrochen worden, übernehmen Sie das.* Nein, das entsprach nicht seiner Vorstellung.

Bei Mark Niehmann war es ein Disziplinarverfahren, das seine Bereitschaft zur Neuorientierung beschleunigte. Ihm wurde vorgeworfen, wiederholt Beweismaterial veruntreut zu haben, zurückhaltend formuliert. Niehmann handelte seit Jahren mit beschlagnahmten Drogen, er selbst konsumierte bevorzugt Kokain. Ihm war angedeutet worden, dass die Untersuchungsbehörde kein Interesse an einem Presserummel hätte und sie das Verfahren abschließen würde, wenn er aus freien Stücken den Dienst quittierte.
Niehmann schrieb sofort seine Kündigung und ebenso prompt bekam er seine Papiere ausgehändigt. Als Begründung mussten seine zunehmenden Bandscheibenprobleme herhalten. Einer Neuorientierung mit Lader stand also nichts mehr im Wege. Die beiden machten gute Arbeit und konnten es sich schon nach kurzer Zeit erlauben, auch mal Fälle abzulehnen. Dass sie den Auftrag am Bodensee, so weit entfernt von ihrem normalen Aktionsradius, überhaupt angenommen hatten, erklärte sich aus ihren Urlaubsplänen.
Sie hatten ein anstrengendes Jahr ohne einen einzigen freien Tag hinter sich und planten, vierzehn Tage in San Remo zu verbringen. Auf dem Weg nach Italien, so ihre Überlegung, wollten sie diesen Job kurzerhand noch mitnehmen.
In einer Besprechung in einem Café in Ravensburg, bei der sie auch ihre Auftraggeberin kennen lernten, erhielten sie letzte Anweisungen und machten sich an die Arbeit.
Aus der Zeit bei der Polizei besaßen sie noch ihre Dienstausweise, die sie nicht wie vorgeschrieben abgegeben, sondern als verloren gemeldet hatten. Bisher öffneten ihnen die vorgezeigten Kripoausweise praktisch jede Tür.
Auch in diesem Fall planten sie, sich als Polizisten auszugeben, Fragen zu stellen, sich danach zurückzuziehen und die Befragten mit Richtmikrofonen zu belauschen.
Häufig hatte diese Methode zu einem raschen Erfolg geführt. Denn sobald der überraschende Polizeibesuch wieder aus dem Haus war, telefonierten die meisten der Befragten mit einem Vorgesetzten, ihren Rechtsberatern, dem Ehepartner

oder den Auftraggebern. Mark und Jan saßen dann in ihrem Wagen, einem unscheinbaren Kombi, am Abhörgerät und zeichneten alles auf, was da gesprochen wurde. Meist wussten sie danach schon alles, was sie wissen wollten.
In diesem Fall lief aber von Anfang an alles anders als geplant. Das Wetter am Abend des 25. Mai war fast sommerlich am Bodensee. Mit offenen Wagenfenstern fuhren sie ihrem Ziel entgegen und es war ihnen egal, dass sie sich zweimal verfuhren. Erst im dritten Anlauf fanden sie den Feldweg, der sie zu dem verwilderten Parkplatz führte. Inzwischen war es kurz nach einundzwanzig Uhr, aber noch hell. Sie folgten der Fahrspur quer über den Platz und hielten neben einem Landrover, der in einer Reihe mit drei weiteren Autos stand, einem VW-Kombi, einem Toyota und einem Renault. Jan schob eine unbespielte Kassette in das winzige Tonbandgerät und steckte es in die Hemdtasche, zusammen mit dem Polizeiausweis. Er würde nur einmal kurz dagegen drücken müssen und das Gerät zeichnete neunzig Minuten lang alles auf, was in einem Umkreis von zehn Metern um sie herum gesprochen wurde. Er nickte Mark zu und gleichzeitig stiegen die beiden aus.
Inzwischen hatte die Dämmerung eingesetzt. Am Tor suchte Mark vergeblich nach einer Klingel und nahm deshalb die lose Kette von den Zierspitzen der Torflügel.
Beide hatten den Mann nicht kommen hören und zuckten deshalb überrascht zusammen, als hinter ihnen eine dunkle Stimme laut erklärte, *Sie begehen gerade Hausfriedensbruch, meine Herren, mal davon abgesehen, dass Sie bereits auf einem privaten Parkplatz stehen. Was allerdings nicht ersichtlich ist. Aber jetzt gehen sie doch zu weit. Was wollen Sie hier?*
Sie musterten den Mann, ein großer, muskulöser Typ, der über einer blauen Arbeitsmontur eine schwarze Treckingjacke trug.
*Ich bin Kommissar Lader und das ist mein Mitarbeiter Herr Niehmann,* stellte sich Lader vor, *wir haben ein paar Fragen an die Betreiber dieser Anlage. Sind Sie hier zuständig? Und wenn, dann*

*würde ich meine Fragen gerne im Haus stellen und nicht hier vor dem Tor.* Dabei deutete er mit der linken Hand lässig über die Schulter hinter sich.
*Oh, das ist natürlich etwas anderes,* erwiderte der Hüne von einem Mann, *ich dachte, Sie wären neugierige Touristen, die wandern nämlich ständig hier durch. Kommen Sie, natürlich beantworten wir gerne Fragen der Polizei, um was geht es denn?*
Während er sprach, ging er zwischen den beiden auf das Tor zu und nahm Mark die Kette mit einem freundlichen, *gestatten Sie,* aus der Hand und stieß einen der Torflügel auf. Dann trat er beiseite und lud die beiden mit einer einladenden Handbewegung ein, in das umzäunte Areal einzutreten.
Innerhalb des Grundstücks blieben sie dann stehen und Mark forderte nun seinerseits den Wachmann auf vorauszugehen. Das tat er auch und steuerte eins von den kleineren Häusern vor dem langen Haupthaus an.
In allen Häusern war es hell hinter den meisten Fenstern.
Der Wachmann führte sie zwei Stufen hoch auf eine kleine Holzveranda und durch die offen stehende Haustür in einen winzigen Flur. Dann weiter in das rechte Zimmer, es schien die Kommandozentrale der Anlage zu sein. Ein ebenfalls in blauer Arbeitskombi gekleideter Mann saß vor vier Farbmonitoren, auf denen der Parkplatz mit dem Tor, das Haupthaus vom Seeufer aus und von der Schmalseite zu sehen waren und zwar in überrraschend hellen Bildern, trotz der Dunkelheit, die draußen inzwischen herrschte.
Auf dem vierten Monitor war ein Lageplan zu sehen, mit vielen Farbpunkten drauf, vermutlich waren es die Standorte von Bewegungsmeldern.
Den beiden Detektiven war nun klar, weshalb sie so frühzeitig entdeckt worden waren.
*Mein Name ist Manfred Gross,* stellte sich der Mann jetzt vor, *und das ist Bruno Maier,* er deutete auf den Sitzenden, der den Besuch nur kurz über die Schulter musterte und sich dann wieder seinen Monitoren zuwandte.
*Kommen Sie, wir gehen am besten nach nebenan, in unser Büro,*

*dort sind wir ungestört.* Ohne die Zustimmung seiner Besucher abzuwarten, ging er aus dem Zimmer und durch den Flur ins Büro gegenüber, wo er Licht anknipste.
Der Raum war nur mit dem Nötigsten möbliert. Ein Schreibtisch mit einem Ledersessel dahinter, im Halbkreis davor vier Stühle. Auf dem Schreibtisch ein aufgeklappter Laptop, daneben eine Tischlampe mit beweglichem Arm, sonst nichts. Die Möbel waren neu, aber Kram, wie er in jedem Billigmarkt angeboten wurde, wobei der übergroße Kristalllüster eher in einen Ballsaal gepasst hätte. Er sorgte in dem kargen Raum für einen geradezu grotesken Stilbruch.
Regale mit Ordnern, ein Papierkorb oder ein Telefon, typische Attribute eines Büros, fehlten.
Manfred Gross setzte sich in den Ledersessel hinter dem Schreibtisch und bot den vermeintlichen Polizisten die Stühle davor an. *Bitte, Sie haben die Wahl. Darf ich Ihnen etwas anbieten, einen Tee vielleicht oder Kaffee? Alkohol trinken Polizisten im Dienst ja nicht.*
*Nein, nichts, wir wollen gleich zum Grund unseres Besuchs kommen,* lehnte Lader das Angebot barsch ab, während er auf dem ersten Stuhl der Reihe rechts Platz nahm. Niehmann zögerte und setzte sich dann links auf den äußersten der Stühle.
*Welche Funktion üben Sie hier aus?,* schoss Lader seine erste Frage ab.
*Nun, das ist nicht so einfach zu beantworten …,* begann Gross, wurde aber von Lader unterbrochen.
*Versuchen Sie es trotzdem,* bellte er unfreundlich.
*Gut, also ich bin Wächter, Chauffeur, Gärtner, Hausmeister, Einkäufer, Koch …*
*So genau wollte ich es nun auch wieder nicht wissen,* knurrte Lader wie ein Kampfhund.
Es war durchschaubar, dass sie das Frageschema „böser Kommissar und guter Kommissar“ abspulten, denn Niehmann lenkte versöhnlich ein, *Sie sind also der Mann für alles. Nennen Sie uns doch bitte Ihren Arbeitgeber, ja?*

*Ja, also das ist auch nicht so einfach zu beantworten,* zögerte Gross, *meine Kollegen und ich haben den Job von einer Zeitagentur. Wer die beauftragt hat, das kann ich Ihnen nicht sagen.*
*Aha,* kam es von Lader und es klang eher wie ein Husten als eine Feststellung. *Sie werden mir aber wenigstens sagen können, was Sie hier bewachen, beputzen, bekochen und was Sie sonst noch alles machen, oder?*
*Natürlich kann ich das, Herr Kommissar,* Gross war sichtlich bemüht, freundlich zu bleiben. *Wir betreuen hier Kinder aus der Region um Tschernobyl. Sie sind zur Erholung hier. Sie wissen, das war der Reaktorunfall ...*
*Natürlich weiß ich das,* wurde er wieder barsch von Lader unterbrochen. *Wir werden uns die Kinder nachher einmal ansehen. Sie haben alle notwendigen Papiere greifbar, Pässe, Visa?*
Herr Gross überlegte kurz.
*Darf ich den Grund für all Ihre Fragen erfahren?*
*Nun, da gibt es einige Unklarheiten. Nach unseren Informationen,* schoss Lader seinen ersten wichtigen Pfeil in den Nebel, *sind die Kinder das Ergebnis unerlaubter biologischer Versuche.*
*Wie soll ich das verstehen, Tschernobyl ...* diesmal wurde Gross von Niehmann unterbrochen. *Sie müssen das nicht verstehen, Sie sollen nur unsere Fragen beantworten. Also, haben die Kinder Papiere, die ihre Herkunft belegen?*
Die bisher freundliche Miene von Herrn Gross nahm abrupt einen bösartigen Ausdruck an. *Meine Herren, ich glaube nicht, dass ich weitere Fragen beantworten werde,* grinste er sie siegessicher an.
Sowohl Lader als auch Niehmann spürten plötzlich einen harten Gegenstand auf dem Halswirbel. Sie erstarrten. Als sie sich vorsichtig aus dem Augenwinkel ansahen, wussten sie auch, um was es sich handelte.
Ohne dass sie etwas gehört, gesehen oder gespürt hätten, war hinter jeden einer dieser Typen in Blau getreten, drückte ihnen den Lauf mit dem Schalldämpfer in den Nacken und hielt sie mit einer Hand an der Schulter fest. Es geschah absolut synchron, wie bei einem Spiegelbild. Ein weiterer Mann aus

der Mannschaft trat hinter Lader, zischte ein: *Hände zusammen! Wie beim Gebet!* und zog, als Lader ihm nach Abschätzen seiner Chancen gehorchte, flink eine Kunststoffschlinge darüber, die er mit einem heftigen Ruck zusammenzog.
Der Schmerz folgte spontan und heftig. Lader stöhnte auf. Das dünne Kunststoffband schnitt tief in die Haut an seinen Handgelenken. Er stöhnte aber vielmehr über die Brisanz ihrer Situation, die ihm schlagartig klar wurde.
Diese Typen waren keine Hausmeister und Köche, die gehörten zur kämpfenden Truppe, dachte er. Trotzdem war er stinksauer auf sich und Niehmann, wie sie sich derart leichtfertig auf dieses offenbar höchst gefährliche Terrain hatten begeben können.
Ähnliche Gedanken musste auch Niehmann gehabt haben. Als auch er aufgefordert wurde: *Hände zusammen,* tat er so, als würde er sich widerstandslos fügen, griff aber zu seinem Schulterhalfter unter der Jacke, sprang unglaublich schnell auf und drehte sich zur Seite, um seinen Gegner vor sich zu bekommen.
Niehmann war ein toter Mann, noch bevor er auf dem Zimmerboden aufschlug. Er hatte seine Pistole nicht einmal mehr berühren können. Sein Hirn, vermischt mit Blut, Haut- und Knochensplittern, begann in dünnen Linien an der weißen Wand herunterzurinnen. In Panik und mit der Wut eines Verzweifelten wollte sich auch Lader auf die Gegner stürzen, aber ein leises „Plopp“ stoppte seinen unsinnigen Versuch, noch ehe er sich auch nur vom Stuhl erhoben hatte.

## Freifrau von Wedern

Walcher stellte Irmi seinen Studienfreund Johannes als Ferienüberraschung vor, was sie mit einem tiefen Seufzer und dem Hinweis kommentierte, *bin doch total verplant.* Sie blieb dann aber doch die meiste Zeit des langen Pfingstwochenendes zu Hause, weil sich die beiden auf Anhieb gut verstanden.

Zusammen kochten sie, spielten stundenlang Scrabble, machten Spaziergänge zu dritt und besuchten nacheinander die Großeltern Brettschneider und Armbruster.
Johannes war ins Gästezimmer gezogen und fühlte sich von seinem Problem mit Marianne abgelenkt und deshalb wohl.
Am Pfingstmontag machten die Großeltern einen Gegenbesuch, der bis in die Abendstunden andauerte.
Entgegen ihren Vorsätzen waren Walcher und Johannes dann noch bis spät in der Nacht zusammengesessen und hatten ziemlich viel gebechert. Walchers Denkvermögen unterschied sich am Dienstagmorgen deshalb vermutlich kaum von dem seines Hofkaters Bärendreck. Der hatte die Wehrlosigkeit seines trunkenen Herrchens ausgenutzt und die Nacht neben ihm auf dem Kopfkissen verbracht, was Walcher zu einer ausgiebigen Dusche zwang.
Danach frühstückte er ein paar kleine Happen und machte sich daran, die Spur der Freifrau aufzunehmen. Irmi war am Vorabend mit den Armbrusters mitgefahren, weil sie den Tag mit ihrer Freundin verbringen wollte, die in der Nähe der Großeltern wohnte.
Johannes legte er einen Zettel hin und gab ihm den Auftrag, sich zu schonen und sich von den Alkoholvorräten im Keller fernzuhalten. Sollte er sich sinnvoll betätigen wollen, so könne er sich mit Staubsauger und Putzlappen befassen.
Walcher schüttelte über sein eigenes Geschreibsel den Kopf und machte sich auf den Weg nach Lindau, um den zweiten Versuch zu starten, mit der Freifrau von Wedern Kontakt herzustellen.
Die Luft war sommerlich warm und ließ in Walcher Urlaubsgefühle aufkeimen, wie immer, wenn er an den Bodensee fuhr. Im Stadtteil, der vor der Inselaltstadt von Lindau lag, suchte Walcher in den schlecht ausgeschilderten und verwinkelten Straßen zunächst vergeblich die Brougierstraße, parkte im Hasenweidweg, weil ihm der Name gefiel und suchte zu Fuß weiter. Fragen wollte er niemanden, denn das bedeutete immer, dass sich später womöglich jemand an ihn

erinnerte und das konnte für seine Recherchen manchmal hinderlich werden.
Das Viertel, das er durchstreifte, war um die Jahrhundertwende entstanden, als noch mehr nach Gutdünken und nach Lage der Grundstücke gebaut wurde. Dementsprechend war die Straßenführung. Vom See durch die Bahnlinie getrennt, war den Bewohnern heute der Blick aufs Wasser und auf die Insel durch Wohnanlagen aus jüngerer Zeit versperrt. In der Brougierstraße - Walcher nahm sich vor, im Lexikon nachzuschlagen, was sich hinter dem Namen Brougier verbarg - gehörte die Nummer zwölf zu jenen Grundstücken, deren Bewohner durch dichte Hecken und Bäume vor neugierigen Blicken geschützt waren. Nur ein Ausschnitt vom Dach ließ ahnen, dass dort ein Haus stand. Das Dach hatte die typische Jugendstilform der Jahrhundertwende und erinnerte Walcher an die Hauben von Klosterschwestern.
Dichte Hecken erlaubten auch bei den meisten anderen Grundstücken keinen Blick auf die Häuser dahinter. Selbst durch die Gartentüren war nichts zu erkennen. Entweder waren sie mit grünen Leinenstoffen bespannt oder mit Schilf verhängt oder der Weg zum Haus verlief in einem Bogen und gab wieder nur den Blick auf dichtes Grün frei.
Das Namensschild am Gartentor der Nummer 12 verriet, dass ein Jurist und ein Hund hinter dieser Hecke wohnten. Eine Klingel war nicht zu sehen, also drückte Walcher die rostige Klinke herunter und schob die Gartentür auf.
Ein Kiesweg, von dicht gepflanzten Tannen gesäumt und S-förmig angelegt, bot einen wirkungsvollen Sichtschutz. Erst hinter der Biegung war der Blick auf das kleine niedliche Jugendstilhaus frei, das sich unter dichtem Efeu verbarg. Nur die Fenster und die Eingangstür waren ausgespart.
Da Walcher überzeugt war, mit jedem Hund klarzukommen, schritt er mutig auf das Haus zu. Der Kies knirschte nicht, er war mit einer Schicht alter Blätter bedeckt.
In der Luft lag der intensive Duft nach Erde und Humus. Zur Haustür führten fünf Stufen hinauf. Walcher entdeckte

junge Weinblätter, die zwischen dem Efeu hervorwuchsen. Er stellte sich vor, wie prachtvoll diese grüne Wand in herbstlichen Farben leuchten würde, auch er hatte einmal in solch einem Efeuhaus gewohnt. Er genoss die positive Ausstrahlung dieses Ortes. Ein Wohnsitz, wie ihn sich jeder romantische Mensch wünschte.
Walcher fand nicht den üblichen Klingelknopf und zog deshalb an dem Porzellangriff, der an einer dünnen Eisenstange hing. Aus der offenen Haustür klang das Scheppern einer Glocke, wie bei Jungvieh in den Bergen.
*Was möchten Sie, junger Mann?* Nicht vom Eingang her, sondern aus dem Garten wurde ihm die Frage gestellt.
Eine klare, freundliche Stimme, die zu einer etwas hutzeligen alten Dame gehörte, in einer blauen Kittelschürze und einem original Old-English-Tropenhelm auf dem Kopf. Sie stand an der Hausecke und blinzelte gegen die Sonne zu Walcher hinauf. Er stellte sich vor, nannte den Grund für sein Kommen und ging die Stufen hinunter zu ihr.
*Anita wohnt schon lange in München und kommt auch leider nur selten zu Besuch. Sie haben aber Glück, junger Mann, sie wird morgen Abend erwartet und wohl bis zum Ende der Woche bleiben. Herr von Hornsteen, ihr Onkel, ist heute nicht vor zwanzig Uhr von der Kanzlei zurückzuerwarten. Ich habe Sie noch nie gesehen. Möchten Sie im Schatten ein Glas Limonade trinken? Sie dürfen die Kraft der Junisonne nicht unterschätzen. Deshalb trage ich auch diesen Hut bei der Gartenarbeit.*
Walcher schmunzelte über den Redefluss der alten Dame und hoffte sie nicht zu kränken, als er die angebotene Limonade dankend ablehnte. Dafür musste er sich prompt eine Standpauke anhören. *Dass die jungen Leute auch immer in Eile sind. Warten Sie nur, bis Sie in mein Alter kommen.*
*Später wären Sie froh, wenn sie meine Limonade nicht abgelehnt hätten. Ich habe sie nämlich nach einem alten Hausrezept selbst zubereitet. Früher galt es auch als sehr ungezogen, eine Erfrischung abzulehnen, aber das ist ja heutzutage alles nicht mehr so. Bevor Sie gehen, junger Mann, nennen Sie mir nochmals Ihren Namen.*

Versöhnlich setzte Sie hinzu, *vielleicht bringen Sie das nächste Mal etwas mehr Zeit mit.*
Walcher gab ihr sein Kärtchen, verabschiedete sich höflich und verließ die freundliche Idylle. Immerhin war sein Besuch nicht umsonst gewesen. Schon am nächsten Tag würde er die Freifrau vielleicht fragen können: *warum spielen Sie mit mir Blinde Kuh, schicken mich in den Sumpf, erzählen was von einem Bauvorhaben, von dem niemand weiß, und geben mir eine Telefonnummer, unter der sie nicht erreichbar sind. Was soll das?*

## Aufbruch

Der „blaue Max", so nannte Susanna spöttisch den Chef der Wachmannschaft, hatte den Umzug befohlen.
Susanna musste seit ihrer Anstellung als Betreuerin schon zwei Mal so einen überhasteten Aufbruch mitmachen. Es sah mehr nach einer Flucht als nach einem Umzug aus.
Jedes Mal hatte sie nach dem Warum gefragt, aber nie eine zufriedenstellende Antwort erhalten.
Die Männer von der Wachmannschaft sprachen ohnehin nur das Allernötigste, zumal nur der Chef und sein Stellvertreter Deutsche waren. Die beiden anderen waren Franzosen, die wiederum nur bruchstückhaft Englisch beherrschten.
Der Arzt, Dr. Thomas Zelter, den sie alle Selters nannten, war da etwas mitteilsamer, vielleicht auch, weil er in Susanna verliebt war. Er wies sie ausdrücklich auf ihre vertraglich vereinbarte Schweigepflicht hin. Und dass es sich um einen wissenschaftlichen Versuch handelte, der im Interesse der Kinder vorerst weder der Öffentlichkeit noch den Behörden der Länder, in denen sie sich jeweils aufhielten, bekannt werden dürfte. Die Kinder zeigten nämlich seit ihrer Geburt Verhaltensweisen und Fähigkeiten, wie sie ihm bisher aus keinem Lehrbuch bekannt waren. Vor allem ihre extreme Empfindlichkeit, die sie bei jeder noch so kurzen Trennung voneinander entwickelten, zwang zur absoluten Geheimhaltung.

Es seien ursprünglich neun Kinder gewesen, die im dritten Lebensjahr das erste Mal voneinander getrennt worden waren. Daraufhin erkrankten zwei der Kinder an jeweils mehreren seltenen Virusinfektionen, und zwar gleichzeitig.
Ihr Immunsystem bekämpfte den eigenen Körper. Wie im Zeitraffertempo alterten ihre Körperzellen. Sie starben binnen zwei Wochen. Dr. Zelter, wie auch alle anderen hinzugezogenen Ärzte waren ratlos. Da die übrigen Kinder ähnliche Krankheitsbilder zeigten, wurden sie für die Behandlung wieder gemeinsam untergebracht - und wie durch ein Wunder waren sie von einem Tag auf den anderen gesund.
Dass die Kinder einander so völlig ähnlich sahen und es auch waren, lag an den speziellen Hormonen, mit denen ihre Mütter in dem Test behandelt worden waren, auch das eine hochgeheime Entwicklung. Susanna hatte diese Erklärung hingenommen, aber als ein Märchen abgetan, denn für sie stand fest, dass die Kinder das Ergebnis verbotener Klonversuche waren. Aber sie wollte nicht mit aller Gewalt das Geheimnis lüften, dazu hatte sie die Kinder viel zu lieb gewonnen. Außerdem verdiente sie in dem Job so unglaublich viel Geld, wie sie als Musikerin - sie hatte sich auf Querflöte spezialisiert - niemals hätte verdienen können.
Auch Bianca, die Kinderpädagogin, war zum selben Schluss gelangt. Bei ihr kam noch hinzu, dass sie die phänomenale Merkfähigkeit der Kinder und deren ungewöhnliche nonverbale Kommunikation faszinierte. Zudem gestand sie sich ein, die Kinder gefühlsmäßig längst adoptiert zu haben. Sie konnte sich ein Leben ohne die Kinder nicht mehr vorstellen.
Akribisch führte sie über jedes einzelne Buch, über jede außergewöhnliche Handlung, jedes Testergebnis, alle Noten, alle Auffälligkeiten. Sie war auch die Einzige, die Leonie, Sandra, Miriam, Vanessa, Julia, Katharina und Corina auseinander halten konnte.
Bianca unterstützte Dr. Zelter bei seinen Testreihen, mit denen er die körperliche und geistige Entwicklung der Kinder seit ihrer Geburt vor nunmehr zwölf Jahren begleitete.

Diese wissenschaftliche Forschungsarbeit war zu seinem Lebensinhalt geworden und sie machte ihn nicht nur zufrieden, sondern er sah darin ein außerordentliches Privileg.
Sie alle gehörten zu der Gruppe, die Manfred Gross führte, Verwaltungsleiter der „Abteilung Kindergarten", wie er sich ironisch selbst titulierte.
Um nicht aufzufallen, reisten sie in kleinen Gruppen, maximal jeweils zwei Kinder zusammen mit einer Begleitperson. Zwei Wachmänner der kleinen Mannschaft waren schon am Vortag mit einem eigens in München angemieteten Transporter losgefahren. Darin transportierten sie das schwere Gerät von Dr. Zelter, eine komplette Operationseinrichtung, die wichtigsten Laborgeräte, Möbel und Computer.
Sie hatten genaue Instruktionen des Doktors erhalten, damit sie das Behandlungszimmer einrichten konnten, bevor die Kinder eintrafen.
Gross hatte für jede Gruppe einen speziellen Reiseweg ausgearbeitet, der zwingend einzuhalten war, wie er wiederholt betonte. Auch die Dauer der Reise war bei den einzelnen Grüppchen unterschiedlich lang, um ein gleichzeitiges und damit auffälliges Eintreffen an dem neuen Standort zu vermeiden.
So würden Susanna und Miriam am längsten unterwegs sein, weil Miriam die stabilste von allen war. Mit dem Zug sollten sie nach Augsburg fahren, dann Fahrkarten nach Heilbronn kaufen und dort in der Pension „Kleist" drei Tage Pause machen. Danach erst ging es nach Frankfurt und von dort mit dem Flugzeug nach Mailand. Dann mit dem Zug über Genua die Küste entlang nach Monaco, weiter mit dem Bus nach Antibes, dann wieder mit dem Zug nach Grasse, wo sie abgeholt werden sollten.
Telefonate mit dem Handy waren möglichst zu vermeiden, Festnetze zu nutzen war erlaubt, weil die Kinder täglichen Kontakt zueinander brauchten. Das war, wie sie von den vorhergehenden Trennungen wussten, für den Gesundheitszustand der Kinder unbedingt notwendig.

Alles in allem war es ein ebenso hoher logistischer Aufwand wie beim letzten Umzug. Nur sechs Monate waren ihnen als Erholung vergönnt. So lange nur konnten sie in dem ehemaligen Erholungsheim am Bodensee ungestört leben.
Minuziös wie ein Generalstabsplan hatte Gross alle Details durchgearbeitet, so als müssten sie unter Lebensgefahr aus einem besetzten Land fliehen. Er und zwei seiner Wachmänner würden erst einen Tag später abfahren. Sie hatten noch ein paar Aufgaben zu erledigen, bevor auch sie sich auf die Reise in das neue Domizil machen konnten.
Zwei Tage später war es ruhig geworden in den Häusern und auf dem Grundstück am See.

Dr. Bettina Pohlmann

Dr. Pohlmann klappte das Stationsbuch auf, um die Berichte der Tagesschicht zu lesen. Darin stand nichts, was auf eine unruhige Nacht hindeutete. In ihrem Bereich hatte sie heute nur drei Patienten zu betreuen, alle keine akuten Fälle. Das war ihr gar nicht recht, sie bevorzugte turbulente Nachtschichten. Nur schlaflose Nächte verschonten sie von Träumen. Deshalb übernahm sie oft freiwillig zusätzliche Nachtschichten.
Sie entdeckte, dass sie von ihren Horrorvisionen nur in den Träumen nachts verfolgt wurde, schlief sie am Tag, träumte sie nicht.
Jahre dauerte es, bis sie das herausfand. So war sie schließlich aus der Abhängigkeit von Schlaftabletten zu Psychiatern, Therapeuten und Hypnotiseuren geflüchtet. Sie lernte in all den unzähligen Sitzungen die Bedeutung und die Folgen der Auseinandersetzungen mit ihren Eltern, Geschwistern und dem Ehemann, vor allem aber was der traumatische Tod ihres Sohnes in ihr verursachte. Trotzdem blieben die Albträume. Auch die Meditationsübungen bei tibetanischen Mönchen, die stellvertretende Reise eines mongolischen

Schamanen in ihre Traumwelten und die Exerzitien in einem der ältesten Klöster in der Schweiz, in dem sie schweigend einen Monat verbrachte, förderten zwar ihr spirituelles Ich, befreiten sie jedoch nicht von ihren Träumen.
Erst der eher zufällige Kontakt mit einer Kräuterheilerin brachte ihr die Erkenntnis, dass ihre Albträume immer in den Tagen vor Einsetzen der Regelblutung wiederkehrten.
Seither arbeitete sie in der Woche vor Beginn ihrer Periode die Nächte durch.
Einige Male im Jahr ließ sie aber diese Träume zu. Sie ließ zu, dass Manuel, ihr Sohn, sich auf ihren Schoß setzte und sie mit seinen großen braunen Augen ansah. Oder dass sich sein bleiches Gesicht aus stürmischen Wolken herausbildete und sich sein Kindermund zu einem schwarzen Schrei öffnete. Oder sie sprang immer wieder in das Schwimmbecken, um Manuel herauszufischen. Oder zerrte ihn vor dem heranrollenden Lastwagen zurück oder drückte den ohnmächtigen kleinen Körper an sich, nachdem er mit dem Dreirad gegen das Tor der Tiefgarage geprallt war.
Alle Träume endeten mit dem Blick der großen Kinderaugen und dem Schrei aus seinem aufgerissenen Mund.

## Lindau, zweiter Besuch

Den ganzen Vormittag über verbrachten Walcher und Johannes damit, an allen Gebäuden Bewegungsmelder zu montieren, die das Hoflicht aktivierten, egal aus welcher Richtung man sich dem Hof näherte.
Es war eine endlose Fummelei, bis die drahtlosen Melder so eingestellt waren, dass nicht bei jeder vorbeifliegenden Hummel das Licht anging.
Nach dem gemeinsamen Mittagessen – Johannes versuchte sich an Kartoffelpuffern, und zwar in einer Menge, als müsste Irmis kompletter Freundeskreis mit verköstigt werden, obwohl sie nur ihren derzeitigen Freund angekündigt hatte,

verabschiedete sich Walcher und fuhr in Richtung Lindau. Dieses Mal parkte Walcher auf dem Parkplatz am Seeufer. Durch den Regenguss am Vormittag war die Luft merklich abgekühlt. Wie die Dekoration einer Theaterbühne hingen, feiner Seide gleich, schmale lange Dunststreifen über dem See und filterten die Silhouette der Inselstadt in milchig zarten Tonstufen. Möwen flogen scheinbar ziellos durch das Bühnenbild und ihre Schreie klangen gereizter als sonst, schien es Walcher. Als ein Sonnenstrahl diagonal die Dunststreifen durchschnitt und einen klar umrissenen Flecken auf der Wasseroberfläche erhellte, holte Walcher die Kamera aus dem Wagen. Eine solch melancholische und gleichermaßen lebendige Stimmung konnte er sich einfach nicht entgehen lassen. Walcher fühlte sich immer in Hochstimmung, wenn er Gelegenheit bekam, solche besonderen Bilder zu machen. Nur widerstrebend löste er sich von dieser eindrucksvollen Szenerie, steckte die Kamera ein und ging gemütlich in Richtung Brougierstraße.
Das Gartentor ließ sich leichter öffnen als bei seinem Besuch am Tag zuvor, meinte Walcher beim Aufdrücken zu spüren. Vielleicht hatten die verrosteten Metallangeln einen Regenguss als Gleitmittel gebraucht. Erstaunlich, welche Nebensächlichkeiten sein Gehirn speicherte.
Der Garten dampfte, letzte Feuchtigkeit sammelte sich zu Tropfen, die von Blatt zu Blatt rollten und am Ende ihrer Reise hörbar auf den Boden platschten. Die Schreie der Möwen wurden von dem grünen Urwald des Gartens zu leisen Seufzern gedämpft. Am Haus glänzten wie frisch gewaschen und lackiert die Blätter von Efeu und Wein. Einladend stand die Haustür offen, trotzdem zog Walcher den Glockenstrang und brachte die Glocke zum Klingen.
Die Sekunden tickten. Walcher dachte an die alte Dame mit dem Tropenhelm. Er war gespannt, was die Hausdame wohl heute auf dem Kopf trug, und sah erwartungsfroh zur Hausecke. Vielleicht war sie ja wieder im Garten.
Aber auch als er zum zweiten Mal an dem Strang zog, blieb

es bis auf das Geläut ruhig im Haus. Dafür sprang Walcher ein plötzliches Gefühl von Trauer und Gequältheit an, ein Geruch von Angst.
Seine Nackenhaut spannte sich. Irritiert machte er einen vorsichtigen Schritt zur Tür und drückte sie ganz auf, bis er in den Hausflur sehen konnte. *Hallo, Frau von Wedern, Herr von Hornsteen, hallo,* rief Walcher ins Haus hinein.
Aber er erhielt keine Antwort. Walcher machte ein, zwei Schritte weiter hinein. Das Licht, das durch das Fenster der gegenüberliegenden hinteren Tür den Flur erhellte, blendete ihn und ließ die Randbereiche des Hausflurs dunkel erscheinen. Es roch nach Bohnerwachs. *Hallo, hallo,* versuchte Walcher es noch einmal. Walchers Unbehagen steigerte sich. Er beugte sich in den offenen Türrahmen des ersten Zimmers auf der rechten Seite. Ein kleiner Raum, Biedermeier. Ein kleiner Tisch, ein bequem aussehendes Sofa, Vitrinenschrank, Bilder an den Wänden, Standuhr, Anrichte. Nur die umgekippte und ausgelaufene Vase auf dem Tisch störte. Der Strauß sah noch nicht welk, aber auch nicht mehr schnittfrisch aus. Walcher drehte sich um und wandte sich der gegenüberliegenden Tür zu, die geschlossen war, ging hin und klopfte. Bevor er die Klinke herunterdrückte, rief er nochmals ein: *Hallo* und setzte *ist jemand im Haus?* hinzu, wohl wissend, dass er die Frage nur stellte, um seine Anspannung abzubauen.
Walcher lauschte noch einige Sekunden, dann drückte er langsam die Tür auf. Das Chaos eröffnete sich ihm so nur Stück für Stück, erschreckte ihn jedoch nicht minder heftig. Das passend zum Stil des Hauses eingerichtete Büro versank unter einem Berg von Müll. Papiere, Ordner, Bücher, ganze Schubladen, Blechspielzeug, das vermutlich in den Glasvitrinen aufbewahrt worden war, vermischt mit Schreibutensilien, Disketten, CDs, alles in einem chaotischen Durcheinander. Dazwischen Bilder, die vermutlich vor die weißen Flecken an die Wand gehörten. Hier hatten Vandalen gehaust, so wie das in Horrorstreifen vorgemacht wurde.

Völlig blödsinnig, dachte er, wenn jemand nach Wertgegenständen suchte, dann verwandelte er ein Zimmer nicht in eine Müllkippe, es sei denn, er war ein Psychopath.
Walcher fiel der Computer auf, der ebenfalls auf dem Haufen lag. Die Verkleidung fehlte und anstelle der Festplatte hingen nur Kabelstecker funktionslos in der Luft, wie Triebe von Schlinggewächsen.
Walcher schloss die Tür wieder und ging zur nächsten auf derselben Seite des Flurs. Die Gästetoilette, winzig und leer. Danach wurde der Flur breiter, eine Holztreppe führte im Bogen in den ersten Stock, unter der Treppe eine Tür, vermutlich zum Keller. Dahin wollte Walcher jedoch nicht. Er nahm den Raum nach dem Empfangszimmer ins Visier, auf der anderen Flurseite, dessen Tür weit offen stand. Das Esszimmer mit einem ovalen Tisch, gedeckt für drei Personen. Nicht gerade als Musterbeispiel für ein Wohnmagazin geeignet, aber immerhin anspruchsvoller, als man an einem normalen Wochentag den Tisch deckte.
Walcher glaubte ein leises Rauschen zu hören, vielleicht eine undichte Toilettenspülung oder eine laufende Waschmaschine, achtete aber nicht weiter darauf. Der nächste Raum auf dieser Seite war die Küche. Bevor Walcher durch die offene Tür eintrat, versuchte er es nochmals mit einem halbherzigen *Hallo.*
Auf dem großen Arbeitstisch in der Mitte eine Schüssel mit Salatblättern darin, Endivie. Daneben ein Bund Mohrrüben, eine Paprika, ein Holzbrett, Messer, Zwiebeln, eine Flasche Essig, ein Päckchen Salatgewürz. Auf einem zweiten Holzbrett ein aufgeschnittenes Baguette, daneben ein kleiner Weidenkorb. In der Spüle tropfte der Wasserhahn und auf dem Elektroherd stand auf allen vier Kochplatten ein Topf.
Walcher hob den Deckel des größten Topfes hoch. Ein Stück Vogelbrust ragte aus einer weißen Fettschicht heraus, wie eine Insel aus gefrorenem Meer. Es duftete nach Rotwein und Kräutern der Provence. Vielleicht sollte es ein Coq au Vin werden, dachte Walcher, aber es hingen noch andere Düfte

in der Küche. Da war der unverwechselbare Geruch von Stoffwechsel und Verdauung, wie er alten Menschen anhaftete. Walcher beugte sich vor, um auch in den Bereich der Küche hinter der offen stehenden Tür sehen zu können, und zuckte zurück. Ein friedliches Bild auf den ersten Blick, dann aber verflüchtigte sich dieser Eindruck.

Der Schaukelstuhl, in dem die Hausdame saß, hatte in einer leicht nach hinten gerichteten Position seinen Ruhepunkt gefunden. Die alte Dame schien zu schlafen, jedenfalls waren ihre Augenlider geschlossen. Walcher verkniff sich ein *Hallo,* er starrte sie nur an, wartete darauf, dass sie sich bewegen, dass sie atmen würde. Aber sie saß nur da. Das Wachsfigurenkabinett der Madame Tussaud kam ihm in den Sinn.

Da aber auch Schlafende atmeten und sich dabei bewegten, war ihm klar, dass sie tot sein musste.

Er hätte tags zuvor doch die angebotene Limonade probieren sollen, dachte Walcher

Den Impuls, die Hand der Toten zu berühren und die Körpertemperatur zu fühlen, unterdrückte er. Rückwärts ging er auf den Flur zurück. Sollte er die Polizei anrufen? Oder sich davor noch kurz im Haus umsehen? Der Tisch war für drei Personen gedeckt. Seine Neugier war größer, die Polizei konnte er auch später anrufen, außerdem war er schon auf dem Weg die Holztreppe hoch in den ersten Stock.

Die Stiegen knarrten, obwohl sie mit einem dicken Läufer belegt waren, und mündeten in einen Flur, der schmaler war als der im Parterre. Alle Zimmertüren standen offen. Auf der linken Seite strahlte die Sonne durch die Türfassungen und zeichnete helle Felder auf den Boden. Da war auch wieder das leise Wassergeräusch, aber Walcher war sich nicht sicher, ob es nur in seinem Kopf rauschte. Was, wenn sich der Mörder der alten Dame noch im Haus befand?

Das erste Zimmer auf der linken Seite oben war genauso zugerichtet wie das Büro unten. Ein Tropenhelm lag unter einem umgeworfenen Stuhl. Walcher nahm an, dass dies das Zimmer der Haushälterin war.

Der nächste Raum: Walcher sah durch die Tür eine geflieste Wand, die oberste Reihe zierten Blumenmuster. Vermutlich ein Bad oder eine Toilette, was auch den halb runden Fleck auf dem Teppich erklärte, auf den Walcher vor der Türschwelle trat. Als er dann im Türrahmen stand und die Ursache für den Fleck sah, jagte es ihm den Puls in die Höhe.
In einem roten See, der den Boden der Toilette füllte und bis an die Oberkante die Türschwelle reichte, kniete ein Mann. Sein Kopf war nicht zu sehen, der steckte in der Kloschüssel. Seine Schultern drückten den Holzdeckel schräg nach oben. Die Klobrille war in zwei Teile zerbrochen, sie schwammen auf dem Wasser. Die Arme waren dem Mann mit einer gelben Krawatte auf dem Rücken gefesselt worden. Mit einem Verlängerungskabel, festgeknotet an der Wasserleitung des Spülkastens, hatten die Peiniger seine Beine an den Klosockel gebunden. Der Spülhebel war mit einem Klebeband fixiert, weshalb beständig Wasser floss. Das erklärte das leise Rauschen, das Walcher schon unten im Flur gehört hatte. In einem stetigen Rinnsal lief Wasser aus der Toilettenschüssel und staute sich zu einem See auf.
Die hellrosa Färbung des Wassers erklärte sich durch eine Wunde des Opfers. Um seinen linken Fuß herum war das Wasser rot gefärbt. Einen halben Meter daneben lag im Wasser eine schwarze Kneifzange. Der rechte Fuß steckte noch in einem schwarzen Schuh.
Walcher drehte sich um und lehnte sich an die Wand.
Gedankenfetzen wirbelten ihm durch den Kopf, während er mit tiefen Atemzügen versuchte, seinen rebellierenden Magen zu beruhigen.
Die Polizei rufen? Was waren das für sadistische Folterknechte, die anderen so etwas antaten? Drei, für drei Personen war der Tisch gedeckt. Der Rechtsanwalt und wer noch? Saß die Haushälterin mit am Tisch, dann fehlte noch eine weitere Person, oder waren zwei Gäste geladen. Die Freifrau? War ihretwegen der Tisch festlich gedeckt? Walcher war klar, dass er so nicht weiterkommen würde.

Es gab noch vier Zimmer auf dem Stockwerk, in die er hineinsehen könnte. Dann führte noch eine schmale Treppe hinauf ins Dachgeschoß und einen Keller besaß das Haus auch. Walcher entschied sich, vom Büro unten aus die Polizei zu verständigen, vorher aber noch kurz einen Blick in die Zimmer zu werfen.
Der Raum im Anschluss an die Toilette war das Badezimmer, vermutlich erst vor kurzem renoviert, modern und großzügig. Daran schloss sich das Hauswirtschaftszimmer an, mit Bügelmaschine, einem Tisch mit Nähmaschine und einem Schreibtisch, auf dem ein Computer, Bildschirm und Drucker standen. Rundherum an den Wänden des Zimmers befanden sich Einbauschränke, in denen Bettwäsche, Stoffe, Ordner, Blechkisten, Bänder und Schnüre, Zeitungen, das ganze Sammelsurium eines Hauses verwahrt wurde. Normalerweise. Denn auch in diesem Zimmer sprang Walcher das Chaos an. Alles was sich in den Schränken befunden hatte, bedeckte einen Meter hoch den Fußboden.
Das Zimmer auf der Seite gegenüber wurde vermutlich als Ankleidezimmer vom Hausherrn genutzt, denn hier lagen Anzüge, Hemden, Schuhe, Krawatten, Unterwäsche, Pullover auf einem Haufen zusammen. Die Verbindungstür zu dem Zimmer nebenan stand offen, es sah nach seinem Schlafzimmer aus und war ebenfalls ein einziges Chaos.
Walcher ging zur Treppe zurück, vermied es aber, noch mal in die Toilette zu sehen. Allerdings überlegte er, ob er das Klebeband vom Spülhebel entfernen sollte, ließ es aber sein. Allein schon der Gedanke, durch das Blutwasser zu waten, verursachte ihm Magenkrämpfe. Außerdem würde er nur Spuren für die Kripo verwischen.
Schon mit einem Fuß auf der Treppe nach unten, machte Walcher kehrt und stieg die schmalere Treppe ins Dachgeschoss hoch.
Das erste Zimmer dort war nicht durchsucht worden, es gab auch nichts zu durchsuchen. Dieser Raum könnte das Gastzimmer sein, denn es ähnelte einem Zimmer in einer Pension.

Daneben eine winzige Toilette, dann ein kleines Bad.
Der nächste Raum war wieder durchsucht worden, allerdings ohne ihn in ein Chaos zu verwandeln, wie das einen Stock tiefer der Fall war. Durch die mit Efeu bewachsenen Fenster der Dachgauben fiel wenig Licht herein. Aber es war hell genug, das Modell einer Lädine zu erkennen, so wurden die Transportkähne genannt, mit denen Fuhrleute einst den Bodensee überquerten. Ein Flugzeugmodell, das von der Decke hing, unterstrich Walchers Vermutung, dass es sich um das Zimmer eines Jungen handelte. Das gegenüberliegende Zimmer mit gleichem Grundriss und ebenfalls zugewucherten Fenstern war eindeutig ein Mädchenzimmer, allerdings gab es alle Möbel in zweifacher Ausfertigung. Auch dieses Zimmer war durchsucht worden. Im letzten Zimmer standen nur Regale voller Leitzordner und Kisten, vermutlich eine Art Archiv. Hier lagen nur ein paar Ordner auf dem Boden. Keine Leiche, dachte Walcher erleichtert und ging hinunter.
Im Büro unten fand er das Telefon, aber das Kabel war aus der Wand gerissen. Walcher hätte den Notruf auch per Handy verständigen können, er wusste aber die Vorwahl von Lindau nicht und die Suche nach einem Telefonbuch erschien nicht sehr aussichtsreich. Deshalb verließ er das Haus und klingelte am Tor des Nachbarn zur Linken. Es knackte in der Sprechanlage. *Rufen Sie bitte die Polizei, bei Ihren Nachbarn, den Hornsteens, ist eingebrochen worden*, rief Walcher hinein.
Er reagierte nicht auf die Fragen der Nachbarin, sondern entfernte sich langsam von dem Mordhaus.
Zehn Minuten später näherte sich dem Haus Nummer 12 ein Polizeiwagen in normaler Geschwindigkeit und hielt davor an. Zwei junge Polizisten stiegen aus und betraten gemächlich das Grundstück des Anwalts. Kurze Zeit später kamen sie im Laufschritt zurück, Walcher sah einen von ihnen in ein Mikrofon sprechen. Weitere zehn Minuten später wimmelte es auf der Straße von Polizeifahrzeugen und Beamten in Zivil und Uniform. Walcher hatte sich bei einem von ihnen zu

erkennen gegeben und ihn darüber informiert, dass er es war, der über die Nachbarin die Polizei habe rufen lassen. Mit der Bitte zu warten wurde er in einen der Busse gebeten, die mit einer Sitzbank und einem Tisch ausgestattet waren. Walcher saß da und beobachtete das hektische Treiben durch die offene Tür.

Inzwischen waren auch die Presseleute von den regionalen Tageszeitungen eingetroffen. Einer von ihnen wollte Walcher unbedingt zu dem Geschehen interviewen. Walcher winkte aber nur müde ab und deutete auf das von Neugierigen umlagerte Gartentor, durch das sich gerade ein Mann drängelte. Er ging direkt auf den Bus zu, stieg ein und schob die Tür so heftig zu, dass der Notizblock des Journalisten einklemmte. *Gott sei Dank haben wir so was nicht alle Tage,* brummte er und stellte sich Walcher als Kommissar Brunner vor.

Weil Walcher nicht klar war, ob er auf das Gedrängel der neugierigen Presse und der Nachbarn oder auf das Massaker im Haus anspielte, fragte er nach. Brunner musterte ihn einen Augenblick und schien zu überlegen, ob nicht er derjenige wäre, der hier die Fragen stellte, ging dann aber doch auf Walcher ein und meinte, *beides, beides brauchen wir wirklich nicht alle Tage. Sie haben das da,* und deutete dabei in Richtung Grundstück, *der Polizei gemeldet. Wer sind Sie und was wollten Sie in dem Haus?* Walcher nannte seinen Namen und den Grund für seine Anwesenheit, dass er die Freifrau von Wedern habe besuchen wollen.

Der Kommissar, ein Endvierziger mit deutlichem Ansatz zu einer Glatze, altmodischer schwerer Hornbrille mit dickem Rand auf der Nase, ovales, sympathisches Gesicht, gepflegter Schnauzer, hatte ihn dabei sehr direkt angesehen. Er gab ein *mmmmhhhh* von sich und schlug dann vor, *kommen Sie, wir fahren in mein Büro, da können wir uns in Ruhe unterhalten.*

Zehn Minuten später hielt Brunner die Tür zu seinem Büro auf und bat Walcher hinein. Der konnte sich ein anerkennendes *Aha* nicht verkneifen, denn das Büro entsprach so gar

nicht dem, was er bisher an Polizeibüros kannte. Gemütliche Sitzecke aus feinem Leder, als Schreibtisch eine Glasplatte, die in einem futuristischen Stahlgestänge hing. Ein ebenfalls durchsichtiger PC mit ultraschmalem Bildschirm und einer Tastatur, die der Armatur eines Cockpits ähnelte, standen als einzige Gegenstände auf dem Tisch. Als Kontrast zu dem Schreibtisch daneben eine altmodische Stehlampe.
In der Zimmermitte eine Bar in einer großen offenen Weltkugel, ebenfalls nicht unbedingt typisch für das Büro eines Kommissars. Eine gut drei Meter breite Kopie der *Alexanderschlacht* hing an der Wand dem Schreibtisch gegenüber, sonst waren die Wände leer. Der Streifenvorhang vor dem Fenster war zugezogen.
Kommissar Brunner bot Walcher Platz auf der im Halbrund angeordneten Sitzgruppe an, nahm zwei Schnapsgläser aus der Bar, füllte sie mit einer klaren Flüssigkeit und reichte Walcher eins davon, während er sein Glas bereits in einem Zug austrank.
*Aahhh, das tut gut,* stöhnte er und setzte sich Walcher gegenüber. Walcher trank ebenfalls sein Glas leer und nickte anerkennend. Brunner ging sofort darauf ein.
*Von meinem Schwager, er brennt diesen Willi, äh, Williams nach Altväterart. Nur aus absolut reifen Birnen, nicht bevor der Seenebel sie gestreichelt hat. Ich hab schon viele andere Birnenbrände probiert, aber dieser ist mit Abstand der beste. Und nicht nur weil er von meinem Schwager ist, nein, nein, er ist wirklich hervorragend. Und an solchen Tagen wie heute darf man sich einen Tröster gönnen. Meinen Sie nicht auch?*
Walcher nickte. Der Kommissar hatte eine Fernbedienung genommen, die auf dem Ledersofa neben ihm lag, und auf einen Knopf gedrückt. Allerdings tat sich nichts in dem Raum.
*Ich führe ein möglichst papierloses Arbeitsleben, deshalb wird ab jetzt unser Gespräch aufgezeichnet,* erklärte er. *Erzählen Sie mir bitte nochmals, was Sie vorhin schon kurz ausgesagt haben. Und dann bitte noch den Grund für Ihren Besuch in dem Haus und was Sie sonst so machen und alles, was Ihnen einfällt. Sie verstehen,*

*dass ich bei Mord und bei so brutalen Morden wie diesen sowieso alles, aber auch wirklich alles wissen muss.*
*Am Tatort laufen derzeit nicht nur die kriminaltechnischen Untersuchungen, sondern es sind auch Psychologen vor Ort, die auf Grundlage der Fakten versuchen werden, ein Persönlichkeitsprofil des oder der Täter anzufertigen. Wir haben sogar unseren Wahrsager dort, der manchmal Dinge sieht, die sich unserem logischen Verständnis entziehen.* Brunner unterbrach sich, weil er Walchers ungläubigen Blick bemerkte. *Ja, Sie haben schon richtig gehört, dieser Mensch gab uns in zwei Fällen die entscheidenden Hinweise. Da spielt es dann für mich keine Rolle, dass er in den anderen zehn nichts gebracht hat, aber das wäre für sich schon ein abendfüllendes Thema,* winkte er ab. *Hinzu kommt,* und hier ließ der Kommissar eine dramatische Pause folgen, *dass wir bei solchen bestialischen Morden unter einem enormen Aufklärungsdruck stehen, der uns meist ein absolutes Chaos beschert. Die Politiker vor allem sind es, die gern was von Recht und Ordnung daherschwafeln, aus purem Populismus, wegen ein paar lausiger Wählerstimmen.*
Brunner redete sich richtig in Fahrt und wie es schien, hatte er so seine Erfahrungen mit Politikern gemacht.
*Das führt bloß dazu, dass unsere Leute regelrecht gehetzt werden und keine optimale Arbeit mehr leisten. Allein die Fingerabdrücke in dem Haus zu sammeln, von den Toten und den Fremden, sie mit national und international erfassten Abdrücken zu vergleichen, das kostet Tage. Aber lassen wir das,* stöhnte Brunner, winkte ab und stand auf. Vor der Weltkugel drehte er sich um, *Sie auch noch einen?*
Walcher bejahte, nicht nur aus Verständnis für die Probleme des Kommissars, sondern weil der Williams wirklich außerordentlich aromatisch war.
*So, jetzt sind Sie dran,* schloss Brunner seinen Ausbruch von Frust ab und rief, lauter als bisher, in den Raum: *und Frau Müller, dass Sie mir nicht meine kleine Vorrede mit abschreiben, ist das klar?*
Walcher war mit seinem Bericht fertig und schon auf dem

Flur, als ihn der Kommissar noch einmal zu sich rief, ein Handy ans Ohr gedrückt.
*Ich glaube, dass Sie einiges vertragen können, aber auch als Warnung an Sie, diese Leute nicht zu unterschätzen. Unser Pathologe hat sich gerade gemeldet. Er ist fix und fertig und geht erst mal in die nächste Kneipe. Er hat nämlich bei dem Toten den Grund für dessen blutende und aufgeschwollene Nase entdeckt.*
Brunner legte eine Kunstpause ein und sah Walcher fast herausfordernd an.
*Nein, darauf kommen Sie niemals. Nein, darauf kommt niemand.*
Wieder machte Kommissar Brunner eine dramaturgische Pause. *Im linken Nasenflügel des Toten steckte sein abgezwickter kleiner Zeh. Dann haben wir im Keller noch einen dritten Toten entdeckt, bei dem allerdings merkwürdig ist, dass er bereits vor circa acht Tagen umgebracht wurde.*

## Besuch in Lindau

Zu dritt hatten sie Isoldes Geburtstag feiern wollen. Isolde, der Onkel und sie. Deswegen war sie aus München angereist und fröhlich in das Haus geeilt, in dem sie die zweite Hälfte ihrer Jugendzeit verbracht hatte. Für den Onkel, der sich ihr gegenüber immer distanziert und überkorrekt verhielt, empfand sie zwar keine besondere Zuneigung, aber große Achtung vor dem Selbstverständnis, mit dem er die Kinder nach dem Tod der Eltern bei sich aufnahm und ihnen ein Heim gab.
Isolde hingegen war für sie nicht nur Muttersatz gewesen oder die Frau, die den Haushalt organisierte, sondern sie war ihr in allen Phasen, die Jugendliche durchleben, als eine warmherzige Freundin zur Seite gestanden.
Anita stellte ihre Tasche im Flur ab, rief Isolde, die sie in der duftenden Küche vermutete, zu, dass sie da sei und war die Treppen zum ersten Stock hochgestürmt, weil sie dringend auf die Toilette musste. Seit der Renovierung bevorzugte sie

das moderne WC, oben im ersten Stock.
Was dann geschah, daran konnte sie sich nicht mehr so recht erinnern, als ob ihr Verstand die unglaublichen Bilder verhüllte, um ihre Seele zu schützen. Sie war aus der Toilette in die Küche getaumelt, dann in Panik aus dem Haus gehetzt und zurück nach München gerast.
Anita Freifrau von Wedern hatte nur einen Gedanken: Flucht. Sie wollte weder mit der Polizei noch mit sonst einem Menschen sprechen über das, was sie gesehen hatte. Sie wollte nur weg, weg von diesem Albtraum.

Noch nie in ihrem Leben war sie verfolgt worden und bisher auch von wahnhaften Einbildungen verschont gewesen, deshalb kannte sie solches Grauen nicht.
Seit ihrer Flucht aus Lindau empfand sie entsetzlicheAngst und fürchtete ständig, in Panik zu geraten. Was sie dort gesehen hatte, konnte auch ihr geschehen. Die Leute, die hinter ihrem Bruder her waren, hatten nun auch sie im Visier. Sie wurde verfolgt, das war ihr damit klar. Überall sah sie Verfolger. Da stand zwar kein Zeitung lesender Mann im Trenchcoat an jeder Ecke und beobachtete sie durch ein Loch in der Zeitung, auch erinnerte sie sich nicht an ein bestimmtes Gesicht, das ihr aufgefallen wäre oder das sie mehrmals hintereinander gesehen hätte, aber sie fühlte dennoch eine unbeschreibliche Gewalt im Nacken. Wie eine riesige Garotte schnürte das dumpfe Gefühl von Angst ihren Brustkorb ein, sie fühlte sich hilflos wie nie zuvor in ihrem Leben. Instinktiv wusste sie, dass das alles mit Armin zu tun hatte. Weg, weit weg wollte sie, an einen Ort, an dem sie sich sicher fühlen konnte. Deshalb packte sie am selben Tag den Rucksack mit dem Nötigsten, weder wollte sie mit einem großen Koffer auffallen noch sich damit abschleppen. Was sie darüber hinaus noch benötigte, würde sie kaufen.
Ihrer Nachbarin gab sie den Wohnungsschlüssel und bat sie, nach der Post zu sehen. Am nächsten Bankautomaten zog sie zweitausend Euro.

Anita von Wedern lebte als Single und hatte niemanden, den sie über ihre Reise informieren musste, außer ihrem Studienfreund, der bei der Münchener Messegesellschaft als Hausjurist arbeitete und sie mit gelegentlichen Aufträgen beschäftigte. Anita studierte ebenfalls Jura, allerdings nur ihrem Onkel zuliebe. Als ihr das während der Referendarzeit klar wurde, machte sie zwar noch bis zur Zulassung als Rechtsanwältin weiter, sattelte dann aber um und gründete ein Telefonmarketingcenter, das sie jedoch nach kurzer Zeit verpachtete. Seither lebte sie von der Beteiligung an dieser Firma und zwar recht komfortabel. Über ihre Altersversorgung brauchte sie sich keine Gedanken zu machen, die war gesichert dank der seinerzeit ausbezahlten Lebensversicherungen der Eltern, die der Onkel gut anlegte.
Als Anita von Wedern reisefertig war, fiel ihr Walcher ein.

Klaus Schmidt, mit dt bitte

Der Zufall hatte die Semmelbrösel zu einem Linienmuster arrangiert, das auf dem Schnellhefter seinen Anfang nahm und sich über seine Oberschenkel bis auf die Fußmatte fortsetzte.
Anhänger der Chaostheorie hätten sicher Gefallen daran gefunden. Klaus Schmidt - *mit dt,* wie er viel zu häufig in dem Glauben anmerkte, der Hinweis wäre humorig -, war erst einmal zufrieden, dass er dem Chaos in seinem Magen ein Ende bereitet hatte und gab es mit einem traurigen Seufzer auf, sich nach den drei Wurstsemmeln nun auch noch die größeren der Semmelbrösel einzuverleiben. Was an Bröseln noch auf dem Schnellhefter lag, wedelte er aus dem offenen Wagenfenster hinaus auf den Parkplatz. Die Brösel auf seiner Hose, dachte er, würden von allein herunterfallen, wenn er ausstieg. Mit einem weiteren Seufzer stellte er die Rückenlehne etwas weiter nach hinten, nicht in Schlafstellung, aber doch weit genug, um gemütlich das sicher höchst aufregende

Protokoll der Polizei und die übrigen Informationen zu lesen.
Die Ruhe der Mittagszeit, die friedliche Stille des Ortes, das hypnotische Wechselspiel der Sonnenstrahlen in den sich bewegenden Baumkronen, die Energie, die das Verdauen erforderte, all das führte dazu, dass Schmidt eine halbe Stunde lang schlummerte.
Mit aufgeklapptem Unterkiefer saß er zurückgelehnt da und schnarchte grässlich, bis sich einige Insekten auf den bloßen Hautflächen versammelten und von seinem Blut saugten. Die instinktive Abwehr riss Schmidt aus dem Schlaf und zurück an die Arbeit.
In dem Protokoll der Polizei Friedrichshafen standen in dürren Worten das Datum, der 1. Juni, die vermutliche Uhrzeit des Brandausbruchs, dreiundzwanzig Uhr, die erste Meldung aus der Bevölkerung, dreiundzwanzig Uhr fünfundfünfzig sowie der Zeitpunkt des Eintreffens der Feuerwehren aus Friedrichshafen und Eriskirch, gegen null Uhr dreißig. Ferner war protokolliert, dass die Mannschaft aus Friedrichshafen sofort wieder abzog und die aus Eriskirchen die Brandwache übernahmen.
Das Hauptgebäude war demnach um null Uhr dreißig bereits völlig abgebrannt. Die Brandursache: ungeklärt. Hinweise aus der Bevölkerung: keine. Personenschaden: nein. Ein Zeugenaufruf in der Tageszeitung, dem „Südkurier", wurde erwogen. Eine Objektüberwachung bis zur Freigabe durch die feuerpolizeilichen Ermittler wurde empfohlen.
Unterzeichnet: Polizeiobermeister Herbert Riester.
Auf dem zweiten Blatt folgte der Bericht der feuerpolizeilichen Ermittlungen, der eine Selbstentzündung ebenso wenig ausschloss wie eine Brandstiftung. Durch die Explosion zweier Gasflaschen in der Küche, vermutlich gegen Ende des Brandverlaufs, seien die brandtechnisch relevanten Spuren weitgehend zerstört worden.
Die gewaltige Hitzeentwicklung, zurückzuführen auf die Holzbauweise und zusätzlich angefacht von dem in jener Nacht vorherrschenden starken Wind aus nordwestlicher

Richtung, mithin auf die Breitseite des brennenden Objekts, förderte eine extrem rasche Verbrennung. Deformierte und angeschmolzene Metallteile ließen auf eine Wärmeeinwirkung von über 700 Grad schließen, was aber erst durch eine vergleichende Analyse präzisiert werden sollte, allerdings für die Beurteilung der Brandursache ohne Belang sei ... und so weiter.

Ein gefalteter Lageplan im Maßstab 1: 50 lag bei sowie die Kopie einer Versicherungspolice aus dem Jahr 1942 zusammen mit einem Grundbucheintrag aus demselbem Jahr, der mit einem Hakenkreuzstempel versehen war. Außerdem gab es einige Policeblätter neueren Datums. Alle zwei, drei Jahre war die Versicherungssumme erhöht worden.

Die letzte Anpassung stammte von 2002 und wies die stolze Summe von zwei Millionen Euro im Fall eines Vollbrandschadens aus.

Schließlich folgte noch der Auftrag der Regulierungsstelle aus Berlin an den sehr geehrten Herrn Schmidt, mit der ausdrücklichen Bitte um vorrangige und umgehende Behandlung. Im internen Sprachgebrauch bedeutete dies, dass alles daranzusetzen wäre, Beweise für eine vorsätzliche Brandstiftung zu finden, um eine Auszahlung der Schadenssumme zu verhindern oder sie zumindest zu verzögern.

*Also, dann prüfen wir mal,* stöhnte Schmidt, klappte den Schnellhefter zu und wuchtete seinen massigen Körper aus dem Wagen. Es hasste es, an warmen Tagen sein klimatisiertes Büro verlassen zu müssen und dann auch noch für eine Exkursion in die wilde Natur, in der alle Mücken und Bremsen dieser Welt es einzig auf ihn abgesehen hatten.

Bei solchen Aktionen erinnerte er sich schmerzlich an seine Jugend im Bundeskader der Ringer. Durchtrainiert, kein Gramm Fett zuviel, im Gegensatz zu heute, wo er als Nachwuchstalent für die fetten Sumo-Kolosse getaugt hätte.

Selbstkritisch stöhnte er auf und stampfte auf das Tor zu, an dem sich zwar eine Plombe befand, die aber bereits aufgebrochen war.

In seinem kleinen Adressbuch notierte er deshalb den ersten Eintrag unter „O", *3. Juni 04., 12:15 Uhr, Objektschutz: keiner.* Unter „P", *Polizeiliche Plombe zerstört, Tor gewaltsam geöffnet.* Schmidt hatte sich diese Methode seit vielen Jahren angewöhnt. Adressbücher mit alphabetischem Register lagen stapelweise in seinem kleinen Archiv, jeweils eins zu einem Fall, voll mit detaillierten Informationen, die er jederzeit wieder nachschlagen konnte.
Er faltete den Plan auf und vergewisserte sich, dass er auf dem richtigen Grundstück stand.
Zu dem länglichen Ascheberg versuchte er möglichst im Schatten von Bäumen zu gelangen. Kurze, sonnenbeschienene Strecken durchschritt er erstaunlich leichtfüßig.
Unter dem Schatten der letzten Sträucher vor der Brandstelle blieb er erst einmal stehen und sog den immer noch intensiven Brandgeruch ein.
Es war eindeutig ein Holzgeruch, fand er. Nicht nach Heu wie bei Bauernhöfen oder Kunststoffen wie bei Diskotheken roch es, sondern nach sauberem Holz.
Die Blätter des Holunders, unter dem er stand, waren gelb und trocken, trotz der gut zwanzig Meter Distanz zur Brandstelle. Schmidt seufzte wieder tief, fügte sich in sein Schicksal und setzte seine rosige Haut der Sonne aus, um an die verkohlten Überreste zu gelangen. Prüfen. Was verdammt noch mal sollte er hier prüfen, er war kein Brandfachmann, er war Versicherungsdetektiv. Missmutig kickte er ein verkohltes Stück Holz auf die Wiese und ging um die Brandstelle herum. Viel war es nicht, was auf dem gemauerten Keller noch an Teilen herumlag, die nicht verbrannt waren.
Waschbecken, Badewannen, Kloschüsseln, Dachziegel, der Abraum des ehemals zweistöckigen Hauses würde auf einen einzigen Lastwagen passen, dachte Schmidt.
Die Büsche in Hausnähe waren niedergebrannt. Die Wiese war mit verkohltem Holz übersät, vermutlich die Auswirkungen von den Explosionen der Gasflaschen. Die beiden kleinen Gebäude, als Gesindehäuser mit Werkstatt und

Waschhaus im Plan eingetragen, waren verschlossen und von dem Brand nicht beschädigt worden, von den geborstenen Fensterscheiben einmal abgesehen. Kein Tag für ausgedehnte Wanderungen, dachte Schmidt, nestelte ein Taschentuch heraus, um sich den Schweiß von Stirn und Nacken zu wischen. Dann legte er den Kopf weit zurück, wischte sich über den Hals und blinzelte in den Himmel. Dabei streifte sein Blick eine Baumkrone. Dort hing etwas im Laub. Etwas Gelbes, etwas, was dort nicht hingehörte, vielleicht sechs Meter über dem Boden, zu hoch für ihn. Fluchend suchte er nach irgendwelchen Gegenständen, die sich zum Werfen eigneten, und versuchte das gelbe Etwas aus den Blättern zu schießen. Sieben Versuche benötigte er und viel Energie, bis das Ding nach einem optimalen Treffer endlich zu Boden segelte. Er hob das an den Rändern angeschmolzene Windrad ächzend auf und besah es sich gründlich von allen Seiten.
Keine drei Wochen war es her, da hatte er ein identisches Windrad in einem Supermarkt in Friedrichshafen für seine dreijährige Enkeltochter gekauft. Auch dieses Exemplar war nicht viel älter. Von den geschmolzenen Rändern abgesehen, war die Plastikfolie flexibel und nicht ausgebleicht, sondern noch satt gelb. Wieso lag da ein Windrad bei einem abgebrannten Haus, das unbewohnt war? Darauf konnte sich Klaus Schmidt keinen Reim machen, aber seine Neugier war geweckt.
Mit dem Taschentuch, das vom Schweiß triefte, wischte er sich unablässig über die Stirn und stampfte stöhnend und fluchend auf dem Grundstück hin und her. Dazwischen blieb er stehen und füllte sein Notizbuch mit Hinweisen, wie zum Beispiel den auf das strapazierte Gras unter der Teppichklopfstange oder auf die Überreste eines Papierschiffchens zwischen Ufersteinen, auf dem in Kinderschrift „Bianca" stand. Schmidt vermerkte auch die vierzehn sauber abgeschnittenen Astenden in einem Haselnussstrauch bei einer kleinen Feuerstelle. Die Asche dort war nicht älter als viel-

leicht eine Woche, auch die Haarklammer, Kaugummipapiere, ein Wundpflaster, eine Minibatterie und drei Bruchstücke eines Kunststoffeies, deren Funktion als Verpackung von Überraschungen er natürlich kannte. Und jede Menge Zigarettenkippen fand er, von fünf unterschiedlichen Marken.
Schmidt unterbrach seine Suche, deponierte seine Fundsachen im Auto, nachdem er die Fundstellen auf dem Plan eingezeichnet hatte. Aus der Werkzeugkiste im Kofferraum nahm er eine Rolle Markierungsband und ein Schweizermesser. Damit schnitt er circa zwanzig Äste aus einem Fliederbusch. Seine Bewegungen waren jetzt dynamischer, seine Schritte nahezu leichtfüßig beschwingt. Mal gebückt, mal auf den Knien, steckte er Äste in den Boden und spannte von Ast zu Ast das Markierungsband.
So entstanden eingezäunte Parzellen, eine vor der ehemaligen Terrasse, eine vor der Haustür, eine vor dem Eingang des Nebengebäudes mit der Werkstatt, eine an der Teppichstange und eine am Seeufer. Schmidt eilte dann wieder zu seinem Wagen und kramte aus seiner Materialkiste einen Filzstift und eine Rolle mit Klarsichtbeuteln hervor. Darin sammelte er die Zigarettenkippen aus den abgesteckten Parzellen.
Auf den Beuteln vermerkte er die Fundstellen, die Anzahl der Marken, sofern sie noch identifizierbar waren, und die Menge der Kippen. Die Parzellen markierte er auch auf dem Lageplan.
Gut eine Stunde benötigte er dafür und pfiff dann beschwingt ein paar Takte aus Schuberts *Forellenlied,* als er sich auf den Sitz seines Wagens zwängte, um gleich darauf wieder auszusteigen. Ihm war eingefallen, dass er die eigentliche Brandstelle nur äußerst oberflächlich gestreift hatte.
Klaus Schmidt seufzte tief auf, diesmal, weil er seine Gründlichkeit manchmal geradezu hasste. Warum konnte er sich nicht mit dem bisher Entdecken zufrieden geben. Nein, er war ein „Hundertfünfzigprozenter“.

Aus dem Kofferraum zog er zwei Überschuhe und stülpte sie über seine Schuhe. Nicht um möglichst keine Spuren zu verwischen, sondern um sein Auto nicht mit schwarzer Asche zu verdrecken.
Obwohl sein Körper bereits auf Sparmodus geschaltet hatte und dringend nach einer Pause oder wenigstens nach etwas zu essen verlangte, untersuchte er konzentriert den eigentlichen Brandplatz. Stocherte in Aschehaufen herum, zog und drückte verkohlte Teile zur Seite und wollte gerade befriedigt seine Untersuchung beenden, als er, eher lässig, ein ausgeglühtes Blech anhob, das an der Schmalseite des einstigen Hauses zwischen verkohlten Balkenresten herausragte.
Wie in Zeitlupe wandte er sich ab, verharrte, drehte sich wieder zurück und hob das Blech noch einmal an. Seine Müdigkeit verflog mit dem heftigen Adrenalinstoß, den sein Körper freisetzte. Er suchte ein etwas längeres Balkenstück, mit dem er das Blech vorsichtig abstützte, um dann die darunter liegenden, verkohlten Teile in Ruhe untersuchen zu können. Mit zugespitztem Mund pustete er einige Male Staub fort und legte dadurch frei, was seinen Puls derart beschleunigt hatte. Er war sich absolut sicher: vor ihm lagen die Überreste eines menschlichen Kiefers.
Noch einmal eilte er zum Auto und holte die Digitalkamera aus dem Handschuhfach. Auf dem Rückweg kontrollierte er, ob sie noch über genügend Speicherplatz verfügte. Für die Aufnahmen, die er machen wollte, wäre er allerdings auch bereit gewesen, andere wichtige Bilder zu löschen, dachte er. Nachdem er die Fotos auf dem kleinen Display noch einmal kontrolliert und für brauchbar befand, ging er ein letztes Mal zum Wagen, stieg ein und fuhr in gemütlichem Tempo davon.
Klaus Schmidt war zufrieden mit sich, hatte er doch wieder einmal kriminalistische Basisarbeit geleistet, die eigentliche Aufgabe der Kripo.
In seinem Bericht an die Zentrale in Berlin würde stehen: *Fundstücke dort weisen auf die Anwesenheit von Kindern und Erwachsenen hin, und zwar über einen längeren Zeitraum.*

*Vermutlich bestand in den Wohngebäuden Rauchverbot, weshalb mindestens vier Raucher regelmäßig bevorzugte Plätze aufsuchten. Zwei der Plätze in Hausnähe wurden vermutlich von mehreren Rauchern aufgesucht. Dem Verwitterungsgrad der Zigarettenreste nach, handelt es sich – nach meiner Schätzung - um einen Zeitraum von vier bis sechs Monaten.*
*Mein Fazit ist, dass bis kurz vor Ausbruch des Feuers mehrere Menschen auf dem Areal wohnten. Einige Indizien sprechen für zehn bis sechzehn Personen. Eine weitergehende Untersuchung von Spezialisten erscheint dringend geboten. Auch um die Frage zu klären, wer diese Bewohner waren und warum sie kurz vor dem Brand auszogen.*
*Mit besonderer Dringlichkeit sollte der im Lageplan mit X gekennzeichnete Fundplatz kriminaltechnisch untersucht werden, handelt es sich bei dem Fund dort (siehe beigelegtes Bilddokument) doch eindeutig um Teile eines menschlichen Kieferknochens.*
*Entsprechend der Anzeigepflicht, werde ich umgehend die Kriminalpolizei Friedrichshafen über meine Untersuchungsergebnisse in Kenntnis setzen.*
*Mit freundlichen Grüßen*
*Ihr Klaus Schmidt.*
Nach einem kurzen Telefonat mit der Kripo Friedrichshafen beendete er seinen Arbeitstag. Er freute sich über das Ergebnis, aber mehr noch auf das Abendessen, das hoffentlich fertig auf dem Tisch stand, wenn er heimkam.
Um keine Enttäuschung zu erleben, rief er seine Frau an.

## Freifrau von Wedern

Der Wind blies in den Lautsprecher seines Handys und erschwerte die ohnehin schon schlechte Verständigung.
Der Anrufer befand sich vermutlich am Rand eines jener Funklöcher, die es laut Telekom-Gesellschaften eigentlich gar nicht gab.
*Ich muss Sie sprechen!*

Walcher überlegte angestrengt, zu wem die Stimme gehören könnte, kam aber auf keinen Namen. Deshalb brüllte er erst einmal *Hallo, hallo, die Verbindung ist hundsmiserabel, hallo, ich habe Ihren Namen nicht verstanden,* und war froh, dass die Gegenseite sich zu erkennen gab.
*Von Wedern, ich muss Sie dringend sprechen, haben Sie das verstanden?*
*Ja, Frau von Wedern, Sie wollen mich sprechen, ich kann Sie jetzt gut verstehen.*
*Wann könnten Sie in München sein, auf dem Hauptbahnhof?*
Walcher stand an einer Tankstelle am Ortsausgang von Wangen, hatte getankt und würde es wohl in zwei Stunden nach München schaffen. Zwar hatte er vorgehabt, ins Büro nach Ravensburg zu fahren, aber schließlich war er Herr seiner Entscheidungen und konnte deshalb genausogut nach München fahren. Gespannt, was die Freifrau von ihm wollte, war er allemal und einige Fragen an sie hatte er auch.
*In zwei Stunden könnte ich bei Ihnen sein,* brüllte Walcher.
*Danke, dann treffen wir uns in zwei Stunden im oder vor dem Zeitungsladen, Internationale Presse. Der befindet sich vor dem Gleis 24, leicht zu finden.*
Walcher horchte in das Handy, aber Freifrau von Wedern schien das Gespräch beendet zu haben, denn außer Windgeräuschen war nichts mehr zu hören.

Zwei Stunden später stand Walcher vor dem Internationalen Presseladen und wartete auf Freifrau von Wedern.
Er musste zweimal hinsehen, bis er sie erkannte. Das Kopftuch und die große Sonnenbrille verdeckten das halbe Gesicht. Sie trug einen hellgrauen Anorak, Jeans und Wanderschuhe. An der linken Schulter hing, nur an einem Riemen, ein halb gefüllter Tourenrucksack. In der rechten Hand hielt sie einen Lederbeutel.
*Kommen Sie, wir gehen in das Café dort,* deutete sie mit dem Kopf in die Richtung hinter Walcher. Mit einem: *Herzlich gern,* nahm sie sein Angebot an, ihren Rucksack zu tragen.

Dann saßen sie sich in dem Schnellcafé an einem Kunststofftisch gegenüber.
Freifrau von Wedern nahm die Brille ab und zündete sich mit fahrigen Bewegungen eine Zigarette an. Sie sah übernächtigt aus und inhalierte in tiefen Zügen.
Walcher bestellte einen Cappuccino und ein Glas Wasser, sie einen normalen Kaffee. Er nahm an, dass sie von den Morden im Haus ihres Onkels wusste.
Sie begann sofort zu sprechen. *Entschuldigen Sie bitte, dass ich Sie über den Unsinn mit dem Biotop und dem Hotelkomplex im Eriskircher Ried an das eigentliche Problem herangeführt habe. Das war sicher unnötig und aufwändig für Sie, aber ich befürchtete, Sie würden mich als eine Spinnerin abtun, wenn ich Ihnen die Wahrheit erzählt hätte. Inzwischen werden Sie vermuten, dass es um etwas völlig anderes geht.*
Frau von Wedern sprach auch weiter, während die Kellnerin die bestellten Getränke servierte. Sie unterbrach sich nur, um die nächste Zigarette anzuzünden.
*Mein Bruder schrieb mir vor gut einem Jahr, als wir noch regelmäßig miteinander korrespondierten, dass seine Firma das alte Strandbad bei Eriskirch vielleicht anmieten würde und er dann häufig nach Deutschland käme.*
*Seit diesem Brief bin ich wenigstens einmal im Monat zu dem Strandbad gefahren in der Hoffnung dort meinen Bruder zu treffen. Wissen Sie, mein Bruder ist vier Jahre jünger und ich hänge sehr an ihm. Mein Onkel war wie ein Vater für ihn und ich so etwas wie die Mutterschwester. Unsere Eltern sind umgekommen, als ich vierzehn war, ertrunken im Mittelmeer bei der Havarie irgendeines Kreuzfahrtdampfers. Armin, mein Bruder, war immer schon ein exzentrischer, versponnener Eigenbrötler. Trotzdem brachte er den Ehrgeiz auf, sein Abi zu machen und Biologie zu studieren.*
*Aber was machte er daraus? Verdingte sich bei einer Firma für ein Forschungsprojekt in Südamerika. Armin war schon nach kurzer Zeit die rechte Hand des Chefs. Als wäre er sein eigener Sohn, nahm der ihn auf seinen Geschäftsreisen überall hin mit, schickte ihn auf Fachtagungen, Schulungen und brachte ihn mit den führenden*

*Biologen dieser Welt zusammen. Armin war begeistert und schwärmte in den höchsten Tönen von seinem Humboldt, wie er ihn voller Hochachtung nannte.*
*Irgendetwas muss dann geschehen sein, was die Zuneigung der beiden in einen maßlosen Hass verwandelte.*
*Das war vor einem halben Jahr und seither habe ich kein Lebenszeichen von Armin erhalten. Die letzte Nachricht, die er auf ein Hotelpapier kritzelte, war wirr und zusammenhanglos, so als stünde er unter starkem Druck und unter Drogen. Sein Leben sei kein Gen mehr wert und so groß könnte die Welt nie werden, dass sie ihn nicht finden würden. Er verabschiedete sich von mir mit den Worten, „Du, mein liebes Schwesterlein, hast leider keine Vorstellung, in welche Welt ich Einblick habe. Wenn es eine Hölle gibt, dann kenne ich sie jetzt. Und dir rate ich zu einem Ortswechsel, den du so geheim wie nur irgend möglich halten solltest."* Sie reichte Walcher einen abgegriffenen Papierbogen über den Tisch und nach einer kurzen Pause einen schmuddeligen Umschlag. *Abgestempelt am 15. Dezember letzten Jahres in Bogotá, Kolumbien, erklärte sie.*
Walcher las und sah sich Brief und Umschlag an und gab ihr beides wieder zurück. Freifrau von Wedern lehnte jedoch energisch ab. *Nein, nein, bitte behalten Sie den Brief, bei Ihnen ist er in jedem Fall besser aufgehoben als bei mir.*
*Was, glauben Sie, könnte Ihr Bruder mit dem Hinweis …* versuchte Walcher erfolglos ihren Redeschwall zu unterbrechen. *Sie wissen ja, denke ich mal, was die mit meinem Onkel und Isolde gemacht haben.* Mühsam unterdrückte sie die Tränen. *Vielleicht wird der Brief einmal zu einem wichtigen Beweis. Ich werde untertauchen, eine Weile kreuz und quer durch Europa wandern, das wollte ich immer schon mal machen.* Zur Bestätigung nickte Frau von Wedern und zündete sich die dritte Zigarette an.
*Sie haben das Ferienheim einfach abgefackelt,* sprach sie weiter, *keine Spuren. Vermutlich haben sie auch im Haus meines Onkels keinerlei Spuren hinterlassen. Schade, dass ich mit Armin nie so richtig darüber gesprochen habe, was diese Firma eigentlich macht und vor allem, wie sie heißt.* Die Freifrau drückte mit einer hef-

tigen Bewegung die halb gerauchte Zigarette aus. *Von einer biologischen Revolution sprach er und von einem neuen Zeitalter und der Schöpfung, aber nie erwähnte er, wie dieser Laden hieß, und auch den Namen des Professors kenne ich nicht, nur Irland erwähnte er kurz in einem Nebensatz. Irgendwie sind wir wie Kinder geblieben, naiv und immer auf der Suche nach dem großen Märchen. Also, machen Sie weiter?*

Sie sah ihn direkt an. Walcher hätte jetzt fragen können, womit er denn weiter machen solle, nach den Mördern suchen, nach dem Bruder oder nach dem Geheimnis dieses Unternehmens mit seinem Professor. Aber ihm war auch so klar, was sie wissen wollte. Deshalb sagte er nur, *ja, ich werde herausfinden, was hinter all dem steckt. Ich bin zwar kein Detektiv, aber ein neugieriger Journalist.*

Da seufzte Freifrau von Wedern auf, lächelte Walcher an und sagte: *Ich habe gehofft, dass Sie das sagen werden. Danke.*

Dann deutete sie auf die große Uhr über der Theke und sprang auf. *Mein Zug, du liebe Güte, hoffentlich erwisch ich ihn noch. Ich ruf Sie an und nochmals danke.*

Weg war sie. Walcher zahlte und ging auch hinaus in die Bahnhofshalle, in der Hoffnung, vielleicht noch zu sehen, mit welchem Zug sie davonfuhr. Aber in dem Gewimmel eilender Menschen entdeckte er viele graue Anoraks.

Vor der Anzeigetafel blieb Walcher stehen und schrieb auf den Belegbon des Cafés, wohin die Züge in diesen Minuten gingen.

Walcher fiel die Frage ein, die er der Freifrau unbedingt noch hatte stellen wollen, nämlich: wer die beiden Typen waren, mit denen sie sich in dem Ravensburger Café unterhalten hatte, nach dem Auftragsgespräch in seinem neuen Büro.

Weil die Möglichkeit vorbei war, speicherte er die Frage als unerledigt im Gedächtnis ab und hoffte, dass sie ihm einfiel, wenn Freifrau von Wedern ihn anrief. Auch dass er sie auffordern wollte, sich unbedingt bei Kommissar Brunner zu melden, nahm er sich vor.

Johannes fühlte sich wohl auf Walchers Hof. Irmi mochte ihn, weil er Witz und Geduld hatte. Johannes mochte Irmi und seine neue Rolle, auch weil Irmi ihn von seinen trüben Gedanken an Marianne ablenkte. Johannes kaufte ein, hielt das Haus sauber, wühlte im Garten herum, kochte passabel, wusch, bügelte und räumte die Wäsche in die Schränke.
In einem Haushalt, in dem es keinen geregelten Tagesablauf gab, sondern der nur durch ständig neue Absprachen und Notlösungen halbwegs funktionierte, war das eine paradiesische Erfahrung. Johannes half Irmi bei ihrem Referat über Höhlenmalerei, das sie über die Pfingstferien vorbereiten musste. Vor allem aber war einer im Haus, wenn sie von Freunden oder von den Großeltern zurück kam. Auch der sonst so autarke Hofkater, von Walcher Bärendreck getauft, weil er sich - ganz entgegen Katzenmanier - häufig mit besonderer Hingabe in frischer Gülle wälzte, wich nicht mehr von Johannes' Seite.
Walcher erlebte dieses Zusammenleben ebenfalls als wohltuend und beschloss, eine Haushälterin zu suchen, und zwar umgehend, denn bald sah es so aus, als würde Johannes seine Probleme mit Marianne wieder in den Griff bekommen. Er telefonierte nämlich immer häufiger mit seiner Marianne und tauschte Mails mit ihr aus.
Johannes äußerte Walcher gegenüber lapidar, dass sie sich in einem „fruchtbaren Dialog" befänden. Irmi, die Johannes mit der Empfindsamkeit ihrer dreizehn Jahre aufmerksam beobachtete, meinte bei einem gemeinsamen Abendessen zu ihm: *Ich weiß, es ist grässlich für dich, aber ich hoffe, dass du noch länger für die Suche nach deinem wahren Ich brauchst, und deine Schweizerin auch.*
Johannes war gerührt und Walcher pflichtete ihr bei, dass auch er Johannes Anwesenheit als Bereicherung empfände. Weil Johannes mit so viel Sympathiebekundung nicht umgehen konnte, kalauerte er: *ein Fisch fängt nach drei Tagen an*

*zu stinken - und das Gleiche sagt man über Besuch. Es gefällt mir bei euch sehr gut, aber ich muss in den nächsten Tagen wieder arbeiten und in Zürich bei den Redakteuren aufkreuzen, sonst drängeln sich da schnell andere dazwischen.*
*Aber*, ergänzte er, als Walcher und Irmi widersprachen, *da ich ja jetzt auch ein Büro in Ravensburg habe, werde ich häufiger hier sein, wenn es dem Hausherrn recht ist.*
In den nächsten Tagen war es nicht Irmi, sondern Johannes, der ständig an der Strippe hing. Er telefonierte fast pausenlos mit seiner Marianne.

## Sils Maria

Nach dem Gespräch mit Walcher erreichte Anita in letzter Minute den Zug nach Innsbruck. Sie hatte diese umständliche Verbindung gewählt, weil sie keinesfalls auch nur in die Nähe von Lindau kommen wollte.
In Innsbruck stieg sie in den Zug nach Landeck und dort angekommen, nahm sie den Bus nach Scuols.
Sie schlenderte eine halbe Stunde durch Scuols, trank einen Kaffee und ging dann zum Bahnhof. Als eine der Letzten stieg sie in den Zug ein und löste die Fahrkarte beim Zugschaffner. Bewusst hatte sie die nicht am Schalter gekauft. Überall sah sie Verfolger.
Die Fahrt durch die Berge erlebte sie immer in einem besonderen Hochgefühl. Durch Tunnels und über Schwindel erregende Viadukte schlängelte sich der Zug um enge Kurven, durch Täler, über Pässe und bot ebenso pittoresk-romantische wie eindrucksvolle Aussichten auf die grandiosen Schweizer Berge.
Anita saugte die Bilder so lustvoll ein, als würde sie ihren geliebten Schwarztee mit Minze schlürfen. Es schien, als ob sie mit jedem zurückgelegten Meter Abstand gewann, Abstand von ihren Ängsten und Problemen.
Später, in Samedan, wechselte sie wieder auf den Bus, mit

dem sie dann durch St. Moritz fuhr und nach einer halben Stunde in Sils Maria ankam.
Sie liebte ihr Ziel Sils Maria und das Engadin, weil sie hier besonders intensiv an ihre Eltern erinnert wurde. Vor allem durch ihre regelmäßigen Aufenthalte in Sils Maria hielt sie die Erinnerungen an ihre Kinderjahre und an ihre Eltern wach. Vage nur waren ihr die Bilder aus jener Zeit im Gedächtnis, aber dank Fotos und den Erzählungen der alten Hotelbesitzerin des Hotels Waldhaus frischte sie so manches Detail bei jedem Besuch aufs Neue auf.
Jedes Jahr, bis zum Tod ihrer Eltern, hatte die Familie eine Woche im Januar und eine Woche im August in immer demselben Hotel und denselben zwei Zimmern gewohnt.
Deshalb fuhr Anita nach ihrem Studium wieder regelmäßig nach Sils Maria und zelebrierte die beiden Wochen im Jahr wie ein Ritual.
Als sich der fast vollbesetzte Bus dem Ort näherte, wartete sie darauf, dass sich wieder dieses überwältigende Gefühl von Heimat einstellte. Aber es kam nicht auf, dieses Gefühl, das sich bei ihren bisherigen Besuchen im Körper ausbreitete wie Wärmewellen nach einem Schluck Branntwein.
Vielleicht lag es auch an ihrer Müdigkeit und an der Enttäuschung, weil sie im Hotel *Waldhaus* nicht ihr gewohntes Zimmer, Nummer 210, erhielt, sondern nur das genau einen Stock darunter.
Ohne rechtzeitige Anmeldung wäre mit so was nun mal zu rechnen, bedauerte die junge Frau an der Rezeption. Sie war neu und kannte sie deshalb nicht. Bisher war sie immer begrüßt worden wie eine alte Bekannte, aber die Zeiten änderten sich eben, dachte sie.
Aber als sie kurz darauf aus dem Fenster ihres Zimmers auf den Silser See schaute, auf die Almen, den Bergwald und das mächtige Maloja-Massiv darüber, alles aus dem gewohnten Blickwinkel, da war es wieder da, das Gefühl von Heimat.

## Davids Traum II

Irgendwo in seinem Körper tobten Schmerzen, er nahm sie diffus wahr, lokalisieren konnte er sie nicht. Im linken Bein verkrampften sich jetzt die Wadenmuskeln und drehten den Fuß in eine aberwitzige Stellung, fast komplett herum nach hinten. Das schaute grässlich aus, aber er selbst sah es ja nicht. Er spürte es nur, irgendwie, so wie ein Patient beim Zahnarzt sich die Zunge abbeißen könnte, ohne dabei etwas zu spüren, solange die Betäubung anhielt. Manchmal litt er solche Qualen, dass er seine langen Fingernägel wie ein Greif ins eigene Fleisch trieb, um den anderen Schmerz zu übertönen. Dann stülpten sie ihm grobe Arbeitshandschuhe über. Manchmal wachte er auf, hörte Geräusche oder ein gewisser Duft stieg ihm in die Nase, Äthanol, und er fuhr Motorrad. Ja, er war ein junger Mann in einer feuerroten Montur und lag auf dem Tank einer absolut geilen Maschine.
Um den Bauch fühlte er den festen Griff zweier Arme und am Rücken, den Oberschenkeln und am Gesäß presste sich ein Körper an ihn. Das leichte, blondlockige Lachen. Warum erinnerte er sich nicht an den Namen dieses wunderbaren Wesens, von dem er geküsst worden war. Warum konnte er sich nicht bewegen, sich an den Armen kratzen.
Die Wühlmäuse waren wieder unterwegs. Einmal, da war seine rechte Hand frei, oder war es die linke, egal, eine Hand war frei und er konnte sich den anderen Arm kratzen. Aber es war gar nicht sein Arm, den hatte er anders in Erinnerung. Der Arm, über den er strich, war ein Waschbrett oder das, was ein Riese fühlte, wenn er mit der Pranke quer über die aufgehäuften Reihen eines Kartoffelackers strich.
Er überlegte, ob es wirklich sein Arm sein konnte, was er da fühlte, der aber nichts mit einem normalen Arm zu tun hatte. An einen Talgpfropfen unter der Schulter, der auf die Größe eines Pfirsichkerns angewachsen war, daran erinnerte er sich. Der fühlte sich so ähnlich an wie die Hügel auf dem Arm. Auch den Talgpfropfen konnte er hin und her drücken, aber

nicht wirklich fassen, weil er wegflutschte, und der seltsame Reiz ließ erst nach, wenn er die Fingernägel in den Pfropfen presste, bis er Schmerz fühlte.
Die Schmerzen - wie die Faust eines Riesen packten sie zu und schüttelten ihn durch die Luft, als wäre er ein Kaninchen in den Fängen eines Adlers. Und sein Körper bebte und schrie nach Linderung oder nach einem Ende der Pein.
Mit gewaltiger Energie, die, lange aufgestaut, explodierte wie bei einem Sprinter, der sich aus den Startlöchern katapultierte, brachte er wieder einmal die Nirostawanne zum Wandern. Es dauerte, bis seine Welt wieder in feiner Watte versank.

Nur ein Gefühl ...

Zwei Tage lang gab sich Anita Zeit, um sich an die Höhe zu gewöhnen. Spazierte durch das Dorf, kaufte einen leichten Sommeranorak, zwei Sporthemden mit aufgenähten Taschen, Unterwäsche, Socken, Hautcremes und was sie sonst noch alles nicht eingepackt hatte. Brachte die Zeit in Cafés zu, besuchte das Nietzsche-Museum und schlief viel, entweder im Zimmer oder auf einer der bequemen Liegen, die auf der Sonnenterrasse des Hotels bereitstanden.
Für den dritten Tag nahm sie sich eine leichte Bergtour vor und wanderte nach dem Frühstück an das entgegengesetzte Ende des Dorfes zur Furtschellas-Seilbahnstation, um mit der ersten Gondel hinaufzufahren. Auf einen schweißtreibenden Aufstieg verzichtete sie lieber, um gleich von der Höhe aus die herrliche Aussicht zu genießen.
Das Wetter war traumhaft. Blau der Himmel, wolkenlos und angenehm warm die frische Luft. In der Gondel fuhren zwei jüngere Paare und ein groß gewachsener Mann mit hinauf, dessen Alter schwer zu schätzen war.
Die Paare waren ausstaffiert, als wollten sie den Nanga Parbat bezwingen, der Mann sah aus, als hätte die örtliche Touristikagentur einen Schauspieler in Bergbauernkleidung

gesteckt, den sie als kauzigen Senn herumwandern ließ, um bei den Gästen für Bergromantik zu sorgen.
Gut, dachte sie erleichtert, als sich nach der Endstation die Mitfahrenden erst einmal auf die Holzterrasse vor dem Restaurant niederließen und Wanderkarten ausbreiteten.
Durch die Fensterscheiben sah sie den Senn an die Theke des Restaurants treten. Vermutlich hatte er von der Agentur den Auftrag, aus Werbezwecken entweder einen Enzian oder einen Liter Milch zu trinken. Ganz schön anstrengend, so ein Job, dachte sich Anita und musste dabei über ihre Gedanken schmunzeln. Schon in der Gondel hatte sie vom Senn einen Jodler erwartet, aber er hatte geschwiegen und nur interessiert hinausgesehen.
Anita kannte ihren Weg, sie hatte vor, ins Fextal zu wandern, eine angenehme Strecke, für die sie bei gemächlichem Tempo etwa drei Stunden benötigen würde. Diese Tour wählte sie immer zur Einstimmung und als Training, deshalb brauchte sie keine Wanderkarte, sondern konnte die Natur um sich herum ungetrübt genießen.
Anita von Wedern liebte es, auf ihren Wanderungen allein zu sein, keinem Mitwanderer oder sonst einem Druck ausgesetzt zu sein. So hatte sie Raum für Gedanken und konnte zu sich finden.
Tief atmete sie die klare Luft ein, auch weil sie erst vor zwei Tagen mit der verfluchten Qualmerei aufgehört hatte, worüber sie mächtig stolz war. Nach einer Stunde änderte sie ihr Ziel, weil auf dem Steig an der Flanke des Piz Chüern noch ziemlich viel Schnee lag, rutschiger und darum gefährlicher Schnee. Anita wollte kein Risiko eingehen, kehrte deshalb um und ging den Weg zurück, bis sie auf den Pfad kam, der von Sils nach Curtins führte, einem kleinen Dorf im Fextal. Sie entschied sich aber erst einmal für eine Rast.
Den Kopf am zusammengerollten Anorak an das warme braune Holz einer kleinen Almhütte gelehnt, trank sie aus der mitgenommenen Sprudelflasche. Obwohl sie keinen Hunger verspürte, aß sie den Apfel um ihren Magen zu

beschäftigen und sie auf dem Rückweg weniger zu tragen hatte. Sie entspannte sich, schloss die Augen und sank selig in einen Dämmerschlaf.

Nach einer Viertelstunde wachte sie auf, eine Wolke hatte sich vor die Sonne geschoben, glaubte sie. Deshalb blinzelte sie in den Himmel. Sie erschrak, entspannte sich aber sofort wieder, als sie erkannte, dass es keine Wolke, sondern der Senn aus der Seilbahn war, der vor der Sonne stand.

*Hallo,* nickte sie ihm zu. Sie wollte eigentlich hinzufügen, wie herrlich es hier oben doch sei und ob er auch zu Gast wäre oder ein Einheimischer, aber ein Gefühl von Unsicherheit hielt sie davon ab.

Der Mann blieb stumm und regungslos stehen. Sie neigte sich etwas zur Seite und hob die rechte Hand an die Stirn, aber die Sonnenstrahlen um seinen Kopf herum blendeten sie und hinderten sie daran, in sein Gesicht sehen zu können.

*Ist irgendetwas?,* fragte sie freundlich, eher etwas schüchtern.

Aber der Mann schwieg.

Mit einem Anflug von Aggression wurde sie lauter.

*So reden Sie doch, ist etwas nicht in Ordnung, sitze ich vor Ihrer Hütte, oder was?* Und weil er weiter beharrlich schwieg, setzte sie noch eins drauf und wurde jetzt richtig wütend.

*Was soll der Scheiß, reden Sie, oder verschwinden Sie.*

Anita von Wedern mimte jetzt zwar die selbstbewusste, ja sogar aggressive Frau, in Wirklichkeit aber keimte Angst in ihr auf und nahm ihr fast die Kraft, Atem zu holen.

Es gab keine rationale Begründung dafür, aber sie wusste plötzlich, dass dies hier kein Scherz und der Mann nicht etwa scharf auf sie war, sondern dass es mit ihrem Bruder und den Morden in Lindau zu tun hatte und sie sich buchstäblich am Ende eines Weges befand, in einer Sackgasse.

Daran änderte auch nichts, dass der Mann zu sprechen begann, mit einer freundlichen, angenehm dunklen Stimme und sie vertraulich duzte.

*Du besitzt etwas, was dir dein Bruder niemals hätte geben dürfen.*

Da war sie, die eben noch vage und jetzt zur Gewissheit

gewordene Vermutung und Anita fühlte sich mit einem Mal sterbenskrank, so als ob sie plötzlich zu Stein geworden wäre. Mühsam, und es war nur ein Flüstern, fragte sie, *was soll mir mein Bruder denn gegeben haben?*

*Ich kann dich nicht verstehen, sprich lauter,* forderte der Mann sie auf und es klang nicht mehr freundlich.

*Was soll mir mein Bruder gegeben haben,* wiederholte sie laut, *ich habe seit einem halben Jahr kein Lebenszeichen von ihm und mache mir die größten Sorgen um ihn.*

*Wir suchen ihn auch, meine Liebe, wir auch. Allerdings nicht aus Schwesternliebe, sondern weil er uns bestohlen hat.*

*Was hat ...*

*Was, das solltest du besser nicht wissen,* unterbrach der Alte sie, überlegte jedoch kurz und meinte dann, *warum eigentlich nicht. Dein sauberer Herr Bruder ist ein Dieb der besonders üblen Sorte.* Er machte eine Pause, wohl wissend, dass seine Anschuldigung die Schwester treffen würde. *Er hat uns die Ergebnisse jahrelanger Arbeit gestohlen, was wir ihm ja noch verziehen hätten, aber er hat auch noch die gespeicherten Daten und die ausgelagerten Sicherungsdateien vernichtet. Eine Arbeit von über zehn Jahren mit gigantischen Investitionen hat er einfach mitgehen lassen. Vermutlich will er sie an den Meistbietenden verhökern. So ein Dreckstück ist dein Herr Bruder.*

*Sie können natürlich viel behaupten, er kann ja nicht widersprechen,* reagierte Anita auflehnend. *Eigentlich interessiert es mich aber auch nicht sonderlich,* versuchte sie die Sache herunterzuspielen und dem Mann Distanz zu ihrem Bruder vorzugaukeln. *Er ist zwar mein Bruder, aber ich bin nicht für ihn verantwortlich. Außerdem täuschen Sie sich, er hat mir nie etwas erzählt und auch nichts gegeben.*

*Komisch,* sinnierte der Schattenmann und trat zum ersten Mal aus der Sonne heraus. Das plötzlich grelle Licht blendete sie trotz zusammengekniffener Lider so heftig, dass sie zurückzuckte.

*Einfach komisch, dass immer alle behaupten, sie wüssten nichts, aber auch rein gar nichts. Immer muss ich erst nachhelfen. Und kaum tu ich es, sprudelt dann doch plötzlich ein Quell der Erinnerungen aus den Leuten raus.* Während er sprach, hatte er sich Anita auf eine Armlänge genähert, ein schwarzes Rohr aus der Innentasche seines Anoraks genommen, den quer auf dem Rohrende angebrachten Griff wie bei einem Korkenzieher umfasst und eine fünfzehn Zentimeter lange dünne Nadel herausgezogen. Dann beugte er sich etwas zu ihr hinunter und rammte ihr ohne Vorwarnung diese entsetzlich lange Nadel in den Oberschenkel.

Der Schmerz kam ebenso überraschend wie ihre Reaktion. Sie trat heftig mit dem linken Fuß nach ihm und traf ihn auch irgendwo an der Schulter oder am Kopf. Genau konnte sie es nicht sehen, weil sie sich sofort nach dem Tritt auf die Seite rollte, aufsprang und schon einige Meter davongehetzt war, ehe der Angreifer reagierte und ihr nachlief. Anita war schnell und hatte schon den halben Wiesenhang weit Vorsprung, als sie sich umsah, mit dem Fuß gegen einen Felsbrocken stieß, stolperte, hart zu Boden stürzte und sich zweimal überschlug. Wie betäubt blieb sie liegen, sprang aber wie ein flüchtendes Reh wieder auf und jagte weiter, als der Verfolger sie laut keuchend beinahe eingeholt hatte.

Am Ende der Weide verlief ein Weg, danach begann Wald. Anita machte zum zweiten Mal den Fehler, sich umzusehen, anstatt vorauszuschauen und zu erkennen, dass die Bäume vor ihr nicht aus dem Boden, sondern förmlich aus dem Nichts emporwuchsen. Sie raste mit vollem Tempo blindlings auf den Steilhang zu und erst als sie sich bereits im freien Fall befand, erkannte sie entsetzt ihren Fehler, stieß in Todesangst einen wirren Schrei aus, dessen Echo sie aber nicht mehr hörte. Mit dem Gesicht voran schlug sie zuerst auf der rauen Borke einer uralten Fichte auf, rutschte, gezogen vom Gewicht ihres Körpers, wie über eine Raspel daran entlang nach unten, rammte gegen einen Felsvorsprung und stürzte dann weiter hinab in die Tiefe.

Wie eine ausgestopfte Puppe prallte sie von Baumstämmen und Felsen ab und blieb fünfundzwanzig Meter tiefer liegen,

im Fall gebremst von einem Baumstamm, der im Bogen, wie ein Alphorn, aus der dort fast senkrechten Felswand wuchs. Ihr Verfolger stand keuchend oben an der Absturzkante, schob die Nadel in das Rohr zurück und steckte die Waffe wieder in die Innentasche seines Anoraks. Dann ging er langsam, sichtlich erschöpft von dem schnellen Lauf, zurück zur Hütte. Dort nahm er Anitas Rucksack, stopfte ihren Anorak und die Sprudelflasche hinein, die er zuvor austrank, und spazierte gemächlich, nach einem prüfenden Blick über den Rastplatz, zurück zum Steilhang.
Bedächtig und mit äußerster Vorsicht, Anitas Rucksack auf dem Rücken, stieg er in Serpentinen langsam hinunter, wobei er einige Male die senkrechte Falllinie seines Opfers kreuzte. Nur kurz streifte sein Blick über das geschundene Gesicht der auf dem Rücken liegenden Toten und legte den Rucksack daneben, so dass er nicht hinabrollen konnte. Zum zweiten Mal an diesem Vormittag holte er das schwarze Rohr aus seinem Anorak und zog die Nadel heraus. Mit der freien linken Hand tastete er das Brustbein und die Rippen der Toten ab, setzte die Nadel an und stieß sie tief in den Körper.
Er war ein Profi, der einen Fehler niemals ein zweites Mal machte. Das eine Mal stand ihm ein Opfer, das er glaubte erstochen zu haben, leibhaftig und lebendig gegenüber.
Diese Erfahrung reichte ihm für den Rest seines Lebens.
Nachdem er das Mordinstrument wieder weggesteckt hatte, nahm er den Rucksack und schleuderte ihn so oft an den Felsen, bis er hörte, dass die Flasche zerbrach. Dann rieb er den Rucksack an einem Baumstamm und über Stellen mit Moos und Erde. Eine der aufgenähten Außentaschen versuchte er abzureißen und als es ihm nicht gelang, zog er ein Springmesser aus der Hosentasche, ließ es aufklappen und schnitt die Naht ein wenig auf. So ließ sich die Tasche von Hand aufreißen. Besonders diese Stelle rieb er auf dem Boden hin und her und stellte schließlich zufrieden fest, dass nun auch die halb offene Tasche voller Erde war. Die Gurte des präparierten Rucksacks führte er über die Arme der Toten,

die er auf die Seite gedreht hatte. Es sah aus, als hätte sie den Rucksack bei ihrem Sturz getragen.
Sorgfältig verwischte er Abdrücke von seinen Schuhsohlen neben der Toten und entfernte sich dann, wobei er darauf achtete, nur auf blanken Fels zu treten.
Niemand beachtete eine Stunde später den groß gewachsenen Herrn, der zielsicher durch die Eingangshalle schritt, die breite Treppe hinaufstieg, das Zimmer der Freifrau von Wedern aufschloss und hineinging. Auch als er das Hotel nach gut zwei Stunden wieder verließ, fiel das weder einem Gast noch jemandem vom Hauspersonal auf. Dass der Schlüssel außen im Schloss von Zimmer 110 steckte, war nicht ungewöhnlich. Darum wurde erst einen Tag später nach Frau von Wedern gesucht und das auch nur deshalb, weil Frau Neussern, die schon siebenundachtzig Jahre alte Seniorchefin, Anita einen Zeitungsausschnitt mit einem Foto der Familie von Wedern schenken wollte. Sie hatte es in einem ihrer „Kistenalben" entdeckt, wie sie ihre Fotosammlung in den Schuhkartons nannte. In dem Artikel mit Foto, abgedruckt im „Engadiner Boten", wurde das Besuchsjubiläum der von Wederns gewürdigt. Im zehnten Jahr besuchte die Familie damals das *Hotel Waldhaus*. Das war im Jahr 1972.

## Johannes

Johannes trug einen vollen Wäschekorb mit frisch gewaschener Bettwäsche und war damit auf dem Weg zum Hof, wo er zwischen der Scheune und dem Stall eine Wäscheleine gespannt hatte.
Er war in Gedanken bei Marianne, mit der er am Vormittag schon dreimal telefoniert hatte. Sie diskutierten derzeit über die Paragraphen eines Vertrages, mit dem sie ihrer Partnerschaft ein tragfähiges Fundament für die Zukunft geben wollten, jedenfalls in den besonders wichtigen Fragen und dazu zählten auch wirtschaftliche Aspekte. Es war ein zähes

Ringen mit Marianne, aber die Tatsache, dass sie miteinander im Gespräch blieben, und vor allem, dass Marianne erklärte, ihn zu lieben, und mit ihm zusammenbleiben wollte, hatte ihn in Hochstimmung versetzt. Seine Welt war wieder in Ordnung gekommen. Vermutlich hörte Johannes deshalb das Auto nicht, das leise auf den Hof gerollt war.
Die Haustür stand auf, ein Stück gefaltete Pappe diente als Keil. Als er sich durch den Hauseingang zwängte, den breiten Wäschekorb längs vor dem Bauch, wurde er von zwei Männern an den Oberarmen gepackt. Waren es die festen Griffe oder der Schreck, der ihn nichtsahnend aus seinen Gedanken um die gemeinsame Zukunft mit Marianne riss: Johannes presste mit einem unartikulierten Brüllen im Stil eines Kung-Fu-Kämpfers die Luft aus seiner Lunge, stieß mit einem wilden kraftvollen Reflex den Wäschekorb gegen den Angreifer zur Linken, wodurch der andere ebenfalls nach links gewirbelt wurde und Johannes Arm losließ. Von beiden befreit, sprang Johannes mit zwei riesigen Sätzen zum Brunnen und packte mit beiden Händen den langen Holzstiel der schweren, schmiedeisernen Hacke, die er in das Brunnenwasser gestellt hatte, um den locker gewordenen Stiel aufquellen zu lassen. So bewaffnet, wirbelte er zu den Angreifern, die, sichtlich verblüfft über seine Reaktion, nebeneinander an der Tür standen. Der eine hielt immer noch den Wäschekorb vor der Brust, was der Szene fast etwas Witziges verlieh, wäre da nicht die schwarze Pistole in der Hand seines Partners gewesen, die auf Johannes zielte.
Johannes sah, wie die Pistole kurz zuckte, hörte ein sattes *Plopp* und spürte einen heftigen Schmerz im linken Oberarm. Ohne seine Gegner aus den Augen zu lassen, ließ er mit der rechten Hand den Hackstiel los, tastete nach der schmerzenden Stelle und riss mit einem Aufschrei eine Art Stift aus dem Fleisch. Er hielt ihn in Augenhöhe zwischen sich und seinen Widersachern hoch, damit er das Ding ansehen konnte, ohne den Blickkontakt zu seinen Gegnern zu unterbrechen.

Eine Metallröhre sah er, etwa so lang wie eine halbe Zigarette und auch im Durchmesser ähnlich. An einem Ende geformt wie eine Spritze, am anderen ein Büschel Haare aus Kunststoff.

*Was soll das, verdammte Scheiße, wer seid ihr Ärsche ...* brüllte Johannes und wollte noch mehr brüllen und mit der Hacke auf die beiden losgehen und ihnen eins auf die Rübe geben, aber diese kraftvollen Gedanken lösten sich in einer diffusen Wolke wie aus Watte auf. Schon seine Frage war mehr gehaucht als gebrüllt und die Hacke glitt ihm einfach aus den Händen und wie in Zeitlupe knickten seine Knie ein. In einer langsamen Pirouette schraubte er sich dem staubigen Boden entgegen und landete neben der Hacke.

*Der mutige Gärtner bei seinem Mittagsschlaf,* witzelte der Schütze und steckte die Pistole wieder in die Innentasche seiner Jacke. Dann zog er aus einer Seitentasche ein Foto heraus, betrachtete es und fluchte: *Verdammte Scheiße, das ist nicht unser Mann. Verdammt, warum muss dieses Arschloch den Helden spielen, jetzt müssen wir ihn alle machen.*

Offensichtlich hatte aber nicht der Schütze das Sagen, sondern sein Partner, der ihm den Wäschekorb in die Hände drückte. *Nix da, erst mal hängst du das Zeug auf, irgendwo wird hier 'ne Leine sein und ich verpack unsern Freund hier und dann sehn wir weiter.*

*Na dann,* grinste sein Partner, *wollte immer scho ma Hausfrau sein,* und machte sich auf die Suche nach einer Wäscheleine, die er nach einigem Gerenne kreuz und quer über den Hof auch entdeckte.

Währenddessen bekam Johannes von dem Anführer eine Spritze in den rechten Arm, einfach durchs Hemd hindurch. Sorgfältig suchte er anschließend den Boden um Johannes ab, fand das Injektionsgeschoss und steckte es in die Jackentasche. Danach luden sie Johannes auf die Rückbank ihres Wagens, einen Rover mit Frankfurter Kennzeichen, und drapierten eine bunte Wolldecke über ihn, sodass es aussah, als würde er schlafen.

Die beiden verschwanden im Haus und tauchten nach einer Weile mit einer großen und einer kleinen Tasche wieder auf, entfernten den Pappkeil und zogen die Haustür zu. Dann fuhr der Anführer mit Johannes an Bord in gemächlichem Tempo vom Hof. Der zweite im Bunde pinkelte noch an den Hühnerstall, setzte sich dann in Johannes betagten Golf und jagte seinem Boss mit furiosem Start hinterher. Bis sich der Staub wieder auf den Hofboden gesenkt hatte, verging einige Zeit. Einziger Zeuge dieser ganzen Aktion war Bärendreck.

Kommissar Brunner

*Ihre Aussagen sind in jedem Fall richtig gewesen,* überraschte der Kommissar Walcher zur Begrüßung.
*Soll das bedeuten, das Sie mir bisher nicht geglaubt haben?,* fragte Walcher.
*Es ist immer fein, wenn Aussagen und Informationen von anderer Seite bestätigt werden,* wich der Kommissar einer klaren Antwort aus.
*Und von welcher Seite war das der Fall?,* wollte Walcher es genau wissen. Brunner runzelte die Stirn und entschied dann, dass er Walcher den Informanten nennen dürfte.
*Es war der berühmte Kommissar Zufall,* schmunzelte Dieter Brunner. *Ich spiele einmal im Monat mit Kollegen aus Friedrichshafen und Konstanz Skat, weniger um zu spielen, sondern vielmehr, um Informationen auszutauschen, städteübergreifend gewissermaßen. Der Kollege aus Friedrichshafen erzählte von einer Brandstiftung im Eriskircher Ried, in der er ermittelt, und dass er dazu einen lesenswerten Bericht eines Versicherungsdetektivs erhalten habe. Diesen Bericht habe ich inzwischen vorliegen und er bestätigt, wie gesagt, Ihre Aussage über Ihre Entdeckung in dem ehemaligen Strandbad und damit ja wohl auch Ihre Exkursion im Ried. Ob der Fall dort allerdings etwas mit den Morden in meinem Fall hier in Lindau zu tun hat, können wir derzeit noch nicht sagen. Ich sehe da noch keinen Zusammenhang.*

Walcher wunderte sich einmal mehr über den Kommissar, denn der reichte ihm eine Kopie des Berichts mit dem knappen Hinweis: *für Sie. Ach ja, haben Sie die aktuelle Adresse oder wenigstens eine Telefonnummer der Freifrau von Wedern?*
*Ich würde Ihnen gerne beides geben, aber sie nimmt erst wieder Kontakt mit mir auf, wenn sie sich über den neuesten Stand informieren will. Sie lebt in großer Angst und hat mir erzählt, dass sie deshalb abtaucht und eine Wanderung durch Europa macht.*
Dann informierte er den Kommissar über das Gespräch mit der Freifrau auf dem Münchner Hauptbahnhof und gab ihm den Brief des Bruders.

## Suche

*Was hat Onkel Johannes,* und dabei grinste Irmi wie ein Smiley, *uns denn heute Leckeres in den Kochtopf gezaubert? He du, ich bin's, Irmi. Rede mit mir,* schob sie nach, als Walcher nicht reagierte. Der entschuldigte sich, er sei mit den Gedanken noch bei seinem Gespräch mit dem Kommissar in Lindau. Walcher versuchte sich auf Irmi zu konzentrieren und fragte sie, wie es ihr denn heute in der Schule ergangen wäre.
Irmi stöhnte genervt und gab die Frage zurück: *wenn's dich wirklich interessiert ....* Walcher nickte.
*Hab den Vokabeltest in Englisch versemmelt. Aber erzähl du lieber, habe volles Verständnis, wenn du andere Dinge im Kopf hast.*
Walcher schüttelte den Kopf, *nichts da, lass uns bei der Schule bleiben. Ich will nicht von blauen Briefen überrascht werden.*
*Brauchst keine Angst zu haben, hab alles im Griff,* gab sich Irmi selbstsicher.
Walcher nutzte die gerade Straßenstrecke, um Irmi anzusehen. Sie schien das Schulthema locker zu nehmen.
*Lisa wär schwer sauer auf mich, wenn ich das mit der Schule nicht hinkriegen würde. Brauchst dir wirklich keine Sorgen zu machen.*
Walcher nickte noch mal, *mache ich mir auch nicht ernsthaft, denke, du kriegst das hin.*

Die letzten Kilometer bis zum Hof schwiegen sie, bis Irmi ihn fragte, *denkst du jetzt auch an sie?*
Walcher nickte stumm. Ja, er dachte auch an Lisa und daran, wie stark sich Irmi mit ihr verbunden fühlte.
Als sie auf den Hof fuhren, unterbrach Bärendreck seine Gedanken. Der Kater kam auf sie zugesprungen.
Während Walcher Bärendreck streichelte und ihn, weil er wieder mal fürchterlich stank, am liebsten gepackt und in den Wassertrog getaucht hätte, lief Irmi ins Haus und rief nach Johannes. Bärendreck schon im Klammergriff, ließ er das stinkende Tier los, denn Irmi kam wieder aus dem Haus und rief mit einer Mischung aus Entrüstung und Enttäuschung, *zu essen gibt's nix und Johannes ist auch nicht da.*
*Stimmt,* meinte Walcher, *sein Auto ist weg, dann gibt's heute Mittag Kartoffeln mit Käse und Butter und Milch, okay?*
*Besser als verhungert,* kam von Irmi, *und wasch dir ja die Hände, igitt, wie du stinkst.*

Walcher hatte Kartoffeln aufgesetzt und hackte gerade Schnittlauch, Petersilie und Bärlauch für den Kräuterquark klein, als Irmis Aufschrei wie eine Sirene durchs Haus schrillte. Das Messer noch in der Hand, stürmte er in den ersten Stock hoch. Irmi stand vor Johannes' Zimmer.
*Seine Taschen sind weg und seine Kleider auch,* rief sie Walcher entgegen und deutete ins Zimmer. Walcher sah hinein.
*Er wird nach Zürich gefahren sein, vielleicht ein eiliger Termin, oder er bringt Kleider in die Reinigung, weil Bärendreck wieder mal drauf lag,* und mit einem Blick in Irmis besorgtes Gesicht setzte Walcher noch dazu, *er wird sich schon melden.*
Irmi nickte, ging an Johannes' Bett, langte unter das Kopfkissen und hielt Walcher triumphierend ein Handy hin.
*Und warum hat er sein Handy nicht mitgenommen?*, rief sie, *und da*, sie deutete auf den offen stehenden Schrank, *seine handgenähten Superschuhe sind auch noch da. Er wäre doch nie und nimmer in seinen vergammelten Turnschuhen nach Zürich gefahren.*

*Das ist allerdings seltsam,* stimmte Walcher zu, *aber sicher gibt es auch dafür einen triftigen Grund, vielleicht steht die große Versöhnung mit Marianne an und optimistisch wie Johannes nun mal ist, hat er gleich ein paar Sachen mitgenommen. Dass er die Hälfte vergessen hat, ist normal. Glaube mir, die Liebe kann sehr vergesslich machen. So, und jetzt muss ich nach den Kartoffeln sehen, sonst gibt's Brei.* Und um das Thema abzuschließen, fügte er noch hinzu, *wir rufen heute Abend Marianne an und auch Johannes in Zürich und wenn wir ihn nicht erreichen,* bemerkte er scherzhaft, *hetzen wir Interpol auf ihn, okay?*
Irmi stimmte ihm zu, an ihrem Gesicht konnte er aber ablesen, dass sie verstört war.
Walcher wartete mit seinen Anrufen dann doch nicht bis zum Abend, sondern wählte die Nummer des Büros in Ravensburg. Dort nahm jedoch niemand ab. Dann wählte er Johannes' Züricher Nummer und ließ es vergeblich bis zur Ansage des Anrufbeantworters klingeln. Als er nach oben in sein Büro ging, um es per Mail zu versuchen, hörte er aus dem Gästezimmer den Klingelton von Johannes' Handy. Er spurtete hin und nahm den Anruf an. Es war Marianne, die ihn anraunzte, *was ist los, ich warte seit Stunden auf deinen Gegenvorschlag.*
*Hier ist nicht dein Johannes, ich bin's, Walcher,* stellte er klar und erntete ein herzliches Lachen.
*Entschuldige, wie geht's dir, ich bin in Eile, gib mir bitte Johannes, ciao und nix für ungut, gell.*
*Ich kann dir Johannes leider nicht geben, der ist nicht hier, ich dachte, er wäre zu dir geeilt.*
Nach einer Pause sagte Marianne, *das versteh ich nicht, wir haben nicht vereinbart, dass er herkommt. Wann ist er denn losgefahren,* wollte sie wissen.
*Das weiß ich auch nicht, bin gerade nach Hause gekommen und hab ihn gesucht, ruf mich doch bitte an, wenn er bei dir auftaucht.*
*Mach ich,* bekam Walcher als Antwort, *und richte ihm aus, er soll anrufen, wenn er doch nicht nach Zürich gefahren ist. Und danke nochmals, ciao.*

Walcher legte das Handy wieder zurück unter das Kopfkissen. Warum, hätte er nicht beantworten können. Es war mehr unbewusst oder eine Konsequenz nach all den Kriminalfilmen, in denen die Folgen aufgezeigt wurden, wenn man Spuren veränderte. Komisch, dachte Walcher, sehr komisch, wo steckt der Kerl. Einer spontanen Eingebung folgend, ging Walcher wieder die Treppe hinunter und auf den Hof hinaus. Die Wäscheleine war sein Ziel. Er befühlte einige von den Sachen, aber sie waren alle absolut trocken. In welcher Zeit trocknete geschleuderte Wäsche an einem nicht allzu warmen Junitag, überlegte er. Nach einem Blick auf die Uhr, ging er in die Küche, ließ Wasser auf ein Küchentuch laufen, schleuderte es draußen aus und hängte es auf die Leine. Durch halbstündliche Kontrollen, nahm er sich vor, konnte er in etwa herausfinden, wann Johannes die Wäsche aufgehängt hatte.
Den Rest des Nachmittags verbrachte Walcher mit Irmi, übte mit ihr Englischvokabeln, rief im Stundentakt in Johannes' Wohnung in Zürich an, prüfte das Küchenhandtuch - es war nach zwei Stunden trocken - und bereitete das Abendessen vor. Dazwischen rief Marianne zweimal an, ihre anfangs vorwurfsvolle Haltung wich zunehmender Besorgtheit. Walcher versprach, sie sofort anzurufen, wenn Johannes ein Lebenszeichen geben würde, und verfluchte sich im selben Moment, diesen Begriff gewählt zu haben.
Auch Walcher beschlich wachsend Unruhe und er begann, die Hofgebäude zu durchsuchen, obwohl er es für Unsinn hielt, schließlich war Johannes mit dem Auto fort.
Die Sonne war schon hinter den Bergen verschwunden, trotzdem war es noch hell. Als Erstes nahm er sich den ehemaligen Stall vor. Der war zwar mit alten Möbeln und allem möglichen anderen Krempel vollgestellt, aber übersichtlich.
Nur zwei Schränke und eine Eckbank boten die Möglichkeit, um in ihnen einen Mann von Johannes' Statur zu verstecken Vorsichtig öffnete Walcher den ersten Schrank und spürte, wie in ihm eine unangenehme Spannung wuchs.

Dieser Schrank und auch der zweite und die Eckbank waren voll mit Büchern, Stoffen und anderen Dingen, die Walcher für den Verkauf auf Flohmärkten aufhob, sie wegzuwerfen wäre einfach zu schade.
Walcher schaute kurz in die ehemalige Milchkammer und wollte auf den Heuboden hinauf, erinnerte sich aber, dass er den Zugang verschlossen hatte. Deshalb begnügte er sich mit einem Blick in die Tenne, die er irgendwann einmal zu einem Wohnatelier ausbauen wollte.
Im Haupthaus war Johannes also nicht, Walcher empfand Erleichterung, auch wenn er noch den Hühnerstall und die frei stehende Scheune durchsuchen musste. Die Scheune war unten zu einer Doppelgarage umgebaut und diente auch als Werkstatt. Beide Tore standen offen.
Um nach oben zu kommen, musste er die seitlich angebaute Holztreppe hinauf. Er wusste, dass die Tür zu dem Dachraum über den Garagen verschlossen war. Unter dem Dach lagerten alte Geräte, Bretter und Unmengen von Heinzen herum - Holzpfosten mit Querstäben, auf denen früher Gras zum Trocknen aufgeschichtet wurde.
Als er wieder unten stand, waren im Staub auf den Holzstufen nur seine eigenen Abdrücke zu sehen.Der Hühnerstall, den er als letzte Möglichkeit inspizierte, diente ebenfalls nicht als Versteck.
Walcher wollte ganz sicher sein und lief einmal um alle Gebäude herum. Nach diesem Kontrollgang, konnte er einigermaßen sicher sein, dass Johannes nicht auf dem Hofgelände war.
Anschließend lud er Irmi zu einem Spaziergang ein und wählte dabei einen Weg aus, der in einem großen Kreis um den Hof herum und am Waldrand entlangführte. Dass Irmi das Manöver durchschaute und so ganz nebenbei meinte: *okay, hier ist er auch nicht,* bewies Walcher einmal mehr, dass sie ganz schön clever war. Als sie wieder auf den Hof kamen, meinte Irmi auf die Wäscheleine zeigend, *ziemlich lieblos aufgehängt, findest du nicht auch?*

Walcher gab ihr zwar Recht, aber er selbst hängte die Wäsche auch nicht besonders akkurat auf. Er warf sie eher locker über die Leine, außerdem zog er den kleinen Wäscheständer vor, den er neben die Waschmaschine stellte, um die Teile direkt aus der Maschine aufhängen zu können.

Was ihn viel mehr wunderte, war, dass Johannes die Leine gefunden hatte. Sie lag nämlich ziemlich versteckt in einer Kiste unter der Werkbank in der Garage. In der Kiste sammelte er Waren, die er aus reiner Sympathie bei der Frau Zehner gekauft hatte. Handbürsten, Schrubber, Besen, Wäscheklammern, alles von Hand gefertigt aus Werkstätten für Behinderte, und eben auch drei, vier nach alter Seilertechnik hergestellte Wäscheleinen.

Walcher fiel das Bad ein, in dem die Waschmaschine stand, da hatte er noch nicht nachgesehen und deshalb holte er es jetzt nach. Das Bad roch nach Sauberkeit und Waschmittel. Ein Haufen Wäsche lag noch neben der Maschine, was vermuten ließ, dass Johannes auch die noch hatte waschen wollen. Es sah so aus, als ob Johannes sich zwischen zwei Waschgängen in sein Auto gesetzt hätte und davongefahren wäre. Vielleicht um die berühmt-berüchtigte Schachtel Zigaretten zu holen, um dann nie wieder aufzutauchen. Aber dazu gehörte eine Ehefrau, der man davonlaufen wollte und der man wünschte, dass sie für den Rest ihres Lebens nach dem Warum fragte. Außerdem klärten sich solche Fälle oft in der Form auf, dass der Ehemann mit seiner Geliebten auf die Bahamas geflohen war, wo sie eine Würstchenbude betrieben, glücklich und zufrieden bis ans Ende ihrer Tage.

Nein, so etwas konnte er sich bei Johannes nicht vorstellen. Auch dass er zu einem spontanen Wandertag aufgebrochen wäre, schloss Walcher aus. Johannes wanderte nur unter Zwang und sicher nicht in ausgelatschten Turnschuhen.

In Walcher wuchsen Unruhe und die Vermutung, dass Johannes etwas zugestoßen war, etwas, das nichts mit einem gewöhnlichen Unfall zu tun hatte.

Als Marianne noch einmal anrief, war es später Abend und

Walcher war zu dem Schluss gekommen, am nächsten Morgen die Polizei zu informieren, sollte Johannes bis dahin nicht auftauchen. Dass er nicht noch am selben Abend Johannes als vermisst meldete, hing mit seiner Auffassung zusammen, dass ihn die Polizei garantiert wieder nach Hause schicken würde, schließlich war Johannes ein erwachsener Mensch, im Vollbesitz seiner geistigen Kräfte und gerade mal einen halben Tag „abgängig".

Marianne berichtete ausführlich, dass sie mit der Polizeizentrale der Schweiz telefoniert hatte. *Die waren richtig freundlich. Unglaublich, was an einem einzigen Tag in der Schweiz alles geschieht. Aber auf den Strecken nach Zürich gab es keinen Mann und keinen Golf, auf den die Beschreibung passte ... Gott sei dank,* setzte Marianne nach einer Pause hinzu. *Und die Polizisten sind auch sämtliche Nebenstraßen und Umwege durchgegangen. Nur in der Westschweiz wären zwei Unfälle mit einem Golf geschehen, aber da wären Frauen beteiligt gewesen.*

Marianne schwieg in den Hörer und nach Sekunden versuchte Walcher sie auf den morgigen Tag zu vertrösten, der sicher Klarheit schaffen würde, *bestimmt steht er irgendwann vor deiner oder meiner Tür, und zwar voll wie ein Schnapsfass oder so,* versuchte Walcher einen müden Scherz.

Marianne seufzte, *ach wenn es nur so wäre, aber ich hatte den Eindruck ...* Sie hörte mitten im Satz auf, wünschte Walcher eine gute Nacht und legte auf.

Es wurde keine gute Nacht. Walcher schlief nur in kurzen Intervallen und sehr unruhig und als er gegen drei Uhr endlich in einen Tiefschlaf eingetaucht war, rief Marianne an und fragte nach dem neuesten Stand der Dinge.

Am Morgen machte Walcher für sich und Irmi ein Müsli zum Frühstück und fuhr sie zur Schule. Anschließend kehrte er aber nicht auf den Hof zurück, sondern fuhr nach Ravensburg ins Büro.

In keinem der Büros entdeckte er irgendein Anzeichen dafür, dass Johannes hier übernachtet hatte. Walcher verließ das Haus und suchte kreisförmig alle Parkmöglichkeiten rund um das Büro ab. Er vergrößerte den Kreis um immer noch eine Straße, um noch eine Gasse und war schließlich gut eine Stunde unterwegs, jedoch ohne einen Golf mit Züricher Nummer entdeckt zu haben. Er hatte zwar nicht wirklich erwartet, Johannes Wagen zu finden, trotzdem war er enttäuscht. Noch einmal stieg er die Treppen zum Büro hoch, fand aber alles unverändert und kehrte deshalb zu seinem Wagen zurück und fuhr Richtung Allgäu.

Auf dem Weg zurück zum Hof schaute er noch jeweils bei den verschiedenen Einkaufsmärkten vorbei, vielleicht war Johannes ja etwas einkaufen gegangen, Waschmittel oder Weichspüler zum Beispiel. Eigentlich fand er auch diese Idee unsinnig, fuhr aber trotzdem die Parkplätze der Geschäfte ab.

Mit allen Angaben zu Johannes, die er kannte und am Vorabend aufgeschrieben hatte, und einer Diskette mit einem Foto von ihm, das Irmi vor zwei Tagen von ihm gemacht hatte, meldete er seinen Freund auf der Polizeiwache Lindenberg als vermisst. Im Beisein der Beamten dort rief er Kommissar Brunner an, um ihm ebenfalls diese Information durchzugeben. Der ließ sich das Blatt mit den Personendaten faxen und das Foto per E-Mail übersenden. Das Kennzeichen des Golfs kannte Walcher allerdings nicht, aber auch so müssten die Angaben genügen, außerdem konnten sie bei den Kollegen in Zürich nachfragen.

War es der Sog seiner Aktionen oder seine Berufserfahrung oder eine innere Stimme – Walcher wurde immer klarer, dass etwas Außergewöhnliches geschehen sein musste. Etwas, das Johannes nicht mehr erlaubte, ihn zu benachrichtigen, etwas sehr Ernstes, Bedrohliches.

Die Beamten in Lindenberg, zu deren Verantwortungsbereich Weiler gehörte, reagierten unerwartet professionell: sie fuhren mit einem Streifenwagen hinter ihm her zum Hof. Dort traf zehn Minuten später ein zweiter Wagen mit zwei weiteren Kollegen und einem Suchhund ein. Noch auf der

Herfahrt hatten die Polizisten geklärt, ob in einem der Krankenhäuser der Umgebung jemand eingeliefert worden war, dessen Beschreibung auf Johannes passte. Auch die umliegenden Polizeistationen wurden befragt und informiert. Brunner rief Walcher auf dem Handy an, er hatte die Daten von Johannes erhalten und würde eine Suchmeldung im gesamten süddeutschen Raum, Österreich und der Schweiz sowie dem Elsass veranlassen, als erste Maßnahme.
*Seien Sie sicher,* sagte er und meinte es wahrscheinlich als eine Art Trost, *wir tun alles, um Ihren Freund zu finden, schon weil es mich selbst brennend interessiert.*
Der Hundeführer ließ den Schäferhund in Johannes' Schlafzimmer seinen Geruch aufnehmen. Nach einem Rundgang im Haus lief er auf den Hof und dort zielsicher zum Brunnen, dann in die Werkstatt, wo er eine Pfote auf die Kiste mit den Haushaltsartikeln legte und heftig mit dem Schwanz wedelte. Von der Werkstatt zu der Wäscheleine, dann wieder zur Haustür und zum Brunnen, blieb er schließlich mitten auf dem Hof stehen, bis ihn der Hundeführer dort abholte.
Walcher hatte die Wege des Hundes verfolgt. Sie ergaben Sinn und er erklärte sie den Polizisten, indem er Johannes' Aktionen nachvollzog.
Johannes hatte wohl eine Wäscheleine gesucht und in der Werkstatt gefunden, sie von der Scheune rüber zum Stall gespannt und die Wäsche aufgehängt. Warum die Hacke neben dem Brunnen lag, konnte Walcher nur vermuten. Johannes hatte sie vielleicht ins Wasser gelegt, um den Holzstiel aufquellen zu lassen, damit er wieder fest in dem schmiedeeisernen Rohrstück der Hacke steckte.
*Ist vermutlich hier in ein Auto gestiegen,* meinte der Hundeführer, bevor er sich mit dem Hund zu einer Runde um das ganze Anwesen aufmachte.
*Wieso mitten auf dem Hof,* meinte Walcher laut überlegend zu den anderen drei Beamten. *Sein Auto stand da hinten, vor der Garage mit der Werkbank.*
Als sie zur Garage gingen, entdeckte einer der Polizisten

Radspuren, die auf einen Blitzstart hindeuteten. Das passte nicht zusammen, fand Walcher.
Dann zeigte er den Beamten Johannes' Zimmer, sein Handy, seine Schuhe, das Bad mit dem Berg Wäsche neben der Waschmaschine. Die Beamten warfen nur einen kurzen Blick darauf und einer meinte, *da müssen sich die Kollegen von der Spurensicherung drum kümmern, da halten wir uns raus, sonst kriegen wir was auf die Mütze.*
Noch während er das sagte, hörten sie einen Wagen auf den Hof fahren. Es waren Beamte von der Spurensicherung aus Lindau, obwohl eigentlich die Kollegen aus Lindenberg zuständig gewesen wären.
*Internes Krisenmanagement,* grinste einer auf die Frage, warum sie hier waren. Walcher vermutete Kommissar Brunner als den Manager im Hintergrund.
Die Lindenberger Polizisten warteten noch auf den Hundeführer, der für die Umrundung des Hofs etwa eine halbe Stunde brauchte. Ganz sicher war sich der Kollege, er hätte extra zwei Runden gedreht, eine dicht um den Hof herum, die zweite in einem größeren Bogen: *Der Gesuchte hat den Hofbereich nicht auf seinen eigenen Füßen verlassen, da bin ich mir absolut sicher. Für Brutus,* dabei kraulte er den Hund am Hals, *ist das eine der leichtesten Übungen.*

## Marianne

Walcher öffnete die Haustür. Er hatte ein zaghaftes Klingeln gehört, das nicht in das Violinkonzert No. 5 von Mozart passte, das er gerade genoss und dabei über Johannes nachdachte.
Trotz der späten Uhrzeit hielt sich Walcher nicht an seine eigene Regel, nämlich erst einmal durch den Spion zu sehen. Er öffnete die Tür ohne kontrollierenden Blick. Marianne Stöckli stand vor ihm, er erkannte sie sofort, obwohl er ihr erst einmal begegnet war. Sie sah allerdings nicht so gut aus,

wie er sie in Erinnerung hatte, sondern sorgenvoll und gestresst.
*Ich musste einfach kommen,* sagte sie leise und es klang mehr wie eine Entschuldigung.
*Ich habe dich erwartet,* begrüßte Walcher sie mit einer kleinen Lüge, die ihr aber sicher gut tat, *komm herein.*
Er führte sie ins Wohnzimmer, drehte den Mozart leiser und bot ihr an, einen Tee zu machen. Sie nickte dankbar, begleitete ihn in die Küche und nannte als Grund dafür ihre Neugierde.
*Dann kannst du mir gleich alles erzählen, was du weißt.*
Walcher füllte den Wasserkocher und stellte ihn an, *Schwarz, Grün oder Kräuter?*, fragte er Marianne über die Schulter.
*Kräuter,* bat Marianne, *und wenn du mir vorab einen Degustiv hättest ...*
Walcher kannte diese Schweizer Bezeichnung für einen Schnaps und zählte auf, was er anbieten könnte.
*Den Calvados, wenn es dir nichts ausmacht,* wählte sie aus dem Angebot. Dazu musste Walcher in den Keller.
Er nahm sich eine kleine Weinkaraffe als Behälter, öffnete die Bodenklappe zum Keller und stieg hinunter zu dem Fässchen Calvados, das er vor drei Jahren in der Bretagne bei einer Hofauflösung ersteigert hatte. Ein so genanntes Geburtstagsfass, wie es bei der Geburt eines Kindes abgefüllt wurde. Der Jahreszahl nach war der Calvados inzwischen dreiundachtzig Jahre alt und so schmeckte er auch, fand Walcher, vorzüglich nämlich.
Marianne sah interessiert zu, als er mit der gefüllten Karaffe zurückkam und die Bodenklappe wieder schloss.
Zu der Karaffe mit dem honiggoldenen Inhalt stellte Walcher zwei kleine Gläser auf den Tisch.
Das Wasser war inzwischen heiß, er goss es über die Kräutermischung, die gegen Wetterfühligkeit und allgemeine Unruhe helfen sollte. Mit der Teekanne, zwei Tassen und dem Teesieb in den Händen setzte er sich zu Marianne an den Tisch.

*Sauber*, lobte Marianne den Calvados, Walcher fand ihn auch sauber.
*Er hat sich noch nicht gemeldet?*
*Nein, und in seiner Wohnung war er auch nicht, definitiv*, kam es sehr leise von Marianne. *Bitte sei so gut und erzähl mir, was eigentlich los ist. Ist Johannes ausgewandert, oder was? Hat er dir was über uns erzählt? Ich bin völlig ratlos. Wir haben uns doch ausgesprochen, sogar einen Vertrag entworfen ... und dann plötzlich nichts mehr, kein einziges Wort. Das ist doch...*
Marianne brach den angefangenen Satz ab, Walcher goss ihr Tee ein und schlug vor, der Reihe nach zu erzählen, was er wusste.
*Ja, mach das bitte, bevor ich einen Vogel kriege*, flüsterte Marianne und sah Walcher erwartungsvoll an.
Als Walcher mit seinem Bericht fertig war, waren der Tee und der Calvados getrunken und er hatte zwischendurch neuen Tee aufgebrüht und eine Flasche Wein geöffnet.
Dann waren sie in Johannes' Zimmer gegangen. Marianne suchte das Handy unter dem Kopfkissen.
*Wir führten gerade so viele intensive Gespräche*, schüttelte sie den Kopf, *ich glaube es einfach nicht, dass Johannes ohne das Handy fortgegangen wäre. So gut was vorspielen kann er nicht, ich meine, er ist kein so guter Schauspieler*, erklärte sie Walcher. *Und dann seine guten Schuhe, und da seine Lesebrille*, deutete sie auf das Etui auf dem Stuhl neben dem Bett. *Die braucht er zwar nur, um Kleingedrucktes lesen zu können, aber er trägt sie seit gut drei Monaten immer bei sich. Hat ihn immer gewurmt, wenn er sie nicht dabei hatte und ich ihm vorlesen musste. Sag ganz ehrlich, kann es sein, dass ihm etwas zugestoßen ist, dass er sich verlaufen hat, einen Unfall hatte oder dass statt deiner er verschleppt wurde*, sprach Marianne scharfsinnig jene Vermutung aus, über die auch Walcher schon mehrmals nachgegrübelt und die er dem Kommissar als eine denkbare Möglichkeit ans Herz gelegt hatte.
Walcher zuckte die Achseln, *ich weiß es doch auch nicht. Aber es erscheint mir eher unwahrscheinlich, warum sollte mich jemand*

*entführen, nur weil ich ein paar Kinder fotografiert habe, die sich sehr ähnlich sehen. Selbst wenn es sich um künstlich gezeugte oder geklonte Kinder handeln würde, von mir aus auch um entführte oder so – um mal ein paar gewagte Hypothesen in den Raum zu stellen –, so begründet das noch lange nicht meine Entführung.*
Walcher verschwieg jedoch die bestialischen Morde in Lindau. Er selbst sah durchaus eine Verbindung zwischen diesem Eriskircher Strandbad über Lindau bis hin zu Johannes' Verschwinden von seinem Hof. Allerdings fehlte ihm dazu noch der plausible Grund, das Motiv.
*Der hiesigen Polizei habe ich bereits alle Daten von Johannes und ein Foto von ihm gegeben. Irmi hat Johannes vor einigen Tagen mit der Digitalkamera fotografiert.*
Seit dem Mord an Lisa machte sich Walcher den Vorwurf, dass er Menschen, die ihm nahestanden und in seinem unmittelbaren Umkreis lebten, mit seinen Recherchen in Gefahr brachte.
Marianne unterbrach seine Gedanken und wollte seine Meinung darüber wissen, ob sie bei der Züricher Polizei eine Vermisstenanzeige machen sollte.
*Er ist ja dort gemeldet, oder?*
Walcher bestärkte sie darin und empfahl ihr, der Kripo in Zürich den Hinweis auf die deutsche Kriminalpolizei in Lindau, auf Kommissar Brunner, zu geben.
Walcher bot Marianne an, im Haus zu übernachten, das Sofa im Wohnzimmer wäre ausklappbar und ergäbe ein recht passables Bett. Marianne nahm sein Angebot zu bleiben dankbar an, wollte aber lieber in Johannes' Zimmer schlafen.

## Sicherheit

*Schlimmer kann eine Brandschutzübung in der Schule auch nicht sein,* motzte Irmi. *Das hast du mir doch schon tausendmal alles erklärt.*
*Es waren nicht tausend-, sondern genau zweimal und ich mache*

*das, damit du weißt, wie du dich im Notfall zu verhalten hast, wenn du hier mal allein sein solltest, klar!*

Ohne Gnade führte Walcher die motzende Irmi durch das Haus und demonstrierte ihr die Stabilität und Funktion der Fenster, Rollos und der Türen. Erklärte die Stromversorgung und den Notstromgenerator, die normale Wasserversorgung und die geheime eigene Quelle, die mit einem Hebelgriff in das Hausnetz eingespeist werden konnte, was natürlich nicht erlaubt war.

*Wenn du allein im Haus bist, immer erst einmal durch das Wohnzimmerfenster oder durch den Türspion schauen, bevor du die Haustür öffnest. Wenn es Leute sind, die du nicht kennst, wird grundsätzlich nicht aufgemacht, sondern erst einmal gefragt, was sie wollen. Ist das KLAR?*

Irmi nickte, *ja-ja-ja, zum tausendstenmal ja. Und wenn es sich herausstellt, dass es üble Schurken sind, die einbrechen wollen, dann rufe ich in aller Ruhe die Polizei. Ich kann mich hier total sicher fühlen, denn ohne Dynamit oder einen Panzer kommt hier sowieso keiner rein*, ahmte Irmi gekonnt Walcher im Tonfall und in der Gestik nach.

Walcher schmunzelte, aber er hielt es für unbedingt notwendig, dass Irmi genauestens wusste, wie das Haus beschaffen war, und führte deshalb die Demonstration bis zum Ende durch. Er dachte dabei an Johannes, aber das sagte er nicht.

*Ja, das ist richtig, weil der Hohlraum zwischen den doppelten Mauern mit Beton ausgegossen wurde und die Fenster und Türen und Rollos aus Stahl und Sicherheitsglas sind. Ein Sicherheitsstandard, der vielleicht nicht dem einer Bank genügen würde, aber durchaus mit dem einer Postfiliale vergleichbar ist. Daran musst du dich erinnern, denn es verschafft dir genau die Zeit, die du brauchst, um Hilfe zu rufen.*

Irmi hatte das alles schon mehrmal über sich ergehen lassen und ertrug auch diesen Rundgang des *Sicherheitsbeauftragten Walcher* gelassen bis spöttisch. Die Bezeichnung *Sicherheitsbeauftragter* hatte sie aus der Schule mitgebracht, denn dort

gab es seit dem letzten Schuljahr ebenfalls einen Sicherheitsbeauftragten - eine Lehrkraft, die mit den Schülern das Verhalten in Notfällen einübte.
*Warum hast du das Haus eigentlich gesichert wie eine Bank, du bist doch sonst nicht so ein ängstlicher Mensch?*
Walcher überlegte einen Moment lang, ob er Irmi irgendeine Story auftischen sollte, die seinen Weitblick und seine manchmal gefährliche Arbeit als Investigativ-Journalist hervorkehrte. Aber er entschied sich dann doch für die schlichte Wahrheit.
*Die Baufirma hatte Türen, Fenster, Rollos seit Jahren herumliegen und machte mir ein Angebot, das sogar noch viel günstiger war als ganz normale Türen und so weiter. Irgendein steinreicher Knabe wollte damit sein Haus in eine Festung verwandeln, war aber noch vor Fertigstellung des Rohbaus pleite gegangen. So bin ich durch Zufall zu dieser Sicherheitsausstattung gekommen.*
*Und dass die Zwischenwände mit Beton ausgegossen wurden, das hatte eher bautechnische Gründe, weil sonst vermutlich das Haus eingestürzt wäre. So, jetzt weißt du es, aber das wird bitte nicht herumerzählt, ja.*
Irmi nickte und meinte, *ich bin richtig froh, weil ich schon dachte, dass du in der Hinsicht nicht richtig tickst.*

## Kommissar Brunner

Walcher hatte mit Kommissar Brunner schon vor zwei Tagen einen Termin vereinbart, besser gesagt, Brunner hatte ihm zwei Termine zur Auswahl vorgeschlagen, aber gleich deutlich gemacht, dass es sich um ein weiteres Verhör handeln würde.
Walcher nahm sich vor, über Johannes' Verschwinden zu sprechen und zu fragen was die Polizei da zu unternehmen gedenke. Er kam aber erst einmal nicht dazu, denn wie gehabt übernahm Brunner die Gesprächsführung, als Walcher am Nachmittag, mit zehnminütiger Verspätung, an die Tür

klopfte und das Büro des Kommissars betrat.
*Die Obduktionsberichte liegen vor, das waren keine Menschen, das waren sadistische Monster ohne eine Spur von Menschlichkeit oder Mitgefühl. Die Opfer sind nicht einfach umgebracht worden, nein, sie wurden vor ihrem Tod auch noch grausam gequält, wie wir es von Geheimdiensten in Diktaturen kennen. Das waren keine Kriminellen, das waren professionelle Schlächter, die in geschlossene Anstalten ... ach, was sag ich denn, die in die tiefsten Verliese eingekerkert gehören, wenn nicht ...* hier brach Brunner ab. *Sie haben Methoden angewandt, wie sie nur eingesetzt werden, um Typen Informationen abzupressen, die selber in kriminellen Kreisen agieren und einiges wegstecken können, die vor allem aber wissen, dass sie so oder so umgebracht werden. Aber so was ahnungslosen Menschen anzutun, nein, das machen nur extrem gestörte Verbrecher. Da muss einfach mehr dahinter stecken, aber viel weiter als beim letzten Gespräch sind wir leider nicht gekommen. Ist Ihnen in der Zwischenzeit noch irgendetwas eingefallen?,* wandte er sich an Walcher.
*Und ich dachte, ich höre von Ihnen, wer die Mörder sind und vor allem, warum die Menschen umgebracht wurden und wer der dritte Tote ist,* gab der zur Antwort.
Der Kommissar seufzte, *dann könnte ich mich ja gleich an die Presse wenden, immerhin sind Sie Journalist. Nein, wir haben zwar eine Hand voll Informationen sammeln können, aber wir stecken hier mitten in einem besonders schweren Ermittlungsfall. Da bitte ich Sie dann doch um ein wenig Verständnis, wenn ich Ihnen die Ermittlungsunterlagen nicht gleich in Kopie übergeben oder sie Ihnen nicht schon gemailt habe.*
*Seien Sie doch nicht gleich eingeschnappt,* warf Walcher dazwischen ein und hielt ihm den Ausdruck mit dem Foto von Johannes hin. Der Kommissar nahm das Blatt, sah kurz drauf und legte es auf seinen Schreibtisch.
*Hab ich doch schon. Und was ist er für ein Typ?,* forderte er Walcher zum Reden auf. *Bisher habe ich nur seine Daten erhalten, jetzt möchte ich von Ihnen wissen, was für ein Mensch Ihr Freund ist, mit wem er sich umgibt, womit er sich derzeit beschäftigt und*

*alles, was Ihrer Auffassung sonst noch für die Suche nach ihm wichtig sein könnte.*
Eigentlich hatte Walcher über mögliche Hintergründe für Johannes' Verschwinden sprechen wollen, über Perspektiven für die Fahndung und dergleichen, aber der Kommissar kam ihm auch diesmal wieder zuvor. Deshalb erzählte Walcher erst einmal alles über Johannes, was ihm auch nur ansatzweise wichtig erschien, und schwieg dann.
*Wenn ich Sie richtig verstanden habe, nehmen Sie also nicht an, dass sich Ihr Freund einfach abgesetzt hat, um sein verletztes Ego zu retten und seine Freundin abzustrafen. Nein,* würgte er den Versuch eines Einwands von Walcher im Ansatz bereits ab, *nein, lassen Sie mich jeden Aspekt ausloten. Sie glauben ja nicht, was alles einen Menschen zu den verrücktesten Dingen antreiben kann.* Die Pause, die der Kommissar jetzt machte, war für Walcher gedacht und der nutzte diese unausgesprochene Aufforderung.
*Ich bin mir absolut sicher, dass Johannes sich nicht so verhalten würde. Saufen, jammern, vielleicht sogar eine handfeste Auseinandersetzung mit seiner Freundin, aber nicht einfach abtauchen und schon gar nicht länger, als man braucht, um einen Rausch auszuschlafen. Nein, ich bin felsenfest davon überzeugt, dass Johannes etwas zugestoßen ist. Nehmen wir einfach mal an, die Leute von dem Strandbad haben mich besucht, um herauszufinden, warum ich hinter ihnen herspioniere. Oder nein, das wussten sie ja schon. Sie wollten herausfinden, was ich bereits alles über sie gesammelt habe, und sind dabei auf Johannes gestoßen, der mit mir auf dem Parkplatz war, also ebenso verdächtig war wie ich. Wenn sie schon das Risiko eingegangen sind, mich in meinem Haus zu besuchen, dann sind sie garantiert auch bereit, mich zu entsorgen. Und in diesem Fall hat es Johannes erwischt, irgendwie ganz klar, oder?*
Der Kommissar nickte. *Gut, nehmen wir einmal an, dass es so passiert ist. Nehmen wir weiter an, dass Ihre „Blaumänner" vom ehemaligen Strandbad, wie Sie sie genannt haben, auch die Familie dieser, dieser Adeligen umgebracht haben, weil der Bruder der Freifrau auf ihrer Liste steht. Nehmen wir weiter an, die Blau-*

*männer haben das Strandbad abgefackelt. Dann stellt sich mir doch die Frage: um was für einen gigantisch hohen Einsatz pokern die. Also, wenn jemand eine derartige Strecke legt, dann muss er damit rechnen, dass ihn die Polizei auf der ganzen Welt jagt und ihn nach kurzer Zeit auch zu fassen kriegt.* Der Kommissar schüttelte den Kopf, *Klonen oder Genforschung, deshalb bringt man heute doch keinen mehr um. Das wird längst halb legal gemacht oder wenigstens toleriert. Keine Regierung will hier eine Entwicklung verschlafen, auch die Deutschen nicht. Es gibt hierzulande an die zweitausend Firmen, die offiziell die Erlaubnis für biologische Genversuche beantragt haben, obwohl nicht mal das notwendig wäre. Wir haben derzeit keine Gesetze, die Genversuche definitiv verbieten. Unsere Politiker sprechen davon, dass hier Gesetze notwendig wären, eventuell, vielleicht, könnte sein ...*
*Im Gegenteil, inzwischen ist der Einsatz von genmanipuliertem Saatgut sogar erlaubt. Und wenn etwas erlaubt ist, dann wurde es logischerweise auch schon durchgeführt. Nein, ich kann mir einfach nicht vorstellen, dass Leute ermordet oder entführt und Häuser angezündet werden, um eine Genmanipulation oder von mir aus auch einen erfolgreich verlaufenen Klonversuch von Menschen zu verbergen. Eine so hochkarätige Sensation wird heutzutage auf Teufel komm raus zu Geld gemacht und nicht geheimgehalten.*
Brunner schüttelte mehrmals den Kopf.
*Was mich wundert, ist allerdings etwas anderes, nämlich dass wir nicht herausbekommen, wer das Haus gemietet hat. Also jedenfalls finden wir nicht den Mieter. Bei dem, den uns der Eigentümer genannt hat, was er auch schriftlich belegen kann, handelt es sich um eine Strohfirma, die es überhaupt nicht gibt. Die Miete wurde von einem Konto überwiesen, für das ebenfalls diese Scheinfirma zeichnet. Echt sind nur der Besitzer und der Bürgermeister, die alle beide vermutlich einigen Dreck am Stecken haben, aber solange ihnen keine Bestechung oder Vorteilsnahme bewiesen werden kann, machen sie sich nicht strafbar.*
Nach diesem Mammutvortrag des Kommissars war bei beiden erst mal die Luft raus und sie schwiegen sich an, jeder in seine eigenen Gedanken vertieft.

*Tatsache scheint zu sein,* nahm nach einigen Minuten Walcher den Faden wieder auf, *dass der Bruder der Freifrau das Strandbad als Grund für seinen baldigen Besuch genannt hatte. Das war etwa vor einem halben Jahr. Unterstellt man der Freifrau keine anderen Motive, so besteht für mich hier ein Ansatz, um eventuell Namen und Sitz der Firma herauszufinden. Der Bruder könnte dort irgendetwas aufgedeckt haben, was faul war, denn er scheint auf der Flucht zu sein. Darum werde ich mich als Nächstes kümmern.*
*Wir, wir kümmern uns darum,* widersprach der Kommissar energisch. *Was Sie auch immer vorhaben, ich will davon offiziell überhaupt nichts wissen. Das fehlt mir ja gerade noch, dass ich mit einem Sensationsjournalisten gemeinsame Sache mache.*
Dass dies nicht so ernst gemeint war, wie er es sagte, gab Brunner mit der Karte zu verstehen, die er Walcher reichte. Eine Handynummer stand darauf.
*Das ist meine private Nummer, Sie können mich jederzeit anrufen.*
In diesem Moment entschloss sich Walcher, seinen Freund Hinteregger um Hilfe zu bitten. Sie hatten zwar seit der Lotto-Geschichte nur einmal kurz Kontakt gehabt, aber er zählte die Verbindung mit Hinteregger zu jenen Freundschaften, die auch ohne ständige Pflege ein Leben lang halten.
Brunner war ein ähnlicher Typ, in jedem Fall ein Beamter mit einem eigenen Kopf, der Vorschriften manchmal ausreizte oder sie notfalls sogar missachten würde, wenn es Vorteile brächte.
*Hat sich eigentlich die adelige Freifrau von Wedern bei Ihnen gemeldet?,* unterbrach der Kommissar Walchers Gedanken.
Walcher verneinte, *ich würde ihr gerne einige Fragen stellen und ihr auch empfehlen, dass sie sich bei Ihnen melden soll.*
*Das sollte sie, und zwar dringendst, sonst muss ich sie auch in die Fahndung nehmen,* knurrte Brunner.
Der Kommissar schien darauf zu warten, dass sich Walcher nun verabschiedete, aber der hatte noch Fragen.
*Wissen Sie schon, wer der dritte Mann war?*
Brunner knurrte ein kurzes *Nein* und machte keinerlei An-

stalten, weitergehende Informationen herauszurücken.
*Welche Schritte bei der Suche nach Johannes haben Sie als Nächstes geplant?*, wollte Walcher wissen.
Der Kommissar sah einige Sekunden in Walchers Augen, nickte, stand dann auf, ging zu der Weltkugel und fragte: *Auch?*
Walcher nickte und weil er das im Rücken des Kommissars tat, schickte er ein *gerne, danke* hinterher und nochmals ein danke, als Brunner ihm ein volles Glas reichte.
Beide tranken in kleinen Schlucken und schwiegen dabei. Der Kommissar stellte sein Glas auf den Schreibtisch, setzte sich, nahm das Handy und bat Frau Müller um den Ordner Feinschmied, so hieß Johannes mit Nachnamen.
Frau Müller erschien in der nächsten Minute leibhaftig in der Tür. Walcher war neugierig, wie die Mitarbeiterin des Kommissars wohl aussehen würde, stellte sie sich als graue Maus vor, sauber, ordentlich, und musste sich jetzt anstrengen, sein Erstaunen nicht zu zeigen.
Frau Müller war der absolute Hammer. Sie hätte, ohne etwas an ihrem Outfit ändern zu müssen, in jeder Travestie-Show oder sonst einer skurrilen Unterhaltungssendung im Fernsehen auftreten können.
Gertenschlank, an der Grenze zur Magersucht, hoch gewachsen, steckten ihre Füße in geradezu gefährlich spitzen Tigerfell-Schuhen mit ebenso gefährlichen Absätzen. Auch die langen Beine steckten in einer Tigerhose, die unter einem breiten schwarzen Ledergürtel endete, der sich einem physikalischen Wunder gleich, weit unterhalb der Hüftknochen halten konnte. Vielleicht war es der Verschluss, eine mächtige, ausgestopfte Tigerpranke, der dieses Wunder möglich machte. Darüber zeigte Frau Müller viel nackte Haut mitsamt Blinddarmnarbe und Bauchnabel. Das Top war aus Tigerfellplüsch und um ihren Hals hingen die unterschiedlichsten Ketten, so dass sie fast aussah wie ein mobiler Verkaufsständer für afrikanischen Schmuck.
Ihr Gesicht war etwas knochig, aber nicht unattraktiv, entzog

sich jedoch einer genauen Betrachtung, da eine überdimensionierte Showbrille auf ihrer Nase saß und das halbe Gesicht verdeckte.
Quasi den krönenden Abschluss bildete ein breites violettes Band um den Kopf, aus dem ein Haarbüschel ragte wie Schilfgras aus einem Blumentopf.
Mit ihrem langen Arm, der an die Gliedmaßen einer Heuschrecke erinnerte, reichte sie Brunner einen schmalen Hefter und stöckelte wieder aus dem Zimmer. Walcher hatte sie nur kurz zugenickt. Kaum war die Tür geschlossen, sprang Brunner aus seinem Stuhl auf, eilte zum Fenster, riss es auf und setzte sich wieder. Als auch Walcher die Parfümwolke der Frau Müller erreichte, erklärte sich des Kommissars Eile. Das war nicht nur ein Parfüm, das alles war wie ein geballter Film über Afrika.
Brunner stöhnte kurz auf und vertiefte sich in den Ordner. Dass er, bis auf das eilige Öffnen des Fensters, in keiner Weise seinen Unmut über Frau Müllers Auftreten äußerte, imponierte Walcher sehr.
*Wir haben einen schwarzen VW Golf mit einem Züricher Kennzeichen, zugelassen auf Johannes Feinschmied, wohnhaft in Zürich, Konradstraße 7 gefunden. Der Wagen wurde auf dem Parkplatz der Autobahnraststätte Heidiland entdeckt. Der Tank war bis auf den letzten Tropfen leer gefahren, der Autoschlüssel steckte, mit weiteren Schlüsseln dran, die zu der Wohnung Konrad Straße 7 gehören. In dem Fahrzeug wurden ausschließlich Fingerabdrücke gefunden, die mit jenen aus der Wohnung identisch sind.*
*Der Wagen wurde erst deshalb so spät gemeldet, weil er auf dem Parkplatzbereich stand, auf dem auch Mitarbeiter der Raststätte parken, wenn es mal eilt. Er stand vermutlich aber bereits seit dem achten Juni dort.*
*Heidiland liegt ja nun nicht auf dem direkten Weg von Weiler nach Zürich. Das Foto von Herrn Feinschmied ist über die Landesgrenzen hinweg an alle Polizeidienststellen, Flughäfen, Grenzübergänge, Bahnhöfe gemailt worden und wenn Sie mal die Nachrichten des regionalen und landesweiten Fernsehens angeschaut hätten,*

*da war Ihr Freund im Großformat zu sehen. Also, um es kurz zu machen, wir haben, zusammen mit den Züricher Kollegen, die große Fahndungskeule ausgepackt. Das konnten wir nur machen – und bitte vergessen Sie meinen Hinweis sofort wieder –, weil wir Herrn Feinschmied im Zusammenhang mit dem dreifachen Mord in Lindau suchen.*

Walcher war ruckartig aufgesprungen, *aber das ist doch …*

*Setzen Sie sich wieder,* kam erstaunlich laut der Befehl des Kommissars. *Glauben Sie etwa, ich könnte einen Mann, bloß weil er an Liebeskummer leidet, über Interpol suchen lassen? Ich musste mich also dieser Notlüge bedienen und bitte Sie aber wirklich dringend, das für sich zu behalten. Sie können mich damit ja erpressen, wenn Sie wollen.*

Walcher hatte sich wieder gesetzt, er hatte verstanden. *Gibt es schon irgendwelche …*

*Nein, es gibt noch keine Hinweise,* unterbrach ihn Brunner, *na ja, den üblichen Blödsinn halt. Viele Zuschauer scheinen zu meinen, eine Fahndung wär so was wie Teil einer Unterhaltungssendung und dass jeder hundertste Anrufer eine Urlaubsreise in die Karibik gewinnt. Deshalb machen wir ungern eine Großfahndung, weil der Aufwand immens ist. Die laufenden Ermittlungen ruhen, alle sind nur mit den Hinweisen aus der Bevölkerung beschäftigt und wenn man auch nur die vermutlich ernsthaften nimmt, sind das immer noch viel zu viel. Wir müssen mit vier Leuten erledigen, wofür uns vor fünf Jahren noch die dreifache Anzahl an Kollegen zur Verfügung stand. Es ist ein Wahnsinn, wir sparen noch bis über die Grenze zur Wirkungslosigkeit hinaus. Hab erst letzte Woche vorgeschlagen, unsere Pensionäre wieder stundenweise zu engagieren.* Mit einer abwehrenden Handbewegung unterbrach sich Brunner, *aber vermutlich haben Sie andere Sorgen und Sie haben Recht damit. Wie wär's noch mit einem kleinen Abschiedsschluck, Sie haben doch alle Fragen gestellt, oder?*

Walcher nickte. Bevor er ging, korrigierte er jedoch noch freundlich, aber bestimmt den Kommissar. *Nennen Sie mich bitte nicht einen Sensationsjournalisten, ich enthülle, ich decke auf, mein Geschäft ist der investigative Journalismus.*

## Hinteregger

Bevor Walcher die Nummer von Hinteregger wählte, lehnte er sich zurück und ließ die Bilder aus der Vergangenheit in seinem Kopf ablaufen, wie schon so oft seit dem Sommer des letzten Jahres. Hinteregger, der Sicherheitschef der Saveliving Company, er hatte mit seiner Mannschaft die entführte Lisa befreien wollen, aber sie waren zu spät gekommen. Lisa lebte nicht mehr.
Dieses Trauma war gleichzeitig der Anfang einer Freundschaft zwischen Walcher und Hinteregger.
Walcher seufzte und holte sich einen Sherry aus dem Giftschrank im Wohnzimmer. Immer noch traf ihn die Erinnerung an Lisa wie eine Qual und spülte seine Trauer an die Oberfläche seines Bewusstseins. Die letzten gemeinsamen Tage hatten sie in Jerez de la Frontera verbracht, glücklich und voller Zukunftspläne.
Überfiel Walcher die Erinnerung, trank er einen Sherry und stieß in Gedanken mit Lisa an. Das half ihm.
Jetzt konnte er Hinteregger anrufen. Weil der auf seinem Display den Namen des Anrufers las, begrüßte er Walcher mit einem herzlichen: *Es freut mich, dass ich gleich deine Stimme hören werde, Freund Walcher.*
*Und ich würde dich wieder mal gerne in die Arme schließen, mein Freund,* erwiderte Walcher.
*Das kannst du schneller haben, als du dir vielleicht wünschst, ich mache nämlich ab übermorgen Urlaub und habe deshalb Zeit ohne Ende, na ja, ehrlich gesagt sind es nur drei Tage.*
*Dann komm doch einfach auf den Hof, es wird sowieso höchste Zeit, dass du und Irmi euch kennen lernt. Sag ja und gib mir Bescheid, wann und wo dein Flieger landet, ich bin höchstens ...*
*Höchstens in deinem neuen Büro,* unterbrach ihn Hinteregger, *ich nehme Anteil am Leben meiner Freunde, musst du wissen,* kicherte Hinteregger belustigt in den Hörer.
*Dann mach dich auf den Weg, du Überwachungsmonster, ich freu mich riesig auf dich,* gab Walcher lachend zurück.

## Recherche vor dem Mittagessen

Walcher arbeitete an diesem Vormittag zwei Stunden lang an einer Recherche über Menschenhandel, die er schon vor einem halben Jahr begonnen hatte. Dies führte zwangsläufig dazu, dass seine Gedanken vom derzeitigen Thema wegführten. Er hatte das Gefühl, sich im aktuellen Fall im Kreis zu drehen.
Als Erstes beantwortete er einige Mails von Informanten, ein Netz, das er mühsam und in kleinen Schritten aufgebaut hatte. Dann waren zwei Angebote eingegangen, eins von einem Händler aus Moldawien und eins von einer Kontaktperson aus Paris.
Walcher hatte sich als Kleinvermittler, der nur außergewöhnliche Ware an ausgesuchte Kunden vermittelte, in einen Ring international agierender Menschenhändler eingeschlichen. Die Mails gingen allerdings nicht direkt bei ihm ein, sondern waren von einer Mail-Adresse in Rom abrufbar. Ein elektronischer Briefkasten also, den er als Schutzschild eingerichtet hatte, um seine richtige Adresse und Identität zu verschleiern - bei Recherchen über Menschenhändler eine lebenserhaltende Vorgehensweise.
Walcher lehnte die beiden vorliegenden Angebote als nicht exklusiv genug ab und wies noch einmal auf sein Briefing hin und darauf, dass seine Interessenten langsam ungeduldig würden. Um glaubwürdig zu bleiben, setzte er eine Frist von drei Wochen. Wenn bis dahin kein adäquates Angebot vorläge, müsse er sich anderer Quellen bedienen, warnte er mit Nachdruck.
Die ein- und ausgehenden Mails speicherte er in dem Sammelordner „M-Handel", druckte sie aus und löschte sie dann aus dem Mailordner. Die ausgedruckten Mails heftete er in einem Leitzordner ab. Diese doppelte Archivierung, als elektronische Datei und als Ausdruck, brachte nicht nur Sicherheit, Walcher las das gedruckte Wort auf dem Papier lieber als auf dem Bildschirm.

Was er bisher über die Menschenhändler-Ringe herausgebracht hatte, beschränkte sich auf die oberflächlichen Strukturen und Abläufe, und die erschienen ausgesprochen professionell und effizient. „Beschaffung, Versand und Einfuhr“, so der Jargon, als handelte es sich um Bambuskörbe, die sie da verkauften. Für jeden Transfer waren absolut offizielle und echte Papiere avisiert. Ein klarer Hinweis darauf, dass Behörden am Spiel beteiligt waren.
Nach einem Blick auf die Uhr - ihm blieben noch zwei Stunden, bis Irmi von der Schule heimkam und das versprochene Mittagessen erwartete - schloss Walcher den Ordner und ging ins Internet. Nicht dass er nach der Beschäftigung mit einem anderen Thema auf neue Ideen gekommen wäre, aber der Gedanke an Johannes ließ ihn einfach nicht los. Zum wiederholten Male tippte er den Suchbegriff Genforschung ein und setzte als nationale Eingrenzung Irland hinzu. Er erinnerte sich an das Gespräch mit der Freifrau von Wedern auf dem Münchner Bahnhof. Kolumbien und Irland erwähnte sie im Zusammenhang mit ihrem Bruder.

Die Suchmaschine bot Tausende von Einträgen an. Biotech und Pharma - Boombranchen der Zukunft - Gewinnchancen - Regenwald - Irland: striktes Verbot - Irish Council for Bioethics - In Irland ist alles erlaubt - und so weiter und so weiter.
Mühsam und zeitraubend war die Suche. Wonach genau suchte er eigentlich? Manche Homepages verführten zu abschweifenden Wanderungen in völlig andere Bereiche.
Eine Liste schwebte Walcher vor, eine Sammlung von Adressen irischer Forschungslabors, die sich mit „Gentechnik - Klonen - Biologie - Gesundheit - Forschung“ beschäftigten. Einige Firmen hatte er schon herausgefischt, aber es war ein mühsamer Weg, in die Tiefe einer Homepage einzutauchen. Ein Link des irischen Wirtschaftsministeriums führte zu einer Seite, die sich mit Bioethik befasste, und hier wiederum gab es einen Link zu einer Aufstellung von Labors und Firmen,

die sich auf irischem Boden mit Genforschung beschäftigten. *Bingo,* freute sich Walcher, druckte die Liste aus und zwang sich, nicht sofort die Firmen der Reihe nach zu durchleuchten, sondern erst einmal in die Küche zu gehen. Versprochen war versprochen und außerdem war Irmi in der letzten Zeit etwas kurz gekommen.

Der Teig für die Pizzen war hervorragend aufgegangen, er hatte ihn gleich nach dem Frühstück angerührt und in Ruhe gehen lassen. Nicht dass es ein Geheimrezept war, aber anstelle von Wasser nahm Walcher Bier, die Empfehlung einer Italienerin. Der Teig ließ sich gut ausrollen, Walcher bedeckte damit drei Backbleche, zwei wollte er einfrieren. Während er seine spezielle Öl-Tomatensugo- Mischung auf jeden Teig pinselte, musste er an Johannes denken, der die Mischung einfach mit den Fingern verstrichen hatte, als er vorletzte Woche hier ebenfalls eine Pizza machte. Johannes, was verdammt noch mal war mit ihm geschehen? Lebte er noch? Vielleicht ging ja bald eine Lösegeldforderung ein.
Walcher belegte die Pizzen mit allem, was der Kühlschrank zu bieten hatte: Peperoni, Oliven, eingelegten Paprika, Zwiebeln, Artischocken, Salami, Tomaten, Gewürzen, klein geschnittenen Mozzarella und geriebenen Parmesan. Hübsch bunt, dachte er, wie Johannes' Pizza und schob sie in den vorgeheizten Ofen.
Als gäbe es Gedankenübertragung, rief Marianne an. Es gab keine Neuigkeiten auszutauschen, was Walcher von dem Kommissar wusste, hatte er ihr längst berichtet. Auch von der Schweizer Polizei gab es nichts Neues.
Marianne sprach so leise, dass Walcher sie nur schwer verstand. *Nachher um zwei hab ich einen Termin bei einer Therapeutin. Ich brauche Hilfe, sonst fürchte ich durchzudrehen.*
*Warum kommst du nicht zu uns?,* fragte Walcher.
*Und wenn er sich bei mir meldet? Nein, ich bleibe erst mal hier, aber dank dir. Ich melde mich wieder.* Marianne legte auf. Erst jetzt nahm Walcher den köstlichen Geruch wahr, der sich in

der Küche ausgebreitet hatte. Noch fünf Minuten und Irmi würde ins Haus stürmen. Schnell noch für den Salat Gurken, Tomaten, einen Apfel und einige Blätter Chicorée klein geschnitten, Essig drauf, Gewürze und Öl. Walcher deckte in Rekordzeit den Tisch, stellte eine Flasche Wasser und Apfelsaft bereit und das Hofrestaurant Walcher konnte seinen special guest empfangen, der kurz darauf durch die Tür hereinwirbelte und freudestrahlend feststellte, dass Walcher sein Versprechen gehalten hatte.
Das war gut so, denn hinter Irmi tauchten ihre Freundin Uli und Freund Michi auf.
*Wir haben uns für das Schultheater gemeldet und wollen nachher proben,* strahlte Irmi und zwinkerte ihm mit einem Auge zu. Offensichtlich war die Beziehungskrise zwischen Uli und Irmi beendet.
Von den Pizzen blieb nichts übrig, was sich einzufrieren gelohnt hätte.

## Besuch

Als ob es gestern passiert wäre, überfiel Walcher wieder die Erinnerung an die schrecklichen Erlebnisse um die „Lotto Company" und damit an Lisa, als Hinteregger ihn auf dem Flughafen umarmte. *Ah, tut das gut, verdammt,* brummte Hinteregger, was Walcher mit einem langgezogenen *Mmm* bestätigte.
*Das ist ja wie bei den Kommunisten, die umarmen sich und küssen sich dabei auch noch,* kommentierte Irmi die Begrüßung der beiden. Auch Irmi sollte gleich Bekanntschaft mit Hintereggers Spontaneität machen. Er beugte sich nämlich zu ihr, nahm ihren Kopf in beide Hände und drückte ihr einen Kuss auf die Stirn.
Die Augen geschlossen, stand sie mit verkniffenem Gesicht da und wartete das Ende des Überfalls ab, um Hinteregger dann die Hand hinzuhalten, *hi, ich bin Irmi.*

*Freut mich,* erwiderte Hinteregger, *lässt sich's denn aushalten mit ihm hier?* und zeigte mit dem Daumen auf Walcher.
Irmi nickte, während Walcher auf die Maschine aus London deutete, in der Hinteregger angekommen war, und drohte: *Du willst doch nicht sofort wieder mit dem Flieger ins neblige London zurück?*
Hinteregger schüttelte heftig den Kopf und grinste dabei, *nicht bevor ich Kässpatzen bekommen hab und einen Wein, wenn's geht.*
Dann spazierten sie, Irmi in der Mitte, aus dem Friedrichshafener Flughafengebäude zum Parkplatz.
Walcher hatte Irmi den Freund als eine Art Polizisten angekündigt, der nicht Staatsbeamter, sondern bei einem sehr großen Unternehmen der Sicherheitschef sei. Und dass Hinteregger ihm bei seiner letzten großen Reportage nicht nur geholfen, sondern ihm sogar das Leben gerettet hatte. Was die Berufsbezeichnung Polizist betraf, so war das leicht untertrieben, denn Hinteregger war der Chef des Security Departments der Saveliving Company und verfügte über einen Stab hoch qualifizierter Mitarbeiter, die mit modernster Technologie ausgestattet waren und Zugriff auf sämtliche Informationsquellen dieser Welt hatten. Es gab vermutlich kaum irgendwo einen staatlichen Dienst, der vergleichbare Technologie einsetzen konnte.

Bis sich Walcher mit Hinteregger über den Fall „Strandbad" unterhalten konnte, dauerte es so lange, wie Feinschmecker brauchen, um ein „Poulet sauté au basilic" samt einer Fruchteisschale zu verspeisen, wobei sie nebenher hauptsächlich über ihre sonstigen Lieblingsgerichte schwärmten. Danach räumten die beiden Männer gemeinsam die Küche auf, da sich Irmi mit dem Hinweis auf eine Klassenarbeit verabschiedete.
Bei einem Glas eines unglaublich volumigen „Amarone della Valpolicella", den ihm die Besitzer des hervorragend bestückten Weinhofs Weiler in Ravensburg empfohlen hatten,

informierte Walcher seinen Freund über die bisherigen Ereignisse und die wenigen neuen Fakten.
Lange betrachtete Hinteregger die Fotos von den Kindern. *Die sind doch zwölf, dreizehn Jahre alt. Wenn es sich um echte Klone handelt, dann war das eine herausragende Leistung nach dem Stand der Forschung damals. Heute interessiert das Thema Klonen eigentlich nur noch die Fleischfabrikanten.*
*Es ist still geworden im Wettlauf um den ersten echten Klon, vermutlich findet er hinter verschlossenen Türen statt. Geringes Marktinteresse, keine Geldgeber, das ergibt Forschung gleich null – auf diese Kurzformel lässt sich der Stand der Dinge bringen.*
*Ein traumhafter Tropfen, den du mir da vorgesetzt hast,* unterbrach Hinteregger und prostete Walcher zu. *Heute wird das große Geld mit Schönheitsoperationen, Zellregeneration, Organtransplantationen und mit Medikamenten gemacht, die ein langes gesundes Leben versprechen. Also, wonach soll ich suchen lassen, Genforschung, Klone, Organhändler oder wonach?*
*Die Freifrau sprach allgemein von Genforschung,* erwiderte Walcher.
*Gut, dann gehe ich mal kurz an deinen Computer und kontrolliere nebenbei, ob mein Stab auch in meiner Abwesenheit einsatzbereit ist,* grinste er verschmitzt. *Steht er noch oben in deinem Zimmer?*
Walcher nickte. Als Hinteregger sich wieder in den gemütlichen Sessel im Wohnzimmer niederließ, meinte er: *Es wird sicher eine Weile dauern, bis ich eine Rückmeldung bekomme, aber wir können ja so lange weiter überlegen. Als Erstes gilt es herauszufinden, bei welchem Unternehmen Armin von Wedern gearbeitet hat. Sobald wir Firmen im Visier haben, fragen wir bei ihnen direkt an, warum die Zahlungen für die Sozialversicherung für Herrn von Wedern eingestellt wurden. Diese Anfrage machen wir von einer unserer Versicherungsfirmen aus. Darauf reagieren Unternehmen meist prompt, weil Berufsgenossenschaften, Sozialversicherungen und Finanzämter das Horrordreigestirn für jede Personalabteilung darstellen. Außerdem habe ich noch angefragt, ob der Name Armin von Wedern in den Buchungslisten der Airlines auftaucht, und wenn ja, von welchem Unternehmen für ihn gebucht wurde.*

*Bis eine Antwort eintrifft – ich habe deine Mailadresse angegeben –, erzähl mir etwas Erfreuliches. Zum Beispiel, ob es das Förderprogramm der Frau Zehner in Weiler noch gibt?*
Walcher erzählte von Frau Zehner, die ihre „Handlung" nach und nach ausverkaufte, um aus den Laden ein Café und einen Treff für Frauen zu machen.
Die erste Flasche war geleert und während Hinteregger in Walchers Büro ging, stieg der in den Keller hinunter, um eine neue Flasche heraufzuholen.
Walcher schenkte Wein nach und Hinteregger begann, mit einem Bündel von Ausdrucken in der Hand, die ersten Ergebnisse seiner Mitarbeiter vorzutragen.
*Es gibt zehntausende Labors, kleine, große, private, staatliche, es gibt welche an Universitäten sowie in Unternehmen, die sich auf Genforschung konzentriert haben, beziehungsweise Erkenntnisse der Genforschung in ihre biochemischen Entwicklungsreihen einfließen lassen.*
*Von der großen Gesamtanzahl arbeitet die eine Hälfte ausschließlich an der Veränderung und Neuproduktion von Pflanzen, also an Saatgut, Pilzen und so weiter. Die andere Hälfte hat sich auf die Erforschung von Lebewesen konzentriert und hiervon wiederum ein Drittel auf die Königsdisziplin Mensch. Von diesen haben vermutlich hauptsächlich die privaten Institute Genmanipulationen am menschlichen Erbgut vorgenommen, einige geben das auch offiziell zu. Des Weiteren ist zu vermuten, dass es Labors gibt, die genetische Manipulationen an lebenden menschlichen Embryonen bereits in seriellen Versuchsreihen umsetzen oder kurz davor sind, es zu tun.*
*Lebewesen zu klonen, also zu vervielfältigen, dürfte heute kein großes Problem mehr darstellen, anders sieht es aus, wenn es um den Nachbau aus einer beliebigen Körperzelle geht. Das ist auch heute noch nicht machbar. Um dieses Thema ist es, wie gesagt, ruhig geworden. Hier haben sich aber auch die Ziele des Marktes verschoben. Heute möchten Eltern ein Kind, das gegen Krebs immun ist, das mit mehr Hirnvolumen oder mit goldig glänzenden Haaren ausgestattet ist. Oder sie wünschen, dass jene Gene verändert werden,*

*die das Altern hinauszögern. Dass weltweit mit Nachdruck an allen möglichen Problemen herumgeforscht wird, hat hauptsächlich einen Grund: die Nachfrage, und die wiederum verspricht Reichtum. Das ist immer noch die eigentliche Antriebsfeder, Reichtum und Ruhm. Aber da sag ich dir nichts Neues.*
Sie prosteten sich zu und genossen den herrlichen Wein.
*Zu den Pharmazieunternehmen unserer Company gehören selbstverständlich auch Entwicklungslabors und die wiederum benötigen für ihre Testreihen nach wie vor Labormäuse, trotz aller Möglichkeiten der theoretischen Simulation mit Computern.*
*Deshalb haben wir mehrere Mäuse-Farmen gegründet und beliefern nicht nur unsere eigenen Labors, sondern schicken unsere Mäuschen in alle Welt. Wir kennen deshalb diesen Markt recht gut und wissen, dass der Bedarf an Labormäusen weltweit in die Millionen geht. Ich erzähl dir das nur, weil sich hier vielleicht ein Weg abzeichnet, Labors herauszufinden, die aktive Entwicklung betreiben.* Hinteregger nahm einen Schluck Wein und suchte unter seinen Ausdrucken nach einem bestimmten Blatt. *Ah, hier, unsere Nachfrage bei den Airlines. Das ist doch schon was. Du liegst mit Irland goldrichtig. Ein Herr von Wedern war recht häufig in der Luft,* er reichte Walcher ein Blatt, auf dem Abflug- und Ankunftsdaten standen, wie bei einem Flugplan. Am häufigsten waren Dublin, Houston und Bogotá aufgeführt. Die Flüge des Herrn von Wedern lagen ein halbes Jahr zurück. Gebucht hatte sie von Wedern entweder selbst online oder über Reiseagenturen. In keinem der Fälle war der Name einer Firma angegeben.
*Recht ungewöhnlich,* meinte Walcher, *dass ein Angestellter seine Geschäftsflüge privat bucht.*
Hinteregger nickte zustimmend, *ja, das ist allerdings ungewöhnlich, aber die Labors oder Produktionsstätten herauszufinden, die sich in Dublin oder überhaupt in ganz Irland mit Genforschung beschäftigen, dürfte sicher nicht sehr schwierig sein. Ich denke, mein Freund, wir können uns noch ein Gläschen genehmigen, denn der Arbeitgeber deines Herrn von Wedern ist so gut wie gefunden.*

Es dauerte dann doch noch einige Tage, bis Walcher weitere Hinweise bekam. Hinteregger war längst wieder abgeflogen, als Walcher eine Mail von ihm erhielt, in der stand, dass sie die Anzahl der in Frage kommenden Unternehmen derzeit leider nicht eingrenzen könnten. In Irland gäbe es einige hundert Unternehmen, die in Sachen Genforschung tätig wären. *Da haben wir*, schrieb Hinteregger weiter, *etwas voreilig deinen Weinkeller geplündert, nochmals herzlichen Dank für den exzellenten Roten. Aber er war nicht ganz umsonst geopfert, wir nähern uns den Bösewichten.*
*Bedauerlich, aber die „Aer Lingus", die nationale Fluggesellschaft Irlands, die von den großen Airports aus täglich alle kleineren Flughäfen der Insel anfliegt, speichert Daten der Passagiere nur jeweils einen Monat lang. Nur wenn es Probleme mit dem Gepäck oder sonstige versicherungsrelevante Vorkommnisse gibt, bleiben diese Fälle im Computer, bis sie erledigt sind. Diese Fälle werden geprüft, was allerdings noch dauert.*
*Wir haben dann noch Abnehmeradressen von Labormäusen überprüft, und zwar nicht nur unsere, sondern auch die des weltweit größten Mäuse-Lieferanten. Wir sind auf mindestens vierzig Labors gestoßen, die in Irland Forschungsreihen an Labormäusen durchführen, nämlich in den Städten Dublin, Belfast, Galway und Cork.*
*Die Firmenüberprüfung mit dem Trick, Sozialabgaben nachzufragen, läuft. Ich gebe dir eine Info, sobald ich Neues höre.*
*Während in Irland EU-Richtlinien gelten, unterliegt Belfast britischer Hoheit und ist deshalb schwerer zu überprüfen, es wird da also etwas länger dauern.*
*Und nun lieber Freund, sei herzlich gegrüßt von deinem Österreicher und richte bitte Irmi auch einen herzlichen Gruß aus.*

## Nebel

Nur die Bergspitzen und Hügelkuppen wurden von der aufgehenden Sonne angestrahlt, darunter lag das Allgäu unsichtbar unter einer dichten Nebelschicht, die wie eine Scheibe Milchglas oben und unten voneinander trennte. Walchers Hügel ragte wie eine Insel ein paar Meter aus dem Nebelmeer, das sich erst in den nächsten Stunden auflösen würde. Davon unbeeindruckt pfiffen die Vögel sich lautstark ihre Revier- oder Lockrufe zu.

Der Wecker zeigte fünf Uhr an und Walcher kämpfte mit sich: Waldlauf oder im warmen Bett liegen bleiben. Seit Lisa tot war, siegte Walchers Bequemlichkeit immer häufiger, aber die war nur vorgeschoben, um der Erinnerung zu entgehen. Erst mied er nur die Wege und Stellen, auf denen er damals seinen ersten Schmerz ausgetobt hatte, aber dann erinnerte ihn schon der Gedanke an Waldlauf an seine ermordete Freundin und eine bleierne Schwere lähmte ihn.

So kam es, dass Walcher immer seltener seine Turnschuhe anzog. Sprach er mit anderen über das Thema Laufen und Gesundheit, erzählte er, dass er jeden Tag liefe und sich deshalb einer erstaunlichen Gesundheit erfreute. Nach solchen Lügen raffte er sich meist gleich am folgenden Tag zum Laufen auf, den nächsten vielleicht auch noch, aber dann versandete sein Antrieb wieder und er schob Gründe vor wie: „Der Körper signalisiert, was er braucht", oder: „Alles hat seine Zeit, auch die Lauferei" und blieb im Bett liegen. Auch an diesem Morgen dachte er wieder an Lisa und in seiner Erinnerung sah er den Waldweg zu dem Bauernhaus vor sich, sah hinab in das Kellerloch und auf ihren geschundenen Körper. Es war immer die gleiche Bildfolge, wie eine Endlosschleife.

Walcher atmete tief ein und stöhnte unter der Woge von Traurigkeit und Wehmut, die von seinem Brustkorb ausging und schließlich von seinem gesamten Körper Besitz ergriff. Er kämpfte dagegen an, kämpfte gegen dieses Verlangen

nach Schmerz, kämpfte gegen das schwarze Loch, in das hineinzugleiten er versucht war.
Bücher hatte er gelesen, über die Gefahr eines unaufgearbeiteten Traumas nach dem Tod eines geliebten Menschen. Über Trennungsschmerz, Trauer und Depression, und war zu dem Schluss gekommen, sich selbst therapieren zu können, sich im Griff zu haben. Oder sollte er doch das Gespräch mit einem Therapeuten suchen? Das fragte er sich an diesem Morgen nicht zum ersten Mal und beantwortete seine eigene Frage mit nein, stand auf und zog Trainingshose und Turnschuhe an. Erst mal allein weitersehen, nahm er sich vor.
Walcher lief seinen Gedanken wieder einmal davon, und zwar nicht in den Wald, sondern den Feldweg hinunter. Der schien sich nach einigen Metern in der dichten Nebelsuppe einfach aufzulösen
Er überquerte die Bundesstraße, auf der zu dieser Uhrzeit bestenfalls Wildschweine und Füchse unterwegs waren. Nach einem Kilometer in lockerem Lauftempo am Ufer eines Bachs entlang, der irgendwann den Bodensee speisen würde, stellte sich bei Walcher das Glücksgefühl ein, das er bei seinen Läufen so genoss. Auf Atmung und Bewegungsablauf konzentriert, wurde sein Kopf allmählich leer und seine Erinnerungen, Ängste und seine Trauer ordneten sich der simplen Körpfunktion unter: Laufen, Laufen, Laufen.

## Psychiater

Der Geschäftsführer einer kleinen Werbeagentur in Ravensburg, in dessen Auftrag Walcher mehrere Firmenchroniken schrieb, nannte ihm die Adresse eines Therapeuten.
Walcher erwähnte in einem Nebensatz, dass er für einen befreundeten Nachbarn einen Therapeuten suchte. *Ah, ja,* meinte der Werbemann und empfahl ihm seinen Freund, ohne weiter nachzufragen. *Das ist einer der wenigen Psychiater, die ich guten Gewissens weiterempfehlen kann. Er redet eine*

*klare Sprache, ungewöhnlich direkt. Sehr wirksam für Menschen, die sich wirklich verändern und weiterentwickeln wollen.*
Jetzt saß er also diesem Professor der Psychiatrie gegenüber. Der Professor in dem zyangelben halbhohen Ledersessel, Walcher auf einem Zweisitzersofa im selben schreienden Gelb.
Walcher hatte keine Ahnung, ob es den Farbton Zyangelb gab, aber ihm war diese Bezeichnung spontan in den Sinn gekommen, als er den Raum betrat und verblüfft auf die ungewöhnlich giftgelben Sitzmöbel stierte.
Der Professor deutete seine Verwunderung richtig und bemerkte trocken: *Ich liebe Gelb.*
Da Walcher aber verstand „Ich liebe Geld", entwickelte sich einer jener Dialoge, die sich im Nachhinein kaum mehr entwirren ließen, selbst bei größter Bereitschaft beider Gesprächspartner.
*Ziehen Sie Barzahlung vor oder Kreditkarte?*, fragte Walcher nach kurzem Zögern - und hatte sich auch schon seine Meinung gebildet, dass die Geldgier dieses Herrn Professors derjenigen von Zahnärzten wohl ebenbürtig sei.
*Bargeld ist mir lieber, ich bin da altmodisch,* antwortete der Professor und schaute ihn etwas überrascht über seine Brillengläser hinweg an.
*Ich weiß nicht, ob ich genügend bei mir habe, wie viel macht es denn?*
*Wie viel macht was?*, stutzte nun sichtlich der Professor. *Könnten Sie mir bitte sagen, über was wir gerade reden?*
*Na, über Ihr Honorar.*
*Wieso wollen Sie über das Honorar sprechen, bevor überhaupt klar ist, ob ich Sie behandeln werde oder Sie sich von mir behandeln lassen wollen,* kam es leicht belustigt vom Professor. *Aber bitte, wenn Sie möchten, sprechen wir über mein Honorar. Ich gestalte die Höhe nach den finanziellen Möglichkeiten meiner Patienten. Sind Sie wohlhabend, so zahlen Sie die weniger wohlhabenden, die ich behandle, quasi mit. Sind Sie arm, so bezahlen Sie mir, was Sie können.* Der Professor sagte es so entschieden, als wäre damit

das letzte Wort zu diesem Thema gesprochen. Aber Walcher blieb hartnäckig und fragte nach: *Und wenn ich als wohlhabend einzustufen bin, wie hoch ist dann Ihr Honorar?*
*Jetzt erzählen Sie mir doch erst einmal, weshalb Sie hier sind, bevor wir lang und breit über Honorare diskutieren, am Ende sind Sie ein Spion der Krankenkasse,* versuchte der Professor erneut auf humorige Weise das Thema zu beenden.
*Aber Sie haben doch damit angefangen,* rechtfertigte sich Walcher, dem nicht entgangen war, dass in der Verbindlichkeit des Professors ein leicht genervter Unterton mitschwang.
*Ich?* Der Professor fixierte Walcher, als wollte er durch seine Augen hindurch in seine Gedanken vordringen. Plötzlich lachte er befreit auf. *Aaah, ich sagte Gelb, nicht Geld. Ich sagte, ich liebe Gelb, als Sie meine Polster so entsetzt musterten.*
*Ja, ich war verblüfft, das stimmt, oh, entschuldigen Sie bitte,* stotterte Walcher und fühlte sich ertappt. Im Stillen machte er dem Professor ein Kompliment, dass der den Auslöser für diesen völlig blödsinnigen Dialog entdeckt hatte.
Der Professor hörte sich dann eine halbe Stunde lang Walchers Einschätzung seiner augenblicklichen Verfassung an, ließ ihn seine Methoden der Verdrängung beschreiben, seine Trauer um Lisa, seine Verantwortung für Irmi und was er beruflich machte.
Er unterbrach ihn nur einmal und fragte, *stört es Sie, wenn ich eine Zigarillo rauche?*
Walcher schüttelte den Kopf und sofort füllten dichte Rauchschwaden den Raum. Als Walcher glaubte, alles Wesentliche gesagt zu haben, entstand erst einmal Schweigen.
*Wo sehen Sie Ihr eigentliches Problem,* fragte der Professor und wehrte Walchers Antwort ab. *Nein, bitte geben Sie mir nicht jetzt eine Antwort, sondern denken Sie in aller Ruhe über meine Frage nach. Wenn Sie eine Antwort gefunden haben, mit der Sie zufrieden sind, dann können wir gern unser Gespräch fortsetzen. Um einen geliebten Menschen zu trauern, halte ich für sehr normal und keinesfalls für auffällig. Und es darf auch über einen längeren Zeitraum hinaus andauern. Früher gestand man Leuten ein*

*ganzes Jahr als Trauerjahr zu und das war sehr vernünftig, meine ich.* Dann ertönte aus der Hosentasche des Professors die Internationale, ein besonders aparter Handyruf. Der Professor sah auf das Display, erachtete die Teilnehmernummer für wichtig, entschuldigte sich bei Walcher und nahm das Telefonat an. *Lucie,* sagte er, *ich bin in einem Gespräch und ruf dich später zurück.* Er behielt das Handy in der Hand und meinte zu Walcher: *Ja, wir wären dann auch für den ersten Schritt am Ende angelangt. Rufen Sie mich an, wenn Sie in Ihren Überlegungen weitergekommen sind. Vielleicht lassen Sie es auch bei diesem Gespräch bewenden, ich glaube nämlich nicht, dass Sie beunruhigende Probleme haben.* Er strahlte Walcher mit seinen klugen Augen an, streckte ihm die Hand entgegen und schüttelte sie kräftig. *Und was mein Honorar betrifft, so betrachten Sie diese Stunde als ein kostenfreies Kennenlernen,* lächelte er fröhlich und reichte Walcher eine Visitenkarte. *Allerdings spricht nichts gegen eine kleine Spende an diesen Verein.* Damit war das Gespräch beendet und er geleitete Walcher zur Tür.

## Hauswirtschaft

Als ein gemeinsames Ritual hatten sie den Samstagvormittag zu ihrem Einkaufstag gemacht. Im Laufe der Woche wuchs Walchers und Irmis Einkaufsliste, von Putzmitteln, Schulheften über Schnürsenkel bis hin zu Lebensmitteln.
Walcher liebte Vorratshaltung. Der alte Gewölbekeller unter der Küche war bestens gefüllt mit den unterschiedlichsten Lebensmitteln. Es gab ihm ein gutes Gefühl, wie er immer betonte, auch mal eine Notzeit von einigen Monaten überstehen zu können. Reis, Bohnen, Erbsen, Mehl, Gurken, Sauerkraut, geräucherte Würste, Schinken, alle möglichen Körner und Nüsse und nicht zuletzt seine Linsensammlung.
Linsen, da konnte Walcher geradezu ins Schwärmen geraten und einem wehrlosen Gast stundenlang über die Vorzüge dieses weltweit in so großer Sortenvielfalt angebauten,

schmackhaften Geschenks der Natur Vorträge halten. Meist mündete dies, quasi als Entschädigung für geduldiges Zuhören, in einer Einladung zu einem Linsenmenü.
Das eröffnete Walcher dann mit einer kernigen Linsensuppe aus roten Anden-Linsen als Vorspeise, der ein Linsensalat aus unterschiedlichen winzigen Kaviarlinsen folgte und in dem Hauptgericht aus sauren Linsen mit Bratkartoffeln und Saitenwürsten gipfelte, um dann mit flambierte Linsen auf Zitroneneis als Nachspeise zu enden.
Walchers Gäste vermieden danach, das Thema Ernährung anzusprechen, oder flüchteten sich in vage Ausreden, falls er davon anfing.
*Kein normaler Sterblicher*, entrüstete sich Armbruster, Lisas Vater, der auch einmal in den Genuss dieses Linsenmenüs gekommen war, *übersteht die Nacht nach einer solchen Sauerei, ohne dass es ihm die Gedärme zerfetzt*. Die ganze Nacht hätte er aufstehen müssen, nein, nicht aufstehen, geschwebt wäre er aus dem Bett wie ein Gasballon, als ihn seine Frau anflehte, seine gewaltigen Fürze außerhalb des Schlafzimmers abzublasen.
Wahrscheinlich entwickelte Walcher seinen Drang zum Horten als die Folge *frühkindlicher Mangelerfahrung*, wie es Lisa einmal formulierte.
Nur einmal hatte er seinen Vorratskeller gehasst oder besser gesagt die Verbrecher, die ihm den Kadaver eines jungen Schweins hineingehängt hatten. Zur Warnung und Aufforderung, seine Recherchen über die Saveliving Company einzustellen. Damals warf er die meisten Vorräte weg oder verschenkte sie.
Inzwischen hatte Walcher das Gewölbe längst wieder aufgefüllt. Auch seine Getränkeabteilung war sehr gut ausgestattet und wartete als Besonderheit mit drei Fässern auf, aus denen Walcher nach Belieben zapfen konnte. Ein großes Sherryfass, das allerdings leider bald leer sein würde, ein Rotweinfass und ein Fässchen mit dreißig Litern feinstem, uraltem Calvados.

Das Kellergewölbe war für Walcher ein Inbegriff für Schutz und Geborgenheit. Allein schon das Kreuzgratgewölbe, für einen einfachen Bauernhof recht ungewöhnlich, verlieh ihm ein Gefühl klösterlicher Ruhe und Gelassenheit.
Als die Hofruine vor zehn Jahren angeboten wurde, waren es dieser Keller und die Lage des Hofes, die Walcher zum Kauf veranlassten. Der Hof stand auf einem Wiesenhügel, von dem sich ein weiter Blick auf die Allgäuer Landschaft bot. Jeder Besucher, der diese traumhafte Lage und Aussicht einmal genossen hatte, beneidete Walcher darum.

Nachdem Walcher und Irmi das Altglas, Metalldosen und Altpapier an der Sammelstelle in Weiler entsorgt hatten, machten sie ihre Einkäufe und besuchten auch Frau Zehner, die Inhaberin der „Handlung“, einem musealen Kolonialwarenladen im Stil der Jahrhundertwende.
Bei ihr konnten sie allerdings nur noch wenige Dinge der Einkaufsliste besorgen.
Frau Zehners Handlung beeindruckte noch vor einem Jahr mit einer geradezu erdrückenden Warenvielfalt. Inzwischen bot der Laden einen eher traurigen Anblick. Von Samstag zu Samstag waren die Regale leerer.
*Des Gelump muass 'naus,* sagte sie vor einem halben Jahr zu Walcher, *i' hör auf und mach ein Café-Treff für meine Weibersleut.* Damit zog sie die Konsequenz aus dem Konkurrenzdruck durch die neuen Einkaufszentren, *und außerden wird's auch Zeit, langsamer zu tun, bin nimmer die Jüngscht'.*
Wie immer freute sie sich, wenn Walcher und Irmi in ihren Laden kamen. *Schön, dass ihr wieder mal vorbeikommt,* rief sie ihnen entgegen. Das lautstarke Glockengeläut über ihrer Ladentür hatte sie schon vor einiger Zeit stillgelegt. *Es hat sich ausgläutet,* bemerkte sie dazu auf Walchers Frage.
Irmi bekam wie immer ein *Schokolädle* zugesteckt und Walcher die neueste Ausgabe der *Allgäuer Zeitung*. Dann trugen sie zusammen, was Frau Zehner noch an Putzmitteln anbieten konnte, zahlten und spazierten nach einer herzlichen

Verabschiedung zu ihrem Auto, das Walcher immer ein Stück vom Laden entfernt abstellte, wenn schon gefüllte Einkaufstüten der Konkurrenz auf den Rücksitzen lagen.
Die Sonne hatte den Morgendunst vertrieben und die Sicht auf die weichen runden und grünen Hügel des Allgäus freigelegt. Ein Bild wie eine Postkarte.
Immer wieder ging Walcher das Herz auf, wenn er wahrnahm, in welch wunderschönem Teil der Welt er hier lebte.
Zwölf Uhr war es, als die beiden wieder auf dem Hof waren. Es gab noch einiges im Haushalt zu erledigen. Auf der Fahrt nach Hause hatte er deshalb mit Irmi die Arbeiten aufteilen wollen, sich aber eine Absage eingehandelt.
*Geht leider nicht, bin um zwei bei Uli verabredet. Haben Theaterprobe. Wäre lieb, wenn du mich hinfährst, weil ich einen Haufen Klamotten mitnehmen muss.* Dabei strahlte Irmi ihren Ersatzvater mit großen Augen an, dass Walcher nur noch ein *okay* nicken konnte.
So kam es, dass Walcher allein, nur von Bärendreck verfolgt, das Haus putzte, die Wäsche wusch, ums Haus herum das Gras mähte und den Hof kehrte. Dabei musste er immer wieder an Johannes denken, der vermutlich in einer ähnlichen Situation vom Hof geholt worden war – da war sich Walcher inzwischen ziemlich sicher. Die Frage war nur, von wem und wo Johannes jetzt war.
Walchers Gedanken scherten Bärendreck allerdings wenig. Er liebte es, wenn Leben im Haus war, und strich ständig um Walcher herum und rannte Scheinattacken auf den Besen oder gegen den Rasenmäher.
Nach Sonnenuntergang war das meiste getan und Walcher fix und fertig. Irmi hatte angerufen, sie würde bei den Großeltern Armbruster übernachten.
Mit einer Flasche Pinot Grigio aus dem Veneto setzte er sich vor den PC und begann seine Notizen zu lesen, die er im Ordner „Klone" gesammelt hatte. Er wollte mit einer Übersicht der Vorgänge beginnen, als das Telefon klingelte.
*Anrufer unbekannt,* las er auf dem Display, trotzdem nahm

er das Gespräch an. Sein Bruder Hartmut brüllte ihm ein *Hallo, großer Bruder* ins Ohr. Es sollte wohl fröhlich klingen, hörte sich aber eher danach an, als wäre Hartmut angetrunken und hätte ein Problem auf dem Herzen, fand Walcher.
*Wollt' einfach mal wieder ein Lebenszeichen von mir geben. Sitz hier immer noch auf dem Bohrturm rum und bringe die Rechner in Unordnung,* lachte er.
*Auf welchem Bohrturm,* fragte Walcher höflich, obwohl er dieselbe Frage schon vor zwei Monaten stellte, als Hartmut das erste Mal von dieser Bohrinsel in der Ostsee anrief.
Walchers Bruder war Computertechniker und hatte sich für ein Jahr auf der Bohrinsel verpflichtet. Er verdiente dort gutes Geld, das er in dieser Zeit praktisch nicht ausgeben konnte, wenn er es nicht versoff.
*Na, immer noch auf der Lydia, der guten alten Dame,* brüllte er und es klang, als ob er wirklich ordentlich besoffen wäre.
*Habt ihr da gerade ein Fest?*, fragte Walcher deshalb nach.
*Nö, wir saufen eigentlich jeden Abend, sonst ist ja nichts los hier,* bekam er ehrlich als Antwort.
*Aber du bist in Ordnung*?, versuchte Walcher das nicht gerade ergiebige Gespräch zu Ende zu bringen.
*Natürlich, alles bestens, und bei dir?*
*Bei mir auch,* führte Walcher diesen aufregenden Dialog fort.
*Schön, dass du dich gemeldet hast, lass es dir gut gehen,* würgte er das Gespräch ab und unterbrach die Verbindung. Ihm war klar, dass sein Bruder deshalb beleidigt sein würde. Vielleicht kapierte er aber auch und rief künftig nur an, wenn er nüchtern war.

*Haben Sie ein offenes Ohr?*, fragte Brunner und redete einfach weiter, ohne Walchers Antwort abzuwarten. *Wir haben gerade eine sehr interessante Information von unseren Schweizer Kollegen erhalten. Nein, nicht über Ihren Freund*, schob er, Walchers Frage vorausahnend, ein, *sondern über die Freifrau von Wedern. Sagt Ihnen Sils Maria etwas, ein kleines Dorf im Engadin? Nun, dort hat früher, bis zum Tod der Eltern, die adelige Familie regelmäßig Urlaub gemacht und in den letzten Jahren hat die Freifrau diese Tradition wieder aufgenommen.*
Walcher hatte große Lust, den Kommissar darauf hinzuweisen, dass er ständig Fragen stellte, um sie selbst gleich zu beantworten. Eine absolute Unart.
*Anita Freifrau von Wedern ist einen Steilhang hinuntergestürzt und kam dabei ums Leben ... so hätte die offizielle Todesursache gelautet, wenn nicht einem sehr aufmerksamen Leichenwäscher winzige Einstiche aufgefallen wären, in ...* er unterbrach seinen Bericht, um nachzulesen, *ja, im rechten Oberschenkel sowie im Brustbereich, wo der Einstich durch das Herz geht.*
*Der Pathologe, der daraufhin die Autopsie vornahm, bestätigte die beiden Stiche. Allerdings, und nun passen Sie gut auf, war da die Frau bereits tot. Jemand hat ihr also nach dem Genickbruch noch einen Stich ins Herz versetzt. Das stünde ganz sicher fest, wie der Pathologe erklärte, geringer Blutaustritt außerhalb der Herzkammern und so weiter und so weiter.*
Nach einer Pause brüllte Brunner aufgeregt in den Hörer: *Sind Sie noch dran oder hat Sie nun auch der Schlag getroffen? Bitte nicht, wir haben schon genügend Leichen im Keller. Außerdem geht's ja noch weiter.*
*Ja, ich höre, ich bin noch dran, schreien Sie doch bitte nicht so,* bat ihn Walcher.
*Was, glauben Sie, habe ich nach dieser Information gemacht? Richtig, ich habe den Pathologen aus der Schweiz ausgeliehen und ihn gestern an unsere Lindauer Leichen gelassen. Ein wirklich fähiger Mann. Die Haushälterin und der Rechtsanwalt sind vermutlich*

*mit derselben Nadel von ein und demselben Rechtshänder erstochen worden wie die Freifrau. Der dritte Mann nicht, dem haben sie von hinten eine Kugel ins Genick geschossen. Exekutiert.*
So schnell, wie Brunner seine Informationen in den Hörer sprudelte, konnte kein Mensch richtig folgen. Aber das schien Brunner nicht zu bedenken. Vielleicht wollte er Walcher gegenüber auch nur ein bisschen mit seinen ersten Erfolgen angeben.
*Unsere Kollegen aus München - die Freifrau ist in München mit ihrem offiziellen Wohnsitz gemeldet - waren schon in ihrer Wohnung. Ich werde morgen rüberfahren, wenn Sie wollen, dann kommen Sie mit.*
Walcher wollte unbedingt mitkommen und sie vereinbarten die Abfahrt für den nächsten Morgen gegen acht Uhr. Der Kommissar würde ihn auf dem Hof abholen.
Bevor Walcher den Hörer auflegte, rief Brunner noch: *Halt, nicht auflegen, da gibt's noch was Interessantes. Die Schweizer Kollegen haben wirklich hervorragend recherchiert, und zwar so schnell und gründlich, wie ich es Landpolizisten niemals zugetraut hätte. Die Freifrau hat in dem Café „Seeblick" zweimal den Internetanschluss benutzt, um ihre eigene Internetadresse in München zu kontrollieren. Dann hat sie eine Nummer in München angerufen und die Nummer eines gewissen Journalisten in Weiler. So, über den Rest können wir uns morgen im Auto austauschen, es geht endlich etwas voran. Also bis morgen.*
Bevor Walcher darauf hinweisen konnte, dass er seit dem Gespräch in München keinen Anruf der Freifrau erhalten hatte, war die Leitung tot. Er fühlte sich richtig erschlagen, setzte sich auf die Bank im Hof, schloss die Augen und ging noch einmal Punkt für Punkt durch, was er gerade alles erfahren hatte. Die Freifrau war also tot. Unglaublich. Somit addierte sich die Anzahl der Toten auf fünf Personen, hinzu kam ein Vermisster.

## Recherche

Walcher saß am Computer um über seine Lieblingssuchmaschine *Google* erneut nach einigen Begriffen zu suchen, wie Gesundheit, Genforschung, Klonen.
Mit dem Versprechen von Gesundheit und der Angst vor Krankheit waren immer schon gute Geschäfte gemacht worden. Gute Geschäfte, rief er sich die wenigen betriebswirtschaftlichen Vorlesungen in Erinnerung, zu denen er sich im Studium gezwungen hatte. Als gute Geschäfte galten, wenn sich mit berechenbarem Einsatz und Risiko möglichst hohe Gewinne erzielen ließen.
Mit den 235 Millionen Web-Einträgen musste das Thema „Gesundheit" absolut als interessant bezeichnet werden. „Ernährung" brachte es auf 220 Millionen Homepages und „Gene" kam immerhin auf 22 Millionen. „Genforschung" konnte 60 000, „Gentechnik" 855 000 Seiten vorweisen.
Walcher zeichnete Linien auf ein Blatt und notierte die Suchbegriffe und dazu die Anzahl der Internet-Einträge.
„Klonen" kam in seinem Ranking mit 357 000 Zählern auf Platz fünf, allerdings nur kurzfristig.
Sein Interesse an dem Zahlenspiel war erwacht. „Sex" schnellte mit 225 Millionen Einträgen an den zweiten Platz. „Auto" auf auf 86 Millionen., „Transport" auf 36 Millionen., „Frauen" auf 27,3 Millionen., „Bildung" auf erstaunliche 7,4 Millionen, „Männer" brachten es nur auf schlaffe 3,8 Mio., gefolgt von „Erziehung" mit 2,3 Millionen.
Höchst interessant fand Walcher die Skala, die er da zusammentrug, wenngleich er sich im Klaren war, dass diese Zahlen nur Stimmungsbilder des Marktes widerspiegelten. Es war Walchers berufsmäßige Neugierde, die ihn dazu veranlasste, unter dem Oberbegriff „Gesundheit" einen Eintrag über „Organspenden" anzuklicken.
Es ging dort um Erfahrungsberichte operierter Menschen. Walcher war gefesselt von der Tragik, die sich hinter den Schicksalen verbargen. Dramatische Kämpfe gegen den Tod

zeigten die Berichte auf, andere schilderten aber auch das Leben nach einer erfolgreichen Operation. Und sie erzählten von gravierenden psychischen Veränderungen der Betroffenen.
Walcher setzte das Thema spontan auf seine Liste für mögliche Recherchen. Oft über Jahre hinweg sammelte Walcher Artikel, Berichte, forderte Mitschnitte bei Fernseh- und Rundfunksendern an, bis sich aus dem Puzzle an Informationen ein Thema als machbar und lohnenswert herauskristallisierte.
„Organe, Organspender, Spenderorgane" lauteten seine nächsten Suchbegriffe. Mit ihnen tat sich eine Welt auf, deren medizinisch-technische, ethische, juristische, wirtschaftliche und religiöse Aspekte eine unüberschaubare Zahl von Türen zu immer neuen Räumen und Ebenen öffneten. Walcher war fasziniert und gleichermaßen abgestoßen.
Da standen der Lebenswille kranker Menschen einem faustischen Ehrgeiz der Operateure und Klinikverwaltungen einander diametral gegenüber. Das Begehren, in die Spitzengruppe der Transplantationszentren aufzusteigen - die Werbeseiten der Kliniken überboten sich mit Superlativen –, förderte offensichtlich fragwürdige Beschaffungspraktiken der begehrten Organe.
Seit Walcher in den Sinn gekommen war, dass geklonte Menschen ideale Organspender abgeben könnten, wuchs seine Anspannung. Er saß nun bereits seit drei Stunden vor dem Bildschirm, ein Jäger, der seine Pirsch nur unterbrach, um sich frischen Tee aufzugießen und mit einem Sherry jede besondere Entdeckung zu feiern.
Er hätte sich fragen können, warum er nicht schon früher auf dieses Thema gestoßen war. Aber die Frage stand im Widerspruch zu seiner Überzeugung, dass Themen sich anboten, wenn die Zeit dafür reif war.

München

Der Kommissar kam pünktlich zur vollen Stunde, allerdings eine Stunde später als abgemacht, nämlich erst um neun Uhr. Das ging allerdings in Ordnung, weil Hinteregger anrief und Walcher ihn ausführlich über die neuesten Entwicklungen informieren konnte. Hintereggers Kommentar deckte sich mit Walchers Meinung.
*Da steckt etwas anderes dahinter. Wegen geklonter Kinder bringt man niemanden um, jedenfalls nicht mit solch hässlichen Methoden. Ich werde die gesamten Eckdaten in unser Superhirn eingeben und dann sehen wir, was dabei herauskommt.*
Mit „Superhirn" bezeichnete Hinteregger den Zusammenschluss von Wissenschaftlern, die via Internet weltweit vernetzt im Dienst von Hintereggers Saveliving Company standen und nichts anderes taten, als Zukunftsszenarien und Problemlösungen zu entwerfen. In einer Art wildem Brainstorming knackte die Gruppe durch ihre gebündelte Kreativität die erstaunlichsten Aufgaben. Hintereggers Chef, der Japaner Thok, nannte diese Gruppe von Wissenschaftlern *das verrückteste Kreativatelier* der modernen Gesellschaft, wohl zu Recht.
Nach dem Gespräch mit Hinteregger fiel es Walcher schwer, aus der Company-Welt wieder in die des Allgäus zu wechseln. Im Auto erzählte der Kommissar, dass er wegen der ganzen Entwicklung in dem Fall den Brief des Bruders der Freifrau an das BKA nach Wiesbaden zur kriminaltechnologischen Untersuchung schicken würde. Vielleicht hätte seine Sekretärin, Frau Müller, das aber auch bereits getan.
*Vielleicht steht da was drauf oder drin, was wir nicht sehen. Ein Code oder sonst was.* Dann berichtete er von den allerneuesten Ermittlungsergebnissen über den dritten Mann.
*Der Zufall meint es gut mit uns,* grinste er gequält.
Walcher war schon mehrfach aufgefallen, das Brunner ungern akzeptierte, wenn ihm der Zufall zu Hilfe kam, das machte ihm offensichtlich Probleme.

*Zwei Frauen haben sich bei unseren Kollegen in Frankfurt gemeldet, weil sie in Italien vergeblich auf ihre Freunde warteten und nach einer Woche frustriert und stocksauer zurückgefahren waren, da sie die Hotelzimmer und auch sonst alles andere selber zahlen mussten. In Frankfurt waren die Jungs aber auch wie vom Erdboden verschwunden, weshalb die Freundinnen zur Polizei gingen. So, und jetzt kommt's,* Brunner machte eine Pause, weil er in einer unübersichtlichen Kurve drei Lastwagen überholte und selber erleichtert war, dass sein riskantes Manöver nicht in einem Unfall endete.
*Soll ich fahren, dann können Sie sich entspannen und sich besser auf unser Gespräch konzentrieren,* schlug Walcher vor, erntete aber nur einen vernichtenden Blick von Brunner.
*Bei den beiden verschwundenen Männern handelt es sich um ehemalige Kollegen, die freiwillig den Dienst quittierten, um eine Detektei zu gründen. So unsere Information aus Frankfurt.*
Wieder musste sich Brunner auf ein gewagtes Fahrmanöver konzentrieren, diesmal allerdings nicht durch ihn provoziert, sondern von einem entgegenkommenden Fahrer.
*Ja, also diese Detektive wollten auf der Fahrt nach Italien – ihre Freundinnen waren mit dem Zug voraus gefahren – noch schnell irgendwo in einem Moor am Bodensee einen Job erledigen.*
*Das erfuhren wir von unseren Frankfurter Kollegen, die bei uns anfragten. Moor, Eriskircher Ried, die Knochen am Brandort, Detektive … das könnte eine logische Kette sein, dachte ich und habe deshalb nachgefasst. Die Freundinnen kannten die Namen der Zahnärzte der Detektive. Denen haben wir Röntgenbilder von dem Kiefer gemailt. Einer der Zahnärzte ist aufgrund alter Röntgenaufnahmen sicher, dass es sich um seinen Patienten Niehmann handelt. Von beiden haben wir gestern aus Frankfurt noch Fotos erhalten und nun ist auch geklärt, wer der dritte Tote von Lindau ist. Es handelt sich um einen ehemaligen Kommissar der Kripo Frankfurt, Jan Lader.*
Nach einer erneuten Pause, dieses Mal nicht durch den Fahrstil des Kommissars erzwungen, spann er seine Überlegungen laut weiter. *Gesetzt den Fall, Ihre Freifrau von Wedern …*

*Wieso meine Freifrau,* unterbrach ihn Walcher, aber Brunner ging nicht darauf ein, sondern sprach weiter.
*... beauftragt Sie und gleich noch zwei Detektive dazu. Die werden umgebracht. Der eine wird eingeäschert, der andere wird anderweitig entsorgt, vermutlich um Verwirrung zu stiften. Mmmhhh, hört sich gut an, oder?*
Walcher nahm sich vor, Brunners Fragen nicht mehr zu beantworten, da er das jedes Mal selber tat. Außerdem dachte er an die Begegnung in dem Ravensburger Café. Dort hatte sich die Freifrau mit zwei Männern getroffen. Die Detektive? Er würde Brunner um die Fotos der Männer bitten. Da Brunner annahm, dass die Detektive von der Freifrau beauftragt waren, wollte Walcher dies erst bestätigen, falls er die beiden auf den Fotos wiedererkennen würde.
*Es passt, fehlt nur noch das Motiv, was meinen Sie?*
*Mmmhhh,* machte jetzt auch Walcher.
*Ich werde alle Möglichkeiten nutzen, Europol, Interpol, das Schengener Informationssystem, einfach alles. Vor allem aber werde ich meine übergeordnete Dienststelle informieren, weil hinter all dem etwas Großes stecken muss, was vielleicht eine Nummer zu groß für mich ist. Wer nicht immense Interessen verfolgt, ermordet nicht fünf Menschen, entführt vermutlich einen Mann, fackelt ein Ferienheim ab, um eine der Leichen zu entsorgen, verschwindet mit einer Horde Kinder, als hätten die sich in Luft aufgelöst, ich sage das so, weil wir natürlich auch nach den Kindern fahnden,* schob Brunner dazwischen. *Verstehen Sie?*
Walcher brummte wieder Zustimmung. Brunner ließ sich davon nicht irritieren und sprach weiter.
*Ein Verbrechen ist wie das Schnittmuster eines Schneiders. Die Nähte, Falten, Knopflöcher, alles dient einem Zweck, einem Ziel. In unserem Fall sind es mehrere Schnittmuster, also mehrere Ziele, weshalb ich auch glaube, dass eine größere Organisation dahinter steckt.*
Walcher wurde leicht unruhig, weil er gezwungen war, sich diesen Vortrag anzuhören.
*Dass Auftragskiller keine Achtung vor dem Leben ihrer Mitmenschen*

*besitzen, ist ja keine neue Information. Auch nicht, dass die meisten nicht nur geldgierig, sondern Psychopathen obendrein sind, die bei ihren Verbrechen die unterschiedlichsten Defekte austoben. In Lindau und in Sils Maria waren sadistische Folterknechte am Werk, die an Informationen herankommen wollten. Erst als sie alles oder nichts erfahren hatten, brachten sie ihre Opfer um. Das ist das Muster großer Organisationen.Das macht keiner, der nur einen Auftragsmord abwickelt. So gehen nur Profis vor, um Leute zum Plaudern zu bringen.*

„Plaudern", dachte Walcher, ein verdammt niedlicher Begriff für eine Quälerei ohnegleichen.

*Was wussten die Opfer, was so unglaublich wichtig, wertvoll oder so gefährlich war? Verdammt noch mal, wenn ich das doch nur wüsste,* stöhnte der Kommissar.

Walcher war klar, dass Brunner keine Frage an ihn stellte, sondern laut nachdachte.

*Der Rechtsanwalt mochte Feinde haben, aber bei einem Anwalt, der auf Lizenz- und Markenrecht spezialisiert war, kann dieser Aspekt eher vernachlässigt werden. Wie ihn sein Sozius beschrieb, war er harmlos, einer, der nur arbeitete, um bei seinen Mitmenschen nicht unangenehm aufzufallen, und der sich nicht traute, sein geordnetes Leben auch nur um einen Paragraphen zu verändern. Die Haushälterin engagierte er, als seine Schwester und ihr Mann bei einem Schiffsunglück ums Leben kamen und er deren Kinder zu sich nahm. Ein Akt der Pflicht, nicht der Liebe, ja nicht einmal einer gewissen Zuneigung. Das Gegenteil war wohl der Fall, er mochte Kinder nicht und schon gar nicht seine Rolle als Ersatzvater. Die Haushälterin erledigte das.*

Als hätte Brunner sein Denken von laut auf leise umgestellt, schwieg er bis an die Stadtgrenze Münchens. Dann brach das aktivierte Navigationsgerät das Schweigen und dirigierte sie auf dem kürzesten Weg in die Grünwalder Straße 102.

*Die Kollegen,* waren Brunners erste Worte, als wäre er aus seinem Halbschlaf wieder aufgewacht, und er deutete auf einen BMW, der auf dem Bürgersteig direkt vor dem Hauseingang Nummer 102 stand. Zwei Männer saßen darin.

Brunner parkte etwas versetzt dahinter und versperrte den Bürgersteig. Vor ihnen stiegen zwei Männer in Zivil aus dem Wagen und kamen zu ihnen. Einen von den beiden kannte Brunner, sie duzten sich. Von ihm erhielt er auch den Hausschlüssel mit der Bitte um Verständnis dafür, dass sie gleich weiter müssten, ein verrückter Tag wär's nämlich.
Brunner nickte, nahm den Schlüssel entgegen und versprach ihn im Präsidium vorbeizubringen, sobald sie fertig wären. Mit einem *Behüt euch Gott* stiegen die Kollegen wieder in den Wagen und brausten davon.
Brunner und Walcher hatten noch keine zwei Schritte zur Haustür hin gemacht, als hinter ihnen eine deftige Schimpfkanonade ertönte. *Landdackl, g'scherte, glaubt's vielleicht, mir kennat fliang? Aber sofort tuat's eire Protzlaubn do weg, sonst hol i d' Streife, aber dass sich's g'waschen hot.*
Obwohl Brunner kein Wort verstand, war ihm der Grund für den Zornausbruch der alten Dame sofort klar, die mit einem Regenschirm bewaffnet kampfbereit vor ihnen stand.
Brunner entschuldigte sich höflich und fuhr den Wagen vom Bürgersteig herunter.
Nachdem die Dame sich Luft gemacht hatte und der Bürgersteig wieder frei war, konnten sie ungehindert das Haus betreten. Ein solides, ein gepflegtes Haus, erbaut um die vorletzte Jahrhundertwende und sein Zustand heute ließ auf einen wohlhabenden Besitzer schließen. Mühelos würde ein Konzertflügel durch das großzügige Treppenhaus passen, ohne abgestoßene Ecken befürchten zu müssen.
Walcher bewunderte das Treppengeländer, eine filigrane und aufwändige Kunstschmiedearbeit mit den floralen Formen des Jugendstils.
Die Wohnung der Freifrau von Wedern lag im dritten Stock, darüber gab es nur noch die ausgebaute Dachetage. Vor der Wohnungstür stand ein blau glasierter großer Topf mit einem prächtigen Oleander. Das Siegel der Polizei München, über Tür und Türrahmen geklebt, war durchgerissen.
Die Tür stand eine Handbreit offen. Brunner drückte mit dem

Zeigefinger dagegen und eröffnete ihnen so die Sicht auf einen Wohnungsflur, in dem man bequem eine Tischtennisplatte hätte aufstellen können.
*Daran sollte sich der soziale Wohnungsbau orientieren*, war Brunners Kommentar. Aber das war nur dahingesagt, um die Anspannung etwas abzubauen, die ihn urplötzlich überfiel.
Auch Walcher war irritiert. Mit kleinen Schritten traten sie in die Diele, als ob sie sich erst überwinden müssten, fremdes Terrain zu betreten. Das Deckenlicht brannte, also war vermutlich der letzte Besucher, nach der Polizei, in der Nacht hier gewesen. Die Türen zu den fünf Zimmern standen alle halb offen. Ein einfacher Sisalteppich, ein prächtiger Bauernschrank, ein Stuhl gleichen Stils, ein kleiner runder Telefontisch ohne Telefon, aber mit einer verdorrten Rose in einer blauen Flasche darauf, an der Wand dahinter ein Spiegel in einem barocken Goldrahmen - mehr Gegenstände gab es nicht in der großzügigen Diele. Dieses klare Bild störten allerdings die aus dem Bauernschrank herausgezerrten Sachen: Staubsauger, Schlafsack, zwei Rucksäcke, Telefonbücher, Steigeisen fürs Eisklettern, Mützen, Gletscherbrillen, Anorak, Eispickel und weitere Bergsteiger-Utensilien.
Wohnzimmer, Schlafzimmer, Büro, Küche, alle Räume waren fast spartanisch und nur mit dem Allernotwendigsten eingerichtet und alle Räume waren durchsucht worden.
*Lindau*, dachte Walcher und fand es bemerkenswert, dass fast im gleichen Moment der Kommissar genau denselben Gedanken aussprach, allerdings wie üblich eine Frage dazu stellte. *Das erinnert an das Haus in Lindau, was meinen Sie?* Während er es sagte, sah er durch den Türspalt in den letzten Raum, dem Bad.
*Tatsächlich, wie in Lindau*, schüttelte er den Kopf, trat zur Seite und wählte auf seinem Handy bereits eine eingespeicherte Nummer, noch während auch Walcher einen Blick in das Badezimmer warf.
In der Badewanne lag eine Frau, die Augen geschlossen, so als würde sie friedlich schlafen. Aber wer schlief schon in

einer Badewanne, noch dazu angezogen und mit einer Gießkanne auf dem Bauch.
Die Kollegen aus München stürmten schon nach wenigen Minuten herein, als gälte es Leben zu retten und nicht einen Mord aufzunehmen. In einem zweiten Schub machte sich Minuten später die Spurensicherung über die Wohnung her. Brunner zog Walcher am Ärmel raus auf den kleinen Küchenbalkon und zündete sich eine Zigarillo an. Auf den erstaunten Blick von Walcher zuckte Brunner mit den Schultern.
*Auch Polizisten sind Menschen*, und blies zwei blaue Rauchwolken aus der Nase. *Ein Scheißjob*, murmelte er und wirkte deprimiert.
*In letzter Zeit hab ich einfach mit zu vielen Leichen zu tun. Wirklich, deshalb bin ich nicht raus aufs Land gezogen.*
Brunner inhalierte noch einmal kräftig, warf ruckartig die Zigarillo in den Hofraum und wandte sich der jungen Frau zu, die auf den Balkon wollte, dann aber doch im Türrahmen stehen blieb.
*Der Chef bat mich, ich solle Sie informieren, dass die Frau circa seit vierundzwanzig Stunden tot ist. Es handelt sich dabei um die Nachbarin, aus der Wohnung gegenüber, sie hatte den Wohnungsschlüssel in der Tasche. Wollte wohl Blumen gießen. Nachbarschaftshilfe. Deswegen habe ich nur Kakteen, die können 'ne Weile lang auch ohne Wasser. Mehr gibt's noch nicht.* Die junge Frau winkte lässig mit der Hand und drehte sich zurück in die Küche, ohne eine Reaktion der beiden Typen vom Land abzuwarten.
Brunner seufzte, entweder über die nassforsche Art der Nachwuchsbeamtin oder weil eine hilfsbereite Frau umgebracht worden war, bloß weil sie sich zufällig zur falschen Zeit am falschen Ort befunden hatte.
*Eine Scheißwelt ist das. Was suchen diese Killer, haben Sie eine Ahnung?* Ausnahmsweise gab sich Brunner diesmal nicht auch gleich die Antwort auf seine Frage.
Als Walcher spät am Abend von Kommissar Brunner vor der Haustür abgesetzt wurde, rief er gleich die Armbrusters an.

Dort war alles in Ordnung und Irmi lag schon seit einer halben Stunde im Bett und schlief. Walcher war zwar auch müde, aber er wollte noch die Post durchsehen und auch einen Blick in den Mail-Ordner werden.
Es war kurz nach zweiundzwanzig Uhr und höchste Zeit für einen Sherry. Nachdem er die vierte Rechnung und zwei Strafanzeigen wegen Überschreitung der erlaubten Parkzeit vor sich liegen hatte, verfluchte er sich, diese Scheißpost nicht erst am folgenden Morgen geöffnet zu haben. Wenigstens standen im Mail-Ordner nicht auch noch schlechte Nachrichten.
Mit einem zweiten Sherry setzte er sich wieder vor den Computer und ergänzte seine Notizen mit den Informationen des Kommissars und dem Mord an der Nachbarin der Freifrau. Dann lehnte er sich zurück und dachte über Brunners Frage nach, die er sich ja auch schon einige Male gestellt hatte: Was suchten diese Killer?
Die Freifrau suchte ihren Bruder, der in Kolumbien eine höllische Entdeckung gemacht hatte und dessen Leben deshalb auf dem Spiel stand, wie in einem Brief an seine Schwester stand. Die Detektive hatten dem Geheimnis, das sich um das Strandbad rankte, auf die Spur zu kommen versucht und büßten dafür mit dem Leben. Walcher schnüffelte ebenfalls dort herum - hatte auch er umgebracht werden sollen? Siedend heiß brannte dieser Gedanke in ihm.
Der Onkel, die Haushälterin, die Freifrau, die beiden Detektive, die Nachbarin der Freifrau in München, sechs Menschen waren ermordet worden. Und Johannes? Was war mit Johannes?
Der Bruder der Freifrau, Armin von Wedern - er war der Schlüssel zum Ganzen und weil es schwer sein würde, ihn zu finden, blieb Walcher nichts anderes übrig, als sich auf das Unternehmen zu konzentrierten, für das Armin von Wedern gearbeitet hatte
Was auch immer sie Johannes antaten, es galt eigentlich ihm, Walcher. Und sie würden nicht aufgeben und sich - wenn

das Morden in diesem Tempo weiterging – bald ihn vorknöpfen, zumal er fast der Letzte war, der sich mit diesem Fall auskannte. Diese ernüchternde Perspektive zwang Walcher zu einem doppelten Sherry, bevor er sich schlafen legte.

## Ein neuer Mitbewohner

Der nächste Morgen hatte es in sich. Walcher wurde von einer feuchten Zunge geweckt, die über sein Gesicht leckte. Das war für Bärendreck ungewöhnlich, dachte er im Halbschlaf. Ungewöhnlich war auch, dass ihm warme Flüssigkeit über Brust und Bauch lief. Mit nur einem halb geöffneten Auge erkannte er eine winzige Fellkugel, die vor Aufregung fiepte, und darüber Irmis strahlendes Gesicht. Im Hintergrund am Türrahmen, lehnte grinsend Großvater Armbruster, der dieses Überfallkommando vermutlich hergefahren hatte.
*Ich weiß, ich hätte mit dir darüber reden sollen, aber zur Not kann ich ihn wieder zu seinem Wurf zurückbringen ... bitte, bitte, sei nicht böse. Wir haben doch jede Menge Platz und mit Bärendreck habe ich schon geredet, der würde Rolli akzeptieren.*
*Also Rolli heißt dieser schlabbernde Pisser,* versuchte Walcher den Überfall mit Humor zu nehmen. *Natürlich hättest du mit mir reden sollen, und zwar vorher. Immerhin weiß ich, was es bedeutet, Hunde zu halten und ...*
*Ja, ja, aber das waren deine Hunde,* unterbrach ihn Irmi und überschlug sich fast. *Rolli würde ja mein Hund sein, komm, gib dir nen Stups. Omi hat gesagt, sie würde ihn total gern nehmen, falls du dich total quer stellst, aber gell, das tust du nicht?*
Als ob Rolli seine Rolle gut gelernt hatte, kuschelte er sich an Walchers Hals und seufzte zufrieden. Einer so massiven Liebesbekundung, war Walcher hilflos ausgeliefert, zumal er selbst schon oft mit dem Gedanken gespielt hatte, wieder einen Hund auf den Hof zu nehmen.
*Okay, aber du versorgst diesen, diesen Rolli und erziehst ihn auch*

*und gehst mit ihm zur Hundeschule, verstanden? Und wenn du auch schon mit Bärendreck geredet hast, soll's mir recht sein.*
Wie zur Bestätigung erschien Bärendreck miauend im Türrahmen und die Sache war beschlossen.
Als Walcher nach dem Duschen in die Küche kam, waren Irmi und Opa Armbruster dabei, den Tisch mit einem üppigen Frühstück zu decken, eine große Kanne Tee stand bereits auf dem Tisch und es gab sogar Rühreier. Rolli lag in einem Hundekorb, also war die ganze Aktion von langer Hand vorbereitet, dachte sich Walcher, ging aber nicht weiter darauf ein, weil er Irmis Großeltern als Helfer im Hintergrund vermutete. Irmi strahlte abwechselnd ihn, Opa Armbruster und Rolli an.
*Ist dein neuer Freund schon geimpft?*, fragte Walcher und war zufrieden, als er zur Antwort bekam: *Geimpft, entwurmt und auch schon angemeldet. Die Hundesteuer hat Opa Armbruster für ein Jahr bezahlt, Opa Brettschneider den Tierarzt und gekostet hat Rolli so gut wie nichts, und einen großen Sack Futter haben die Omis auch schon gekauft.*
*Wau,* staunte Walcher und lächelte Irmi zu. *Dann ist das ja eine richtige Großelternverschwörungsaktion. Ist wirklich süß, das kleine Wollknäuel, was ist es denn für eine Rasse?*
*Ein waschechter Labrador, mit richtigem Stammbaum. Eigentlich heißt Rolli „Eugen von Waldenhofen" und stammt aus wirklich altem Hundeadel.*
Walcher stutzte, *wie kann man einen Hund „Eugen von Waldenhofen" nennen?* und schüttelte dabei den Kopf.
Irmi kicherte und erklärte, *deshalb hab ich ihn ja umgetauft.*
Walcher nickte Rolli zu, der erwartungsvoll aus seinem Korb sah, den er aus eigener Kraft noch nicht verlassen konnte, *dann sei also herzlich willkommen auf dem Hof, du Rolli von Waldhofen.*
Walchers Stimme schien Rolli schwer zu beeindrucken, denn sein Schwanz wedelte heftig und unter dem Korb hervor dehnte sich eine Pfütze aus. Irmi wischte sie sofort auf, um Walcher ja keinen Anlass zu geben, dass er seine Meinung

wieder änderte. So kam es ihm jedenfalls vor und deshalb sagte er zu ihr: *Dass wir jetzt einen Wachhund haben, der unseren tapferen Bärendreck unterstützt, finde ich wirklich gut. Ich muss zugeben, ich war schon ein paar Mal kurz davor, einen zu besorgen, aber irgendwie ist mir immer was dazwischen gekommen. Es geht in Ordnung und Labradors sind gute Wachhunde, glaube ich.*
Da flog Irmi ihm um den Hals, drückte ihn fest an sich und flüsterte ihm ins Ohr: *Du bist wirklich das Beste, was mir seit langem passiert ist.*
Auch Opa Armbruster, der sich bisher ungewohnt wortkarg gegeben und mit Genuss gefrühstückt hatte, nickte: *Auf einen Hof gehören ein Hund, eine Frau und ein Haufen Kinder, genau in der Reihenfolge.*
Walcher ging darauf nicht ein, sondern fragte, *was ist eigentlich mit der Schule, wir haben acht Uhr?*
*Sapperlott,* schreckte Armbruster hoch, *hab Irmi wegen wichtiger Familienangelegenheiten für die erste Stunde entschuldigt, jetzt wird's aber Zeit.*
Kurz darauf war Walcher mit Rolli und Bärendreck allein und räumte die Küche auf. Bärendreck schien sich bestens mit Rolli zu verstehen, er lag bei ihm im Korb und ließ sich von ihm ablecken.

## Anruf Simone

Walcher saß am Küchentisch und skizzierte auf einem Blatt in groben Umrissen eine Weltkarte. Dann markierte er die Orte, die bisher eine Rolle spielten. Lindau, Eriskirch, Berlin, München, Sils Maria, Dublin, Houston, Bogotá, Frankfurt. Friedrichshafen fehlte noch, als möglicher Zubringerflugplatz. Bei den Airlines, die diesen Flughafen anflogen, sollte ebenso recherchiert werden wie bei der Bundesbahn und bei Mietwagen-Unternehmen. Auf irgendwelchen Wegen mussten ja alle Beteiligten hergekommen sein. Walcher machte sich Notizen, um sie an Brunner und Hinteregger zu mailen.

Die beiden verfügten über die notwendige Organisationen und könnten die Hinweise weiterverfolgen. Auch die Frage, ob private Flugzeuge in Friedrichshafen kontrolliert würden, notierte er sich, als sein Handy summte.
*Hallo Herr Walcher, warum meldest du dich nicht? Gib zu, du hast keinen Bock auf mich?*
Walcher erkannte Simones auf fröhlich getrimmte Stimme und entschied, ihre Vermutung nicht zu entkräften.
*So krass würde ich es nicht ausdrücken, aber du hast schon Recht. Ich habe mich gefreut, dir wieder zu begegnen, aber entflammt hat es mich nicht.*
*Wahrscheinlich bist du mir immer noch böse, dass ich dich damals hab sitzen lassen, das kann ich gut verstehen*, klang Simones Stimme ungekünstelt und ernsthaft. *Oder traust mir zu, dass ich wieder so handeln könnte wie damals.*
*Vielleicht spielt das eine Rolle, mag sein ...* Walcher überlegte, wie weit er in seiner Offenheit ihr gegenüber gehen sollte. *Aber ich glaube, es liegt daran, dass Lisa mir noch sehr im Kopf steckt und ...*
*Wer ist Lisa?*, unterbrach ihn Simone und nach einem Zögern antwortete Walcher, obwohl er keine große Lust dazu hatte: *Mit Lisa war ich sechs Jahre lang befreundet, letztes Jahr verunglückte sie tödlich.* Während er Simone diese Erklärung gab, leuchtete in seinem Kopf blitzartig ein Gedanke auf und brachte ihm die Erkenntnis, nach der er so lange schon gesucht hatte. Schuld, ja, das war es, er fühlte sich schuldig und verantwortlich. In seine Trauer um Lisa mischte sich unbewusst immer die Schuldfrage. Das war es, worüber er mit dem Professor sprechen sollte. Walcher fühlte sich plötzlich wie befreit von einer Last und freute sich geradezu auf das nächste Gespräch mit ihm.
*Hallo Walcher, bist du noch da oder hat dich die Erinnerung so gefesselt, dass es dir die Sprache verschlagen hat?*, kam es aus dem Hörer und holte ihn wieder zurück in die Realität.
*Nein, ich war nur kurz in Gedanken. Was meinst du, wollen wir es dem Zufall überlassen, ob uns das Leben wieder zusammenspült?*

*Das bedeutet*, gab Simone nicht auf, *dass du meine Einladung zu einem Sonntagskaffee ablehnst, wo ich doch eigenhändig einen wunderbaren Marmorkuchen aus einer Backmischung zaubern würde.*
*Ja, aber ich kann auch noch aus anderen Gründen nicht, weil der Sonntag voll verplant ist, sorry, aber nimm es nicht persönlich. Dank dir in jedem Fall für deine gute Idee, aber vielleicht ein anderes Mal, ciao*, beendete Walcher das Gespräch und unterbrach die Verbindung.
Lange saß er noch und dachte über Schuld und Trauer nach. Er musste da eines nach dem anderen klären und notierte deshalb auf einem Zettel: *Termin mit Professor vereinbaren.* Dann wandte er sich wieder der Weltkarte und seinen Notizen zu. Das Unternehmen zu finden, für das Armin von Wedern arbeitete, das war jetzt erst mal wichtiger.
Johannes! Die Zeit lief ihm davon.

## Die Maske

Walcher bedauerte es, dass er am Abend nicht die begonnenen Recherchen fortsetzen konnte, aber er hatte ein Treffen mit seinen Büropartnern vereinbart, um sie über Johannes' Verschwinden zu informieren. Auch wollte er sie um ihre Mithilfe bitten und gemeinsamen mit ihnen einen Maßnahmenplan entwickeln.
Gegen achtzehn Uhr rief Ernst Böhmer aus Bologna an und sagte das Treffen ab. Sein Flug nach Zürich hatte sich um eine Stunde verzögert, weshalb er nicht vor dreiundzwanzig Uhr im Büro sein würde, und das mache dann ja wohl keinen Sinn mehr, wie er ebenso treffend wie überflüssig bemerkte. Seinen Vorschlag, das Treffen auf den nächsten Vormittag zu verlegen, wollte Walcher erst noch mit dem vierten Partner ihrer Bürogemeinschaft, mit Kurt Markowiez, abklären. Zwei Stunden später sagte auch Kurt ab, er stand seit einer Stunde an der Schweizer Grenze bei Basel im Stau. Allerdings gab er

aber zu, dass dies nicht der Grund für seinen späten Anruf sei, vielmehr habe er das Treffen schlichtweg vergessen.
Walcher hätte also nach Hause fahren können, aber Irmi blieb mit Rolli über Nacht bei den Großeltern, diesmal bei den Brettschneiders, und da er nun schon im Ravensburger Büro vor dem PC saß, beschloss er, mit seinen Recherchen weiterzumachen.
Leider lag die Liste mit den Namen der irischen Unternehmen bei ihm zu Hause und er fand auch die Homepage der irischen Protestbewegung nicht wieder, die zum Kampf gegen Genforschung aufrief und alle involvierten Firmen namentlich aufführte. Darum klickte er einige Unternehmen an, die in der Genforschung aktiv waren. Durchweg alle prahlten mit Parolen von einem langen gesunden Leben, Sicherheit, Fortschritt, einer fantastischen Zukunft und Wohlstand für alle. Als stünde die Spezies Mensch am Abgrund und würde ohne Genforschung dem Untergang geweiht sein.
Dann rief Walcher Seite um Seite auf, die Google zum Thema Organspenden anbot. Artikel von Journalistenkollegen, Medizinern, Kirchenmännern, Erfahrungsberichte von Betroffenen, Gesetzeshinweise, Offerten von Kliniken, Fernsehsendungen, Warnungen - die Fülle von Informationen war verwirrend. Eurotransplant koordinierte die Organverteilung an die Mitgliedsländer. Weltweit standen auf den Organg-Wartelisten Millionen von Kranken. Allein in Deutschland, las Walcher, warteten an die 15 000 Menschen auf ein Leben rettendes Organ, die meisten davon bereits seit Jahren. Viele von ihnen erlebten die Zuteilung des ersehnten Organs nicht mehr. Sie starben, bevor sie auch nur die vorderen Plätze auf der Warteliste erreichten.
Organspende, fand Walcher, war ein Begriff, der sich hübsch anhörte. Der im Wort enthaltene Begriff *Spende* suggerierte, es handle sich um ein freiwilliges Opfer, das noch dazu steuerlich absetzbar war. Es mochte in Staaten mit halbwegs gesicherten Strukturen tatsächlich regulär gehandhabt werden, fragwürdig aber wurde es bei Organlieferungen aus

Ländern, in denen es keinerlei Kontrollinstanzen gab. Da wurden die wirtschaftliche Not und mangelnde Aufklärung schamlos ausgenützt und Lebendspendern Organe gegen ein paar lumpige Dollars abgeschwatzt. Gegen einen lächerlichen Betrag - von denen ihnen die Operateure auch noch die Kosten für die Explantation abzogen - gaben sie ihre Gesundheit hin. Für eine Niere erhielt eine Frau in Indien umgerechnet 250 Dollar. In Boston blätterte ein zahlungskräftiger Privatpatient für diese Niere unglaubliche 200 000 Dollar hin. Ein gigantisches Geschäft. Walcher sah es vor sich: Arm für Reich. Was zählte der Überlebenskampf eines armen Schluckers gegen den Geldbeutel eines Reichen? Erst beuteten die Wirtschaftsnationen die Bodenschätze der armen Länder aus, dann die Arbeitskraft der Hungerleider und dann begann man, auch noch ihre Körper auszuweiden.
*Wie viel kostet ein langes Leben?* Lungen, Herz, Pankreas, Leber, Nieren, Dünndarm, Knochenmark, Gewebe, Knochen, Gefäße, Herzkammern, Gehörknöchelchen, Blut, Hornhaut für die Augen. *Darf's sonst noch etwas mehr sein?* Wie im Supermarkt sah er die Reichen mit Wägelchen durch die Gänge eilen. Schnäppchenmentalität. Heute besonders günstige Sonderangebote - Nieren aus Nordkorea, frische Lebern aus Sri Lanka, weiblich, unter zwanzig, Blutgruppe 0-Positiv.
Walcher lehnte sich zurück und ließ seine Fantasie schweifen. Was geschah mit Selbstmördern, Oppositionellen, Kriegs- und Katastrophenopfern, Sträflingen? Wurden den Opfern Organe herausgeschnitten bevor sie frei oder unter die Erde kamen?
Transplantationstourismus, las Walcher. Wer das nötige Geld besaß, suchte sich seinen Organspender vor Ort aus und nahm ihn gleich mit in eine Transplantationsklinik - ein fliegender Wechsel, sozusagen noch körperwarm.
War er auf der richtigen Spur, fragte sich Walcher. Standen auch die Kinder mit Organgeschäften im Zusammenhang? Schon wieder blitzte diese Horrorvision in seinem Kopf auf.

Was, wenn diese Kinder Klone waren und als lebende Organspender dienten? Eine absurde Idee, oder ...?

Walcher konnte sich nicht erklären warum, aber in ihm baute sich plötzlich eine Spannung auf, wie er sie bisher nur in extrem bedrohlichen Situationen empfunden hatte.
Er fühlte intensiv eine Energiequelle, die sich ihm näherte. In seinem Kopf knisterte es, der Blutdruck stieg, sein Puls pochte in den Adern. An den Unterarmen und im Nacken stellten sich die Haare auf. Er fühlte das Tier in sich, das sich entweder brüllend auf den unsichtbaren Gegner stürzen oder flüchten wollte.
Vielleicht war es das Thema, das ihn in solche Spannung versetzte oder es lag an der Aura des Hauses. Bis kurz vor Mitternacht war er noch nie hier im Büro gesessen.
Er fuhr den Computer herunter und stellte auch den Monitor aus. Kein Gebläse störte mehr die Stille im Haus.
Walcher lauschte, aber er hörte nur das Sausen seines eigenen Blutes. Irgendwo knarrte eine Diele, knackte ein Balken. Seine Unruhe wuchs. Er spürte weiterhin eine Kraftquelle in unmittelbarer Nähe. Genau hätte er es nicht beschreiben können, aber sie war da und fühlte sich nicht gut an.
*He Walcher, gleich fängt die Geisterstunde an*, versuchte er sich zu beruhigen, aber die Spannung blieb. Vielleicht hatten sie sich ja in einem Geisterhaus eingemietet, verdächtig günstig wie die Miete war, sagte er sich und ging aus seinem Büro hinaus auf den Flur. Er wollte erst das Flurlicht anmachen, bevor er die Tischlampe im Büro löschte. Auf dem Weg zum Schalter neben der Wohnungstür, stolperte er im Halbdunkel über eine Kiste, die dort nicht gestanden hatte, als er gekommen war. Jemand musste sie hingestellt haben, während er im Büro saß. Vielleicht gerade eben erst, das erklärte auch seine Unruhe.
Ein Begrüßungsgeschenk der Vermieter vielleicht? Wohl kaum um diese Uhrzeit. Walcher nahm die Kiste, ging damit zurück in sein Zimmer, stellte sie auf den Schreibtisch, direkt

unter die Tischlampe, zog die Kartonlaschen auf - und schreckte zurück.
In der Kiste lag ein Gesicht, eine weiße Holzmaske, sorgsam auf Holzwolle gebettet. Er kannte diese Art Masken. Indios in manchen Ländern Südamerikas trugen sie zu religiösen Festen, an denen sie die Ankunft der weißen Götter huldigten. Ob sie die Spanier für Götter gehalten hatten oder noch früher von anderen Weißen heimgesucht worden waren, gab den Historikern noch immer Rätsel auf.
Spontan erinnerte sich Walcher an seinen Traum, in dem ihn weiß gekleidete Männer mit Gummimasken betäubt und verschleppt hatten.
Weiß, die Farbe der Mediziner, der Reinheit und in manchen Kulturen auch die Farbe der Trauer und der Götter.
Und jetzt hatte ihm jemand eine weiße Maske vor die Tür gelegt. Wer? Warum? Welche Botschaft verbarg sich dahinter? War es als eine Warnung, als eine Totenmaske gedacht?
Vielleicht galt die Maske ja gar nicht ihm, sondern einem seiner Kollegen. Vielleicht schrieb einer von ihnen gerade an einem Fall von Kunstraub oder Ähnlichem. Er würde sie morgen Vormittag danach fragen. Für heute reichte es ihm.
Seine Spannung hatte sich in Neugierde gewandelt. Ernsthaft beunruhigend an der Sache war allerdings, dass der Auftraggeber oder Überbringer des fragwürdigen Geschenks wusste, wo er zu finden war, und dass der Unbekannte trotz verschlossener Haustür offenbar mühelos in dieses Haus gelangen konnte.
Die Kiste in beiden Händen haltend, ging er zu seinem Wagen, er würde das Präsent Kommissar Brunner übergeben.

## Abwesend

Walcher vergaß, Irmi wie vereinbart von der Schule abzuholen. Es fiel ihm gut eine Stunde zu spät ein.
Mit Böhmer und Markowiez war er ab zehn Uhr vormittags

im gemeinsamen Büro in Ravensburg zusammengesessen. Am Ende ihrer Besprechung lag ein Maßnahmenplan auf dem Tisch, mit dem sie die polizeiliche Suche nach Johannes unterstützen wollten.
Hektisch verabschiedete sich Walcher von den beiden und fuhr nach Weiler. Während der Fahrt versuchte er Irmi auf dem Handy zu erreichen, aber er hörte nur eine freundliche Frauenstimme, die erklärte, dass der Teilnehmer derzeit nicht erreichbar wäre. Aus Erfahrung wusste er, dass Irmi geduldig vor der Schule wartete, wenn er sich mal verspätete, weshalb er direkt hinfuhr, um dann jedoch vor einem leeren Schulhof zu stehen.
Die Großeltern Brettschneider wohnten der Schule am nächsten, aber dort war Irmi nicht. Also fuhr er zu den Armbrusters weiter, die ebenfalls nichts von Irmi gehört oder gesehen hatten. Nun vermutete er, dass Irmi mit dem Bus nach Hause gefahren war. Walcher fuhr deshalb zum Hof und rief auf dem Weg dorthin vom Auto aus seine eigene Telefonnummer an. Er versuchte es mehrmals bis kurz vor dem Hof.
Die Haustür war verschlossen, ein Katalog von einem Büroversender lag davor, er hatte nicht durch den Briefschlitz gepasst. Hinter der Tür winselte Rolli vor Freude, dass sich endlich wieder jemand um ihn kümmerte.
Irmi war also doch nicht nach Hause gefahren oder sie war noch unterwegs. Walcher ließ Rolli hinter der Tür winseln, ein paar Minuten würde er es schon noch aushalten, dachte er und fuhr hinunter zur Bushaltestelle.
Von der Einmündung des Feldwegs auf die Bundesstraße waren es vielleicht noch fünfzig Meter bis zu der Haltestelle. Aber der Zufall in Form eines Traktors mit Güllewagen und einer Schlange von gut dreißig Autos im Schlepptau verzögerte die kurze Fahrt um einige Minuten. Erst dann konnte sich Walcher an die Schlange anschließen und zu der Haltestelle fahren.
Walcher fluchte laut, *verdammte Vandalen*, als er endlich vor dem Fahrplan stand, denn ausgerechnet die Stelle mit den

Nachmittagsfahrten war wegen eines schwarz verkohlten Brandlochs unlesbar. Vormittags verkehrten die Busse stündlich, weshalb Walcher vermutete, dass dies auch für den Nachmittag galt. Demnach käme der nächste Bus um fünfzehn Uhr, in zehn Minuten also. Er entschied sich zu warten. Auf die Minute pünktlich, bog der Bus in die Haltebucht ein. Der Fahrer regte sich über Walchers Wagen auf, der ihm im Weg stand, und hupte wie wild. Walcher ignorierte den Fahrer und musterte die Insassen. Irmi war nicht darunter, es saßen nur vier Fremde hinter den Scheiben.

Zurück auf dem Hof, begrüßte er kurz den heftig mit dem Schwanz wedelnden Hund und ignorierte die Pfütze, die sich unter ihm bildete. Seine Gedanken waren bei Irmi, wo könnte sie nur stecken? Bei einer Schulfreundin? Walcher hatte keine Ahnung, keine Adresse, keine Telefonnummer. Deshalb rief er wieder bei beiden Großeltern an, aber auch die kannten nur eine von Irmis Freundinnen und die wohnte in der Nachbarschaft der Armbrusters.

Während Walcher mit den Großeltern telefonierte, klingelte das Telefon im Flur. Er brach das Gespräch auf dem Handy ab und spurtete hin. Dabei stolperte er fast über den Hund, der nicht von seinen Fersen gewichen war, seit Walcher das Haus betreten hatte. Die Hand schon am Hörer, hörte es auf zu klingeln. Das Display zeigte an: Anrufer unbekannt. Vielleicht war es Irmi, dachte Walcher und wählte zum wiederholten Mal ihre Handynummer. Das Ding war immer noch nicht eingeschaltet.

Walchers Beunruhigung wuchs, inzwischen war er richtig in Sorge um Irmi. Auch wenn es vorschnell sein mochte, an eine Entführung zu denken, Ängste waren selten rational und Gedanken ließen sich nun mal nicht unterdrücken. Vor allem, wenn er an Johannes dachte, war seine Brust wie eingeschnürt und sein Atem wurde schwer.

Aus Angst, sich in unbegründete Befürchtungen zu versteigen, konzentrierte sich Walcher auf die nächsten Schritte, die er unternehmen sollte.

Weil er die Liste mit den Telefonnummern des Lehrerkollegiums nicht fand, suchte er im Telefonbuch die Nummer von Irmis Klassenlehrerin und rief sie an. Nein, es gäbe keine Besonderheiten, kein Nachsitzen, keinen Unfall, ein ganz normaler Schulvormittag, der auch pünktlich um zwölf Uhr geendet hätte. Sie konnte sich nicht erinnern, ob Irmi abgeholt worden war, nur dass sie noch eine Weile mit anderen Schülerinnen aus der nächst höheren Klasse geübt hätte, die gerade an einem Workshop über Jonglieren teilnahmen.
Nein, mit wem Irmi alles befreundet wäre, wüsste sie nicht, nur bei Uli Wenzel wäre sie sich sicher. Die Uli wohnte in der Nachbarschaft der Armbrusters. Vielleicht war sie ja dort. Walcher bedankte sich.
Das Büro in Ravensburg fiel ihm ein. Vielleicht hatte Irmi ja die Idee gehabt, ihn im Büro in Ravensburg zu überraschen. Nein, verwarf Walcher gleich wieder seinen Einfall. Dazu hätte sie eine Busfahrkarte kaufen müssen und die kostete sicher zehn Euro oder noch mehr. Nein, das wäre Irmi zu teuer. Was, wenn Irmi in einen falschen Bus gestiegen wäre? Auch dies schied aus, dazu war Irmi zu clever und außerdem hätte der Fahrer sie vermutlich darauf aufmerksam gemacht. Dank der Initiative des Elternbeirates der Schule gab es nämlich regelmäßige Treffen der Busfahrer mit den Schülern, weshalb die sich alle recht gut kannten.
Der Anruf bei Irmis Freundin klärte auch gleich die Frage nach dem Nachnamen und die Telefonnummer des Freundes Michi. Uli Wenzel meinte nämlich etwas schnippisch, der stünde neben ihr, also könne Irmi unmöglich bei ihm sein, und legte auf.
Als wieder Johannes durch Walchers Gedanken spukte, rief er die Polizei in Lindenberg an.
Der Polizist, der den Anruf entgegennahm, war derselbe, dem er vor vierzehn Tagen das Verschwinden von Johannes geschildert hatte und deshalb sofort hellhörig.
Er würde eine Streife auf den Hof schicken, sagte er in einem beruhigenden Ton und einen Rundruf starten, reine Routine,

betonte er, Walcher solle den Hof nicht verlassen, bis die Kollegen einträfen.
Dass er die Polizei angerufen hatte, darüber informierte er die Großeltern ganz bewusst nicht, es hätte sie in Panik versetzt.

Es dauerte nicht lange und Walcher hörte ein Auto mit hohem Tempo auf den Hof fahren und den Kies durchpflügen, bevor es zum Halten kam. Er fühlte sich an amerikanische Krimiserien erinnert. Walcher empfing die beiden Polizisten wie alte Bekannte.
Eine Verspätung von zweieinhalb Stunden sei noch kein Grund zu ernster Sorge, versuchten sie Walcher zu beruhigen. Sie nahmen dennoch Irmis Daten auf, eine Beschreibung ihrer Kleidung und ein neueres Foto von ihr.
Über Autofunk holte einer der beiden die neuesten Informationen ein, nämlich dass weder Unfälle passiert wären, in die ein Mädchen in Irmis Alter verwickelt war, noch gäbe es eine Einlieferung eines Teenagers in einem der umliegenden Krankenhäuser.
*Sehr beruhigend,* meinte Walcher dazu und wusste selbst nicht recht, warum es zynisch klang.
Walchers Handy vibrierte. Irmi? Nein, Marianne war es, die wie jeden Tag seit Johannes' Verschwinden anrief und sich dafür entschuldigte, worauf Walcher jedes Mal erwiderte, dass es völlig in Ordnung ginge. Wie schon an all den letzten Tagen, konnte er auch heute nichts Neues berichten und wie immer versicherten sie einander, sich gegenseitig sofort zu informieren, sollte sich etwas ergeben.
Weil Rolli lautstark in der Küche heulte - Walcher hatte ihn dort eingesperrt -, deutete der jüngere der beiden Polizisten auf die Tür am Ende des Flurs. Walcher nickte, worauf der Polizist in die Küche ging und mit Rolli auf dem Arm zurückkam.
*Sind wie Kinder, bekommen alles mit und haben dann Angst, gell mein Kleiner,* sagte er halb zum Hund und halb zu Walcher.
Wieder ertönte der Brummton von Walchers Handy und

wieder hoffte er, dass es Irmi sei, die anrief. Sie war es aber nicht, Carmen Mandola war am Apparat. Carmen und Lisa waren Geschäftspartnerinnen gewesen. Nach Lisas Tod führte Carmen den Laden in Lindau allein weiter.
Walcher stutzte, aber nach ihrem ersten Satz war die Welt wieder in Ordnung. Walcher atmete auf und zeigte den Polizisten, die ihn gespannt ansahen, einen hochgereckten Daumen und nickte lächelnd.
*Damit du dir keine Sorgen machst,* sagte Carmen, *ich habe Irmi vor der Schule warten sehen und sie zu einem Eis verführt und immer wenn ich dich anrufen wollte, war bei dir besetzt.*
Seine Anspannung löste sich, seine Knie wurden weich und er musste sich erst einmal setzen.
Einer der beiden Polizisten ging zum Wagen und gab der Dienststelle Entwarnung. Der Beamte dort ließ Walcher ausrichten, wie froh er über die Nachricht wäre. Alle kannten Irmi, seit sie wegen Johannes zur Spurensicherung auf dem Hof gewesen waren.
Carmen setzte Irmi eine Stunde später auf dem Hof ab.
Als Walcher Irmi umarmte und ungewöhnlich fest an sich drückte, begriff sie instinktiv, dass er sich Sorgen um sie gemacht hatte.
*Nächstes Mal ruf ich dich vorher an, okay?,* sagte sie.
Carmen blieb nur kurz, sie war unruhig und sah häufig auf die Uhr. Vielleicht befürchtete sie, dachte Walcher, dass er Lisas Anteil am Laden in Lindau einfordern könnte, der Irmi rechtlich zustand. Aber Walcher hatte deswegen bereits mit den Großeltern gesprochen und alle waren der Meinung, dass dies nicht in Lisas Sinn wäre. Er nahm sich vor, Carmen das bei Gelegenheit zu sagen, aber an diesem Nachmittag war ihm nicht danach.

## Davids Traum III

Besonders furchtbar waren die Zeiten, wenn Vertretungen die Arbeit übernahmen, wegen Urlaub oder Feiertagen oder wegen Krankheit oder wegen sonst etwas. Dann lag David oft so verkrampft und mit solch wahnsinnigen Schmerzen in der temperierten Blechrinne, dass er nicht den Kopf zum Denken freibekam, obwohl er hätte denken können, weil die Wirkung der Betäubung verflogen war. Das Einzige, was er dann fühlte, war Angst, Panik, und in seiner letzten Erinnerung jagte er über eine Straße und das Heulen des Windes war da und der Sog, der ihm die Luft zum Atmen aus dem Helm zog. Eine wundersam erregende Stimmung ergriff ihn und vermischte sich mit dem Gefühl zu fliegen und das tat er, er sah es, er fühlte es. Lange dauerte der Flug, wie in Zeitlupe überquerte er ein grünes Tal, breitete seine Arme aus, drehte sich und sah einen blonden Engel in einer schwarzen Ledermontur vorbeifliegen, der ihm zuwinkte. Er sah Häuser und Menschen und Kühe unter den prächtigen grünen Baumdächern, weit und doch wie durch eine Lupe sehr nah und klar und bis ins Einzelne genau.
Dann riss der Film einfach ab. Wahrscheinlich hatte ihn eine Riesenhand mit einer großen gefährlichen Schere einfach durchschnitten und das heftige Flattern der Luft, die an seiner roten Ledermontur zerrte und zog, hörte ebenfalls unvermittelt auf.

## Erinnerungen

Gartenarbeit würde den Kopf frei machen, hoffte Walcher, außerdem war es bald Ende Juni und allerhöchste Zeit, sich dem Garten zu widmen. Er zog die Gummistiefel an, überlegte es sich dann aber anders und zog sie wieder aus. Es mussten Setzlinge und Samen her, fand er, sonst war Gartenarbeit langweilig.

Schon im Wagen sitzend, fiel ihm Irmi ein. Sie hatte in Lisas Garten eigene Beete versorgt, in denen sie mit großer Liebe allerlei Gemüse und Kräuter zog. Also beschloss Walcher, nachmittags einzukaufen, gemeinsam mit Irmi.
Dann stieg er trotzdem wieder in seine Gummistiefel und jätete einige Wildpflanzen von den Beeten, die sich dort breit gemacht hatten. Er liebte den Duft von aufgegrabenem Boden, der sich mit der würzigen Luft des Allgäus mischte.
Auf den Stiel der Hacke gestützt, schaute er über die runden weichen Hügelformen mit den Wäldern in einem satten dunklen Grün dazwischen und auf die grauen Felsbarrieren, die dahinter die Welt nach Süden und Westen abschirmten wie eine Theaterkulisse. Es herrschte keine besonders gute Fernsicht an dem Tag, aber diese Aussicht machte selbst bei mäßigem oder schlechtem Wetter ein gutes Gefühl.
Walcher atmete tief ein und wandte sich wieder seiner Beschäftigung zu. Mit dem Stiel der Hacke stieß er dabei so heftig gegen eine der drei auf Stangen steckenden Glaskugeln, dass sie zerbrach.
Es war eine wunderschöne große Kugel, deren grünes Glas eine faszinierende Tiefe bekam, sobald ein Sonnenstrahl darauf schien. Aber nicht deshalb überfiel Walcher eine große Wehmut. Die Erinnerung an Lisa überwältigte ihn und stieß ihn in einen tiefen Abgrund.
Er fühlte sich zurückversetzt in seine erste Nacht in diesem Haus. Zwischen all dem alten staubigen Gerümpel hatte er in der Stube auf dem Dielenboden ein Matratzenlager aufgeschlagen, als Lisa kam und ihm mit beiden Händen die Glaskugel überreichte. *Sie soll dir Glück bringen, böse Geister und freche Spatzen von deinem Grund fernhalten, die guten Geister anlocken.* Er hörte ihre Worte, als hätte sie sie gerade eben gesagt, feierlich und mit großem Ernst.
Walcher hob die Scherben auf, es waren drei große Teile, und vermutlich hätte man sie wieder zusammenkleben können. Aber er ging um das Haus herum und legte die Scherben in die Kiste, in der er Flaschen zum Entsorgen sammelte.

Es gab Dinge, die ließen sich nicht mehr rückgängig machen, er musste damit leben, sagte er sich.
Obwohl er sich vorgenommen hatte, seinen Alkoholkonsum zu reduzieren, holte er sich aus dem Giftschrank im Wohnzimmer einen Sherry und schenkte sich das Glas voll. Dabei fiel ihm ein gefaltetes Blatt auf, das zwischen die anderen Flaschen geschoben war. *Ich gestehe ohne Reue die Kleinmengenentnahme der folgenden Destillate, Johannes,* stand darauf, gefolgt von der Aufzählung beinahe aller Getränke, die in dem Schrank standen. *O du listiger Fuchs,* dachte Walcher an seinen Freund, *wenn du hier wärst, könntest du saufen, so viel du wolltest, Hauptsache du wärst wieder da.*
Heute ist nicht mein Tag, stellte Walcher fest und machte sich auf den Weg, um Irmi von der Schule abzuholen. Auf dem Rückweg würden sie Setzlinge und Sämereien kaufen und gemeinsam den Garten in ein Paradies verwandeln.

Abends saß Walcher wieder an seinem PC, vor sich die Liste mit den Namen irischer Biotech-Unternehmen. Er hatte schon über fünfzig abgearbeitet, also sie im Internet aufgerufen, sich über die Unternehmen informiert, die Produkt- oder Leistungspalette angesehen, sofern sie präsentiert wurden, und die jeweiligen Forschungsziele durchgelesen.
In der Liste fand sich vom Spülmittel bis hin zu Sonnencremes alles, was auch nur im Entferntesten etwas mit Biologie, Chemie und Umwelt zu tun hatte.
Die Nummer vierundfünfzig war eine nichts sagende Unternehmensdarstellung eines Forschungslabors, das sich mit der Gesundheit der Menschheit befasste, nicht mehr. Und trotzdem wusste Walcher, dass es sich dabei um das gesuchte Unternehmen handelte.
Die Firmendarstellung war absolut banal und er hätte nicht begründen können, warum er so sicher war. Er wusste es einfach. Sein Puls galoppierte, in seinem Kopf tobte ein Orkan, ihm wurde heiß.
Human Resorts Ltd. in Galway, an der Westküste Irlands, auf

einer Höhe mit Dublin gelegen. „Biologische Grundlagenforschung" stand auf Seite eins und auf der folgenden Seite, aus dem Ersten Buch Mose, Kapitel 5,25-27: *Metuschelach war 187 Jahre alt und zeugte Lamech und lebte danach 782 Jahre und zeugte Söhne und Töchter, daß sein ganzes Alter ward 969 Jahre, und starb.* Dann gab es nur noch eine dritte Seite, mit den üblichen Kontaktangaben und dem Impressum.
Sofort mailte er Hinteregger. *Lieber Freund, frage mich nicht warum, aber ich bin absolut sicher, Human Resorts Ltd. in Galway, Irland, ist unsere Company. Wenn es dir möglich ist, so starte bitte die Anfrage an die Personalstelle, wie du es vorgeschlagen hast. Die Zeit drängt, ich denke vor allem an Johannes. Vielleicht kannst du auch bei den regionalen Airlines anfragen lassen, ob von Galway nach Dublin und umgekehrt ein Fluggast Namens Armin von Wedern im Jahr 2004 geflogen ist. Ich umarme dich und befinde mich in höchster Spannung, was du und deine Leute herausbringen.*

Am nächsten Tag erhielt Walcher einen Anruf von Hinteregger, der bestätigte, dass er auf der richtigen Spur war.
*Hallo mein Freund,* tönte klar Hintereggers Stimme aus dem Handy und er kam gleich auf den Kern seines Anrufs. *Aer Lingus und ein kleiner Privatzubringer haben mehrere Flüge des Armin von Wedern von Galway nach Dublin und zurück bestätigt, allerdings liegt der letzte Flug über ein halbes Jahr zurück. Mit deiner Vermutung, dass es sich um die Human Resorts Ltd. handeln könnte, liegst du absolut richtig. Du bist einfach der bessere Ermittler von uns beiden. Die Personalstelle hat postwendend unserer Versicherung zurückgefaxt, dass Herr von Wedern nicht bei ihnen, sondern bei der Tochterfirma in Kolumbien angestellt war, das Arbeitsverhältnis aber nicht mehr besteht. Human Resorts hat ein Tochterunternehmen in Kolumbien, in der Nähe von Leticia. Da prüfen wir noch, was die machen. Übrigens, meine Idee mit den Mäusen war auch ein Treffer. Human Resorts bezieht ziemlich viele Labormäuse, zwar nicht von uns, aber vom Jackson Laboratory, das ist der Marktführer für Labormäuse. Hast du alles mitbekommen, ich bin nämlich ziemlich in Eile. Die ganzen Daten*

*schick ich dir noch per Mail. Grüezi und gehab dich wohl. Stell nichts an, ohne mir vorher eine Nachricht zu geben. Umarm dich.*
Bevor Walcher ja oder nein sagen konnte, hatte Hinteregger aufgelegt, er musste wirklich in großer Eile sein. Aber das störte Walcher nicht. Er fühlte sich gut wie seit langem nicht mehr. Einer Antwort der zentralen Frage, wer hinter all dem Wahnsinn steckte, war er ein deutliches Stück näher gekommen. *Das passt alles zusammen*, flüsterte er.

## Human Resorts Ltd.

Eine halbe Stunde Fahrtzeit auf holprigen engen Straßen musste in Kauf nehmen, wer von Galway aus, an der gleichnamigen Bucht im Westen Irlands, der Human Resorts Ltd. einen Besuch abstatten wollte.
Von der ersten Kontrollstation an der Grenze des Betriebsgeländes brauchte der Besucher allerdings nochmals eine halbe Stunde bis zu den Produktions- und Verwaltungsgebäuden auf dem idyllischen ehemaligen Landsitz des alteingesessenen irischen Clans der Fainmullany. Wie in so manchem Adelshaus heutzutage, hatte sich auch der letzte Spross des Clans genötigt gesehen, einen seiner Landsitze zu verkaufen, wollte er sein Leben auf traditionell hohem Niveau weiterführen.
Bei dem Landsitz der Fainmullanys, also dem Betriebsgelände der Human Resorts, handelte es sich um ein Areal von zwölf Quadratkilometern, was der Ausdehnung einer mittleren Kreisstadt entsprach. Das Betriebsgebäude, ein nüchterner Zweckbau aus Stahl und Glas, war nah an dem „Gutshaus" gebaut worden, wie Fainmullany das 42 Zimmer zählende Castle bescheiden zu nennen pflegte. Im Gutshaus selbst waren die Geschäftsleitung untergebracht, die Wohnung des Firmengründers Prof Dr. Dr. Roman Ruidmanns sowie einige Gastzimmer für besondere Geschäftskunden.
In vier modernen Apartmenthäusern wohnten die Mitarbeiter.

Der Werkschutz war in einem Kasernenbau untergebracht, zu dem man die ehemaligen Ställe umgebaut hatte. Besucherfahrzeuge und der firmeneigene Fuhrpark standen nicht etwa auf dem Gelände herum, sondern in einer zweistöckigen Tiefgarage.
Die Betriebsgebäude und das Schloss befanden sich in dem so genannten „Inner Circle“, dem Heiligtum im Zentrum von drei ständig überwachten Sicherheitszonen. Der Inner Circle war von einem hohen Zaun umgeben, der jedoch so weit zurückversetzt war, dass man ihn vom Gutshaus oder den Apartmenthäusern aus nicht sehen konnte. Den Inner Circle umgaben die Zonen zwei und drei. Auch die Zone zwei schützte ein Zaun, der allerdings nicht so hoch wie der um den Inner Circle war. In allen drei Zonen patrouillierte der Werkschutz mit Hunden und kontrollierte das Gelände mit modernem Überwachungsgerät. In die ehemaligen kleinen Höfe der Lehensbauern, sechs an der Zahl, die ringförmig um das Gut herum lagen, hatte man weitere Wohnungen für Mitarbeiter gebaut. Die Höfe dienten dem Werkschutz auch als Vorposten.
In Zone zwei befand sich ein Flugplatz mit einem Hangar, der wie ein Heustadel aussah. In ihm standen ein Flugzeug für vier Passagiere bereit sowie ein Hubschrauber, für ganz eilige Fälle. Gewartet und geflogen wurden die Maschinen von einer Mannschaft, die früher Kampfeinsätze in den von Stammeskriegen heimgesuchten zentralafrikanischen Ländern geflogen waren – gegen fürstliche Entlohnung. Dass im Gegenwert für diesen Sold Tausende von Menschen vor dem Hungertod hätten bewahrt werden können, war ihnen damals wie heute völlig gleichgültig. Sie gehörten der käuflichen Kriegerkaste an, skrupellos und nur sich selbst verpflichtet.
Die Start- und Landebahn war ebenso unauffällig wie raffiniert als ein Feldweg angelegt. Der gesamte Landsitz war von dichtem Wald umgeben und dort, wo Lücken entstanden waren, hatte der neue Besitzer kontinuierlich aufgeforstet.

Die Weiden des Gutes wurden von einem angestellten Schafbauern bewirtschaftet, der zusammen mit drei Helfern vom Werkschutz achthundert Schafe hütete. Darum standen regelmäßig Lammfleischgerichte auf dem Speiseplan der Werkskantine. Die dritte und letzte Zone wurde durch ein enges Netz modernster Geräte überwacht. Erschütterungs-, Wärme- und Bewegungsmelder verhinderten jede heimliche Annäherung. Selbst einheimische Pilzsucher mieden die Wälder um das Gut herum, weil sie meist schon kurz nach dem Betreten der kontrollierten Fläche vom Werkschutz freundlich, aber bestimmt vertrieben wurden.
Nur eine Straße führte in den Inner Circle und wer dorthin wollte, der musste sich an den Kontrollstationen ausweisen und unter Umständen zwei Mal durchsuchen lassen. Eine militärische Einrichtung hätte nicht lückenloser bewacht sein können. Darum waren die angrenzenden Nachbarn und die Einwohner von Galway auch der Meinung, dass es sich um eine Forschungsanlage des Militärs handelte, zumal der Fuhrpark vom selben Hersteller stammte, der das irische Militär belieferte. Die Wagen unterschieden sich lediglich in der Farbe, die war einige Nuancen dunkler, was aber bisher weder Fachleuten noch Laien aufgefallen war.
Die Wachmannschaft setzte sich aus gescheiterten Männern vom Typ Fremdenlegionäre zusammen, die hier einen gemütlichen und gut dotierten Job übernommen und dazu noch ein Zuhause hatten. Zusammen mit dem Werkschutz waren beim städtischen Finanzamt sechzig Mitarbeiter gemeldet.

Human Resorts Ltd. war als Gesellschaft mit beschränkter Haftung im Handelsregister des Amtsgerichts Galway eingetragen. Als Gesellschafter wurde ein Prof. Dr. Dr. Roman Ruidmanns aufgeführt, der gleichzeitig als Geschäftsführer verzeichnet war. An das regionale Finanzamt, die Sozialkassen und Versicherungen und an die Stadt führte Human Resorts regelmäßig seine Zahlungen ab, und zwar nicht wenig. Neben Whiskey Distilleries und einer Platinenfabrik gehörte

Human Resorts zu den wichtigsten Einnahmequellen Galways und dementsprechend kroch der Stadtchef dem Herrn Professor in den Hintern, wenn der irgendwelche Sonderwünsche vorbrachte. Der Professor hatte einige Jahre sowohl an der National University als auch am Galway-Mayo-Institute für Biologie und Biochemie unterrichtet und kannte deshalb das Netzwerk der Führungsschicht in Stadt und Land. Diese Verbindungen waren es, die es ihm ermöglichten, den herrlichen Landsitz der Fainmullanys zu kaufen. Das beinahe unbewohnte Land, das er durch den Aufkauf von vier weiteren angrenzenden Höfen zu dem gigantischen Areal erweiterte, erschien ihm ideal für seine Pläne, für deren Umsetzung er schon damals genügend Geldgeber akquiriert hatte.
Human Resorts kaufte auch die Anteilsmehrheit an der regionalen Zeitung. Wen wunderte es da, dass innerhalb der nunmehr fünfjährigen Betriebstätigkeit gerade mal drei Artikel über Human Resorts veröffentlicht worden waren. Und zwar über die Inbetriebnahme einer neuen Kläranlage, über eine Spende an das Whiskey-Museum und über die Notwendigkeit der Gentechnologieforschung.
Keines der Stadtoberhäupter hatte sich je über den Zweck der Forschung oder die Produkte von Human Resorts informiert, warum auch. Human Resorts war ein vorbildlich geführtes Unternehmen, das regelmäßig Steuern und Abgaben bezahlte und großzügig für wohltätige Zwecke spendete. Die Abwasserwerte, die Müllentsorgung der Firma, alles lief perfekt und ohne Beanstandungen. Bis auf den Stromlieferanten der Region waren alle zufrieden und der war es nur deshalb nicht, weil Human Resorts eine eigene modernere Energieversorgung besaß.
Der einzige Störenfried in der Stadt schien ein gewisser Nick Frontera zu sein, Sohn einer Einwandererfamilie in der zweiten Generation und Kriminalkommissar im Morddezernat. Der wurde aber schon nach dem ersten Versuch, das Unternehmen Human Resorts zu durchleuchten, von seinem Vor-

gesetzten zurückgepfiffen. Zwei Zimmervermieter der Stadt hatten ihre Mieter, die für Human Resorts arbeiteten, als vermisst gemeldet. Dieser Sache war Nick Frontera nachgegangen. Offiziell beschränkten sich seine Ermittlungen auf ein Gespräch mit dem Personalchef von Human Resorts, der das Fernbleiben der beiden als Arbeitsverweigerung darstellte und ihnen die fristlose Kündigung schickte. Die legte er Nick Frontera in Kopie vor. Mehr könne er da nicht tun. Sollte jedoch der Herr Kommissar herausfinden, wo sie steckten, könnte er ihnen ausrichten, dass sie ihre Versicherungsausweise und Lohnsteuerkarten abholen sollten.

## Reisevorbereitung

Walchers Entschluss stand fest, er würde nach Galway fliegen und sich Human Resorts vor Ort ansehen.
Das teilte er Hinteregger per Mail mit, natürlich mit dem Hintergedanken, für den Ernstfall mit ihm eine schlagkräftige Organisation im Rücken zu haben. Irmi würde solange bei den Großeltern bleiben, teils bei den Armbrusters, teils bei den Brettschneiders. Irmi wäre also versorgt.
Mit Armbruster, Lisas Vater, traf er sich zwei Tage vor dem Abflug zu einem ausführlichen Gespräch, in dem es nicht nur um Irmis Versorgung ging. Walcher hatte eine Vermögensübersicht angefertigt, einen ihm bekannten Notar zum Nachlassverwalter bestimmt und mit ihm ein Testament aufgesetzt. Eine Kopie davon gab er Armbruster und bat ihn, gemeinsam mit den Brettschneiders für Irmis Ausbildung zu sorgen und sie bei sich aufzunehmen, sollte ihm etwas zustoßen.
*Befürchtest du das?*, fragte Armbruster.
*Ich wollt' das schon seit einem halben Jahr klären. Jedem von uns kann täglich etwas geschehen. Und jetzt mache ich meine erste Reise, seit Irmi bei mir ist.*
Damit gab sich Armbruster zufrieden und nickte. Es wurde

ein langer Abend, weil er Armbruster auch das Geheimversteck im Vorratskeller beschrieb und ihm den Mechanismus erklärte, wie es sich öffnen und schließen ließ. Der alte Herr fand das faszinierend. *Das erinnert mich an meinen eigenen Tresor im Keller, komm, den muss ich dir zeigen.* Walcher folgte ihm und bewunderte den runden Mühlstein von einem Meter Durchmesser, der aussah, als wäre er fest in die Kellermauer aus Natursteinen eingearbeitet.
*Schau,* erklärte Armbruster und drückte mit beiden Händen gegen den Stein. *Der müsste sich jetzt ganz locker einen halben Meter nach hinten schieben und dann zur Seite rollen lassen. Gut, dass noch nichts drin war damals. Hätte sonst von außen den Boden aufgraben oder diese vorgesetzte Mauer wieder einreißen müssen,* lachte er in der Erinnerung an damals.
*Hatte diese zweite Mauer vor der alten hochgezogen, gut einen Meter dick, und die Anlage dahinter zugemauert, bis auf die runde Öffnung für den Mühlstein. Du hättest mein Gesicht sehen müssen, als ich den Keil zog. Es war traumhaft. Geradezu majestätisch langsam rollte der Stein die Schräge hinunter, passgenau vor die Öffnung. Ich konnte natürlich nur das Geräusch des rollenden Steins hören, wusste aber durch die vielen Versuche vorher, was sich im Innern meiner Anlage abspielte. Die Ebene unter dem Mühlstein senkte sich also, wie ich es geplant hatte, leicht ab und schob den Stein auf Hunderten von Stahlkugeln in die Öffnung. Rummms! Und der Mühlstein saß, wo er auch jetzt noch sitzt.*
Armbruster lachte, bis ihm die Tränen kamen. *Heute kann ich darüber lachen, damals ging ich häufig hier herunter und versuchte immer wieder, das Ding nach hinten zu schieben. Einmal baute ich sogar eine Hydraulikpresse auf, und siehe da,* er deutete auf die Kellerwand gegenüber, *es funktionierte, allerdings auf der falschen Seite, die Wand da drüben stürzte ein und die Decke senkte sich. Bekam damals richtig Angst.* Er nahm Walcher am Arm und führte ihn wieder aus dem Keller nach oben.
*Jetzt kannst du verstehen, warum ich so neugierig auf deine Konstruktion bin und du kannst Gift drauf nehmen, dass ich sie testen werde.*

Walcher versprach Armbruster, seinen Safe vorzuführen, sobald er wieder aus Irland zurück wäre. Dann fuhr er aber mit seiner Informationsveranstaltung fort und gab Armbruster Adressen und Telefonnummern von Hinteregger, Marianne in Zürich und Kommissar Brunner.
Er erzählte nur das Nötigste über Hinteregger und dass er ihn unbedingt um Hilfe angehen sollte, ja sogar müsste, sollte der Kontakt zu ihm, Walcher, abbrechen oder sonst etwas Ungewöhnliches geschehen.
Dass Armbruster mit keinem Wort Irmi erwähnte und auch keine Einwände gegen seine Reise vorbrachte, die nicht ungefährlich zu sein schien - sonst hätte Walcher ihm nicht ein Testament übergeben, dachte sich Armbruster –, rechnete Walcher ihm hoch an. Zum Abschied sagte Armbruster zu Walcher: *Tu, was du tun musst. Lass dir aber bei dieser Gelegenheit sagen, dass wir alle sehr dankbar sind, wie du für Irmi sorgst.* Walcher war darüber so gerührt, dass er Armbruster spontan umarmte, was er bisher noch nie getan hatte.
Mit Irmi würde er am nächsten Tag alles durchsprechen, überlegte er, aber da kam sie ihm zuvor.
*Omi Armbruster hat sich verplappert,* verriet Irmi ihm am Abend. *Sie sagte, dass du verreisen musst. Sie hat's ausgeplaudert, weil sie sich so freut, dass ich die Zeit über bei ihr bin. Also sei ihr nicht böse, dass sie gepetzt hat. Eigentlich würde ich viel lieber mit dir mitkommen.*
Walcher überlegte einen Moment lang, kam aber zu dem Schluss, Irmi einzuweihen und ihr zu sagen, was er vorhatte und warum.
*Weißt du,* begann Irmi, nachdem er ihr von seinen Recherchen erzählt hatte und dass er nur vor Ort in Irland die wahren Hintergründe herausfinden könnte. Vor allem aber hätte er die Hoffnung, dort endlich etwas über Johannes in Erfahrung zu bringen.
*Weißt du, ich versteh das ja alles gut, aber es ist das erste Mal, dass du weiter als nach Ravensburg oder München fährst. Es ist das erste Mal, dass wir länger getrennt sind, und das macht mir Angst.*

*Mir auch,* sagte Walcher, *aber Angst gehört zu unserem Leben wie die Freude. Wir müssen einfach Vertrauen haben, damit wir nicht vor lauter Ängstlichkeit keinen Schritt mehr aus dem Haus wagen. Verstehst du das?*
*Klar versteh ich das,* kam es prompt von Irmi, *trotzdem wünsche ich mir, deine Reise wäre schon vorüber und du wärst wieder hier. Aber jetzt muss ich ins Bett, sonst verschlafe ich morgen wieder.* Vor der Küchentür hielt sie kurz an, *gute Nacht, und trink in Irland nicht so viel Sherry.*
*Whiskey,* meinte Walcher augenzwinkernd, *die Iren trinken Whiskey und Guinness, und nun gute Nacht, Tochter.*

## Irland

Es scheint ein Naturgesetz zu sein, fluchte Walcher, dass immer dann die Technik versagt, wenn man sowieso schon knapp dran ist. In diesem Fall war es das Kartenterminal der Tankstelle. Walcher hatte den Tank befüllt, weil er schon auf Reserve fuhr, und er wollte nicht das Risiko eingehen, auf offener Strecke stehen zu bleiben und womöglich den Zug nach Frankfurt zu verpassen.
*Nicht akzeptiert,* grinste ihn der Tankwart an und reichte ihm die Karte zurück. *Bargeld lacht,* setzte er noch nach. Walcher hatte nur noch zwanzig Euro dabei und vorgehabt am Bankautomaten seine Reisekasse aufzufüllen. Es blieb ihm nichts anderes übrig, als anschreiben zu lassen, was der Tankwart auch akzeptierte, denn er kannte Walcher. Das wiederum bestätigte Walcher darin, auch künftig dieselbe Tankstelle anzusteuern. An irgendeiner Großtankstelle hätte er sicher nicht anschreiben lassen können.
Mit den Gedanken in der guten alten Zeit, in der man auch in den kleinen Geschäften noch anschreiben lassen konnte, raste er mit überhöhtem Tempo an zwei Geschwindigkeitskontrollen vorbei. Einer fest installierten Radarfalle, auf die zu achten er vergaß, und einer mobilen, die er übersah.

Fängt gut an der Tag, dachte Walcher, man sollte auf dem Schwarzmarkt Handgranaten besorgen und nächtens diese Kästen in die Luft jagen, fluchte er. Als dann am Bahnhof von Friedrichshafen auch noch alle Dauerparkplätze besetzt waren und er in einer nahen Seitenstraße parken musste, wobei sein Wagen um die Hälfte über die markierte Parkfläche hinaus reichte, trug das nicht gerade zur Besserung seiner Laune bei. Ihm war klar, dass diese Übertretung geahndet würde und er sich gerade weiteres Bußgeld aufhalste. Noch nicht mal richtig unterwegs und schon ein verdammt teurer Spaß.
Dafür erreichte er wenigstens in letzter Minute den Zug nach Ulm, wo er in den Intercity nach Frankfurt umsteigen würde. Er hatte sich für die Bahn entschieden, weil sie günstiger war und weil er nicht viel länger brauchte, als wenn er von Friedrichshafen nach Frankfurt flog, rechnete er die Wartezeiten auf den Flughäfen hinzu. Außerdem hasste Walcher die Enge im Flugzeug. Im Zug konnte er umherspazieren und es sich im Speisewagen gemütlich machen.

Fast die ganze Fahrt über döste er vor sich hin. Dazwischen machte er sich Notizen in das kleine Notizheft und sammelte, was sich seit dem Auftrag, das Eriskircher Ried zu inspizieren, alles ereignet hatte. Welche Personen welche Rolle spielten beziehungsweise gespielt hatten, weil sie inzwischen tot waren. Freifrau von Wedern, ihr Onkel, seine Haushälterin, zwei Detektive, die Frau in München und das Verschwinden seines Freundes Johannes. Worum es letztlich ging, war immer noch unklar. Es gab da diese Kinder, eventuell Klone, Armin von Wedern, der anscheinend abgetaucht war. Dann war da noch der Brand des alten Erholungsheims. Die zwei Frauen und die vier oder mehr Männer in den blauen Overalls und ihrer paramilitärischen Ausrüstung. Schließlich noch diese Maske, die man ihm offenbar zur Warnung vor die Bürotür gestellt hatte. Das war alles. Die wichtigsten Anhaltspunkte waren die Andeutungen des Bruders der Freifrau, sein Beruf, seine Flüge von und nach Irland und die Klone, die eventuell auf unerlaubte biochemische, genetische oder pharmazeutische Forschung schließen ließen. In jedem Fall musste enorm viel auf dem Spiel stehen, bereits sechs Personen waren umgebracht worden.

Flughäfen sind nichts als gigantische Zeitvernichtungsmaschinen, Zeitdiebe, jedenfalls wenn es sich um kurze Distanzen handelte, griff Walcher einen alten Gedanken wieder auf, als er in Frankfurt auf die Maschine nach Dublin wartete. Was man einerseits durch die kurze Flugzeit einsparte, wurde auf der anderen Seite auf den Flughäfen wieder vertrödelt. Mit der angezeigten Verspätung würde er in Frankfurt drei ganze Stunden herumhängen müssen. Bis er in Galway aus dem Flugzeug stieg, würde er vermutlich insgesamt über zehn Stunden unterwegs gewesen sein.

Grässlich, dieses Zeit totschlagen auf den Flughäfen. Was konnte er in den lärmigen Wartehallen groß machen? Zeitung lesen, essen, trinken, Geschenke kaufen, allerdings zu verbrecherisch überhöhten Preisen. Und was die Qualität des Essens anbetraf - selbst für die Mülltonne, in der es landete, eine Zumutung.

Walcher war nach all dem nicht zumute, sondern er sah sich stattdessen die Leute an, wanderte durch die Hallen und Gänge, lief über Laufbänder und stieg Treppen hinauf und hinunter, vorbei an Bistros, Cafés, Bars, Läden und Restaurants, in denen sich die Leute mit dem Schlangenfraß aus den Fastfoodküchen ihre Mägen voll stopften.

Wie ein Beobachter mitten in einem Ameisenhaufen kam er sich vor. Die meisten Ameisen trippelten eilig dahin, scheinbar ein  Ziel fest im Blick, und schleppten dabei zumeist ähnlich geformtes, aber unterschiedlich gefärbtes Sammelgut mit sich herum. Besonders kräftige Exemplare hatten sich mit Beutegut beladen, das ihr eigenes Körpergewicht überstieg. Schwächere Exemplare zogen ihre Güter hinter sich her.

Gelegentlich stießen sie mit anderen Ameisen zusammen

oder sie tauschten, in Grüppchen beieinander stehend, Informationen aus und fanden erst in langen Warteschlangen Ruhe, wo fleißige Lagerarbeiterinnen ihnen ihre Sammelgüter abnahmen. Im Gegenzug erhielten sie längliche bunte Karten. Ameisensoldaten kontrollierten in Zweier- und Dreiergruppen das Ganze und griffen ein, wenn es Probleme gab. Die Luft war ein Gemisch aus Parfüms und Reinigungsmitteln und überlagerte den Gestank von Schweiß, Stress und Angst. Ausnahmezustand, dachte Walcher. Menschen auf Flughäfen befanden sich im Ausnahmezustand. Bei den meisten waren die Pupillen geweitet, sie lasen zum wiederholten Mal die Reisepapiere, suchten in ihren Gepäckstücken ständig irgendwelche Sachen, telefonieren mit Gesprächspartnern aus ihrer Vergangenheit und der Zukunft.
Reisende zwischen den Welten.
Überlegten krampfhaft, ob zu Hause der Herd noch angeschaltet war und die Küche in Brand setzte oder die Wasserzuführung der Waschmaschine gerade platzte und das Wasser bereits fünf Stockwerke tiefer plätscherte. Ob sie die Katze eingesperrt hatten oder der Nachbar, das Schwein, wieder ihre Abwesenheit nutzte und die erst halb volle Mülltonne mit Batterien und sonstigen Gefahrenstoffen füllte.
Walcher empfand Flughäfen als Orte, an denen die Krankheit unserer Zivilisation sichtbar wird, wie eine Eiterbeule. Die Krankheit hatte auch einen Namen: *Geschwindigkeit.* Und die Menschen gingen an ihr zugrunde.
Die Geschwindigkeit, mit der wir durch das Leben rasten, dachte Walcher, stahl uns die Ruhe und Gelassenheit. Und die Flut an Informationen tat ihr Übriges. Rund um den Globus jagte eine Nachricht die nächste, in einem wahnsinnigen Tempo, und ließ uns keine Zeit mehr zu verstehen und zu reagieren. Zugemüllt, konnte niemand mehr trennen zwischen wichtig und unwichtig, notwendig und überflüssig. Genau wie bei den Waren, die in einem irrsinnigen Produktionstempo in einem stetigen Strom aus den Fabriken quollen.

Alles in unserem Leben war viel zu schnell geworden. Selbst die Natur manipulierten wir, damit Pflanzen und Tiere schneller wuchsen. Dass sie dabei Geschmack und Nährstoffe einbüßten – ja und?!
Trübe Gedanken waren es, die sich in Walchers Kopf drehten. Bis ihn plötzlich wie ein Blitz etwas durchzuckte, das alles andere einfach ausblendete. Eine Frau kam ihm entgegen, ihre Blicke trafen sich, verschmolzen ineinander und führten zu kleinen Explosionen in ihren Gehirnen mit den bekannten Auswirkungen auf Magen, Haut und Knie.
Sie vergaßen zu atmen, standen da und starrten sich an. Erst als das blonde Kind, dessen linkes Bein in einem Gipsverband steckte und das sich deshalb auf eine Krücke stützte, an der Hand der Frau zerrte, löste sich ihre Starre. Zum Tanz der Instinkte kam bei Walcher noch hinzu, dass er diese Frau kannte. Die roten Haare, das ovale Gesicht – schon im Sucher der Kamera, als er in den Brennnesseln am See lag – hatte er sie bewundert.
Jetzt stand sie vor ihm und sie sah wunderschön aus und sie lächelte dazu ein bezauberndes Lächeln. Aber nur kurz, dann üblagerte der Stress und die Wirklichkeit den Zauber, den auch sie empfunden hatte. Das Kind an ihrer Seite musterte Walcher mit großen Augen und fragte die Frau auf Spanisch, *kennst du den?* Die Rothaarige verneinte die Frage mit einer leichten Kopfbewegung, ohne dabei Walcher aus den Augen zu lassen. Walcher machte zwei Schritte vor und stand jetzt direkt vor den beiden.
*Geben Sie mir, irgendwas, einen Namen … eine Nummer, ich …* Er verfluchte sein Gestammel. *Das darf nicht so … ich meine, wie kann ich Sie ...*
Walcher riss den gesamten Inhalt seiner Hemdtasche heraus und kritzelte auf den obersten Zettel der Sammlung – es war die Rückseite eines gefalteten Strafzettels – seine Handynummer und darunter seinen Namen. Sie nahm den Zettel und lächelte noch einmal ihr zauberhaftes Lächeln. Dann zerrten das Kind und ihre Aufgabe an ihr und Walcher stand

da und sah ihren roten Schopf untertauchen in dem Strom der Ameisen. Walcher seufzte und seine Gedanken lösten sich nur zögernd von dieser Frau. Das waren höchst bedenkliche Anzeichen einer Spontanverliebtheit, sagte er sich, allerdings mit einem sehr unbefriedigenden Abschluss. Die Möglichkeit, die Initiative zu ergreifen, hatte erst einmal nur sie. Das Kind sah übernächtigt aus und wirkte angespannt, erinnerte sich Walcher. Es war eines der Kinder aus dem Strandbad. Zu gern wäre er den beiden gefolgt, auch um ihr Flugziel herauszufinden oder ob sie jemanden abholten oder selbst abgeholt wurden. Aber sein Flug wurde angezeigt und es war höchste Zeit, dass er zum Abflug-Gate ging.

## Treffen in Frankfurt

Die Tage in Heilbronn waren für Susanna und Miriam alles andere als Ferien. Weil sie die Anordnung hatten, das Handy nur in absoluten Notsituationen zu benutzen, drückten sie sich andauernd in Telefonzellen herum, um Kontakt mit den anderen Kindern zu halten.
Sobald Miriam die Stimme einer ihrer Schwestern hörte, schloss sie die Augen und ihr Gesicht entspannte sich. Für sie waren die neue Umgebung, die Trennung von ihren Schwestern, die Reise, einfach alles eine Tortur. Sie fieberte geradezu von einem Telefonat zum nächsten. Bei Susanna verursachte die ständige Nähe zu Miriam eine latente Aggression, auch dass sie auf ihre täglichen Übungsstunden auf der Querflöte verzichten musste, nervte sie.
Nach drei Tagen freuten sie sich deshalb auf den nächsten Morgen, den Abreisetag, an dem sie über Frankfurt, Genua und Nizza endlich zu dem ersehnten Grasse aufbrechen würden.
Miriam wollte trotzdem unbedingt noch mit ihren Schwestern telefonieren und fand wie an den Tagen zuvor kein Ende, bis Susanna sie regelrecht aus der Telefonzelle zerrte.

Wütend boxte Miriam ihr heftig in den Bauch, riss sich los und rannte blindlings auf die Straße. Der Fahrer des Kleinlastwagens reagierte schnell und bremste mit quietschenden Reifen, trotzdem wurde Miriam nach dem heftigen Aufprall durch die Luft katapultiert. Es war ein groteskes Bild, wie das Kind aufrecht stehend durch die Luft flog, so als wollte es einfach weiterlaufen. Hart schlug Miriam auf dem Asphalt auf und schrie gellend.
Notarztwagen, Krankenhaus, Untersuchung, die nächsten Minuten und Stunden vergingen in ängstlicher Anspannung. Dann kam die Entwarnung, dass die Verletzungen nicht gefährlich seien, eine Platzwunde an der Schulter, die genäht wurde, eine gebrochene Rippe und ein ebenfalls gebrochenes linkes Schienbein. Miriam brachte schon wieder ein leichtes Lächeln zustande, als Susanna mit einem Telefon in der Hand an ihr Bett trat. Am traurigsten an dem Unfall war für sie, dass sich nun die Reise zu ihren Schwestern verzögerte. Es wurden daraus dann fast vier Wochen voll grässlicher Trennungsqualen, bis sie endlich auf dem Frankfurter Flughafen standen, Miriams Bein noch mit einem leichten Gehgips geschützt.
Sie hatten gerade einen heftigen Streit hinter sich, weil Miriam unbedingt sechs kindgroße Bären kaufen wollte, die sie in einem der Shops entdeckt hatte. Auf Susannas entschiedenes Nein reagierte Miriam mit einem Fußtritt gegen ihr Schienbein. Susanna war außer sich und konnte sich nur mit Mühe zurückhalten, Miriam ebenfalls einen Tritt zu geben. Stattdessen packte sie Miriam fest bei der Hand und zerrte sie einfach weiter. In diesem Moment blickte sie in die Augen eines Mannes, der sie ansah und sie entwaffnend anlächelte. Auf ihrer Flöte hätte sie ein Tremolo gespielt, um auszudrücken, was sie in diesem Moment empfand.
Dass dieser Mann auf sie zutrat, irgend etwas unverständliches stammelte, etwas auf einen Zettel kritzelte und ihn ihr reichte, wurde ihr erst richtig bewusst, als sie bereits in der Maschine saßen. Es war ein Strafzettel über fünfzehn Euro

Bußgeld für falsches Parken. Susanna schmunzelte und nahm sich vor, die Strafe bei dem Herrn einzutreiben. Sein Name und seine Handynummer standen da und vielleicht war das ja endlich der Anstoß, wieder in die normale Welt zurückzukehren und das zu tun, was sie hatte tun wollen, bevor sie diesen Kindermädchen-Job annahm: Flöte zu spielen.

## Dublin

Der Flug nach Dublin war in jedem Fall nicht langweilig, sondern angefüllt mit Tagträumen von einer schönen rothaarigen Frau, drei Gin Tonic – Walchers bevorzugtem Flugbegleiter - sowie einigen heftigen Böen. Die schüttelten das Flugzeug samt Passagieren ordentlich durch und verursachten so manchem ein mulmiges Gefühl im Magen, das allerdings eher von dem seltsamen Imbiss herrührte, den die Stewardessen verteilt hatten. Eine weißliche, lauwarme Pampe mit schrumpeligem Grünzeug an einer graubraunen Brühe mit embryonalem Futtermais.
Walcher aß nur die originalverpackten Kekse, weshalb er vermutlich die Turbolenzen überstand, ohne nach einem der knapp gewordenen Kotzbeutel verlangen zu müssen. Auch stürzte die Maschine nicht ab, obwohl Walchers Handy in seiner Hosentasche brummte. Es auszuschalten traute er sich erst, als der Anrufer aufgegeben hatte.
Die Landung gelang nicht gerade wie ein Meisterstück. Aber immerhin wurden die Passagiere, die einen Weiterflug gebucht hatten, bereits in der Maschine auf die Busse hingewiesen, die sie direkt zu den Anschlussmaschinen fahren würden.

Gesumse

Manfred Gross nannte das, was seine Mitmenschen über ihn dachten und wie sie ihn behandelten, als „Gesumse“. Seine Mutter verankerte diesen Begriff tief in ihm und er übernahm ihn als seine Devise fürs Leben. „Gesumse“ war es, wenn die Kinder aus der Nachbarschaft ihn hänselten, dass er keinen Vater vorzuzeigen hätte. „Gesumse“ nannte die Mutter auch später die Vorwürfe der Eltern, deren Kinder Manfred zu Doktorspielen zwang. „Gesumse“ waren die erste Schlägerei, der erste Diebstahl, die ersten Fälle von Körperverletzung, Überfall, Erpressung, Vergewaltigung, Totschlag. Alles nichts als „Gesumse“.

Manfred Gross besaß keinerlei Gefühle für andere Lebewesen. Die Befriedigung seiner Bedürfnisse stand für ihn so selbstverständlich im Mittelpunkt seines Denkens und Handelns, wie der Tag auf die Nacht folgte und umgekehrt.

Niemals hatte er auch nur einen Gedanken daran verschwendet, dass daran etwas falsch sein könnte. Intelligent und mit solidem Schulwissen ausgestattet, absolvierte er eine Konditorlehre, nicht weil ihn der Beruf interessierte, sondern weil es damals die einzige freie Lehrstelle im Dorf war. Im Fußball- und Handballverein waren sein spielerisches Talent und sein Kampfgeist geschätzt. Seine Mannschaftskameraden wollten darüber hinaus allerdings wenig mit ihm zu tun haben. Sie empfanden ihn als gefühlskalten Zombie, der sie nicht nur im Sport übertrumpfte, sondern ihnen auch noch die Freundinnen ausspannte. Er war groß gewachsen, athletisch, ausgesprochen hübsch, konnte bezaubernd lächeln, hatte blaue Augen, war durch und durch ein Strahlemann.

Manfred Gross besaß jene Ausstrahlung, die offensichtlich bei Frauen gut ankam. Das war allerdings eine einseitige Angelegenheit, denn für Manfred war auch das „Gesumse“.

Eine Frau war gut für eine Nacht, wenn er gerade Lust darauf hatte, mehr nicht. So wie er seinen Hunger auf Essen

stillte, so befriedigte er auch seine Lust auf Sex. Alles andere war „Gesumse“.
Irgendwann wurde ihm nahe gelegt, aus dem Heimatdorf zu verschwinden, wollte er nicht Gefahr laufen, kalt gemacht zu werden. Er verschwand dann tatsächlich nach dem Tod seiner Mutter, aber nicht aus Angst, sondern weil er seinen großen Traum verwirklichen wollte, die Weltmeere zu befahren. Als Konditor, Koch und Mädchen für alles heuerte er auf einem Frachter an und lernte in der Crew aus gescheiterten Existenzen, was es bedeutete, unter ähnlich gefühlskalten Egoisten zu überleben. Mit fünfundzwanzig hätte Gross ein Feinschmeckerlokal eröffnen können - so hervorragend lernte er das Kochen. Er hätte in die Fremdenlegion eintreten können - so durchtrainiert und skrupellos, wie er war. Er hätte sich als Pappagallo verdingen können – so beliebt bei den Frauen war er. Er entschied sich für eine Karriere als Bodyguard. Dass er bei den Bösen anheuerte, lag einfach daran, dass sie höhere Löhne zahlten. Ebenso gut hätte Gross mit all seiner Kraft auch den Papst beschützt, aber dessen Angebot orientierte sich am Gotteslohn und der war ihm definitiv zu niedrig. So lernte Gross seinen Körper als Kugelfang einzusetzen. Aber nicht einmal sein zügig anwachsendes Bankkonto rechtfertigte mehrere Schuss-, Schlag-, Biss-, ja sogar Kusswunden. Deshalb fand er in einer Organisation, die Auftragskiller suchte, einen adäquaten Arbeitgeber.
Gross war nicht geldgierig. All sein Streben diente nur dem Ziel, seinen Traum wahr zu machen. Unabhängig und frei wollte er sein und auf der eigenen Segeljacht über die Meere dieser Welt fahren. Vielleicht den einen oder anderen zahlenden Gast durch die Ägäis, um das Kap oder, wenn es sein musste, auch zwischen den Piraten des Indischen Ozeans hindurch nach Australien zu transportieren. Bis dahin war es ein weiter Weg, denn Manfred konnte rechnen und wusste, dass er mehr aufbringen musste als nur den Kaufpreis für ein Schiff. Um nach seiner Vision leben zu können, musste er Reserven für den Rest seines Lebens anhäufen.

Darum betrachtete er es als eine Art Fügung, als ihm ein Job angeboten wurde, der einfache Arbeit bei geringem Risiko und hohem Lohn versprach. So stand Manfred Gross bei Human Resorts seit nunmehr sieben Jahren als Controller auf der Gehaltsliste. Die Fälle, in denen Gross seine besonderen Fähigkeiten beweisen konnte - als „Götterbote" - wie er seine Rolle verstand, empfand er als willkommene Abwechslung, die zudem durch hohe, zusätzliche Prämien versilbert wurden.

Galway Airport

Die Nacht war schwarz, stürmisch und nass. Irland zeigte sich von seiner rauen Seite, *aber herzlich,* wie die Stewardess mit einem strahlenden Lächeln versicherte.
Vorsichtig und etwas steif stieg Walcher aus der schon in die Jahre gekommenen klapprigen Maschine die viel zu steile Metalltreppe hinunter. Auf ihn und die restlichen sieben Passagiere der Aer Lingus Airline wartete kein Bus. Ihnen blieb nichts anderes übrig, als fluchend und geduckt unter den fast waagerecht peitschenden Regenschauern über das Flugfeld zu hetzen, dem Terminal entgegen, in dem sie dann nass und frierend eine halbe Stunde auf ihr Gepäck warten mussten. Der Tee, den ihnen eine bemühte Helferin anbot war mindestens schon das vierte Mal aufgebrüht worden und wurde nur durch den Schuss Whiskey trinkbar, den eine Mitreisende ihnen aus einem silbernen Flachmann spendierte. Als endlich der Gepäckwagen anrollte, verabschiedeten sich die leidgeprüften Reisenden voneinander, als würden sie sich seit Jahren kennen.
Der Taxifahrer verbesserte Walchers Zielangabe „Farney Hotel" mürrisch und unaussprechlich in ein „Farrrneitelll". Dort hatte Walcher ein Zimmer reserviert.
Nach einem Whiskey als *Welcome* aus der gut bestückten Zimmerbar packte er den überschaubaren Inhalt seines

Koffers aus und entschied sich dann für eine warme Dusche mit anschließender Nachtruhe anstelle eines Spaziergangs. Obwohl es schon spät war, die Uhr zeigte nach Mitternacht, rief er bei den Großeltern an. Es war aber nicht einer der Alten, der das Gespräch annahm, sondern Irmi. *Ich hab's gewusst, das kannst nur du sein.*

*Und ich hab mir gedacht, dass du längst schläfst.* Walcher verkniff sich den Hinweis auf die Schule. *Bin gut gelandet und sitze nun hier im Hotel, richte das bitte den Großeltern aus. Bei dir auch alles okay?* Es war alles in Ordnung und die beiden wünschten sich gegenseitig eine gute Nacht und legten auf. Als kurz darauf wieder sein Handy brummte, nahm er an, es wäre noch mal Irmi.

*Hallo, sind Sie der Mann vom Flughafen in Frankfurt?,* fragte jedoch eine ganz andere, aber sehr angenehme Stimme. Walcher war überrascht, gleichzeitig schnellte sein Adrenalinspiegel in die Höhe.

*Ja, ja, der bin ich.*

*Haben Sie etwas zu schreiben?*

Walcher hatte gerade die Getränkeliste der Zimmerbar und einen Hotelkugelschreiber vor sich liegen, um einen zweiten Whiskey anzukreuzen.

*Null – eins – sieben – drei, drei – eins – eins – null, zwo – sieben – acht – drei,* diktierte die Stimme. *Plus Auslandsvorwahl Frankreich, ich habe jetzt keine Zeit für ein Gespräch, dachte mir aber, dass es gut ist, wenn Sie auch die Chance haben, sich zu melden. Das würde mich freuen. Ach ja, ich heiße Susanna Reif, haben Sie die Nummer?*

Walcher räusperte ein *Ja,* als hätte er einen Frosch im Hals.

*Ciao Robert.*

Bevor er reagieren konnte, hatte sie aufgelegt und auf dem Display stand: Verbindung beendet.

Robert, sie hatte ihn Robert genannt. *Ich Rindvieh habe ihr diesen dämlichen Namen aufgeschrieben,* stöhnte er in Gedanken, aber sein Ärger hielt sich in Grenzen. Vielmehr durchströmte ihn ein verdammt gutes Gefühl. Da gab es eine Frau, von der

er sich hatte verzaubern lassen, und diese Frau rief ihn tatsächlich an und signalisierte Interesse an ihm.
Walcher dachte an Lisa und an Irmi und daran, dass er sich dennoch mit Susanna Reif treffen sollte. Unglaublich, welche Emotionen eine sekundenkurze Begegnung auszulösen vermochte. In jedem Fall genug, um nach zwei weiteren Drinks zufrieden in einen tiefen Schlaf zu sinken.

## Auch am Mittelmeer regnet es

Mailand, Genua, San Remo, Monaco, Grasse - Susanna und Miriam waren beide psychisch und physisch am Ende, als sie in Grasse aus dem Zug stiegen. Es regnete und war bitterkalt und das kam den beiden nicht nur so vor, weil sie unausgeschlafen und viel zu dünn angezogen waren, sondern weil es für die Jahreszeit tatsächlich ungewöhnlich kühl war in Grasse. Ihre Stimmung hellte sich erst auf, als aus dem Halbdunkel des überdachten Bahnhofs zwei Blondschöpfe auf Miriam zuschossen und sie fast erdrückten. Dann kam Susanna an die Reihe, auch sie wurde liebevoll von den beiden umarmt. Der Chef der Truppe, Manfred Gross, war selbst gekommen und umarmte Susanna ebenfalls, flüsterte ihr dabei allerdings leise ins Ohr: *Schön, dass Sie endlich hier sind, die Umarmung ist nur für die Zuschauer, aber ich freue mich wirklich.* Laut sagte er, *vite, vite, meine Lieben, das Badewasser ist eingelassen, der Tisch ist gedeckt und der Wagen steht vor dem Eingang, also kommt.*
Eine halbe Stunde Fahrt durch die regnerische Nacht und die sieben Kinder drängten sich zu einem Knäuel zusammen, das sich erst wieder entwirrte, nachdem sich alle wenigstens einmal gedrückt, geküsst und geknufft hatten.
In dieser Nacht schliefen die Kinder alle zusammen auf dem Matratzenlager, sie mussten dringend wieder Nähe erleben. Außerdem gab es so unendlich viel zu erzählen.
Auch die Erwachsenen saßen noch lange zusammen und

berichteten einander von ihren Reisen, allerdings nicht um Erlebnisse auszutauschen, sondern um Dr. Zelters Fragebögen auszufüllen. Susanna zog sich als Erste zurück, sie sehnte sich nach einem heißen Bad und einem warmen Bett und danach, endlich wieder alleine zu sein. Morgen, so nahm sie sich vor, würde sie Flöte spielen, bis ihr die Finger abfielen. Sie blätterte nach einem langen Bad dann doch nicht wie früher in Partituren, sondern legte sich ins Bett und träumte von einem Mann mit großen warmen, braunen Augen.

Auch Dr. Zelter träumte, allerdings einen völlig anderen Traum. Er schritt dann über einen roten Teppich durch ein Spalier von Beifallklatschenden auf die Bühne der City Hall in Stockholm. Hunderte Mediziner aus aller Welt waren gekommen, um dabei zu sein, wenn ihm aus der Hand des schwedischen Königs der Preis der Preise überreicht würde. Der Nobelpreis. Zettel stöhnte lustvoll auf, als seine Rechte die Hand des Königs berührte und er mit der Linken das schwere Büttenpapier der Urkunde hielt. Dr. Markus Zelter hatte diesen Traum schon oft geträumt und einmal dabei sogar ejakuliert, so gewaltig wie nie zuvor in seinem Leben.

Auch Bianca Nerdinger stöhnte auf, allerdings nicht aus Lust, sondern weil sie glücklich war, dass alle ihre Schützlinge unversehrt wieder beieinander waren und nun friedlich im Nebenzimmer schliefen.

Manfred Gross träumte von einem Segelboot, dem er, dank der zusätzlichen Prämie für die gelungene Umzugsaktion, wieder einen Schritt näher gekommen war. Die Männer seiner Mannschaft träumten noch nicht, sie spielten Karten und kontrollierten das Terrain, denn für sie war der Umzug längst Vergangenheit.

Enttäuschend verlief Walchers Versuch am nächsten Morgen, Informationen über Human Resorts einzuholen. Nach einem schnellen Frühstück - er steckte voller Tatendrang und Unruhe trieb ihn - verbrachte er den Vormittag damit, die städtischen Ämter ausfindig zu machen, wo er Näheres über Human Resorts erfahren könnte. Außer dem Eintrag im Handelsregister, in dem als geschäftsführender Gesellschafter ein Prof. Dr. Dr. Roman Ruidmans ausgewiesen war, wohnhaft im Bezirk Galway, war das Ergebnis spärlich.
Walcher entdeckte lediglich einen schmucklosen Flyer, in dem mit blumigen Tönen der Aufbruch in das Gen-Zeitalter herauf beschworen wurde und Human Resorts sich als ein international agierendes Forschungslabor präsentierte, das die Zeichen der Zeit erkannt hätte. Keine Adresse, keine Telefonnummer, keine Mailadresse, nur die Homepage im Internet waren auf dem Blatt angegeben und die kannte Walcher bereits.
Selbst die Hotelrezeption, weltweit stets ein Hort ergiebiger Informationen, lieferte lediglich den vagen Hinweis auf den Standort von Human Resorts: draußen auf dem Land. Allerdings verknüpft mit der Warnung, dass es sich um ein Sperrgebiet handelte, das strengstens bewacht würde.
Walcher tat sich in dem Hotelrestaurant ein original Irish Stew an, das grässlich schmeckte, mailte dann vom Hotelcomputer aus an seine eigene Mailadresse Irmi und den Großeltern einen kurzen Gruß und schrieb, dass das Wetter schlecht, das Essen katastrophal, er selbst aber guter Dinge wäre. Walcher hatte mit Armbruster auch vereinbart, dass sie einmal täglich in den Mailordner schauen sollten, damit sie auch über diesen Weg mit ihm Verbindung aufnehmen konnten.
Nach dem Mittagsschlaf, den er mit einem Whiskey aus der Zimmerbar einläutete, würde er sich ein Taxi rufen lassen, sich „hinaus aufs Land" fahren lassen und den Firmensitz

von Human Resorts genauer ansehen. Er blätterte noch in einem Reiseführer, der Galway als eine sehenswerte, lebendige Universitätsstadt beschrieb, die sich dank positiver wirtschaftlicher Entwicklung zu einem pulsierenden Zentrum an der Westküste entwickelte. Weiter kam Walcher nicht, er schlief ein.

Walchers Mittagsschlaf dauerte länger als geplant. Er schrieb es dem Schlafmangel der letzten Nacht, der rauen Seeluft und dem Sauwetter zu, nicht etwa dem hervorragenden Whiskey. Das Taxi stand schon mit laufendem Motor vor dem Hotelportal, während Walcher sich noch rasch vom Portier eine Regenjacke auslieh, bevor er in den Wagen einstieg und dem Fahrer sein Ziel nannte.
*Für Geld fahre ich selbst dorthin,* bekam er zur Antwort.
Walcher überlegte, ob darin ein tieferer Sinn lag, eine regionale Redensart vielleicht, oder ob er damit das Fahrtziel als uninteressant oder gar gefährlich einstufte. Er hatte allerdings keine Lust, den muffeligen Fahrer danach zu fragen, sondern sah durch die Fensterscheiben gedankenverloren auf die grauen Häuserzeilen und überlegte die möglichen nächsten Schritte.
Er nahm sich vor, erst einmal das Areal zu erkunden und würde sich dann völlig unbefangen als Journalist anmelden, der an einem Artikel über den Stand der Genforschung in Irland arbeitete, im Auftrag des internationalen *Health*-Magazin. Seinen Presseausweis hatte er deshalb extra eingesteckt. Ja, das erschien Walcher eine schlüssige Begründung für seinen Besuch bei der Human Resorts. Es erklärte auch, weshalb er die kleine Kamera um den Hals trug, einstweilen unsichtbar unter der Jacke.
Doch wie sich herausstellen sollte, verlief sein Besuch völlig anders als geplant. Zum einen dauerte die Fahrt hinaus zu dem Firmensitz viel länger als eine halbe Stunde, was aber nicht die Zeitangabe des Portiers in Frage stellte, sondern was an der Blasenschwäche des Fahrers lag, der dreimal in

die Büsche musste. Zum anderen stoppten drei schwarz Uniformierte das Taxi, kaum dass es die Grundstücksgrenze der Human Resorts passierte. Freundlich, aber bestimmt machten die Uniformierten darauf aufmerksam, dass sie sich auf Privatgelände befänden. Weil Walcher davon ausgehen musste, dass auch ein zweiter Versuch, auf das Gelände zu gelangen, ähnlich verlaufen würde, entschloss er sich, gleich Nägel mit Köpfen zu machen.

*Ich habe einen Termin mit der Presseabteilung,* log er, während er das Fenster des altertümlichen Taxis herunterkurbelte und reichte dem Wachmann seinen Presseausweis. Nach dieser Eröffnung holte der Wächter vermutlich Instruktionen über sein Funkgerät ein, während der zweite Walchers Pass verlangte, ihn gründlich durchlas und dann wieder zurückgab. Der dritte Uniformierte hatte etwas abseits Posten bezogen, in einer Haltung, als würde er mit vorgehaltener Maschinenpistole die Aktion sichern, dabei trug er nur eine kleine Pistolentasche am Gürtel.

Der Taxifahrer hatte sich auf seinem Sitz so klein gemacht, dass Walcher nicht einmal mehr die Oberkante seines Käppis sah. Diese Haltung belustigte Walcher, gleichzeitig beunruhigte sie ihn, und zwar stärker, als er sich zugestehen wollte. Entweder war der Mann ein extremer Hasenfuß oder ihm war bekannt, dass mit den Uniformierten nicht zu spaßen war. Jetzt verstand er erst die Bemerkung des Fahrers bei der Abfahrt.

Der Wachmann am Funkgerät signalisierte seinen Kollegen und dem Taxifahrer das Okay für die Weiterfahrt.

Der Taxifahrer in seiner Nervosität legte viel zu hektisch und ruckartig einen hohen Gang ein und würgte dadurch den Motor ab. Mit aufheulendem Motor, schleifender Kupplung und pfeifenden Reifen zwang er beim zweiten Versuch den Wachman mit dem Funkgerät zu einem reaktionsschnellen Hechtsprung in den Straßengraben.

Bis er das Tempo gedrosselt und den passenden Gang gefunden hatte, brauchte der Taxifahrer die ganze Strecke bis

zum nächsten Halt an einem Tor. Vor dem Wachhäuschen standen erneut drei Wächter in schwarzen Uniformen.
Der Fahrer bremste das Tempo, das ohnehin nur bei maximal fünfzehn Stundenkilometer lag, so abrupt ab, dass Walcher gegen den Vordersitz schleuderte. Gleichzeitig verbreitete sich im Taxi ein scharfer, schwefeliger Uringestank, als hätte der Fahrer mittags kiloweise Spargel gegessen.
Walcher kurbelte sein Fenster herunter, was vielleicht die Wachtposten als Zeichen vorauseilenden Gehorsams freundlich stimmen würde und auch, um dem vordersten der Wachmänner gleich seine Papiere entgegenzustrecken. Der winkte jedoch ab und signalisierte die Weiterfahrt. Ohne ein weiteres Beispiel seiner Fahrkünste schaffte es der Fahrer durch das Tor zu rollen. Dabei stieß er allerdings einen tiefen, jammervollen Seufzer aus, weil er wohl im Rückspiegel gesehen hatte, dass die Wächter nach der Durchfahrt des Taxis das Tor schlossen. Der Schwefelgestank wurde intensiver. Vermutlich malte sich der Fahrer die ganze nochmalige Tortur bei der Rückfahrt aus.
*Vielleicht sollte ich auf den Urinstinkt des Fahrers vertrauen und mich nicht darüber aufregen, dass sein Urin stinkt,* fiel Walcher als kleines Wortspiel dazu ein. Er schmunzelte und nahm sich vor, es bei passender Gelegenheit trocken in die Runde zu werfen.
Das Zaun-, Tor-, Wächter-, Schwefelgestank-Spielchen wiederholte sich noch ein weiteres Mal, bevor sie in den Kiesweg der Auffahrt zu einem eindrucksvollen Schloss einbogen, vor dem sie ein Herr in einem grauen Anzug erwartete. Walcher war noch nicht ganz ausgestiegen, da jagte der Fahrer mit dem Wagen im Rückwärtsgang davon, obwohl die Auffahrt in einem Bogen zurück auf die Straße führte. Walcher winkte dem Fahrer mit beiden Händen, um ihn zur Umkehr zu bewegen, aber ohne Erfolg. Gut, dachte sich Walcher, dann gibt's halt kein Geld, und wandte sich dem Herrn im grauen Anzug zu.
*Herr Walcher, seien Sie herzlich willkommen,* begrüßte er seinen

Gast in einem fast akzentfreien Deutsch. Auch dass er seinen Namen kannte, verblüffte Walcher einen Moment. Dachte dann aber an den Wachmann, der ihn wohl mit dem Sprechfunk angekündigt hatte.
*Mein Name ist Rudi Herburger, ich bin für den Bereich Kommunikation und Public Relations zuständig. Kommen Sie, wir gehen in mein Büro. Professor Ruidmans wird Sie in etwa einer halben Stunde begrüßen, derzeit halten die Damen und Herren Wissenschaftler ihre Tagesbesprechung ab. Die zu stören ist mir nur in äußersten Notfällen gestattet, und dies ist ja kein Notfall,* lächelte der sympathische, gepflegte PR-Mann, der um die vierzig war und forderte Walcher auf ihm zu folgen, ohne ein Wort über Walchers Lüge bezüglich des Termins zu verlieren. Herburger eilte die fünf Stufen hinauf, die zu dem modern verglasten Portal führten, Walcher folgte ihm.
Die nächste halbe Stunde saß Walcher dem Herrn Herburger gegenüber, der eloquent wiederholte, ausschmückte, verwarf, ergänzte, unterstrich, was Walcher schon in dem dürftigen Flyer gelesen hatte. Dabei strahlte Rudi Herburger seinen Gast ununterbrochen mit seinem gepflegten Gebiss an, als wären Kameras auf ihn gerichtet und dies kein Zweiergespräch, sondern eine internationale Pressekonferenz.
Das Lächeln erstarb und wich einer devoten Miene, als ein schlanker, hoch gewachsener Mann den Raum betrat. Weißhaarig, sportlich, circa Ende fünfzig, eine absolut beeindruckende Erscheinung. Abgesehen von der großen Hakennase hatte der Mann ebenmäßige Züge und wenn er vielleicht nicht als klassisch schön zu bezeichnen war, interessant wirkte er in jedem Fall. Er strahlte Souveränität und Selbstsicherheit aus, ohne überheblich zu wirken. Seine strahlend blauen Augen sprühten vor Vitalität und trafen Walchers Blick mit der Intensität von Laserstrahlen.
Herburger hätte ihn nicht vorzustellen brauchen, es war Walcher auch so klar: dies war der Boss, Professor Doktor Doktor Roman Ruidmans.
Mit ausgestreckter Hand ging er auf Walcher zu und be-

grüßte ihn mit einem angenehmen Händedruck und einer sonoren Stimme.
*Ich habe schon etwas von Ihnen gelesen, einen Artikel über Schmiergelder der Pharmazie an Ärzte. Vor Ihnen muss ich mich in Acht nehmen, denke ich.* Dabei trat er auf die Seite und machte zwei Uniformierten Platz, die hinter ihm in den Raum gekommen waren und nun auch auf Walcher zugingen.
*Sie sind noch nicht durchsucht worden, obwohl Sie sich bereits in unserem so genannten „Inner Circle" befinden, quasi im Hochsicherheitsbereich unseres Forschungsunternehmens. Bitte haben Sie Verständnis, dass wir nachholen, was die dafür Zuständigen offensichtlich versäumt haben, wie mir berichtet wurde,* und er warf Herburger einen Blick zu, der den Pressemann um einen halben Kopf schrumpfen ließ.
Ohne eine Antwort abzuwarten, tasteten die beiden Männer vom Werkschutz Walcher mit den Händen sowie mit einem Detektor ab. Der schnarrte nacheinander dreimal, und zwar bei seinem Handy, bei der Metallspange mit den Geldscheinen und bei der kleinen Kamera. Alle drei Gegenstände legten sie in eine Art Mini-Einkaufskorb, mit dem sie aus dem Raum verschwanden.
*So, nun darf ich Sie in mein Büro bitten.* Ohne Herburger eines weiteren Blickes zu würdigen, wandte sich der Professor zur Tür. Walcher winkte Herburger und rief ihm laut zu, damit es der Professor auch hören konnte: *Herzlichen Dank für Ihre interessanten Informationen.* Dafür dankte ihm Herburger mit einem geradezu glücklichen Lächeln und eifrig nickend.
Walcher folgte dem rasch ausschreitenden Professor, der sich in dem feudalen Treppenhaus bereits auf den unteren Stufen zum ersten Stock befand.
Das Büro des Professors stellte sich als eine riesige Bibliothek heraus, mit Regalen, die bis unter die Decke reichten. In der linken Hälfte des Raums stand ein alter, überdimensionierter Schreibtisch. Die Wand rechts gegenüber zierte ein Kamin, mit drei Sesseln und einer schweren Couch davor.
Im Kamin, der groß genug war, um darin einen Ochsen am

Spieß zu braten, brannten dicke Holzkloben. Vor den hohen Fenstern hingen schwere dunkelrote Vorhänge, obwohl noch Tag war. Eine Stehlampe, die zwischen Sessel und Couch stand, erhellte mit ihrem warmen Licht nur den Bereich der Sitzgruppe. Der übrige Raum lag im Halbdunkel, dagegen halfen auch drei Kerzen nichts, die in einem mächtigen Metallständer vor dem Kamin brannten.
Der Professor bot Walcher den ersten Sessel an, er selbst setzte sich auf die Couch.
*Kommen Sie,* lud er Walcher ein, *jetzt trinken wir erst einmal einen Whiskey, das Aqua Vitae der Iren. Er wird praktisch vor unserer Haustür gebrannt.*
Er hatte den Satz noch nicht zu Ende gesprochen, als die Tür aufging und ein junges Mädchen in einer Schwesterntracht ein Tablett mit zwei Gläsern und einer Karaffe auf den kleinen Tisch zwischen den Sesseln stellte. Sie füllte die Gläser und reichte sie Walcher und dem Professor, deutete einen Knicks an und verließ den Raum wieder.
Der Professor prostete Walcher mit einer kurzen Geste zu, die Walcher erwiderte, und beide tranken den vorzüglichen Whiskey.
Das Glas in der Hand, lehnte sich der Professor zurück und starrte sekundenlang ins Kaminfeuer, um dann kurz die Augen zu schließen. Verschwunden war seine Dynamik, er wirkte nun abgespannt und müde.
*Bevor ich Ihnen von mir und meinem Unternehmen, meinen Zielen, meinen Erfolgen, meinen Rückschlägen erzähle, vorab eines, weil ich ein Freund offener Worte bin.*
Die Pause, die der Professor einlegte, dauerte solange, wie er brauchte, um zwei kleine Schlucke Whiskey zu nehmen.
*Natürlich weiß ich, wer Sie sind und warum Sie in diesem Raum sitzen …* er brach erneut ab und sah Walcher an, wohl um die Wirkung seiner Worte zu beobachten. Walcher hatte sich recht gut unter Kontrolle, trotzdem versteifte sich seine Körperhaltung. Dass sich auch seine Gesichtshaut rötete, war bei der Raumbeleuchtung nicht zu erkennen.

*Sie glauben, einer interessanten Geschichte auf der Spur zu sein, die Sie in Ihrer journalistischen Laufbahn voranbringt. Das mag so sein. Sicher empfänden es viele Menschen als Sensation, was wir hier machen. Für uns hingegen ist es wissenschaftlicher Alltag, getragen von unserer hohen Verantwortung gegenüber dem menschlichen Leben und der Schöpfung.*
Der Professor nahm sein Glas in die Hand, stellte es aber, ohne daraus zu trinken, wieder auf den Tisch zurück.
*Aber deshalb sind Sie nicht hier, sondern weil Sie zu dem Kreis von Personen gehören, die möglicherweise von Armin von Wedern Informationen erhalten haben. Informationen, die ... nun, die sehr, sehr kostbar für uns sind.*
*Wir hätten Sie früher oder später ohnehin hierher zu uns eingeladen. Dass Sie freiwillig zu uns gekommen sind, enthebt unsere Mitarbeiter der Aufgabe, nochmals Ihren Hof zu besuchen.*
*Dann haben Sie also meinen Freund entführt, was ist mit ihm, lebt er noch oder haben Sie ihn umgebracht?* Walcher hatte sich vorgebeugt und wartete auf die Antwort. Es fiel ihm schwer, seine Erregung zu unterdrücken.
Ruidmans ignorierte jedoch einfach Walchers Frage und fuhr in seinem Monolog fort.
*Durch sein Verhalten hat Armin all mein Vertrauen missbraucht, was mich nicht nur persönlich schmerzlich enttäuscht hat, sondern auch unserem Unternehmen erheblichen wirtschaftlichen Schaden zufügen kann.*
Wie eingesponnen in seine Erinnerungen, starrte Ruidmans in die Flammen des Kaminfeuers.
*Ich sagte Ihnen eingangs, dass ich ein Freund offener Worte bin. Nun, von Wedern war von mir beauftragt, unsere Forschungen in Kolumbien abzuschließen. Ungeheuer aufwändige Forschungen, was Zeit, Kapitaleinsatz und Material angeht. Forschungen, die seit mehr als zehn Jahren von einem Team exzellenter Wissenschaftler betrieben wurden. Dieses Team hat unter meiner Leitung in wahrhaft unendlichen Versuchsreihen die Technik und die Substanz entwickelt, die es möglich macht, den menschlichen Körper oder Teile davon unbegrenzt zu konservieren.*

Wieder machte der Professor eine lange Pause.
*Damit Sie die Tragweite unserer Forschung ermessen können – sie wird in einem Atemzug mit Albert Einsteins Relativitätstheorie genannt werden, wenn wir sie publizieren würden. Aber genau das können wir nicht, weil dieser Herr von Wedern unsere Aufzeichnungen und Unterlagen gestohlen hat. Und nicht nur das. Er hat unser gesamtes Laboratorium einfach in die Luft gejagt, mitsamt den Wissenschaftlern und Helfern, die zum Zeitpunkt des Anschlags darin arbeiteten. Ein diebischer, selbstsüchtiger und skrupelloser Mörder.*
*Zwar wenden wir unsere Entdeckung bereits seit einem Jahr hier an und kennen alle Details und Formeln, aber die wissenschaftlichen Langzeitstudien müssten wir erneut durchführen und somit ist uns die Möglichkeit der raschen offiziellen Zulassung verbaut.*
Ruidmans Stimme nahm einen harten bitteren Ton an, als er das sagte. *Allein diese Zeitverzögerung ist eine Katastrophe für unser Unternehmen, da unsere Arbeit mit unendlich hohen Fremdmitteln finanziert war. Eine Summe, mit der man ohne Probleme einen Flug zum Mond finanzieren könnte.*
*Aber das Schlimmste ist, dass dieser Verbrecher unser Forschungsergebnis dem Meistbietenden verkaufen kann, der sich ohne Schwierigkeiten unsere Entdeckung schützen lassen kann und auf den Markt bringen wird.*
Der Professor holte tief Luft und kippte seinen restlichen Whiskey in einem Zug hinunter, als wollte er damit eine unangenehme Erinnerung auslöschen.
*Soviel zu der Historie dieser Angelegenheit. In den nächsten Tagen werden Spezialisten Ihr Heim und Ihr Büro durchsuchen.*
*Wir vermuten, dass von Wedern bei Ihnen unsere Datensammlung deponiert, wenn nicht sogar Ihnen anvertraut hat*
Während er Walcher diese Hausdurchsuchungen ankündigte, stand Ruidmans auf und signalisierte damit das Ende des Gesprächs.
*Bis sich herausstellt, ob unsere Vermutung richtig ist oder nicht, betrachten Sie sich bitte als unseren Gast. Komfortable Zimmer und eine herausragende Küche stehen zu Ihrer Verfügung. Besonders*

*delikat ist übrigens das Lammfleisch* ... und mit einem boshaften Lächeln setzte der Professor hinzu: *und unser zuverlässiges Wachpersonal sorgt dafür, dass Sie keinerlei Störungen zu befürchten haben. Also, schlafen Sie gut.*
Das schien das Kommando für den Butler zu sein, ein Zweimetermann mit Muskeln wie ein Preisboxer, der plötzlich neben Walcher stand und ihn wortlos, mit sparsamen Gesten in das nächst höhere Stockwerk wies und dort eine Zimmertür öffnete. Walcher war viel zu müde, um die spartanische Einrichtung seines Zimmers zu beachten, die aus einem einfachen Bett, einem Waschbecken und einer Toilette in einem winzigen Erker hinter einer halb hohen Pendeltür bestand. Eine Gefängniszelle.
Als sich die Tür hinter ihm schloss, sah er anstelle einer Klinke nur ein flaches Abdeckblech. Dann erlosch das Licht und der Raum versank in absoluter Dunkelheit, denn es gab offensichtlich kein Fenster, was ihm bei seinem kurzen Rundblick nicht aufgefallen war. Er tastete sich an der Wand entlang zu seinem Bett. Das Bettzeug roch angenehm frisch, wenigstens etwas, dachte er.
*In der ersten Nacht in einem fremden Bett,* fiel ihm der Spruch seiner Mutter ein, *geht in Erfüllung, was du dir wünschst.*
Walcher wünschte sich, lebend aus diesem Bett, aus diesem Schloss, lebend aus dieser Geschichte aufzuwachen. Er saß in der Falle. Sein Kopf war leer. Schließlich tauchte in dem Grauen über die Aussichtslosigkeit seiner Lage nur ein Gedanke auf: was war mit Johannes? Wo war er? Lebte er noch?

Professor Dr. Dr. Roman Ruidmans

Ruidmans Leben war eine Gratwanderung zwischen Vision und Wirklichkeit. Schon als junger Mann erkannte er, was sich mit dem Begriff *Macht* verband, und formulierte daraus sein Lebensziel: Macht über Menschen, Macht über die Schöpfung, Macht über den Tod.

Krankhaft besessen, aber genial, so charakterisierten ihn seine Lehrmeister, ja sogar seine Eltern. Der Vater, ein hervorragender Landarzt, der ebenso gut einer Großklinik hätte vorstehen können, schien ihm die Leidenschaft für die Medizin vererbt zu haben. Seiner Mutter glich er in dem Hang zur Neugierde. Sie war die Wissensdurstige, die Forscherin, die als Molekularbiologin nach den Bausteinen des Lebens suchte und der Meinung war, aus diesen Bausteinen alles Leben auf dieser Welt nachbauen zu können.
Für Ruidmans stand bereits vor dem Medizinstudium fest, dass er sich dem Teil des Körpers widmen würde, das den Menschen ausmachte, dem Gehirn. Deshalb studierte er mit einem unglaublichen Ehrgeiz neben Medizin parallel auch Biologie und Chemie.
Ruidmans war ein Exzentriker. Wie ein religiöser Fanatiker hasste er sich für seine sexuelle Lust, weil sie ihm Energien für seine große Aufgabe raubte. Nach einigen unglücklichen und unbefriedigenden Beziehungen zu Frauen emaskulierte er sich eigenhändig, nur bei örtlicher Betäubung und spielte dabei schmerzend laut gregorianische Gesänge ab. Als Ort für die Zeremonie hatte er eine weit außerhalb liegende Kapelle gewählt und trug dabei eine wallende Richterrobe.
Er beraubte sich der Sexualität, nicht jedoch der Möglichkeit, seine Genialität weiterzuvererben. Über einige Monate hinweg füllte er vor dem Eingriff Hunderte Glasröhrchen mit seinem Sperma und lagerte sie bei verschiedenen Samenbanken ein, so wie gewöhnliche Menschen kostbare Besitztümer in Banksafes einlagerten.
Neben dem wissensdurstigen Forscher gab es in ihm den Beifall heischenden, nach Ruhm süchtigen Ruidmans.
So standen seine Jahre als Dozent an der Irischen Universität und dem Mayo-Institute in Galway nicht unter dem Ziel, sein Wissen dem Nachwuchs weiterzuvermitteln, sondern sie dienten ausschließlich seiner Eitelkeit. Er war der ungekrönte König unter den Dozenten, angebetet von seinen Studenten, hofiert von der Elite der aufstrebenden Stadt.

Ein eigenes Unternehmen aufzubauen, kam ihm erst in den Sinn, als er mit einer Clique von Superreichen zusammenkam, die nichts anderes im Kopf hatten, als ihren Reichtum in lebensverlängernde Maßnahmen zu investieren.
Allen voran der Texaner Miller Harbs. Er schien sein ganzes Leben lang nur deshalb unermessliche Reichtümer angehäuft zu haben, um sie nun im hohen Alter dafür auszugeben, sich ein paar zusätzliche Lebensjahre zu erkaufen. Oder wenigstens die Hoffnung darauf. Mit Miller Harbs und anderer Leute Millionen von Dollars kaufte Ruidmans einen Landsitz in Irland und baute darauf eine der modernsten biotechnischen Forschungs- und Produktionsstätten. Den Labors angeschlossen war eine Implantationsklinik. Sie sollte als zusätzliche kontinuierliche Einnahmequelle dienen, um langfristig seine Forschungen zu finanzieren.

## Werkbesichtigung

Walcher stand in einer Umkleidekabine und die Stimme eines unsichtbaren Sprechers forderte ihn auf: *Alles ausziehen und in den grünen Container werfen. Alles,* wiederholte die Stimme, als Walcher zögerte, auch seine Unterhose auszuziehen. Als er nackt war, öffnete sich die Schiebetür zu einem Duschraum, in den Walcher mutig hineinging.
Zunächst prasselte angenehm warmes Wasser aus mehreren Duschköpfen auf ihn herab, dann veränderte sich die Farbe des Wassers in ein tintiges Blau, danach nebelte grünlicher Dunst den Raum ein und zum Schluss folgte Rotlicht wie in einem Bräunungsstudio.
Erneut öffnete sich eine Tür zu einem völlig leeren Raum, an dessen linker Wand gleichzeitig eine Schranktür zur Seite glitt, hinter der ein silberner Overall aus dünner Kunststofffolie hing. Walcher zog ihn an und fühlte sich darin sofort unbehaglich. Aber es war niemand da, dem er das unangenehme Gefühl hätte beschreiben können, und wahrscheinlich

hätte es auch niemanden interessiert. *Bitte ziehen Sie die Kapuze über den Kopf,* tönte es aus einem Lautsprecher und Walcher befolgte die Aufforderung. Die Wand hinter ihm glitt zur Seite und erweiterte die Kabine auf die doppelte Größe. Vor Walcher stand ein Mann in grünem Overall, lächelte freundlich und stellte sich mit einer angedeuteten Verbeugung vor. *Dr. Theo Bonnard, ich bin Ihr Führer. Professor Ruidmans stößt eventuell später zu uns. Beispielhaft für unsere Labors zeige ich Ihnen eines, in dem ausschließlich Versuchsanordnungen durchgeführt werden, die sich mit dem Erhalt der Lebensfähigkeit von Körperzellen beschäftigen.* Er deutete auf eine Wand, die, wie die anderen vorher auch, seitwärts in der Mauer verschwand und einen schmalen, dunklen Gang frei gab, der nur mit roten Lampen zur Orientierung beleuchtet war.
Etwas unsicher folgte Walcher Dr. Bonnard in dem spärlichen Licht bis ans Ende des Ganges. Dort verschwand wieder eine Tür automatisch und geräuschlos seitwärts in der Wand. Zwei Schritte und sie standen in einem Raum, dessen Größe er nicht schätzen konnte, weil das rote Licht nur wenige Meter Sicht ermöglichte. Die Luft roch intensiv nach Desinfektionsmittel und hatte eine Temperatur, die der durchschnittlichen Körpertemperatur des Menschen von sechsunddreißig Komma sechs Grad entsprach, wie Dr. Bonnard ausführte.
In Regalen bis unter die Decke standen Glasbehälter nebeneinander, aufgereiht wie Behälter mit Zierfischen in einer Zoohandlung. Auch die Geräusche waren ähnlich. Es blubberte und gluckerte, wie die Filtrier- und Frischluftpumpen von Aquarien, nur dass sich hier die Geräusche zu einem lauten Dauerblubbern summierten. Hunderte von Behältern und Versorgungseinheiten mussten es sein. Viel erkennen konnte Walcher nicht, außer dass in den Behältern verschieden große Fleischbrocken schwammen, die an unterschiedlich gestreiften Schläuchen hingen, Walcher vermutete als Grund, dass sie dadurch in dem roten Licht, in dem alles die gleiche Farbe hatte, unterschieden werden konnten.

*Evolution in Reinform!*, erläuterte Dr. Bonnard. Schnell und stakkatoartig stieß er die Worte hervor, wie Salven aus einem Maschinengewehr.
*Sie sehen hier nicht etwa irgendwelche Organe, die Körpern entnommen und konserviert wurden, hier* wachsen *Organe heran. Abgestimmt auf den genetischen Code des Empfängers. Allein hierfür werden wir in die Geschichte der Medizin eingehen. Unglaublich ist das, unglaublich,* schüttelte Dr. Bonnard selbst staunend den Kopf und zog Walcher am Ärmel in einen Gang und in den nächsten Raum. *Auf dieser Intensivstation werden frisch operierte Patienten versorgt. Von einem Spezialistenteam, das auch die Operation durchgeführt hat. Wir können hier so gut wie alles anbieten, was mit lebenserhaltender Medizin zu tun hat. Unsere Medizintechnik entspricht dem absolut neuesten Entwicklungsstand. Wir schneiden, kleben, brennen, lasern und so fort.*
Zehn Betten mit intensivmedizinischer Apparatur standen in einer Reihe, jedes in einer abgeschlossenen gläsernen Kabine. Alle Betten waren belegt. Außen vor den Glaskästen standen Monitore und Steuerpulte, von denen wohl ... aber Walcher brauchte nicht weiter Vermutungen anzustellen, Dr. Bonnard fuhr in seiner Erklärung fort.
*Jede Kabine verfügt über ein eigenes, genau auf den Patienten abgestimmtes Raumklima. Natürlich weitestgehend steril. Damit dieser Zustand möglichst erhalten bleibt, werden alle Körperfunktionen und Versorgungsleistungen von den Steuergeräten außerhalb der Kabinen beobachtet und gesteuert. Eine sterilere medizintechnische Versorgung und effizientere Betreuung gibt es derzeit nicht.* Stolz schwang in der Stimme Bonnards mit. Offensichtlich fand gerade eine Lagebesprechung oder Visite statt. Diesen Eindruck machte jedenfalls eine Gruppe von weiß gekleideten Männern und Frauen, die vor den Monitoren des dritten Glaskastens standen.
*Häufig,* fuhr der Doktor fort, *findet die Ex- und Implantation quasi parallel statt, also das Spenderorgan wird entnommen und dem Empfänger, ein Bett weiter, sofort implantiert.*
*Und was passiert mit dem Spender?*, fragte Walcher.

*Was soll mit ihm passieren? Er spendet ja ein Organ, von dem er zwei besitzt, oder zum Beispiel Knochenmark oder Teile von bestimmten Drüsen oder Hautteile, Muskelgewebe, Knorpel, also Zellen, die sich wieder neu bilden.* Lächelnd fügte Bonnard hinzu, *zügeln Sie Ihre Fantasie, mein Freund. Hier werden keine Körper ausgeweidet und die Überreste in den Ofen geschoben. Die meisten Organe stammen von Unfallopfern, also so genannten Leichenspendern. Die erhalten wir von verlässlichen, weltweit tätigen Spenderorganisationen. Zum Beispiel von Eurotransplant in Holland, der Vermittlungsstelle für die Verteilung von Organen für ganz Europa. Diese Verbundnetze bedienen die Kliniken sehr zuverlässig je nach Wartezeit und Dringlichkeit. Wenn irgendwo auf dieser Welt ein Mensch zu Tode kommt und er ist als Spender eingetragen – und das sind erfreulicherweise eine wachsende Anzahl verantwortungsbewusster Menschen – dann werden ihm umgehend jene Organe entnommen, vorausgesetzt sie sind gesund. Auf schnellstmöglichem Weg wird das Organ zu uns gebracht, ebenso der Empfänger. In akuten Fällen wartet der Empfänger oft schon Tage oder gar Wochen auf ein neues Organ.*
*Deshalb verfügen wir sogar über einen eigenen kleinen Flughafen, damit die Operation ohne Verzögerung durchgeführt werden kann. Einige unserer Patienten bringen die Spender sogar, wie gesagt, selber mit.*
Während Dr. Bonnard diese Informationen heraussprudelte, waren sie weiter geschlendert, an den Glaskästen und an der Medizinergruppe vorbei. Es war der siebte Glaskasten, in dem Walcher flüchtig einen Blick auf den Patienten warf und vor Schreck und Grauen erstarrte. Leichenblass und hohlwangig lag da Johannes. Dr. Bonnard schien auf diesen Moment vorbereitet, vielleicht war er sogar geplant, denn er drückte Walcher auf den Stuhl vor dem Glaskasten und reichte ihm einen Becher mit einem sprudelnden Getränk darin. Walcher trank den Becher geistesabwesend leer.
*Diese unglaublichen Schweine,* dachte Walcher, *entführt und ausgeweidet.* Er ballte die Fäuste und spürte Wut in sich aufsteigen, die aber wieder verebbte, noch bevor sie in seinem

Kopf explodieren konnte. Überhaupt, er fühlte sich unangemessen locker, nicht gerade fröhlich, aber irgendwie richtig gut. Vermutlich war in dem Becher ein Sedativum, das ihn positiv und friedfertig stimmte.
*Seien Sie froh, dass Ihr Freund noch am Leben ist. Er hatte ein bösartiges Karzinom in seiner linken Niere, die wir deshalb sofort entfernen mussten, da größte Gefahr einer explosionsartigen Vermehrung der Zellen zu befürchten war und damit eine Verbreitung auf die Nachbarorgane, ja auf das gesamte System. In keinem normalen Krankenhaus, schon gar nicht von seinem Hausarzt, wäre der Krebs in diesem Stadium überhaupt bemerkt worden. Ihr Freund wäre bald einfach umgekippt und selbst bei guten Behandlungsmethoden hätte er bestenfalls noch ein paar Tage zu leben gehabt. Also machen Sie keinen Aufstand. Freuen Sie sich, in zwei Wochen spielt er wieder Fußball. Im Übrigen hat Ihr Freund natürlich die übliche Patientenverfügung unterschrieben.*
Mit diesen Worten nahm Dr. Bonnard ihn am Arm und zog ihn weiter. Walcher sah über die Schulter zurück zu Johannes, der jedoch keinerlei Lebenszeichen von sich gab.
Er wusste nicht, was von der Erzählung des Doktors zu halten war, nahm sich aber vor, sie zu überprüfen, sollte er je diesen Ort gesund und unversehrt verlassen. Wahrscheinlicher war ja wohl, dass er ebenso wie Johannes auf dem Operationstisch landete, was dann als Notoperation deklariert würde. Aber Johannes lebte! Und das war erst einmal ein verdammt gutes Gefühl.
*Kommen Sie, richtig interessant wird es erst in unseren Forschungslabors. Dies hier sind nur besonders gut ausgestattete Operationsräume und Krankenzimmer.* Er führte Walcher aus der Intensivstation in eine Schleuse, die sich als ein Fahrstuhl herausstellte. Hinauf konnte es nicht gehen, dazu waren die Gebäude zu niedrig, also ging es vermutlich hinunter, dachte Walcher, konnte es aber an der Fahrstuhlbewegung nicht feststellen, auch nicht, ob sie nur ein Stockwerk oder mehrere hinunter fuhren. *Jedes Detail, das sie mir zeigen,* ging es ihm seit Beginn der Führung immer wieder durch den Kopf,

*ist ein Grund mehr, dass sie auch mich als Spender verarbeiten, egal ob als Lebend- oder Leichenspender.*
Walcher hatte auch überlegt, wie weit er wohl kommen würde, wenn er Bonnard überwältigte und mit dessen Kartenschlüssel aus dem Gebäude zu kommen versuchte. Vermutlich würde er es nicht einmal aus dem jeweiligen Raum schaffen, denn die kleinen Kameras an Decken, Wänden und über jeder Tür waren sicher nicht nur Zierrat, sondern übertrugen jeden ihrer Schritte auf die Monitore in einem Überwachungszentrum.
Aus dem Fahrstuhl führte ihn Dr. Bonnard wieder auf einen schmalen Gang, der, wie die vorhergehenden, nur minimal von winzigen roten Glühbirnen beleuchtet war. Am Ende des Gangs öffnete Dr. Bonnard eine schwere Metalltür zu einer riesigen Halle, die jedoch ebenfalls mit rotem Licht beleuchtet war. Wieder konnte Walcher deshalb die Dimensionen nicht genau erkennen. Es war kühl in der Halle, was Bonnard prompt erklärte. *Von dieser Halle aus wurden Tunnel in den Fels getrieben. In ihnen warten tiefgefrorene Körper auf die Weiterentwicklung der Medizin, auf ihre Wiederauferstehung am Jüngsten Tag. Fleisch,* kicherte der Doktor, *lässt sich in jeder stinknormalen Tiefkühltruhe einfrieren, aber danach kann man es nur noch an Piranhas verfüttern. Kälte zerstört die Zellen. Körperflüssigkeit kristallisiert zu wachsenden Eiskristallen. Wir haben ein geniales System entwickelt. Mit ihm können wir Körper tiefgefrieren und wieder auftauen, ohne dass eine einzige Körperzelle zerstört wird. Eine Sensation, ach, was sag ich denn, eine Revolution ist das, weit bedeutender als seinerzeit die Entdeckung des Penicillins.*
Bonnard schien nicht Walcher, sondern vor einem großen Auditorium einen Vortrag zu halten, so gefesselt war er von dieser vermeintlich bahnbrechenden, sensationellen Entwicklung.
*Menschen, die heute an unheilbaren Krankheiten leiden, lassen sich einfrieren. Andere werden in Raumschiffen auf interstellare Reisen geschickt. Tiefgefroren natürlich. Jules Verne beschrieb Erfindungen, die heute längst zum Alltag gehören. Der „Schläfer" ist kei-*

*ne Sciencefiction mehr, sondern die Beschreibung eines standardmäßigen Regelfalls. Ich habe mir auch schon einen Platz gemietet und das ist nicht etwa ein Witz,* betonte der Doktor. *Ich werde in genau dreißig Jahren reanimiert oder, wenn es dann noch keine Therapie gegen meine Todesursache gibt, erst in fünfzig Jahren ins Leben zurückgeholt.*
*Entschuldigen Sie bitte,* wandte sich Bonnard an Walcher, *aber es fällt einem Laien sicher schwer, die Tragweite dessen, was wir hier erreicht haben, zu verstehen. Kommen Sie, wir gehen weiter.*
Waren es die ungeheuerlichen Eindrücke oder irritierte das rote Licht Walchers Gleichgewichtssinn, denn er taumelte und konnte sich plötzlich kaum noch auf den Beinen halten. Dr. Bonnard schob ihn in einen kleinen Raum, einen Kubus mitten in der Halle. Ein Aufenthaltsraum, in dem normales Licht brannte, mit Automaten für Getränke, einem großen Tisch mit zehn Stühlen und einer Liege an der Längswand. Walcher legte sich gehorsam auf die Liege und sah zu, wie Bonnard eine Cola aus dem Automaten zog, die Flasche öffnete und die braune Flüssigkeit in einen weißen Kunststoffbecher goss. Dann nahm er aus der Brusttasche einen Folienstreifen mit Tabletten, drückte eine heraus, hob Walchers Kopf an, steckte ihm die Tablette in den Mund und führte den Becher an seine Lippen.
*Ein schnell wirkendes Kreislaufmittel, das Sie in einen Kurzschlaf versetzt, ich nehme es auch manchmal,* erläuterte der Doktor. Walcher spülte die Tablette mit Cola hinunter und ließ sich dann wieder auf die Liege sinken. Im nächsten Moment war er eingeschlafen.
Dr. Bonnard sah auf seine Uhr, es war genau zehn Minuten vor elf Uhr. Er öffnete eine Tür, die Toilette, urinierte und wusch sich danach ruhig und gründlich die Hände. Dann ging er in den Aufenthaltsraum zurück, trat an den Kaffeeautomaten und wählte einen Cappuccino. Wie schon zuvor bei der Cola, steckte er anstelle von Münzen seinen Kartenschlüssel hinein, mit dem er innerhalb der Firma alles bezahlen konnte, ebenso wie er ihm alle Räume öffnete.

Dr. Bonnard sah noch einmal auf die Uhr, dann setzte er sich und trank seinen Cappuccino. Als er ihn ausgetrunken hatte, wachte Walcher auf und fühlte sich prächtig, wie er auf Bonnards Frage bestätigte.
*Fürsorglich führt Führer für Forschung Führung fort,* lächelte Bonnard stolz über sein Wortspiel und erhob sich mit einer theatralischen Geste, indem er geziert Hand und Arm streckte und eine Verbeugung machte, als würde er am Hof des Sonnenkönigs vorspielen. Auch Walcher stand auf und fühlte sich tatsächlich recht passabel.
Das war sein Glück, denn was er in den nächsten Räumen zu sehen bekam, hätte ihn sonst umgehauen. Es konnte nicht wirklich, nicht real sein. Derartiges kannte er bisher nur aus grausigen Horrorszenarien à la Frankenstein: eine Werkstatt zur Erschaffung künstlichen Lebens, des Homunkulus.
Die Halle war genauso aufgeteilt wie die Intensivstation für die Frischoperierten, mit einem breiten Flur, auf dem sich eine Box an die andere reihte. Der Boden und die Wände waren mit weißen Fliesen gekachelt, was dem Ganzen den Charme einer Großmetzgerei verlieh. Die Trennwände der Boxen bestanden aus gekacheltem Mauerwerk. Nur ihre Front zum breiten Flur hin bestand jeweils aus gläsernen Schiebetüren.
In diesen Boxen oder *working units,* wie Bonnard sie nannte, saßen, standen, einzeln oder in Gruppen, Leute in grünen Overalls, die intensiv ihrer jeweiligen Tätigkeit nachgingen. Alle waren ständig in Bewegung, trotzdem war es ruhig, nur das leise Rauschen der Klimaanlage erfüllte den Saal.
In der ersten Box, in die sie hineinsahen, saß ein Schimpanse auf einem Sessel, an den er mit breiten Gurten festgeschnallt war. Eine Apparatur bewegte seinen linken Arm, als würde er einem Test zur Dauerbelastung ausgesetzt.
Der Schimpanse wölbte die Lippen vor und zeigte seine kräftigen Zähne. Mit einer freundlichen Geste strich ihm eine junge Frau über das Gesicht, während sein Arm ununterbrochen von der Maschine in einem leicht elliptischen Bogen

hoch und wieder zurück bewegt wurde. Walcher dachte an ein Gerät in der Rehabilitation zum Training der Muskulatur, verwarf aber den Gedanken, weil niemand solchen Aufwand bei einem Schimpansen treiben würde. Dazu hingen auch zu viele Schläuche am Arm und an der Schulter des Schimpansen. Während Walcher überlegte, was ihn an dem Arm des Schimpansen irritierte, erklärte Dr. Bonnard: *Ein sehr erfolgreiches Experiment. Der Arm stammt von einem Menschen und wird von dem Körper des Tieres versorgt und teilweise bewegt, obwohl er nicht im eigentlichen Sinne mit dem Körper verbunden ist. Die Knochen an der Schulter und der Oberarm enden in einer Art Bajonettverschluss, der beliebig gelöst und wieder zusammengeführt werden kann. Die Adern, Lymphbahnen und Nerven sind ebenfalls separiert und könnten auch voneinander getrennt und wieder miteinander verbunden werden. Dass für diese Versuchsanordnung ein Schimpanse eingesetzt wurde, hat lediglich damit zu tun, um zusätzlich herauszufinden, ob und wie sich die gegenseitige Zerstörung der Zellen stoppen lässt. Wir sind in der Xenotransplantation schon recht weit und haben mit gentechnisch veränderten tierischen Organen bereits erstaunliche Ergebnisse erzielen können.*

Walcher sagte nichts, was hätte er auch sagen sollen.

Wahnsinn, dachte er, das hier können sich nur Menschen ausdenken, die keinen Respekt vor der Würde lebender Kreaturen haben. Dr. Bonnard zog ihn weiter zu der nächsten *working unit*. Wie in der Bibel, wo Salome der Kopf von Johannes dem Täufer auf einem Tablett präsentiert wird, so steckte der Kopf eines Mannes auf einer exakt angepassten Kunststoffschüssel. An der Stelle des Oberkörpers befand sich ein Gewirr von Kabeln und Schläuchen. Drei Männer saßen vor Monitoren, eine Frau sprach offensichtlich mit dem Körperlosen.

Walchers Knie begannen zu zittern, er fühlte sich beschissen. *Hier hat bereits begonnen, was wir die Zukunft nennen,* hörte er Dr. Bonnard. *Das Gehirn, das Kernstück, das Zentrum des Menschen, wird irgendwann einmal unsterblich sein. Und wenn es ihm*

*denn danach sein sollte, spazieren zu gehen, dann setzen wir es einfach auf einen frischen Körper.*
Das baut doch auf, dachte Walcher und versuchte seinem schwachen Körper mehr Disziplin abzuverlangen, aber ihm stand der Schweiß auf der Stirn. Mit kurzen Atemzügen versuchte er die Krise zu überwinden, ohne sich zu erbrechen oder ohnmächtig zu werden. Das war ihm bisher zwar noch nicht passiert, aber angesichts dieser Versuchsanordnungen wäre es durchaus möglich.
*Stellen Sie sich vor, dieser Mensch lebt, denkt und handelt seit einem halben Jahr völlig losgelöst von seinem Körper. Sie werden es gleich sehen, das Gehirn steuert seinen externen Körper, als wäre er nie von ihm getrennt worden. Unglaublich ist das, unglaublich,* murmelte Dr. Bonnard, offensichtlich selbst wieder berauscht von dem Wahn, der sich hier auftat.
*Übrigens ist der Mann ein Selbstmörder, der sich mit einem dünnen Draht strangulieren wollte. Nach der Reanimation hat er dieser Testanordnung ausdrücklich zugestimmt. Nun gut, ihm blieb, unter uns gesagt, auch keine andere Wahl. Der Draht hatte das gesamte Muskelgewebe durchtrennt.*
Walcher fiel dazu eine Kurzgeschichte von Roald Dahl ein, in der sich ein Wissenschaftler das Gehirn heraustrennen ließ, wobei die Verbindung zu einem Auge weiterbestand, um die Wahrnehmungen zu messen. Sein boshaftes Weib hielt dem Wehrlosen täglich ausgerechnet jene Zeitung zum Lesen hin, die er inbrünstig hasste.
Wie befürchtet, in der nächsten Box lag er, der kopflose Körper, nackt und mit so unglaublich vielen Kabeln und Schläuchen und Pumpen und Hähnen und weiß der Teufel was allem bedeckt, dass es aussah, als wüchsen ihm mehr Kabel als Körperhaare aus der Haut. Dass Walcher nicht umkippte, verdankte er seiner Zuflucht zum Zynismus: An einem Breitbandkabel würde man in der Zukunft die jahrhundertealten Monster erkennen können, dachte er.
Nein, wenn die Menschen in die Lage kämen und sich tatsächlich unsterblich machen könnten, dann wäre es höchste

Zeit, sich mit Anarchisten und Chaoten zusammenzutun. Wahnsinn, einfach Wahnsinn, wiederholte Walcher in Gedanken und hoffte darauf, dass es hier schlimmer nicht mehr kommen könnte.

In der nächsten Box lag ein muskulöses Bein, das am Oberschenkel mit einem Metallring endete, wie ein mit einem Deckel verschlossenes Ofenrohr. Daraus quollen auch hier Kabel und Schläuche. Das Bein lag waagerecht auf Rollsegmenten und vollführte Bewegungen, als würde es gemütlich spazieren gehen. Eine Wissenschaftlerin, oder war es eine Physiotherapeutin, massierte den Wadenmuskel. Vermutlich ein Sportlerbein, dem wegen Unterforderung ständig Wadenkrämpfe zu schaffen machten, dachte Walcher.

*Dieses Bein zum Beispiel wird absolut künstlich versorgt,* hörte er den Doktor wie aus weiter Ferne sagen. *Es hat sogar an Muskelmasse zugenommen, ist also gewachsen.*

*Unglaublich, einfach unglaublich,* flüsterte dieses Mal Walcher leise und Dr. Bonnard nickte dazu.

Beim Anblick der nächsten Box versagten Walchers Methoden der Abwehr allerdings, das Bild war zu grausam.

In einer anatomisch maßgeschneiderten Blechwanne lag ein nackter Mann, am ganzen Körper bedeckt mit riesigen Beulen unter der Haut. Arme und Beine und der Oberkörper waren mit breiten Bändern fixiert, auch der Unterkiefer.

*Das ist ein Austräger,* erläuterte Dr. Bonnard sachlich knapp und ließ seine Worte durch eine Kunstpause wirken.

*Motorradunfall! Ein junger Mann, bereits klinisch tot, der von uns reanimiert wurde. Sein Gehirn war nur noch Brei, irreparabel geschädigt. Hätte nicht mehr die einfachsten lebenserhaltenden Funktionen steuern können. Seit drei Monaten macht das ein Computer für ihn. Der Mann verfügt über ein unglaublich vitales Immunsystem und weist eine sehr seltene Besonderheit auf. Seine Thymusdrüse und Milz, also sein Lymphozytensystem, bilden in der zehnfachen Geschwindigkeit eines normalen Körpers Zellpopulationen, die körperfremde Zellen nicht blindlings bekämpfen, wie das die „Natural-Killer-Zellen" sonst tun. Seine Zellen können*

*abwägen, ob es für das System Sinn macht, sie zu akzeptieren. Gewissermaßen gehen sie eine optionale Freundschaft auf Zeit ein, die verlängert wird, wenn sich herausstellt, dass der Körper davon profitiert. Deshalb werden seine Gewebestücke von anderen Körpern nicht abgestoßen, weil sie inhibitorische Signale transduzieren, die wiederum von den Killerzellen des Empfängers positiv akzeptiert werden.* Walcher verstand kein Wort, nickte aber trotzdem.
*Das ist aber noch nicht alles, was dieser Herr zu bieten hat. Was da unter seiner Haut heranwächst, konnten wir bisher nur an Tieren erfolgreich durchführen, nämlich dass sich implantierte Zellpartikel zu ihrer ursprünglichen Größe und Funktion ausbilden.*
*Nasen- und Ohrenknorpel, Sehnen, Bänder, Adern, es ist unglaublich, was unser menschlicher Körper alles erzeugen kann, wenn man ihn nur lässt und unterstützt. Sein genetischer Code und der von zwei weiteren Austrägern werden derzeit analysiert, sie sind buchstäblich Gold wert. Aus ihren Nachfolgern könnten Produktionsstätten für die biologische Ersatzteilchirurgie der Zukunft entstehen.*
Dr. Bonnard befand auch dieses Forschungsergebnis für unglaublich, aber sein Gesicht zeigte den Ekel vor dieser verunstalteten, wenngleich außerordentlichen Kreatur sehr deutlich. Fast angewidert wandte er sich ab und wollte rasch weiter. In dem Moment leuchtete eine rote Lampe über der Boxentür auf und der Austräger wurde von krampfartigen Zuckungen gequält. Wie mit einem Presslufthammer bearbeitet, schüttelte es ihn und die heftigen Zuckungen übertrugen sich auf die Vorrichtung, auf der er angeschnallt lag. Trotz der Trennwände war das Scheppern und Klopfen der Metallteile deutlich zu hören.
Zu schreien war dieser gemarterten Kreatur nicht möglich, ein breites rotes Klettband presste den Unterkiefer fest an den Schädel. Aber durch die Tür, die von der herbeigeeilten Mitarbeiterin geöffnet wurde, war ein lang gezogener elender Klagelaut zu hören, der aus der Tiefe seines Körpers kam.
Das Medikament, das ihm die Pflegerin in den Oberschenkel spritzte, löste den Krampf schlagartig und es schien, als ob

ein Lächeln über das Gesicht des gepeinigten Geschöpfs huschte. Walcher bat Dr. Bonnard, die Führung zu beenden, mehr zu ertragen war ihm nicht möglich. Dr. Bonnard gegenüber nannte er Schlafmangel und die klimatisierte Luft im Raum als Grund dafür.

## Kamingespräch II

Ein Stoß gegen die Schulter weckte Walcher auf. Das Zimmerlicht blendete ihn. Wie lange er geschlafen hatte oder wie spät es war, wusste er nicht. Der schwarz gekleidete Wachmann forderte ihn mit einer herrischen Handbewegung auf, ihm zu folgen. Verschlafen tappte Walcher hinter ihm her. Im Treppenhaus brannte ebenfalls Licht, hinter den Fensterscheiben war es dunkel, in jedem Fall war es also nach einundzwanzig Uhr.
Als lägen nicht eine Nacht und ein Tag dazwischen, empfing ihn der Professor in seiner Bibliothek, wieder auf der Couch sitzend und in die flackernden Flammen des Kaminfeuers starrend.
Mit einem tiefen Seufzer löste sich Ruidmans aus seinen Gedanken und von dem Spiel der Flammen und bot Walcher auch diesmal einen Whiskey an.
*Wie schon bei unserem Gespräch gestern wollen wir auch heute wieder mit einer der wertvollsten Fähigkeiten der Iren beginnen. Einen Steinwurf weit nur entfernt von hier, auf der Insel Aran, verstehen sie einen glutvollen Tropfen zu destillieren. Ich habe diesen hier selbst aus meinem Keller geholt. Dieser Whiskey ist über fünfzig Jahre alt, das meisterliche Produkt einer der ältesten Destillerien der Insel.*
Er winkte in die Dunkelheit des Raumes, aus der sich ein Schatten löste und Walcher ein Tablett hinhielt, auf dem zwei Gläser standen, halb gefüllt mit einer tief goldenen Flüssigkeit. Ruidmans nahm das zweite Glas, der Schatten verschwand wie er gekommen war.

*Fünfzig Jahre benötigte dieser Tropfen, um solche Reife zu erlangen, die Umstände erfordern es, mein Freund, dass ich Ihnen diesen Reifeprozess nicht zugestehen kann,* sprach's und prostete Walcher zu. Netter Trinkspruch, dachte sich der und überlegte, ob er etwas von wegen überreif oder überfällig antworten sollte, aber ihm fehlten der nötige Biss und die Kraft dazu. Deshalb nahm er einen großen Schluck und behielt ihn lange im Mund, bis der Alkohol schmerzhaft die Schleimhäute reizte. Erst dann ließ er den Whiskey hinunter in den Magen rinnen, wo er, scheinbar ohne an Energie verloren zu haben, eine kleine Revolution entfachte. Mit dem zweiten Schluck leerte er das Glas und hielt es auffordernd in die Höhe, bis der Schatten es erneut füllte.
*Was ist mit den Kindern?,* fragte Walcher, der sich vorgenommen hatte, alle noch ungeklärten Fragen zu stellen.
*Ein Fluch,* bekam er als überraschende Antwort. *Ich hatte mich mit einem befreundeten Arzt und Biologen zusammengetan, schon lange bevor die Themen Gentechnik und Klonen zu Schlagzeilen der Tagespresse wurden. Wir entwickelten die notwendigen technischen Voraussetzungen und entschlüsselten die genetischen Codes, brachen dann unsere Versuche aber wieder ab, weil uns die nötigen Mittel und die personellen Möglichkeiten fehlten. Dennoch entdeckten wir durch Zufall jene Körperzellen, die nicht nur den kompletten genetischen Code besaßen, sondern auch jenen Controlling Code, der verhindert, dass aus einem Hautstückchen ein ganzer Mensch entstehen kann. Die Haut enthält zwar auch den gesamten Code, aber ab einem bestimmten Stadium verkümmern praktisch die restlichen Codes, weil ein Controlling System dafür sorgt, dass tatsächlich nur die Haut nachgebaut wird. Das ist ein faszinierender Selbstschutz, den hier die Evolution entwickelt hat. Nun, wie gesagt, wir fanden jene Zellen, die nicht dieses Controlling System hatten, und entwickelten dazu eine geniale und äußerst präzise Technik, um diese Zellen in Eizellen einzubringen.*
*Ich versuche Ihnen das mit einfachen, populären Begriffen und Worten darzulegen, trotzdem, wenn Sie etwas nicht verstehen, so fragen Sie bitte.*

Walcher nickte dankend und es war ihm nicht anzumerken, dass er in Gedanken den Professor für ein vielleicht geniales, aber höchst arrogantes Arschloch hielt.
*Das Ergebnis unserer Arbeit waren zehn menschliche Klone mit beinahe hundertprozentiger Übereinstimmung. Damit begann aber auch unser Problem. In den ersten Jahren wuchsen die Kinder in unserem ersten kleinen Labor in England heran, aber mit dem Kindergartenalter war das einfach nicht mehr möglich. Deshalb teilten wir sie auf mehrere Familien auf, um sie bereits wenige Tage später wieder zusammenzubringen.*
*Die Kinder verweigerten jedwede Nahrung und verhielten sich völlig apathisch. Sie verweigerten ein Leben als Einzelgeschöpfe, sie brauchten die Gemeinschaft. Nun fallen aber zehn absolut gleich aussehende Kinder überall in dieser Welt auf, selbst im hintersten Dschungel. Wir färbten ihnen also die Haare, schnitten ihnen verschiedene Frisuren, verpassten einigen von ihnen Brillen, aber kaum drehten wir uns um, schon setzten sie alles daran, damit sie wieder gleich aussahen. Sie wollten diese völlige Gleichheit und schienen sie auch zu genießen. Diese Tatsache kostete uns sehr viel Mühe und viel Geld. Wir tingelten wie ein Flohzirkus um die Welt, ständig auf der Suche nach ruhigen Plätzen und zuverlässigen, verschwiegenen Menschen, die die Kinder betreuten, Pädagogen, Ärzte, Krankenschwestern, Wächter, Helfer, ein Tross von meist zehn Leuten.*
Der Professor schwieg. Vielleicht kramte er in Gedanken in seiner Erinnerung. Nach einer langen Pause beugte er sich erst einmal vor, nahm sein Glas und trank daraus einen kleinen Schluck, bevor er weitersprach.
*Die Kinder waren auch ununterbrochen krank und sind es heute noch. Bekam eines eine Influenza, waren tags drauf alle krank. Alles war und ist bei ihnen identisch, sie verloren am selben Tag die Zähne, selbst Unfälle geschahen meist zur selben Zeit.Mein Freund und Partner, Dr. Zelter, begleitet die Kinder seit ihrer Geburt,* fuhr der Professor nach einer weiteren Pause mit seiner Erzählung fort. *Seine Studien werden sein Lebenswerk sein. Diese Klone sind ein Phänomen. Ihre Gehirne weisen eine*

*erstaunliche Anomalie auf, ihre Fähigkeit erschließt sich uns erst allmählich. Eine der besonderen Leistungen ist eine mentale Kommunikation über eine Distanz von vermutlich mehreren hundert Metern, vielleicht sogar über eine noch größere Distanz.*
*Sie verständigen sich, ohne Sichtkontakt miteinander zu haben. Wir haben das in mehreren Versuchsreihen bestätigt gefunden. Auch gab es Situationen, in denen die Kinder diese Gabe bewusst einsetzten. Wenn es Sie interessiert, so beschreibe ich Ihnen ein Beispiel,* wandte er sich fragend an Walcher und als der nickte, sprach er weiter.
*Eine ungeschickte Krankenschwester durchstach bei einer routinemäßigen Blutentnahme die Vene eines der Kinder. Das tat dem Kind sehr weh und es weinte, wie mir hinterher berichtet wurde. Ich hielt mich zu der selben Zeit mit vier anderen Kindern in einem entfernt gelegenen Zimmer auf und nahm Hautproben. Ich war damals sehr verwirrt, denn plötzlich griffen sich alle vier gleichzeitig an den Arm, schrien auf und weinten. Die Hautproben entnahm ich der Innenseite der Ohrläppchen, winzig kleine Proben, die höchstens als leichte Piekser zu spüren waren. Also konnte das nicht die Ursache für ihr Weinen sein. Dann klingelte das Telefon und die Schwester rief mich zu Hilfe, und da hörte ich im Hintergrund das Kind bei ihr weinen, wie die Kinder bei mir im Zimmer.*
Der Professor sah Walcher so bedeutungsvoll an, als hätte er eben von der Landung einer fliegenden Untertasse mit kleinen Männchen darin erzählt. Walcher fand es interessant und spannend, aber nach seinem morgendlichen Rundgang durch die Produktionsstätten brachte er nicht die nötige Begeisterung auf. Vielmehr ging ihm schon den ganzen Tag ein Gedanke durch den Kopf: er wusste zu viel über Human Resorts. Zu viel, als dass der Professor ihn einfach davonspazieren lassen durfte.
Entweder sie bringen mich gleich um, hatte er sich die Möglichkeiten ausgemalt oder ich erhalte eine Notoperation nach der anderen, bis ich komplett ausgeweidet und auf eine Hand voll Superreiche verteilt bin, oder sie dekorieren mich zu einem Austräger. Walcher machte sich nichts vor und

längst verbarg sich hinter seiner Fassade aus Beherrschung und Ruhe eine Scheißangst.
*Ein weiteres Indiz für eine besondere Kommunikationsfähigkeit der Klone erlebte ich erst kürzlich,* setzte Ruidmans seinen Vortrag fort. *Einer der Helfer, ein Wachmann, offenbar ein Pädophiler, lockte eins der Kinder auf sein Zimmer und wollte dem Mädchen die Kleider ausziehen. Drei andere hatten zur gleichen Zeit Musikunterricht, drei lernten Latein – ach ja, das Thema Lernen muss ich gleich auch noch anschließen,* unterbrach er seinen Gedankengang kurz, um dann wieder nahtlos mit seiner Schilderung fortzufahren.
*Alle Kinder sprangen gleichzeitig auf und rannten zielgerichtet zum Ort des Geschehens, wo sie den Wächter packten und aus dem Fenster stießen. Das sind keine Zufälle. Auch das Lernen ist ein weiteres Beispiel für ihre Besonderheit. Die von uns angestellten Lehrkräfte teilten die Kinder in zwei Gruppen auf, obwohl sie sich anfangs energisch dagegen wehrten. Dann fanden die Kinder es plötzlich ganz super, wie sie selbst sagten. Für die Lehrer war es ohnehin immer ein fürchterliches Verwirrspiel, weil die Kinder wirklich nicht auseinander zu halten sind. Sie konnten deshalb nie mit absoluter Sicherheit beweisen, dass die Kinder der einen Gruppe scheinbar automatisch den Lernstoff der anderen übernahm und umgekehrt. Um sicher zu gehen, führten wir dann eine gezielte Untersuchung durch und stellten tatsächlich fest, dass die Kinder parallel aufgenommene Informationen mental austauschen können. Ein unglaublicher Vorgang. Wir beginnen gerade erst damit, diese fantastischen Gehirne genauestens zu untersuchen.*
Der Professor nahm sein Glas und prostete Walcher zu, *auf die vielen Geheimnisse dieser Welt, die noch vor uns liegen.*
Walcher nippte zustimmend ebenfalls an seinem Glas. Ruidmans sah zwar in Walchers Richtung, aber sein Blick ging an ihm vorbei in die Ferne. Auch seine Stimme klang nun abwesend, zögernd.
*Sie haben heute mein, beziehungsweise unser Werk bestaunen dürfen, waren in hoch geheimen Bereichen, zu denen nur sehr wenige Menschen Zutritt erhalten. Sie sind ein intelligenter Mann und*

*wissen, dass Ihnen das zwei Möglichkeiten eröffnet. Ich schätze Sie, Ihren klugen Verstand und Ihre Zähigkeit und empfinde Sympathie für Sie, ja eine gewisse Wesensverwandtschaft. Leider ist das eine Seite in mir, der ich schon herbe Enttäuschungen zu verdanken habe, weshalb ich nicht auf weitere Erfahrungen Wert lege. Sie, mein Freund, werden niemals meine Arbeit und mein Werk positiv unterstützen.* Dabei betonte er das Wort „Werk" wiederholt mit einer ansteigenden Betonung und rollendem R, wobei Walcher auch so nie auf die Idee gekommen wäre, etwas anderes als das Lebenswerk des Professors darunter zu verstehen.

*Widersacher mit Qualitäten, wie ich sie bei Ihnen sehe, kann ich unmöglich frei herumlaufen lassen. Ich werde Sie deshalb zu einem Mitarbeiter machen, genau wie Ihren Freund, und Sie beide werden somit zu bedeutenden Stationen der Evolution. Alle künftigen Nutzer unserer Technologie werden Ihnen ewig dankbar sein. Ich meine es ohne Zynismus, wenn ich sage, dass es Sie unsterblich machen wird.*

Walcher, der auch den zweiten Whiskey zügig ausgetrunken hatte und jetzt seine Wirkung spürte, nickte seinem Gegenüber ein *Dankeschön* zu. Dabei hielt er das Glas hoch, weshalb nicht ganz klar war, ob er sich für die angedrohte Unsterblichkeit bedankte oder schon im voraus für einen dritten Whiskey.

*Dass Sie hier sind, ist das Ergebnis einer Kette bedauerlicher Umstände, die allesamt jedoch nur ein Ziel hatten, nämlich dieses Unternehmen zu schützen. Und für diesen Schutz ist eine Frau zuständig, die weit über das normale Maß hinaus ihre ganze Kraft und ihr persönliches Wohlergehen hinter das unserer Forschung zurückgestellt hat: Frau Dr. Bettina Pohlmann.*

Irgendwie drang der Name nicht bis in Walchers Gehirn vor. Erst als er die Frau erkannte, die vermutlich auf das vereinbarte Stichwort hin das Zimmer betrat und sich in den Sessel neben der Stehlampe setzte, wo er sie gut erkennen konnte – wachte er auf. Anita Freifrau von Wedern, sie gehörte nicht hierher, dachte er, sie gehörte zu einem anderen Teil der

Geschichte. In seinem Verständnis war sie die Gute, nicht die Böse, außerdem war sie doch tot. Walcher kannte sich nicht mehr aus.
Sie lächelte, als sie zu ihm sagte, *ich sehe es Ihnen an, Sie sind irritiert.*
Walcher nickte. *Ich verstehe nicht, aber Sie müssten eigentlich tot sein, ermordet in der Schweiz.*
*Nein,* schüttelte Frau Dr. Pohlmann den Kopf, *ich bin hier und fühle mich ausgesprochen lebendig. Bei der Frau in der Schweiz handelt es sich um meine Schwester, meine Zwillingsschwester, um genau zu sein.*
Spätestens nach dieser Überraschung war Walcher klar, dass sein Leben keinen einzigen Pfifferling mehr wert war.
*Da meine bei vollem Bewusstsein verbrachte Lebenszeit sich vermutlich dem Ende nähert, beantworten Sie mir bitte eine Frage.*
*Fragen Sie,* forderte Bettina Pohlmann ihn mit einer generösen Geste und ziemlich selbstsicher auf.
*Warum haben Sie die Detektive in das Kinderlager geschickt?*
Walcher war nicht überrascht, dass er keine klare Antwort erhielt, sondern eine Gegenfrage gestellt bekam. Diese Frau war durchtrieben.
*Wieso glauben Sie, dass ich es war und nicht meine Schwester?*
Walcher lächelte siegessicher, *Sie haben zwar die gleiche Frisur und sehen ihrer Schwester sehr ähnlich, aber sicher benutzen Sie nicht das gleiche Parfüm wie sie.*
Frau Dr. Pohlmann atmete den Duft ihres eigenen Parfüms durch die Nase ein und nickte. *Ja, das mag sein. Nun gut, Sie fragten nach dem Grund für meinen Auftrag an die Detektive. Wir wollten unsere Einrichtung auf Schwachstellen untersuchen, auch wie unsere Leute reagieren würden, wollten wir prüfen. Und dafür erschien es uns am effektivsten, Detektive zu engagieren. Dass unsere Mitarbeiter etwas überzogen reagierten, konnten wir nicht voraussehen. Bedauerlich auch, dass sich plötzlich meine Schwester einmischte, einen Journalisten beauftragte und zusammen mit unserem trotteligen Onkel nach unserem missratenen Bruder suchen wollte.*

Walcher war seit seinem Gedankenblitz mit dem Parfüm klar, was ihn schon damals im Unterbewusstsein gestört hatte. Er glaubte, Anita von Wedern in seinem Stammcafé mit zwei Männern beobachtet zu haben, kurz nach dem Treffen mit ihr in seinem Ravensburger Büro. Damals war ihm aufgefallen, dass sie nach einem anderen Parfüm duftete
Ein verrückter Zufall hatte die Zwillinge zur selben Zeit in ein kleines Städtchen geführt.
*Die vielen Toten, Ihr eigener Onkel, Ihre Schwester, Ihre Haushälterin, die beiden Detektive, eine vollkommen unschuldige Wohnungsnachbarin. Sechs Morde, womit ist das zu rechtfertigen?,* fragte Walcher weiter.
Der Professor mischte sich ein. *Ich nahm an, Sie hätten verstanden, was unsere Arbeit für die Menschheit bedeuten wird, da sind einige wenige Menschen, die sterben mussten, bedeutungslos. Das ist wie in einem Krieg – was bedeutet da der Einzelne.*
*Wir befinden uns in einem Krieg gegen Krankheiten, gegen den Tod. Außerdem ist der menschliche Körper an sich ohne Bedeutung. Um ihn geht es nicht in unseren Forschungen, mit ihm verdienen wir nur unser Geld. Unser eigentliches Ziel ist das Gehirn. Dieser unglaubliche Biocomputer, der durch den Tod einfach verschwendet wird. Das Gehirn über mehrere Generationen hinweg zu erhalten, zu diesem Zweck forsche ich.*
Der Professor schwieg abrupt, so als wäre er über sich erstaunt, mit welcher Selbstverständlichkeit er einem Gegner seine Ziele offenbarte. Walcher war mit letzter Deutlichkeit klar geworden, dass er um sein Leben kämpfen musste, und zwar mit allen Mitteln.
*Sie sind, wenn ich Sie richtig verstanden habe, der gleichen Meinung wie Professor Robert White, der den Menschen auf das Gehirn reduziert?* Walcher sah es an ihren Reaktionen, das hatte gesessen, voll ins Schwarze. Sowohl der Professor als auch Dr. Pohlmann drehten sich beinahe synchron zu ihm hin und fixierten ihn.
*Ich halte Robert White,* ergriff der Professor wieder das Wort, *für einen Dilettanten, was seine wissenschaftliche Vorgehens-*

*weise betrifft. In seiner Kernaussage, und hier überraschen Sie mich mit Kenntnissen, die ich Ihnen nicht zugetraut hätte, sind wir uns durchaus sehr nahe. Ja, ich stimme ihm zu, der Körper ist die Hardware, einzig konstruiert, um das Wesentliche zu versorgen, das Gehirn.*
*Das menschliche Gehirn mit seinen Milliarden von Neuronen ist weit leistungsfähiger als jeder Computer. Es ist so unglaublich faszinierend sich vorzustellen, dass sich jedes dieser Neuronen potenziell mit Tausenden anderer Neuronen verbinden kann.*
*Stellen Sie sich vor, der Mensch würde nicht nur die läppischen zehn Prozent seines Gehirns nutzen, sondern sich das gesamte Potenzial mehr und mehr erschließen – um dann auf der Höhe seiner Intelligenz, seiner Kreativität und seines Wissens einfach zu sterben und dieses Wunderwerk verrotten zu lassen? Welch eine ungeheuerliche Verschwendung, ein Frevel an dem wohl großartigsten Geschenk der Natur.*
Frau Dr. Pohlmann nickte zustimmend.
*Aber,* warf Walcher ein, *unterbrechen Sie damit nicht die erfolgreiche Vorgehensweise natürlicher Evolution? Uralte Megagehirne werden irgendwann einmal nicht mehr in der Lage sein, neue Denkmodelle anzunehmen. Laufen wir nicht Gefahr, uns mit überalterten Gehirnen, die vermutlich auch noch über die Macht verfügen werden, dem Stillstand auszusetzen? Außerdem, auch Gehirne unterliegen einem biologischen Alterungsprozess.* Walcher trumpfte mit den Inhalten einiger Artikel auf, die er zu diesem Thema vor nur wenigen Wochen gelesen hatte und die ihm noch sehr präsent waren.
Der Professor nickte. *Das sind kluge Gedanken, die ich schon häufig durchdacht habe. Stellen Sie sich vor, die Menschheit könnte für zwei oder drei Generationen auf das verschwenderische, dumme Spiel von Versuch und Wirkung verzichten. Staatslenker, die sich abgeklärt ihren eigentlichen Aufgaben widmen, befreit von niederem Streben nach Macht. Vordenker, Führungskräfte, die über das Wissen und die Erfahrung von mehreren Generationen verfügen.*

*Sehen Sie, das wollen wir. Gehirne länger am Leben erhalten.*
*Ich wiederhole mich, aber ich halte es für eine unglaubliche Verschwendung der Natur, ein quasi leeres Gehirn auf die Reise zu schicken und es nach durchschnittlich siebzig Lebensjahren bereits wieder zu entsorgen und dabei lediglich einige wenige Prozent dieses gigantischen Speichers und Denkapparats genutzt zu haben. Gehirne zu erhalten, muss unser Ziel sein.*
*Wertvolles Wissen, einmalige Fähigkeiten, einmalige Ausprägungen der Sinne zu erhalten ist wesentlich sinnvoller, als Menschen zu klonen. Menschen haben wir genug, schon jetzt sind es so viele auf dieser Erde, dass es langsam schwierig wird, alle zu ernähren. Das Klonen macht deshalb keinen Sinn, weil bei jedem Klon das Gehirn so leer ist wie eine unbeschriebene Festplatte.*
*Ob der Klon Fähigkeiten seiner genetischen Eltern übernommen hat, zeigt sich letztlich erst, wenn er die Chance erhält, aufzuwachsen.*
*Nein, nur das Gehirn zählt. Dort hat seinen Sitz, was den Menschen ausmacht, auch seine Seele, wenn er denn eine hat.*
*Glauben Sie mir, nicht mit den bekannten Vernichtungswaffen werden die Kriege der Zukunft gewonnen, auch nicht mit biologischen Waffen und hier schon gar nicht mittels genetischer Manipulation. Sondern mit der tödlichsten aller Waffen, die der Mensch erfunden hat, seit er denken kann: mit dem Nachbau des Gehirns, mit dem Computer.*
Der Professor wartete nicht die Reaktion seiner beiden Zuhörer ab, sondern dozierte weiter, so als hielte er eine Vorlesung ab.
*Viren und andere Manipulationen in unserer computervernetzten Welt erzielen eine ungleich höhere Wirkung, als Kugeln, Granaten, Raketen oder Gifte. Stellen Sie sich vor, die Versorgungslogistik der weltweit koordinierten Abläufe wird durch Computermanipulation gestört. Menschen erhielten nicht die notwendigen Medikamente, kein Wasser, keine Nahrung oder ganze Stromnetze brechen zusammen, wie wir es in den letzten Jahren ja schon mehrfach erleben mussten. Wie viele Menschen werden nach vierundzwanzig Stunden, nach achtundvierzig Stunden, nach einer Woche verstorben*

*sein, wenn große Ballungszentren von einer solchen Sabotage betroffen wären?*
Die Pause, die er einschob, sollte seine Zuhörer vermutlich animieren, sich Zahlen zu überlegen, wie viele Menschen durch ein solches Szenario hingerafft würden.
*Nach einer Woche wären bereits über eine Million Menschen tot, die meisten in den armen Schichten der Bevölkerung*, lieferte der Professor die Auflösung selbst. *Und dagegen helfen nur Gehirne, die das Wissen mehrerer Generationen gespeichert haben, das Wissen von Denkern der unterschiedlichsten Disziplinen, von Erfindern, Politikern, Militärstrategen, Biologen, Philosophen, Wirtschaftskapitänen, alles, alles gespeichert in einem einzigen Gehirn. Das ist die Zukunft.*
Der Professor machte eine Pause und nahm sein Glas.
Walcher verspürte das dringende Verlangen sich zu betrinken. Da saß er zwei durchgeknallten Wissenschaftlern gegenüber, die in die Schöpfung eingreifen wollten, als wären sie Götter. Walcher hätte gern gefragt, was sie dabei empfanden, selbst die eigene Familie auszurotten, nur um weiterhin Frankenstein spielen zu können. Horrorvisionen sah er vor sich, von riesigen mutierten Gehirnen, die wie Taucherglocken auf Wechselkörpern saßen. Wem nützte so ein Wahnsinn in einer Welt, in der soziale Bindungen und Gefühle keinerlei Bedeutung besaßen. Menschen, die andere Menschen mit kaltem Kalkül ausrotteten, um sich selbst unsterblich zu machen, hatten nicht das Recht, in der Schöpfung herumzufuhrwerken. Sie waren krank und gehörten in psychiatrische Behandlung, sonst nichts.
Aber solche Gedanken brachten ihn nicht weiter. Er fühlte sich ausgelaugt, leer. In einer anderen Situation über Evolution, Gehirne, Organe oder dem uralten Streben der Menschheit nach einem längeren Leben zu diskutieren, hätte ihn fasziniert. Er saß nicht in einem Debattierklub, sondern in dem Arbeitszimmer eines skrupellosen, selbstverliebten Größenwahnsinnigen. Hier ging es um sein Überleben und dem von Johannes.

Walcher überlegte krampfhaft, was er tun sollte. Drohen? Selbstsicher auf die Polizei hinweisen, mit der er seinen Besuch hier abgesprochen hätte?
*Hoch interessant, Ihre Ziele und Forschungen, über die Sie mich informiert haben. Danke auch für Ihre Offenheit. Aber der Hauptgrund meines Besuches war, meinen Freund zu finden. Ich bin zwar Journalist, aber ohne Ihren Auftrag werde ich nicht über Ihr Unternehmen schreiben. Ich werde jetzt aufstehen und gehen. Sie werden dafür sorgen, dass mein Freund nach Deutschland transportiert wird, sobald er dazu fähig ist. Dass ich bei Ihnen nicht so einfach hereingeschneit bin, ohne mich vorher abzusichern, werden Sie sich vorstellen können.* Walcher hob das Glas und prostete den beiden zu. *Ich werde nämlich in meinem Hotel erwartet. Für morgen ist ein Ausflug auf die Gorumna-Inseln gebucht, für den Abend hat der Hotelportier Theaterkarten besorgt und für Übermorgen ist mein Heimflug reserviert. Natürlich sind auch meine Freunde in Deutschland über meinen Besuch hier informiert.*
*Schade, ich war kurz der Meinung, wir könnten uns über sinnvolle Themen unterhalten, aber letztlich sind Sie bloß ein Wichtlein, das um sein lächerliches Leben winselt. Leider muss ich Sie enttäuschen,* bekam Walcher die Antwort des Professors. *Wir haben einen ausgezeichneten und wirklich ideenreichen Werkschutz. Sie haben gestern Abend Ihr Hotelzimmer geräumt, mit einem herzlichen Dank die ausgeliehene Regenjacke zurückgegeben, die Rechnung einschließlich der konsumierten sechs Whiskeys und Ihres Essens, natürlich inklusive eines großzügigen Trinkgeldes, bezahlt. Dann haben Sie sogar noch einmal von dem Hotelcomputer aus Ihrer Tochter Irmi eine Mail geschickt und ihr mitgeteilt, dass Sie wegen des miserablen Wetters nach Cork weiterreisen würden und von dort über Dublin wieder zurück nach Deutschland fliegen, voraussichtlich in zwei Tagen. Mit herzlichen Grüssen an die Großeltern und an Rolli, den Hund, nehme ich an,* schloss der Professor mit einem spöttischen Lächeln seine Aufzählung an Beweisen dafür, dass Walcher nach seinem Besuch bei Human Resorts unbeschadet die Heimreise angetreten hatte.
*Ach ja,* setzte der Professor noch hinzu, wohl um Walchers

letzten Funken Hoffnung zu zerstören. *Unsere Aktion fand nach dem Personalwechsel der Pförtnerloge statt. Nach dem Ihnen bekannten Portier trat eine Aushilfskraft den Dienst an, da der Portier der gestrigen Nachtschicht aus unbekannten Gründen nicht rechtzeitig zum Dienst erschien. Ihr kleines Notizbuch gibt übrigens interessante Aufschlüsse über ihr mäßiges Wissen um die Zusammenhänge insgesamt.*
*Perfekt,* lobte Walcher, verkniff sich allerdings nicht, boshaft hinzuzufügen: *Sie haben keinen Werkschutz, sondern offensichtlich so was wie die STASI,* und erklärte, *das war der gefürchtete Staatssicherheitsdienst in der ehemaligen Deutschen Demokratischen Republik. Außerdem gibt es da noch den Taxifahrer, der meine Fahrt zu Ihnen bezeugen kann.*
Der Professor hob nur kurz gelangweilt die linke Augenbraue und bemerkte näselnd: *Bezeugen, wem gegenüber?*
Okay, dachte Walcher, damit hat sich auch dieser Versuch erledigt.
Der Professor schien in Plauderstimmung geraten zu sein. Sein Lebenswerk, seine Forschung, er beschrieb sie detailliert und ausführlich. Er erklärte die technischen Details seiner Brutkammern, die in den Felsen getriebenen Stollen, die gegen Wasser und Gaseinbruch und andere äußere Einwirkungen durch mehrere Hüllen geschützt wären. Ein autarkes Versorgungssystem, das in der Lage wäre, die Stollen über fünfzig Jahre lang mit Energie zu versorgen und kontinuierlich auf der Temperatur von minus fünfzig Grad zu halten. Dass die Elite dieser Welt sich dort bereits Plätze reserviert hätte, dass siebzehn bedeutende Menschen bereits dort unten lägen, um in einer neuen Zeit aufzuwachen, in der ihr Geist auf neue Körper gepflanzt würden, zum Wohle aller. Dass Techniker vom Kaliber eines Wernher von Braun die Anlage, vergleichbar mit der Arche Noahs, konzipiert hätten. Und er, der Vater …
Walcher fiel es schwer, sich auf die Ausführungen des Professors zu konzentrieren. Er überlegte, ob er sich mit dem schweren Kerzenleuchter auf ihn stürzen und ihm den

Schädel einschlagen und mit einem Kaminholz das Schloss in Brand setzen sollte. Aber der Whiskey, die Wärme und die Erlebnisse des Tages beraubten ihn seiner Energie. Seine Gedanken wanderten zu der rothaarigen Frau. Vielleicht war es ja so etwas wie interkontinentale Gedankenübertragung, denn Susanna Reif wurde in ebendiesem Augenblick von französischen Polizisten abgeführt. Mit ihr sieben Kinder, die von den Polizisten nur durch ihre unterschiedliche Kleidung auseinander zu halten waren und denen sie deshalb mit Nummern versehene Bänder um die Handgelenke banden. Eine weitere junge Frau sowie vier Männer, die Schusswaffen bei sich führten, aber keinen Gebrauch davon machten, wurden widerstandslos abgeführt.
Die Polizei hatte das abgelegene ehemalige Weingut in Südfrankreich, nahe Grasse, in einer groß angelegten Aktion mit einer Sepzialeinheit umstellt und gestürmt. Mitinitiator der Aktion war ein Kommissar Brunner aus Deutschland, der zum zweiten Mal innerhalb von zwei Wochen Interpol um Amtshilfe bat. In diesem Fall bestand ein Verdacht auf Menschenhandel.
Dank Walchers Kinderfotos, die als Steckbriefe an alle nationalen europäischen Polizeizentralen gemailt und von dort an die regionalen Dienststellen verteilt wurden, führte wieder einmal der Zufall zu dem erfolgreichen Zugriff.
Ein Bäcker aus Grasse, der das Weingut täglich mit frischen Brotwaren belieferte, erzählte seiner Frau von den sieben Kindern dort, die einander glichen wie ein Ei dem anderen. Sie verdächtigte ihn deshalb, wieder mal heimlich gesoffen zu haben. Das brachte ihn derart in Wut, dass er sie verprügelte, was er sich schon seit Jahren vorgenommen hatte. Weil er dabei brüllte wie ein Wahnsinniger und sie laut um Hilfe schrie, riefen Nachbarn die Polizei. Die schaffte den prügelnden Bäcker auf die Wache und nahm dort ein Protokoll auf. Als sie ihn danach in die Ausnüchterungszelle brachten – er war nämlich tatsächlich betrunken – schoben sie ihn an einem Monitor vorbei, an dem sich ein Beamter das gemailte

Fahndungsposter der Kinder ansah und gerade dabei war, es auszudrucken.
Drei Stunden später lief die Aktion „Frische Brötchen" an, eine Ehrenbezeugung der Einsatzleitung dem Informanten gegenüber.
Alle auf dem Weingut, Frauen, Männer wie Kinder konnten sich zwar ausweisen, aber die Papiere der Kinder waren gefälscht. Das schien den Verdacht zu erhärten, es würde ein Menschenhändlerring dahinter stecken. Erst nach intensiven Verhören glaubten die Polizeibeamten, dass es sich um Betreuer und Beschützer der Kinder handelte und nicht um Entführer oder Kinderhändler. Da sie jedoch ihren Arbeitgeber nicht nennen wollten oder konnten, weil sie angeblich immer nur telefonisch Kontakt mit ihm hielten, blieben sie in Untersuchungshaft, während die Kinder in ein Heim bei Nizza gebracht wurden.

Walcher war tatsächlich eingenickt und schreckte hoch, als er zum zweiten Mal an diesem Tag einen Stoß gegen die Schulter bekam. Der Professor und Dr. Pohlmann, die Schwester der Freifrau von Wedern, waren nicht mehr in der Bibliothek. Das Kaminfeuer war zu einem glühenden Kohlehaufen heruntergebrannt, die Kerzen flackerten, wohl aus Sauerstoffmangel. Walcher bat, den Rest seines Whiskeys austrinken zu dürfen, was ihm die beiden Wächter großzügig erlaubten. *Nun denn,* spielte Walcher einen leicht Betrunkenen, *so führt mich denn in mein fürstlich Schlafgemach, ihr Schergen dunkler Mächte.*
Als ahnten die Wachmänner Walchers Vorhaben - nämlich sie die Treppe hinunterzustoßen und einen Fluchtversuch zu unternehmen -, packten sie ihn links und rechts an den Armen und trugen ihn mehr, als er selbst ging, in sein gar fürstlich Schlafgemach.

Lindau

Den Aktenordner in der Hand, schaute Brunner kurz ins Büro seiner Sekretärin und meldete sich mit dem Hinweis ab, dass er in der nächsten Stunde nicht erreichbar wäre.
Er spazierte ans Seeufer, setzte sich auf eine bröckelnde Stützmauer und ließ sich die Sonne aufs Gesicht scheinen.
In den Fall „Mordhaus Brougierstraße", wie es auf dem Aktendeckel hieß, kam Bewegung.
Ein Notar hatte bei der Staatsanwaltschaft Lindau nachgefragt, wann das Haus in der Brougierstraße freigegeben würde. Er als Testamentsvollstrecker müsse mit den Erben, Armin, Anita und Bettina von Wedern sowie einer Irene Hoffmann, der Tochter der Haushälterin, Kontakt aufnehmen.
Eine Anfrage beim Einwohnermeldeamt bestätigte Brunner, dass die Familie von Wedern ursprünglich fünf Mitglieder zählte, die Eltern, zwei Töchter, am selben Tag geboren, und der Sohn Armin. Selbstkritisch warf sich Brunner hier eine grobe Nachlässigkeit in seiner Untersuchung des Falls vor. Ordnungsgemäß war Anita von Wedern in München gemeldet und Bettina in Boston. Armin von Wederns Anschrift war unverändert die Brougierstraße, also galt dies offiziell weiterhin als sein Wohnsitz.
Brunner bat Kurt Rebstock, seinen Assistenten, die genaue Adresse von Bettina von Wedern in Boston ausfindig zu machen. Bei ihr oder ihrem Bruder hoffte Brunner ein weiteres Puzzleteil in der Sache zu finden. Die Aufklärung des Falls empfand er als eine große Herausforderung und extrem schwierig, weil nach wie vor kein Motiv erkennbar war, von Hinweisen auf die oder den Mörder ganz zu schweigen. Auch sonst geschahen merkwürdige Dinge.
Am Vortag erhielt er ein Fax, von einer Schweizer Versicherung namens „Saveliving Helvetia", die den Versicherungsnehmer Armin von Wedern suchte. Dessen letzter Wohnsitz war mit Galway, Irland, angegeben. Sein Arbeitgeber wäre

das dort ansässige Unternehmen Human Resorts. Da seit einem halben Jahr keine Beiträge mehr entrichtet würden, fragte die Versicherung an, ob das Einwohnermeldeamt in Lindau einen Hinweis auf den jetzigen Wohnsitz habe.
Brunner überlegte, warum das Fax an das Einwohnermeldeamt adressiert, aber mit der Faxnummer seiner Dienststelle versehen war. Es war ein offensichtlich gewollter Irrläufer, den er sofort nutzte, um die Polizei in Galway um Amtshilfe zu ersuchen. Brunner erhielt kurz danach den Anruf eines irischen Kollegen, der ihn über die bevorstehende Hausdurchsuchung großen Stils ebendieser Firma informierte. Brunner hatte ein halbes Jahr lang ein CEPOL-Sprachseminar der europäischen Polizeiakademie in Dublin absolviert, weshalb die beiden Beamten sich mühelos verständigen konnten.
Enttäuscht war Brunner, als er Walcher die Neuigkeiten mitteilen wollte und er ihn weder zu Hause noch über sein Handy erreichte. Deshalb rief er bei den Großeltern Armbruster an und erfuhr, dass Walcher auf einer Informationsreise in Irland wäre und in Galway im Hotel Farney wohnen würde.
Brunner ordnete sofort die Überwachung von Walchers Hof an. Dann verfluchte er diesen verdammten Journalisten, der ihm andauernd eine Nasenlänge voraus zu sein schien und offenbar sein eigenes Süppchen kochte. Das hatte er von seiner vertrauensvollen Zusammenarbeit mit diesem Pressefuzzi, erging er sich in einem Anflug von Selbstmitleid.
Brunner schaute den Enten und Blesshühnern zu, die sich gemächlich auf der funkelnden Wasseroberfläche dahintreiben ließen. Es ging von ihnen eine Ruhe aus, die ansteckend war. Auch er ließ seine Gedanken treiben. Er empfand plötzlich ein Gefühl von Zufriedenheit, es tat sich etwas und es sah danach aus, als würde die Sache bald zum Abschluss kommen. Human Resorts, der Internetauftritt war wenig informativ, auch der Kollege in Galway wusste nicht viel über das Unternehmen zu sagen, außer dass es irgend etwas mit Forschung

zu tun hätte und dass ihm der Laden gewaltig stinken würde und er eine höchst dubiose Geschichte dahinter vermutete.
Brunner dachte auch an die Analyse der weißen Maske, die Walcher ihm gebracht hatte. Unzählige Fingerabdrücke befanden sich darauf, alte und frische. Auch Armin von Wederns Abdrücke waren darunter, ergab der Vergleich mit den Abdrücken auf seinem Brief. Spuren von Marihuana und der Blutgruppe A hatten die Chemiker festgestellt. Die Holzwolle, in der die Maske eingepackt war, sowie der Karton ließen keinerlei Rückschlüsse zu. Es gab keine Anhaltspunkte, die etwas über den möglichen Sinn des „Präsents" verraten hätten.
Die Suche nach den Kindern war erfolgreich, für ihn jedoch nur Beiwerk, sein Interesse galt vielmehr den Begleitern der Kinder. Unter ihnen vermutete er den oder die Mörder der Detektive, des Rechtsanwalts, seiner Haushälterin sowie von Anita von Wederns und deren Nachbarin.
Es lag für Brunner nahe, die Entführer oder Mörder von Walchers Freund ebenfalls in diesem Dunstkreis zu vermuten. Formal hieß das, einen Auslieferungsantrag zu stellen.
Fehlte noch Armin von Wedern.
Nachdem er innerhalb von vierzehn Tagen schon zwei Suchaufträge an Interpol gerichtet hatte, würde es auf einen dritten auch nicht mehr ankommen. Er beschloss, auch Armin von Wedern zur Suche auszuschreiben.
Die Freundin von Johannes Feinschmied sollte er anrufen, ebenso die Kollegen in Sils Maria beziehungsweise in deren Hauptstelle in St. Moritz. Auch bei den Münchener Kollegen wollte er nachfassen, ob sich Neues ergeben hätte.
Dann stand da noch ein Gespräch mit dem Bürgermeister von Eriskirch an. Außerdem müsste er sich dringend um einen anderen Fall kümmern, den Einbruch vor zwei Tagen in der Schubertstraße, bei dem ein älterer Mann erschlagen worden war. Der Mordfall auf der Segeljacht vor einem Jahr, in dem es um Versicherungsbetrug ging, war endlich aufgeklärt und abgeschlossen. Brunner war momentan mit sich

und der Welt zufrieden. Den Abend würde er mit Kollegen beim Skatspielen verbringen. Nur dass seine Frau noch zwei Wochen auf einer Schönheitsfarm am Chiemsee sein würde, störte ihn. Immer wenn sie länger weg war, sehnte er sich nach ihr und litt unter der Trennung wie ein kleines Kind.

## Anitas Schwester

Seit der Besichtigung steckte Walcher nun schon in dem Overall aus Kunststoff und er kam sich darin vor wie ein Kind in einem Freizeitpark, das ein Ticket für die Astronautenshow gekauft hatte. Man kann die Persönlichkeit eines Menschen auch mit solch vermeintlichen Nebensächlichkeiten beugen, dachte er. Grässlich fühlte er sich, nackt und schutzlos in diesem Spielanzug. Und als besonders störend empfand er, dass es aus der Halsöffnung dieser Wurstpelle allmählich anfing zu stinken.

Delinquenten, die am Galgen enden sollten, durften wenigstens in den eigenen Kleidern sterben. Aber apropos sterben, kam es ihm in den Sinn. Sie würden ihn nicht sterben lassen, sondern als sozusagen gratis zugelaufenes Versuchskaninchen verwenden. Vielleicht wäre er der Erste, dem sie Affenohren annähten, um seine Killerzellen zu testen. Oder sie montierten sein Glied auf einen Steckverschluss, wie bei einem Gartenschlauch, versuchte Walcher einmal mehr mit Zynismus seine Stimmung zu heben. Sterben wäre vermutlich eine Wohltat und auch der Gedanke, dass sie mit Drogen oder durch Verödung sein Gehirn ruhigstellten, machte die Vorstellung von einem Leben als Versuchskaninchen nicht hoffnungsfroher.

In Walcher keimte eine grenzenlose Wut auf diese sich gottgleich fühlenden, macht- und ruhmgeilen Irren, deren Größenwahn und faustischen Allüren ein Ende gesetzt werden musste.

Seit Millionen von Jahren lebten Menschen auf der Erde und

dann tauchten solche Verrückten auf und manipulierten mal schnell an Genen herum, ohne auch nur ansatzweise darüber nachzudenken, welche Folgen daraus resultieren könnten.
Mit Füßen und Fäusten trommelte er gegen die Tür.
Es war ein blindwütiger Aufschrei, mehr nicht, das war ihm klar. Darum bestellte er, als die Tür tatsächlich einen Spaltbreit geöffnet wurde, auch ganz ruhig und akzentuiert in seinem besten Englisch eine Flasche Sherry, zur Not könne es auch ein Brandy sein, hier auch Whiskey genannt. Schließlich hätte jeder Delinquent das Anrecht auf einen letzten Wunsch.
Die Tür wurde geschlossen und das Zimmerlicht erlosch, oder besser gesagt, die Zellenlampe. Nicht unbedingt ein Zeichen dafür, dass seine Bestellung auch tatsächlich aufgenommen worden war. Walcher tastete an der Wand entlang zurück zu dem einzigen Möbelstück, dem Bett. Wie ein Kettenhund, der traurig in seine Hundehütte zurück schlich, ohne die erhofften Streicheleinheiten erhalten zu haben.
Walcher zählte auf, wie viele Menschen ihn wohl vermissen würden, und kam auf eine erschreckend geringe Anzahl, als die Deckenlampe wieder die Zelle erhellte und die Tür aufging. Frau Dr. Pohlmann setzte sich zu ihm aufs Bett und bot Walcher einen duftenden Kaffee an sowie ein Toastbrot mit Marmelade, eine Packung Zigaretten und in einem Aschenbecher Zündhölzer.
*Nicht dass ich mich vor Ihnen rechtfertigen müsste, aber Sie sollen meine Beweggründe erfahren, ich denke, dass ich Ihnen das schuldig bin, für den großen Einsatz, den Sie bringen,* begann die Freifrau und zündete sich eine Zigarette an.
*Mein Sohn Manuel war zwölf Jahre auf dieser Welt. Dann verließ er sie so sanft und leise, wie es seinem Wesen entsprach.*
*Von diesen zwölf Jahren verbrachte er vier Jahre in Arztpraxen, Universitätskliniken und Privatsanatorien von Spezialisten, in ungezählten Untersuchungslabors, in Wohnzimmern und Küchen von Gesundbetern und Heilern, ruhig und geduldig.*
*Vier Jahre, in denen er immer weniger wurde und der Vorwurf in seinen Augen wuchs, bis sich die meisten verschämt abwandten,*

*wenn Manuel sie ansah. Ich nahm nicht mehr Teil am normalen Leben, mein ganzes Tun konzentrierte sich auf die Gesundheit meines Sohnes. Mein Mann unterstützte mich, er war damals ein hoher Beamter bei der Weltgesundheitsorganisation, aber trotz seiner Beziehungen konnte Manuel nicht geheilt werden.*
*Ein aggressives Karzinom in der Leber hatte gestreut und war auch durch den Austausch gegen eine gesunde Leber nicht mehr zu stoppen ... damals lernte ich Professor Ruidmans kennen.*
*Vermutlich halten Sie mich für ein blutgieriges, skrupelloses Monster, aber das bin ich nicht.*
*Ich habe Manuel, meinen Sohn, auf seinem auszehrenden, harten Weg in den Tod begleitet, statt ihn ins Leben zu führen, wie es die genetisch angelegte Aufgabe einer Mutter vorsieht.*
*Vielleicht ist dabei auch in mir etwas gestorben, keineswegs aber mein Verantwortungsgefühl. Im Gegenteil, es ist heute noch viel stärker ausgeprägt. Zusammen mit Professor Ruidmans kann ich dazu beitragen, so manchen sinnlosen Tod von Kindern zu verhindern. Und hinter diesem Ziel sehe ich meine persönlichen Ziele längst als unbedeutend und nachrangig an. Dass dabei nicht nur meine, sondern häufig auch die Interessen anderer tangiert sind, nehme ich billigend in Kauf, ja selbst wenn dabei Leben zerstört werden muss.*
*Ich betrachte mich als Teil unserer Evolution, als ein Werkzeug, das nicht nach heutigen Maßstäben, sondern erst in ferner Zukunft beurteilt werden kann. Mörderin oder Genie, Verdammung oder Dankbarkeit – Zwischentöne gibt es da wohl nicht, aber das ist mir egal.*
*Wahrscheinlich werde ich nicht mehr erleben, wenn die Körper, die in unserem Stollen lagern, wieder zum Leben erweckt werden, aber irgendwann wird es geschehen, da bin ich mir sicher. Manuel ist auch dort unten. In zehn oder zwanzig Jahren, wer weiß, wird seine Krankheit heilbar sein.*
Sie nahm erneut eine Zigarette, zündete sie an und inhalierte ein paar Züge, bevor sie weitersprach.
*Alles, was wir hier aufgebaut haben, ist für mich wie ein Gral über der Gruft meines Sohnes. Dass meine Familie und viele andere*

*Menschen leiden mussten, das bedauere ich sehr, aber noch viel mehr liegt mir mein Sohn am Herzen.*
*An die Öffentlichkeit wollten sie unsere Forschungen zerren, diese kleinkarierten Ordnungsbürger, die nicht annähernd verstanden, nicht die Größe unseres Tuns sahen. Gekränkt in seiner Eitelkeit mein Bruder, weil wir ihn wegen seiner Unfähigkeit entlassen mussten, rachsüchtig mein Onkel, weil wir ihn trotz seiner kranken Nieren nicht in den Kreis unserer Patienten aufnahmen. Dass Isolde ebenfalls ein Opfer wurde, ließ sich leider nicht umgehen, aber ich bedauere es sehr, sie war wie eine Ersatzmutter zu mir.*
*Auch Anitas Tod hat mich sehr getroffen, aber unser Leben verlangt uns manchmal grausame Entscheidungen ab und in dem Moment, in dem wir sie treffen, sind wir sehr allein. Auch später, wenn sich erweist, ob eine Entscheidung richtig war, sind wir allein.*
Ohne ein weiteres Wort oder eine Geste stand die Frau auf und ging aus dem Zimmer. Die Tür fiel ins Schloss, das Licht erlosch. Walcher blieb noch einen Moment in derselben Stellung liegen. Dann tastete er nach seinen Gaben auf dem Tablett. Er aß den Toast, trank den Kaffee und zündete sich eine Zigarette an, die ihm nach siebenjähriger Enthaltsamkeit fast die Lunge zerfetzte und sein Gehirn zum Knistern brachte. Nein, sagte er sich, der Delinquent verzichtet auf seinen letzten Wunsch, eine Zigarette, bringen Sie mir bitte nur Whiskey.
Dann versuchte sich Walcher seine Chancen auszurechnen, ob er bei einem Zimmerbrand ersticken würde, bevor einer der Wächter den Brand bemerkte. Walcher beschloss, diesen Versuch zu unterlassen und dafür lieber jede noch so kleine Chance zur Flucht zu nutzen.
Sein Vater hatte sich vor einen Zug gestürzt. Nein, überlegte Walcher, er würde sich nicht selbst aus dem Leben befördern. Auch wenn der Zimmerbrand kein besonders guter Einfall war, Zündhölzer zu besitzen, gab ihm ein gutes Gefühl.

## Auf dem Hof

„Feng Shui, Architektur und Beratung" stand auf dem verdreckten weißen Kombi älteren Baujahrs, der auf Walchers Hof fuhr. Vier Männer stiegen aus, gingen zur Haustür, die einer von ihnen wie selbstverständlich mit dem Schlüssel öffnete, und verschwanden im Haus.
Es war später Nachmittag, bewölkt und ein kühler Wind wehte. Bärendreck schlenderte lässig über den Hof und schnupperte neugierig an den Reifen des Kombis. Dann legte er sich unter den Motorraum und genoss die Wärme, die der Motor abstrahlte und ihn zu einem wohligen Schlummer verführte, der vier Stunden dauerte. Beneidenswert, wie viel Schlaf sich Katzen leisteten. In diesem Fall jedoch nicht, ohne schmerzhaften Tribut zu zollen.
Ein heißer Feuerstrahl fackelte nämlich plötzlich Bärendrecks Schwanz ab. Der Schock setzte Überlebenskräfte frei, die den Kater aus dem Schlaf quasi von null auf Spitzengeschwindigkeit über den Hof in das feuchte Gras rasen ließen.
Vermutlich rettete dieser Spurt Bärendrecks Katzenleben, denn hinter ihm brach die Hölle los. Die vier Männer waren aus dem Haus gekommen und in den Kombi eingestiegen, da explodierten nacheinander Sprengladungen an den vier Reifen. Aus der ersten Sprengladung fauchte eine weiße Stichflamme bevor sie explodierte, das gab Bärendreck die Chance zur Flucht.
Die Insassen stiegen nicht etwa mit erhobenen Händen aus dem Wagen, sondern starteten den Motor und schlingerten auf den Felgen und zerfetzten Reifen wie in Zeitlupe über den Hof. Bis auf den Fahrer hatten sie die Scheiben heruntergekurbelt und feuerten, dem Klang nach, mit Maschinenpistolen auf den unsichtbaren Gegner. Da jagte ein glühender Strahl aus der offenen Tür des Hühnerstalls frontal auf die Kühlerhaube zu und zerlegte den Motorraum des Kombis in seine Einzelteile.
Danach war es wieder sehr ruhig auf dem Hof.

Mit äußerster Vorsicht stiegen drei der Männer aus, die Hände erhoben. Der Fahrer versuchte zwar auch aus dem Wagen zu klettern, aber seine Beine waren eingeklemmt. Er fuchtelte mit den Händen zur offenen Tür heraus und schrie *help, help, help*.

Der Einsatz der sieben Polizisten, Kommissar Brunner mitgezählt, entsprach nicht den Vorschriften und würde deshalb auch ein disziplinarisches Nachspiel haben, wobei niemand die Effizienz der Aktion anzweifelte.
Als Brunner von Walchers Abreise nach Irland erfuhr, ließ er den Hof Tag und Nacht überwachen und hatte den Polizisten eingebläut: erst zuschlagen, dann fragen.
Wer in Walchers Haus eindrang, der musste mit diesem Fall zu tun haben und dann war er ein Profi. Und gegen Profis mussten normale Polizisten wenigstens das Überraschungsmoment auf ihrer Seite haben, fand Brunner. Deshalb hatte er sich in der Waffenkammer mit den Sprengladungen für die Reifen und einer Art Panzerfaust im Kleinformat eingedeckt, die er dann auch selbst abfeuerte. Über Funk rechtzeitig verständigt, schlich er sich in den Hühnerstall, nachdem er die Sprengladungen an die Reifen gedrückt hatte.
Dass sein Handeln richtig war und vermutlich den Polizisten das Leben rettete, darauf ließen das Waffenarsenal der Männer schließen und ihre kriminelle Laufbahn. Alle vier waren Legionäre und ausgerüstet mit den modernsten Schnellfeuerwaffen, Granaten, Blendraketen, einem Schrotgewehr, um damit Explosionsmunition abzuschießen, Pistolen, Revolver, Messer, einem Betäubungsgewehr samt Munition.
Sogar eine alte Duellpistole fanden sie bei ihnen, vermutlich ein Spleen von einem der Killer. Wäre es zu einem Schusswechsel gekommen, die Polizisten mit ihren sieben Pistolen und jeweils fünfzehn Schuss Munition plus einem Ersatzmagazin wären in einem Inferno untergegangen.
Brunner ordnete absolutes Stillschweigen an, ließ den Kombi in die leere Garage schieben, das Tor schließen und versie-

geln, den Hof säubern, die Gefangenen nach Lindau schaffen und die Überwachung des Hofes fortsetzen.
Zur rechten Zeit am Ort des Geschehens - Brunners Erfolgsgefühl sollte nicht lange anhalten. Einige Stunden später saß er mit den beteiligten Beamten, seinen beiden Assistenten und seiner Sekretärin Barbara Müller zusammen in dem nüchtern ausgestatteten Schulungsraum der Dienststelle Lindau. Sie schauten das Video an, das Eberhard, der Jüngste der Mannschaft, durch das Tennenfenster über der Garage aufgenommen hatte. Die ganze Aktion auf Walchers Hof war dokumentiert.
Brunners Hochstimmung wich einer nüchternen Betrachtung und im nachhinein betrachtete er sein Vorgehen überhaupt nicht mehr als positiv. Er war schließlich Polizist und kein Militär-Rambo.

## Operation Brighids Coat

Wer sechs Tage und sechs Nächte in Dunkelhaft verbrachte - Walcher verwendete die Zündhölzer der Dr. Pohlmann, um die Tage zu zählen und die Essenszeiten dienten ihm als Anhaltspunkt für die ungefähre Uhrzeit -, der verlor das Gefühl für Zeit und Raum. Überraschend dabei war, wie schnell die aufgezwungene Dunkelheit die Wahrnehmung übers Sehen auf das Hören, Riechen, Tasten und das Erspüren von Vibrationen verlagerte.
Es ging etwas vor da draußen, und es wurde heftiger und heftiger, als wäre ein Krieg ausgebrochen. Das Gemäuer und die Luft gaben Erschütterungen und Schallwellen an ihn weiter, erst kaum wahrnehmbar, dann immer deutlicher.
Schallwellen, das wusste Walcher, breiteten sich in Form von Wellenfronten aus, der Körper nahm sie als Schwingungen wahr, ebenso wie die wellenartigen Erschütterungen eines Erdbebens.
Er hörte das Wummern von Hubschrauberrotoren, von

schweren Lastwagenmotoren und kurze Stöße aus Schnellfeuerwaffen. Dann trat wieder Ruhe ein. Ein eiliger Organtransport mit dem Helikopter, ein Bagger, eine Planierraupe, vielleicht ein Jäger?, dachte Walcher, korrigierte sich im letzten Punkt aber sofort, denn gewiss ging auch in Irland kein Jäger mit Maschinenpistole und Caterpillar auf die Pirsch. Und als Fehlzündungen eines Motors konnten das Stakkato der Schussfolgen auch nicht durchgehen. Dann hörte er Schritte im Haus, ja, er fühlte sie auch. Es waren Vibrationen vieler Schritte, vieler Füße. Ein Aufstand der Austräger vielleicht, dachte Walcher, und fand die Vorstellung beklemmend. Trotzdem malte er sich aus, wie halb nackte Monster aus den Versuchsabteilungen in wehenden Bettlaken, bewaffnet mit blitzenden Skalpellen und aufgezogenen Spritzen, durch die Gänge fegten und jede Gegenwehr mit dem Mut Totgeweihter niederfochten.

Walcher stand auf und tastete sich an der Wand entlang zur Tür, dort stand er voller Anspannung. Holten sie ihn, um einen Austräger aus ihm zu machen? Oder hatte er die Ehre, kopflos zu werden. Er entschied sich für einen würdigen Abgang und nahm all seinen Mut zusammen. Seine Hände ballten sich unbewusst zu Fäusten, als er Bewegung vor der Tür hörte. Damit ihn nicht die zu erwartende Helligkeit blendete, kniff er die Augenlider zu Schlitzen zusammen und als die Tür aufgerissen wurde, schlug er blindlings in die Helligkeit. Seine Faust brannte, als hätte er sie in heißes Wasser getaucht, derart schmerzhaft war der Kontakt mit dem Schutzschild des Soldaten. So traf Walcher mit Frontera zusammen, der neben dem Soldaten stand, in der Annahme, ein weiteres Büro der Zentrale zu erstürmen.

Walcher in seinem lächerlichen Plastikoverall, blass und unrasiert, hinter sich der dunkle Raum, wirkte wie ein verwirrter Geist aus einer anderen Welt. In einem Reflex knallte Frontera ihm das Funkgerät mit voller Wucht ins Gesicht.

*Ich bin ein Opfer*, brüllte Walcher und sprang zwei Schritte zurück, *verstehen Sie, ein Opfer*.

Frontera verstand, musterte ihn einen Moment lang und erkannte ihn als einen der beiden Gesichter, die ihm der Kollege aus Deutschland gemailt hatte.
*Entschuldigen Sie, aber ich hatte Sie nicht in ... in dieser Uniform erwartet, außerdem sagte man uns im Hotel, Sie wären schon abgereist. Kommissar Brunner bat mich, Ihnen folgendes auszurichten, sollte ich Sie treffen. Getroffen hab' ich Sie jetzt leider mit dem Funkgerät, nochmals sorry.* Frontera deutete auf Walchers Gesicht, in dem die linke Hälfte anzuschwellen begann.
*Was sollten Sie mir ausrichten?*, fragte Walcher und betastete vorsichtig sein linkes Auge, weil er damit fast nichts mehr sah.
*Sie sollen sich zum Teufel scheren,* grinste Frontera.
Auch Walcher versuchte ein Lächeln, *das mach ich gern, aber vorher holen wir bitte meinen Freund hier raus und dann gehe ich unter die Dusche und ziehe wieder vernünftige Sachen an.*
Doch erst einmal wurde Walcher ein Aufkleber auf sein Overall geklebt, ein großes P für Polizei. Ebensogut hätte es auch für *Prisoner* stehen können, dachte Walcher.
Dann nahm ihn Frontera mit in das Security-Büro und wollte wissen, ob er sich in dem unterirdischen Labyrinth auskenne. Nach einem Blick auf die Baupläne schüttelte Walcher den Kopf. Von dieser gigantischen Anlage hatte er nur einen winzigen Bruchteil gesehen. Er zeigte auf den Plänen, durch welche Bereiche Dr. Bonnard ihn geführt hatte, mehr konnte er nicht bieten.
Dafür entdeckte er im offen stehenden Regalschrank des Büros viele kleine Kunststoffkörbe. Bereits im dritten fand er seine Kamera, sein Handy, den Pass, Presseausweis und die Geldklammer. Walcher bat Frontera, nach seinem Freund Johannes suchen zu dürfen. Walcher fasste sich dabei an sein Auge, das nach dem Stoß mit dem Funkgerät heftig schmerzte und inzwischen fast zugeschwollen war. Er hätte aber gar nicht an das schlechte Gewissen des Kommissars zu appellieren brauchen, denn der nickte nur und deutete auf einen Polizisten: *er wird Sie begleiten.*

Als er mit seinem Begleiter durch die Eingangshalle ging, sah er Dr. Bonnard, Rudi Herburger und einige weitere Mitarbeiter des Unternehmens, offenbar Ärzte und Pfleger, denn die meisten von ihnen trugen grüne und weiße Arbeitskleidung. Professor Ruidmans konnte er unter ihnen nicht entdecken, auch Frau Dr. Pohlmann nicht.
Es dauerte, bis sie endlich die Intensivstation fanden und dort vor Johannes' Bett standen standen. Johannes war nicht nur wach, sondern auch in bester Verfassung und er strahlte Walcher an.
*Das ist aber eine Überraschung in der Morgenstunde. Hast wohl Sehnsucht nach mir gehabt. Na, so schlimm kann ich doch gar nicht aussehen*, versuchte er Walcher zu trösten, dem Freudentränen über die Backen liefen, die auf Johannes' Bettdecke tropften.
*Mach mein Bett nicht dreckig, sonst muss ich es waschen. Apropos Wäsche – du hast doch hoffentlich die Wäsche damals aufgehängt.*
Dann wurde auch Johannes rührselig. Erfolglos kämpfte er gegen seine Tränen an.
*Mann-o-Mann, es scheint, dass wir gerade noch mal den Absprung geschafft haben, was?*
Walcher konnte nur nicken. Er atmete einige Male tief durch und streichelte Johannes' Arm, auf dem die Kanüle eines Tropfs mit Klebestreifen befestigt war. *Ja, scheint so. Was ist los, was haben sie mit dir gemacht und wie fühlst du dich?*
*Na ja, wie sich einer eben fühlt, dem sie eine Niere geklaut haben, aber ansonsten fühle ich mich ganz passabel. Ich will nur eins wissen, ob ich tatsächlich einen extrem schnell wuchernden Nierenkrebs oder so was hatte, den ich nur dank einer Notoperation überlebt habe. Weißt du, hab ziemlich viel mitbekommen, was hier läuft. Vermute stark, dass irgendein Furz mit meiner Niere rumläuft. Werde die Hurensöhne auf Schadenersatz verklagen. Kannst du bitte Marianne anrufen, die wird sich vermutlich Sorgen machen. Auch deiner Kleinen solltest du eine Info geben, bist ja auch schon einige Tage hier drin. Hab dich nämlich gesehen, als ich das erste Mal nach der Operation aufgewacht bin, wollte mir aber nicht*

*anmerken lassen, dass ich es mitbekommen hatte. Wusste ja nicht, ob du hier gefangen gehalten wurdest oder dich als Journalist unter fremdem Namen oder sonstwas eingeschmuggelt hattest. Aber so wie du aussiehst, warst du wohl nicht brav, was.*
Walcher tastete nach seinem Auge, die gespannte Haut schmerzte empfindlich. Wahrscheinlich hatte er ein ordentliches Veilchen. Johannes sprudelte heraus, was er in den letzten Tagen alles erlebt hatte
*Ich sag dir, was hier abläuft, daraus kannste nicht mal nen Horrorstreifen drehen, weil die Leute das Kino randvoll zukotzen würden. Hoffentlich wirkt es.*
*Was soll wirken?*, fragte Walcher nach.
*Ich hab meiner Niere eingeschärft, dass sie sich mit dem Dieb nicht anfreunden soll. Wenn sie so renitent bleibt wie ich, wird der Neue hoffentlich den Tag verfluchen, an dem sie ihm ein Teil von mir eingebaut haben. Da wird's ihm dann auch nichts nützen, wenn er kiloweise Aspirin schluckt. Wie ich so mit einem Ohr gehört hab, soll es die Abstoßung hinauszögern, haben sie herausgefunden,* grinste Johannes seinen Freund an und schlief übergangslos ein. Walcher machte zwei Aufnahmen von ihm und fühlte sich gut wie seit langem nicht, auch wenn er schmerzhaft den Pulsschlag in seiner linken Gesichtshälfte spürte.

## Heimflug

Walcher wiederholte den Rundgang, den er unter Dr. Bonnards Führung gemacht hatte, und fotografierte die Laboratorien und auch einige von den Versuchsanordnungen.
Er war sich aber im Klaren, dass die Fotos wenig hergeben würden. Weder veranschaulichten sie Details noch gaben sie einen Überblick über das gesamte Szenario. Heutzutage konnte man solche Bilder auch per Computer generieren. Die Beweiskraft seiner Fotos hielt sich also in Grenzen.
Zu gern hätte er Aufnahmen von den drei Patienten auf der Intensivstation gemacht. Sie stammten aus England, den

USA und Spanien, und vielleicht war der neue Besitzer von Johannes' Niere ja darunter. Aber das ließ der Wachtposten nicht zu, da half auch der P-Aufkleber nicht. Die Patienten wünschten keinen Besuch, schon gar nicht von der Presse, und das müsse akzeptiert werden. Das war auch die Meinung von Frontera, als Walcher ihn über Funk um Genehmigung bat. Walcher bekam zumindest so viel heraus, dass es sich bei ihnen um einen Gewerkschaftsboss, einen Bischof und die Besitzerin eines großen Weingutes in Spanien handelte.
Der Gewerkschafter und der Bischof hatten beide eine frische Niere erhalten, der Spanierin war mit einem wohl geformten Nasenknorpel neue Lebensfreude geschenkt worden. Walcher nahm sich vor, Johannes weiszumachen, seine Niere würde künftig mit bischöflichem Messwein gespült werden. Die Schwestern und Ärzte, auch Dr. Bonnard, waren leider bereits abgeführt, Walcher konnte sie also nicht mehr fragen, ob und wer die eine Niere von Johannes erhalten hatte. Aber vermutlich hätten sie ihm sowieso nicht die Wahrheit gesagt, tröstete er sich.
Dank des Aufklebers und zusammen mit seinem Begleiter konnte er sich ungehindert in den Gebäuden bewegen. Auch die oberirdischen Anlagen waren beeindruckend. Das Kraftwerk, eine Kantinenküche mit allen Schikanen, die Wohnungen, die Büros - dann war Walchers Speicherchip fast voll. Die letzten zwei Bilder machte er in einem der Büros. Ein Beamter druckte gerade Namenslisten aus und legte sie auf einem Besprechungstisch aus.
Sein Begleiter war über Funk gerufen worden und Walcher schlenderte jetzt allein auf das Schloss zu, als sich sein Handy mit einem ungewohnten Rufton meldete. Offenbar hatte daran jemand herumgespielt. Wie aus einer anderen Welt, drang die Stimme der rothaarigen Frau an sein Ohr.
*Wollte mich nur kurz melden, weil seit Tagen mein Handy abgeschaltet war, was mir gerade aufgefallen ist. Sie haben angerufen, verrät mir mein Handy, das freut mich.*
Walcher vermutete, dass jemand die gespeicherte Nummer

gewählt hatte. Er sagte es ihr aber nicht, sondern ließ sie in dem Glauben, er hätte versucht, sie zu erreichen.
*Ich mache so etwas wie einen Zwangsurlaub, bin in Südfrankreich, denke aber, dass ich bald nach Deutschland zurückkehren werde. Wie wär's, treffen wir uns dann vielleicht?*
Walcher sah ihr Gesicht vor sich und spürte seinen erhöhten Puls. Ein wunderbares Gefühl. Auch liebte er es, wenn Frauen die Initiative ergriffen. Er hörte sie erzählen, dass sie mit den Kindern unterwegs waren und nun mit ihnen in einem Heim eingesperrt seien, bewacht von der Polizei, und dass sich hoffentlich bald alles aufklären würde. Aber das könne sie ihm irgendwann einmal in aller Ruhe erzählen, weil es ihr ganz sicher nicht erlaubt sei zu telefonieren. Dann wurde die Verbindung undeutlich und brach schließlich ganz ab, bevor Walcher auch nur ein Wort hatte sagen können. Es wird Zeit, dachte er, dass ich sie über alles aufkläre.
Da er das Handy schon in der Hand hatte, rief er Marianne an und die Armbrusters. Sein Anruf erlöste sie aus einer furchtbaren Unsicherheit und Angst. Auch Hinteregger und Brunner informierte er, allerdings konnte er bei beiden nur den Anrufbeantworter besprechen.
Vor dem Schloss hatte sich die Szene gewaltig verändert. Es wimmelte jetzt von Polizisten, Einsatzwagen der Bereitschaftspolizei und Zivilfahrzeuge standen herum. Rettungsfahrzeuge und Notarztwagen aller möglichen Hilfsdienste trafen ein oder fuhren gerade ab.
Walcher betrat die Eingangshalle, in der lautes hektisches Treiben herrschte. Männer standen in Gruppen zusammen und diskutieren aufgeregt. Die meisten telefonierten.
Er entdeckte Frontera, der mit einem Soldaten zusammenstand und telefonierte. Mit dem Handy am Ohr, stellte Frontera Walcher den Mann als General Patrick O'Connel vor, der Walcher ungeniert musterte. Der General war ein Ire wie aus dem Bilderbuch. Seine rötlich braunen Sommersprossen wiederholten sich in der Farbe seiner kurzgeschorenen Haare. Mit einer überraschend sanften Stimme begrüßte er Walcher:

*Wir haben einen gemeinsamen Freund, der mich bat, nach Ihnen zu sehen.*
Auf seinen fragenden Blick erhielt Walcher prompt die Antwort. O'Connel beugte sich etwas zu ihm hin und flüsterte wie ein Verschwörer: *Hinteregger.* Dann sprach er wieder mit normaler Lautstärke. *Sie entschuldigen mich, meine Herren, die Arbeit ist getan, das Militär zieht sich zurück.* Der General grüßte militärisch und verließ mit schnellen Schritten die Halle. Hinteregger. Walcher lächelte und empfand die Freundschaft zu diesem Mann einmal mehr als ein besonderes Geschenk.
Frontera war blass, hielt immer noch das Handy am Ohr und sah dabei gedankenverloren in die Ferne.
*Das Imperium schlägt zurück,* witzelte er nach dem Telefonat. *Ich bin ab sofort suspendiert. Sie werden in Ihr Hotel gefahren,* seine Stimme klang angespannt und abwesend, *kommen Sie bitte morgen Vormittag ins Polizeipräsidium. Ach, das wird Sie interessieren, die Hauptperson, Professor Ruidmans, scheint sich einfach in Luft aufgelöst zu haben.*
Walcher nickte und bedankte sich. *Ich stehe tief in Ihrer Schuld, auch mein Freund. Denke, Sie haben uns das Leben gerettet.*
Frontera lächelte und schüttelte Walchers Hand.
*Vielleicht kommen wir wiedermal zusammen, ach, bevor ich's vergesse, da im Büro steht ein Koffer mit Adressanhänger. Schauen Sie mal, vielleicht ist das Ihrer, dann nehmen Sie ihn. Sie entschuldigen mich, aber jetzt geht's erst richtig los.*

Die Rückfahrt nach Galway war kürzer als seine Herfahrt, und überraschend kurz gestaltete sich auch Walchers Aufenthalt in der Stadt und in Irland. Die Polizisten, die Walcher fuhren, erhielten während der Fahrt ständig Anrufe. Kurz vor Galway änderten sie die Fahrtrichtung, steuerten an der Stadt vorbei in Richtung Flughafen. Auf Walchers Hinweis, dass er gerne geduscht und sich umgezogen hätte, zuckten sie nur mit den Schultern und meinten: *Anweisung. Sie brauchen morgen nicht ins Präsidium, Sie fliegen in einer halben Stunde*

*nach Dublin und von dort direkt nach Frankfurt. Die Plätze sind reserviert, die Maschinen warten sogar auf sie. Machen Sie uns bitte keinen Ärger.*
Walcher war stocksauer und verlangte, Frontera zu sprechen.
*Nicht möglich,* schüttelten die Polizisten ihre Köpfe.
*Verdammt, ich bin nicht zum Vergnügen hier und außerdem ist mein Freund noch in diesem Horrorlabor und ich bin Journalist und wir sind in Europa und nicht irgendwo in Afrika. Ich will sofort mit Ihrem Vorgesetzten sprechen.*Walcher war laut geworden, aber die Polizisten reagierten nicht, sondern fuhren weiter.
*Bitte halten Sie irgendwo und lassen Sie mich wenigstens diesen lächerlichen Overall ausziehen.*
*Können Sie auf dem Flughafen machen,* bekam er als Antwort.
Walcher nahm sein Handy, um Brunner oder Hinteregger anzurufen, aber der Polizist auf dem Beifahrersitz beobachtete ihn im Spiegel und schüttelte wiederholt den Kopf. *Bitte nicht, sonst müssen wir Ihnen das Ding wegnehmen und das wollen wir nicht, weil uns die Sache selbst nicht besonders gefällt. So verstehen Sie doch, wir haben Order und zwar von ganz oben, also machen Sie keinen Aufstand.*
Walcher beugte sich dem freundlichen Druck der Beamten und ließ sich schweigend zum Flughafen fahren.
Dort angekommen, führten sie ihn in einen Waschraum und sahen zu, wie er sich umzog. Als er den Overall in seinen Koffer stecken wollte, schüttelten sie wieder die Köpfe und deuteten auf einen Abfalleimer.
Wenigstens habe ich wieder richtige Kleider am Leib, dachte Walcher, als er durch die Passkontrolle geführt wurde, ohne kontrolliert zu werden. Offensichtlich waren alle Kontrollorgane informiert. Nach der kurzen Fahrt über das Rollfeld saß Walcher in einer kleinen Maschine mit zwanzig Sitzen – allein, bis auf seine beiden Reisebegleiter, deren finstere Mienen verrieten, was sie von diesem Auftrag hielten. Walchers Frage, wann die Stewardess mit den Getränken käme, beantworteten sie beinahe gleichzeitig mit gestreckten Mittelfingern.

Der Flug nach Dublin verlief ansonsten störungsfrei. Auf Walchers wiederholte Frage, wer für diese Aktion zuständig sei und weshalb er - ohne die ihm zustehenden Rechtsmittel ausschöpfen zu können - einfach abgeschoben werde, schwiegen sie. Auch seine Versuche, sie aufzulockern, um vielleicht doch noch die eine oder andere Information zu entlocken, gingen ins Leere.
Die einzigen Worte sprachen sie in Dublin, nachdem die Maschine gelandet war, bevor sie Walcher an zwei Beamte in Zivil übergaben. *Sorry, das war alles nicht okay. Wenn wir uns noch mal über den Weg laufen sollten, leeren wir ein Fass. Nichts für ungut, nehmen Sie's bitte nicht persönlich und einen guten Flug noch.*Dann stiegen sie wieder in den Flieger zurück. Die beiden Zivilbeamten nahmen Walcher in die Mitte und führten ihn zu dem wartenden Kleinbus, der mit Blinklicht zum Flughafengebäude raste. Dort, in einem kleinen fensterlosen Nebenraum, filzten sie Walcher gründlich. Mit dem Hinweis auf die höchste nationale Geheimhaltungsstufe entfernten sie den Speicherchip aus seiner Kamera.
Er möge dafür Verständnis haben, baten sie ihn, aber sie handelten auf Anordnung von oben. Walcher protestierte, pochte auf das Recht internationaler Pressefreiheit, zeigte seinen Presseausweis vor und wusste genau, dass ihm dies im Moment nichts nützen würde. Außerdem betonten die Beamten, dass das Entfernen des Chips nur eine Form des „Ausleihens" wäre. Nach Abschluss der Ermittlungen würde er selbstverständlich den Chip wieder zurückerhalten.
Es fielen noch Begriffe wie „Nationale Sicherheit" und „Internationales Bandentum, Terrorismus, Notstandsgesetze", selbst „El Kaida" wurde bemüht. Walcher mimte den erzürnten Journalisten auch dann noch, als sie ihn bereits in die Maschine nach Frankfurt verfrachteten. Insgeheim freute er sich über seine Weitsicht, als er den Chip mit den Aufnahmen bei Human Resorts noch vor seinem Abtransport gegen einen neuen ausgetauscht hatte. Der Chip mit den Fotos drauf klemmte zwischen Visitenkarten, Quittungsbelegen

und den Scheinen in der Geldspange. Auf dem beschlagnahmten Chip befanden sich nur harmlose Aufnahmen von den Soldaten, von Schafen, Fahrzeugen und der Landschaft, die er auf der Rückfahrt nach Galwayvom Streifenwagen aus gemacht hatte. Beamte ließen sich leicht durch kleine Erfolge davon abhalten, eine Durchsuchung fortzusetzen, hatte Walcher gehofft. Und tatsächlich, seine Hemdtasche durchsuchten sie nicht mehr, nachdem sie einmal fündig geworden waren. Walcher malte sich die dummen Gesichter der Beamten aus und freute sich erst einmal auf einen Gin Tonic und auf seine Leute im Allgäu.

Nick Frontera

Ein feuriger Spanier hatte sich in die nicht weniger temperamentvolle Tochter eines irischen Schafzüchters verliebt und als Wohnsitz die iberische Halbinsel gegen die grüne Insel Irlands getauscht. Dem Sohn, der im ersten Jahr ihrer Ehe zur Welt kam, vererbten sie neben einem aufbrausenden Temperament eine unverbesserliche Dickschädeligkeit. Dass die Iren ihn trotzdem nicht als einen der ihren akzeptierten, führte bei Nick Fronteras dazu, dass sein Starrsinn noch zunahm. Und eben der war es, den seine Freunde wie Gegner an ihm schätzten oder fürchteten, je nachdem auf welcher Seite sie standen. *Wer Nick zum Feind hat, sollte zu saufen beginnen oder auswandern,* sagte einmal einer seiner Freunde und wenn man bedachte, dass die meisten Iren ohnehin saufen, jedenfalls die männlichen, blieb nur noch die Möglichkeit auszuwandern, wollte man Nicks Verfolgung entgehen. Nick schlug die Polizeilaufbahn ein und brachte es bis zum Kommissar des Morddezernats in der Stadt Galway. Trotz seiner Erfolge oder gerade deshalb, wurde er von seinem Vorgesetzten behandelt, als wäre er ein Streifenpolizist. Nick Frontera war ein großartiger Planer und Stratege und hatte seinen Feldzug gegen die arrogante Führung von Human

Resorts präzise geplant und unzählige Szenarien durchgespielt. Als er seine Nachforschungen abgeschlossen hatte und absolut sicher war, dass in dieser Laborklinik, wie er sie nannte, Menschen verschwanden, informierte er seinen Vorgesetzten darüber. Aber statt von ihm grünes Licht für eine Razzia zu erhalten, wurde er auf geradezu beleidigende Art zurückgepfiffen. Das wiederum bestärkte Nicks Verdacht, dass die Spitze der Stadtverwaltung und der Polizei, aus irgendwelchen Gründen die Hände im Spiel hatten. Nick Frontera dachte dabei vor allem an aufgehaltene Hände.
Aber Nick besaß nunmal diesen sprichwörtlichen irischen Dickschädel und er hatte auch einflussreiche Freunde.

Seit seiner Militärzeit verband Nick eine besondere Freundschaft mit dem Oberbefehlshaber der „Irischen Streitkräfte West“, General Patrick O'Connel. Mit ihm sprach er über seinen Verdacht und die Ergebnisse seiner Nachforschungen. O'Connel war ein überzeugter Nationalist und gegen die in seinen Augen stark zunehmende Überfremdung seines geliebten Irlands. In den historischen Annalen des Widerstands gegen alle „Landdiebe“, wie O'Connel vor allem die Engländer nannte, füllte seine Familie einige Seiten. *Wenn es um Irland geht, putsche ich sogar gegen Iren,* lautete sein vielzitierter Spruch und schon deshalb hatte er in der politischen Spitze Irlands so manchen Gegner.
Ohne Frage, Patrick O'Connel führte die Tradition seiner Familie fort, als ein Ire, der alles hingeben würde, nur nicht die Freiheit und Ehre Irlands.
Als Frontera den General bat, gewissermaßen als flankierende Maßnahme, auf dem Gelände der Human Resorts ein kleines Manöver abzuhalten, überlegte er kurz, hielt dann eine längere Rede über die Verantwortung für das Vaterland und versprach schließlich zu helfen. Zudem stände er tief in Nicks Schuld, betonte er immer, aber weder er noch Nick gaben je preis, worin diese Schuld bestand. Es musste sich aber um eine erstaunlich hohe Schuld handeln, denn sonst

wäre nicht begreiflich gewesen, was sich an jenem fünften Juli vor den Toren Galways abspielte.
Nick Frontera drang ohne Wissen seiner Vorgesetzten und demzufolge ohne ihre Einwilligung, auch ohne Durchsuchungsbefehl der zuständigen Staatsanwaltschaft, mit seinen beiden Assistenten in die Betriebsgebäude der Human Resorts ein - allerdings in Begleitung von zweihundertfünfzig Soldaten des Verteidigungsabschnittes „Streitkräfte West".
Die Operation „Brighids Coat" - den Namen steuerte eine keltische Göttin bei - wurde von General O'Connel persönlich geleitet und war als ein kleinräumiges Manöver deklariert. Ziel der Übung war es, ein Betriebsgelände aus der Hand von Terroristen zu befreien.
Während zu Land sternförmig auf allen Zufahrtswegen gepanzerte Kübelwagen vordrangen, griffen aus der Luft vier Kampfhubschrauber - einem apokalyptischen Heuschreckenschwarm gleich - die vermeintlichen Besatzer von Human Resorts an.
Die Wachmannschaft, Profis im Abschätzen von Überlebenschancen, legte sofort alles ab, was die Angreifer für Waffen hätten halten können und leistete keinerlei Widerstand. Stattdessen ergaben sie sich, die Hände hoch erhoben.
So dauerte der Handstreich gerade mal zehn Minuten und der General erklärte in Begleitung eines Kommissars das Firmengelände für besetzt und die Belegschaft als vorübergehend unter Arrest stehend.
Mit seinen Assistenten begann Frontera die Durchsuchung der Produktionsräume, Büros und Labors. Ihm wurde sehr rasch klar, dass dieser Einsatz seine Erwartungen weit überstieg. Da hatte er sich einen Job aufgehalst, der ein paar Nummern zu groß für ihn war. Eine Stunde später forderte er den gesamten Einsatzstab der Polizei und des medizinischen Rettungswesens an.
Wiederum eine Stunde später übernahmen Mediziner der Universitäsklinik und der städtischen Krankenhäuser den Dienst in der Intensivstation und in den Versuchslabors.

Am späten Nachmittag hielten die Ärzte eine Krisensitzung ab und beschlossen, die drei „Austräger" in die Universitätsklinik zu überführen. Die Patienten der Intensivstation sollten auf die beiden städtischen Kliniken verteilt werden.
Die Betreuung der Versuchsanordnungen und der Labors blieb erst einmal in den Händen der Fachkräfte von Human Resorts. Sie zu unterbrechen, wagten die Mediziner nicht.
Allen Beteiligten, die mit den Versuchslabors konfrontiert waren, ob Sanitäter, Pfleger, Mediziner oder Polizeibeamte, waren die Wirkung der grauenhaften Bilder anzusehen.
Die Operation „Brighids Coat" verlief erfolgreich und rechtfertigte Fronteras Missachtung von Dienstvorschriften und Hierarchien.
Frontera sah sich bereits an der Spitze der Karriereleiter und sein Freund, der General fühlte sich in seiner unkonventionellen Vorgehensweise bestätigt. Patrick O'Connel war zwar Berufssoldat, erachtete aber die persönliche Freiheit als höchstes Gut. Was er bei Human Resorts sah, empfand er als den Inbegriff von Unterjochung und Ausbeutung, ermöglicht durch korrupte Politiker.
Noch am selben Abend wurde der General auf Geheiß des Ministerpräsidenten und des Verteidigungsministers vorübergehend beurlaubt. Frontera kündigte seinen Beamtenjob auf, nachdem er von seinem Vorgesetzten im Beisein der gesamten Dienststelle nicht nur zur Sau gemacht, sondern mit sofortiger Wirkung zur städtischen Verkehrspolizei versetzt worden war.
Bei Human Resorts zog wieder der Alltag ein. Zwei Tage nach der illegalen Militärrazzia, wie die Anwälte des Professors die Attacke bezeichneten, die erhebliche Schadensersatzforderungen ankündigten, kehrte Professor Ruidmans wieder zurück. Tags darauf wurden die Patienten in ihre Zimmer in der Human-Resorts-Klinik zurückverlegt. Nur die Universitätsklinik weigerte sich, die „Austräger" frei zu geben, obwohl Human Resorts juristisch einwandfreie Patientenverfügungen vorlegen konnte.

## Heimkehr

Auf der Zugfahrt von Frankfurt nach Friedrichshafen skizzierte Walcher in Gedanken seinen Artikel über den Wahnsinn so mancher Wissenschaftler. Sie schreckten vor nichts zurück und beschafften sich die finanziellen Mittel für ihre so genannten Forschungen nötigenfalls auch durch kriminelles und menschenverachtendes Tun. Walcher gestand sich ein, dass er auch ein Fünkchen Hoffnung hatte, mit dem Artikel in die Ruhmeshalle der Journalisten aufgenommen zu werden und den Egon-Erwin-Kisch-Preis zu erhalten, der für herausragende journalistische Leistungen verliehen wurde.

Walcher fühlte sich gut, als er auf dem Bahnsteig in Friedrichshafen stand. Noch eine Stunde und er würde Irmi bei den Armbrusters abholen.

Nach seinen Erlebnissen bei Human Resorts und den Tagen in der Dunkelzelle freute er sich auf sein Zuhause, auf ein Bad und darauf, am nächsten Morgen ohne Ängste aufzuwachen.

Als er in der Seitenstraße nach seinem Wagen suchte, schob er das Wiedersehen mit Irmi und den Armbrusters gleich wieder auf: das Auto stand nicht mehr an seinem Platz.

Walcher fluchte und ging zum Bahnhofsvorplatz zurück, um sich ein Taxi zu nehmen. Er war nicht einmal richtig wütend. Es störte einfach nur. Dass sein Auto nicht mehr auf dem Parkplatz stehen würde, hatte er fast erwartet. Ein Ordnungshüter konnte eine derartige Provokation nicht einfach so hinnehmen. Acht Tage lang mit dem Wagen zu einem Drittel im Halteverbot stehen – das musste bei einem Ordnungshüter geradezu lebensbedrohliche Persönlichkeitsstörungen hervorrufen, das verstand Walcher.

Aber dass er überhaupt auf dem Weg war, das Auto zu holen, stimmte ihn milde. Ebenso gut hätte es sein können, dass er in einem dieser überdimensionierten Einweckgläser bei Human Resorts schwamm oder längst Organ für Organ auf mehrere Empfänger verteilt war. Deshalb empfand er ausnahmsweise Recht und Ordnung als eine Form von berechenbarem Schutz. Vater Staat hatte ihn wieder und damit auch der ganz normale Wahnsinn des Lebens.

Erstaunlich, wie sehr das Gras in die Höhe geschossen war, im Gegensatz zu den Gemüsepflanzen, von ihnen ragten nur noch kümmerliche Reste aus der Erde. Selbst als Irmi und Walcher die verheerende Unordnung im Haus entdeckten, war es trotzdem ein gutes Gefühl, wieder da zu sein.
Bärendreck schnurrte um ihre Beine und ließ Rollis Freudentanz geduldig über sich ergehen. Der Kater stank wie immer und sah mit seinem angekohlten Schwanz, den Walcher sofort mit einem Desinfektionsspray behandelte, grauenhaft aus. Beide machten sich Gedanken über die Ursache für seine Brandwunde, kamen jedoch auf keine schlüssige Erklärung. Erst als Kommissar Brunner anrief, klärten sich die Verletzung des Katers und die Ursache für das Chaos auf.
*Sie sind ein verantwortungsloser und unkollegialer Geselle, aber wahrscheinlich sind alle Journalisten so. Während Sie in der Weltgeschichte herumgondelten, habe ich Ihr Haus bewacht. Deshalb steht in Ihrer Garage noch das Gangsterauto, mit dem Ihre Freunde gekommen waren. Vom Hof gefahren sind sie dann mit uns, direkt in den Knast. Habe alles sogar auf Video, spiel es Ihnen gerne vor. Überhaupt, es hat sich einiges getan.*
*Also kommen Sie doch einfach auf einen Sprung vorbei*, lud Walcher ihn ein und handelte sich dafür einen bösen Blick von Irmi ein, weshalb er hinzufügte, *Morgen. Heute muss ich erst einmal in die Badewanne und mich rasieren. Ich stinke und bin stachelig wie ein Igel.*
Irmi nickte zustimmend, schließlich war sie es gewesen, die Walcher mit Anspielungen auf seinen Körpergeruch und sein Aussehen begrüßt hatte. Dann ging sie in ihr Zimmer und räumte auf. Nach einem Bad machte sich auch Walcher daran, wieder Ordnung im Haus zu schaffen. Alles, aber auch wirklich alles war aus den Schränken und Regalen gezogen

und auf dem Boden verteilt worden. Selbst in der Küche, in den Bädern und Toiletten, überall. Nur im Keller waren sie nicht gewesen, diese Ganoven. Vermutlich entdeckten sie die Bodentür in der Küche nicht, weil sie Geschirr und alles Mögliche aus den Schränken darauf geworfen hatten.
Walcher fluchte häufig laut vor sich hin, vor allem, wenn er Scherben von Gläsern auflesen musste. Bis sie wieder Ordnung im Haus hatten, würde es noch Tage dauern.
Brunner kam dann doch am Abend vorbei und schilderte, was auf dem Hof vorgefallen war. Weil Irmi zuhörte, schilderte Brunner die Aktion als völlig normale Festnahme von vier Einbrechern. Das Video hatte er vergessen, wie er sagte, das könnten sie sich irgendwann einmal ansehen, so wichtig sei es auch wieder nicht.
*Es waren bestimmt Männer, die für Professor Ruidmans nach den Forschungsergebnissen suchen sollten, die Armin von Wedern ihm angeblich gestohlen hat. Ruidmans glaubte, sie wären hier versteckt,* erklärte Walcher.
Das reichte Irmi. *Den Rest kann ich ja dann irgendwann mal als Artikel lesen,* sagte sie, wünschte eine gute Nacht und verschwand auf ihr Zimmer.
Nachdem sie gegangen war, berichtete Brunner ausführlich, was in den letzten Tagen geschehen war. Er zeigte Walcher auch das Video, das er sehr wohl bei sich hatte, aber vermeiden wollte, dass Irmi es sah. *Sonst fühlt sie sich womöglich nicht mehr sicher hier auf dem Hof,* meinte Brunner als Erklärung. Walcher stimmte ihm zu.
Es verschlug ihm die Sprache und er sah sich das Video ein zweites Mal an. Es war wie aus einem Actionthriller, was da in seiner Abwesenheit auf dem Hof geschehen war.
Vermutlich waren Haus- und Scheunenwände mit Kugeln gespickt, dachte Walcher. Dann erzählte er Brunner von seinen Erlebnissen in Irland. Brunner schüttelte mehrmals den Kopf und bat Walcher dabei jedesmal um einen Sherry.
*Jetzt brauchen wir nur noch den Mördern die Morde nachzuweisen,* knurrte Brunner, *dann kann ich den Fall abschließen.*

*Bedauerlich ist allerdings, dass wir vermutlich nicht an die Auftraggeber herankommen werden.*
Walcher nickte und füllte Brunners Glas auf. Es wurde spät in dieser Nacht.

## Alltag

Eine Woche war seit Walchers Rückkehr aus Irland vergangen. Sein Leben normalisierte sich wieder, er schrieb an seinem Artikel, kümmerte sich um Irmi, den Haushalt, versuchte Rolli zu erziehen und versorgte einmal am Tag Bärendrecks Wunde, die sich entzündet hatte. Schließlich freute er sich auf Johannes und Marianne, die in zwei Tagen zu ihrem Genesungsurlaub eintreffen würden, zu dem er sie eingeladen hatte. Susanna Reif, sein rothaariger Traum von einer Frau, die seinen Puls um gleich mehrere Takte beschleunigte, wenn er bloß an sie dachte, hielt sich weiterhin bei ihren Schützlingen in dem Kinderheim in Nizza auf. Nicht aus freien Stücken, sondern weil man sie vor die Entscheidung stellte: weiterhin Betreuung der Kinder oder Untersuchungshaft. Auch Dr. Zelter und Bianca zogen es vor, im Heim bei den Kindern zu bleiben.
Dr. Zelter war es gelungen, den französischen Behörden die Einmaligkeit seines Forschungsprojekts zu verdeutlichen, und es sah danach aus, dass der französische Staat die Kinder samt Kindergärtnerin und dem Doktor quasi als Forschungsprojekt kaufen würde. Die Frage, ob die Kinder die französische Staatsbürgerschaft erhalten würden, sollte in den nächsten Tagen per Eilverfahren entschieden werden. Dass die Kinder das Resultat unerlaubter Klonversuche waren – nun, es gab weder Kläger noch Beklagte.
Kommissar Brunner versorgte Walcher mit den jeweils neuesten Informationen aus Nizza, seit dieser ihn darum gebeten hatte. Walcher gab dabei offen zu, dass er ein besonderes Interesse an einer der Betreuerinnen hätte.

Seit er dem Leben zurückgegeben war, fragte sich Walcher, ob sich ein so hohes Risiko, wie er es eingegangen war, wirklich lohnte. Es sah nicht danach aus, dass seine Recherchen die Verbrecher dieser Welt groß irritieren würden.
Nach der Razzia bei Human Resorts wurde deutlich, um was für ein Unternehmen es sich handelte. Ein wichtiger Teil der Firma war die Implantationsklinik. Nach dem neuesten Stand der Medizintechnik ließen sich dort die Superreichen und Mächtigen dieser Welt kranke Organe gegen gesunde austauschen. Dafür bezahlten sie in Form von Unternehmenseinlagen, mit denen die Forschung finanziert wurde. Sie waren also nicht nur Patienten, sondern auch stille Teilhaber der Firma. Die Namensliste dieser Teilhaber verschwand allerdings schon auf dem Weg zum Polizeipräsidium von Galway. Walcher hatte bei Human Resorts zwei Seiten davon abfotografieren können und sie Hinteregger gemailt. Damit könnte zumindest denjenigen, die auf diesen beiden Seiten aufgelistet waren, bewiesen werden, dass sie sich illegal erworbene Organe hatten implantieren lassen.
Die prompte und beängstigende Demonstration von Macht, wie Walcher sie in Irland erlebt hatte, war aber das Salz im Wein des Siegertrunks.
Die Namen auf den zwei Seiten, die Walcher einige Tage danach einscannte und im Computer las, erschütterten seinen ohnehin angeschlagenen Glauben an Gesetz und Menschlichkeit noch mehr. An die vierzig Namen von hochrangigen Persönlichkeiten aus Politik, Wirtschaft und Kultur waren dort aufgelistet. Die Buchstaben und Zahlen hinter den Namen standen vermutlich für das jeweilige Organ, das ausgetauscht worden war, sowie für die Höhe der finanziellen Beteiligung. N wie Niere, L wie Leber und so weiter. An den offiziellen Verteilern vorbei, hatten sie Organe erhalten, sofern die Liste nicht aus der Feder eines boshaften Buchhalters stammte. Aber offiziell gab es diese Liste ja gar nicht, jedenfalls nicht mehr. Darum war es müßig darüber nachzudenken, welche Namen auf den restlichen Seiten stehen mochten.

Alles in allem ein großartiges Unternehmenskonzept, das sich der Herr Professor Ruidmans da ausgedacht hatte.
Der Wunsch reicher Leute nach einem langen Leben, finanzierte ihm und anderen Wissenschaftlern eine Spielwiese, auf der sie gottgleich, über jedwede ethische und rechtliche Barriere hinweg, Schöpfung spielen konnten.
Zugleich verschaffte ihm das Netzwerk dieser einflussreichen Persönlichkeiten einen „geschützten Raum" in dem er experimentieren konnte, wie es ihm beliebte.

Dr. Bettina Pohlmann schrieb im Namen der Human Resorts in einer E-Mail, dass sie jede von Walchers Veröffentlichungen genauestens überprüfen und jede geschäftsschädigende Äußerung mit allen juristisch möglichen Schritten verfolgen würden. Ansonsten freue sie sich, dass Human Resorts ihm und seinem Freund nicht nur Gastfreundschaft gewährt habe, sondern im Fall Johannes Feinschmied lebensrettende Maßnahmen hatte bieten können. In Anbetracht der gewiss gegenseitigen Wertschätzung würde Human Resorts davon absehen, eine Liquidation zu stellen. Sehr freuen würde sie sich, wenn der Kontakt bestehen bliebe und Walcher sie informierte, sollte er ihren Bruder treffen.
Welche Überheblichkeit, dachte Walcher und rief Brunner an, ob es Neuigkeiten über Armin von Wedern gäbe.
*Die Interpol-Suche mussten wir stoppen. Gegen Armin von Wedern liegt keinerlei Verdacht vor und eine Anzeige gibt es auch nicht. Die Frau Dr. Pohlmann hab ich zu einem Verhör vorgeladen. Postwendend haben die Rechtsanwälte von ihr geantwortet.*
*Juristischen Schnickschnack, außerdem wäre die Dame nicht abkömmlich und so weiter. Die Typen sind doch überall auf der Welt gleich, schreiben acht Seiten voll für ein klares Nein.*
*Habe dann um Amtshilfe bei der Staatsanwaltschaft in Galway gebeten. Wollte ein Verhör dort erzwingen. Sie wollen es prüfen, schreiben sie. Prüfen! Nach ihrer Meinung läge kein begründeter Verdacht für ein Zwangsverhör der Frau Doktor Pohlmann vor.*
Brunner fluchte derart laut, dass Walcher zusammenzuckte

und das Handy weit von sich hielt. *Diese verdammten Whiskeyflaschen! Wenn sechs Mordaufträge kein Grund für ein Verhör abgeben, dann scheiße ich doch auf dieses Europa, in dem jeder einflussreiche Geldheini machen kann, was er will, oder was meinen Sie?*

## David IV

Er wachte aus einer langen Nacht auf und sein gesamtes Blickfeld war angefüllt mit lächelnden Gesichtern. Es musste ein Alptraum sein, dachte er. David schloss deshalb wieder die Augen, um dann ganz langsam einen zweiten Versuch zu wagen, aber die Szenerie hatte sich nicht verändert, im Gegenteil, es waren noch mehr Köpfe hinzugekommen.
*Können Sie mich hören*, brüllte ihm eins der Gesichter so laut ins Ohr, dass er erschrocken zusammenzuckte.
*Brüllen Sie mich bitte nicht so an …*
*Er spricht!*, riefen darauf die meisten Gesichter gleichzeitig und schlugen die Handflächen aneinander.
*Kann mir einer verraten, was dieser Zirkus soll? Wo ist Lin? Und wo bin ich hier, was ist mit meiner Maschine?*
*Für jemanden, dessen Gehirn selbst die einfachsten, lebenserhaltenden Funktionen nicht mehr zu steuern vermochte, eine erstaunlich normale Reaktion*, sagte eines der Gesichter.
Professor Grattan stand neben dem Bett und sah mit ernster Miene auf seinen Patienten hinab. Dann nickte er seinem Assistenzarzt zu und verließ das Krankenzimmer. Grattan fühlte sich hundemüde und trotzdem so gut wie schon seit langem nicht mehr. Die letzten vierzehn Tage hatte er sich fast ausschließlich um diesen Patienten gekümmert. Er stabilisierte seinen Kreislauf und reduzierte in kleinen Dosen die Betäubungsmittel, mit denen dieser Körper vollgepumpt war. Er befreite ihn in sechzehn Operationen von allen Fremdkörpern, die in sein Muskelgewebe eingepflanzt waren, und wechselte meist selbst die Verbände. Professor Grattan hoffte

mit aller Kraft, an diesem Menschen das gut zu machen, was Kollegen seiner Zunft an ihm verbrochen hatten, und nun sah es so aus, als ob ihm das geglückt wäre.
Professor Grattan hatte die drei „Austräger", die bei Human Resorts als menschliche Versuchskaninchen missbraucht wurden, in seine Abteilung bringen lassen. Niemals zuvor empfand er größeres Entsetzen, Ekel und Scham über eine solche Missachtung der medizinischen Ethik.
Aber es sollte noch schlimmer kommen. In der zweiten Nacht auf seiner Station stürzte sich einer der Austräger aus dem Fenster im vierten Stockwerk, obwohl er, wie die anderen auch, in einen künstlichen Tiefschlaf versetzt worden war. Die Nacht darauf verstarb der zweite Austräger an einer Luftembolie, verursacht durch einen defekten Tropf.
Da reagierte Grattan, denn ihm war klar, dass es sich hierbei nicht um Zufälle handeln konnte. Er verpflichtete sein kleines Team zu absolutem Stillschweigen, verlegte in einer nächtlichen Aktion den letzten Überlebenden der Austräger in ein abgelegenes Zimmer seiner privaten Belegbetten und informierte die Klinikverwaltung und die Polizei von dem überraschenden Tod des Mannes. Eine etwaige Untersuchung der Behörden verhinderte er durch seine Anordnung zur sofortigen Einäscherung. Als Grund hierfür gab er als Todesursache an: Verdacht auf Legionellen. Davor hatten die Klinikverwaltung, das Wasserwerk und damit die Stadt einen solchen Respekt, dass sie sich ruhig verhalten würden.
Professor Grattan war ein weitsichtiger Mensch. In einigen Tagen würde sein Patient transportfähig sein. Mit seinem Studienfreund, der eine Privatklinik in Killarney im Süden Irlands leitete, hatte er vereinbart, dass David dort seine ersten Schritte zurück ins Leben machen würde.

Großfamilie

Johannes und Marianne trafen ein. Johannes brauchte wirklich viel Erholung und Bewegung an der frischen Allgäuer Luft. Er sah beinahe so schlecht aus wie nach seinem Trennungssaufgelage, fand Walcher, traute sich aber nicht, es ihm zu sagen. Überhaupt gingen alle sehr liebevoll und höflich miteinander um. Immerhin waren Johannes und Walcher vor einer höchst ungewissen Zukunft bewahrt worden, mit viel Glück. Das stimmte friedlich.
Walcher hatte zwar Johannes gebeten, vor Irmi nicht allzu viel auszuplaudern, aber Irmi ahnte auch so, dass eine gefährliche Zeit hinter ihnen lag.
Irmi und Marianne kümmerten sich besonders liebevoll um Johannes. Es waren sehr angenehme Tage, ein Leben wie in einer harmonischen Großfamilie.
Brunner war schon zweimal zu Besuch gekommen und verbarg seine Sympathie für die beiden Journalisten, indem er wichtige polizeiliche Ermittlungen vorschob. Dafür wäre es jedoch nicht notwendig gewesen, jedes Mal eine Flasche Williams mitzubringen, die er dann meist zum Großteil selber leerte.
Es war am vierten Abend, sie saßen zusammen und spielten Scrabble, auch Rolli spielte mit. Er kaute an dem Buchstaben X, den ihm Johannes heimlich zugesteckt hatte.
Als es an der Tür klingelte, rief Irmi laut und ahmte dabei eine Roboterstimme nach: *Sicherheitsprogramm Stufe Eins, wir sind allein zu Hause und draußen ist es schon dunkel. Hoflicht an, Türverriegelung aktivieren, Rollos runterlassen und die Telefonnummer des regionalen Rettungsdie...* Walcher hielt ihr die Hand auf den Mund, alle mussten über die komische Nummer lachen. Trotzdem sah Walcher erst durch den Spion in der Haustür. Das Hoflicht brannte bereits, die Bewegungsmelder funktionierten. Ein Mann stand vor der Tür.
Lange dunkle Haare, schmales Gesicht, nicht sehr groß, denn er reichte gerade mal an den Spion heran. Nicht unbedingt

Vertrauen erweckend, dachte Walcher, öffnete aber die Haustür und sagte: *Guten Abend, was möchten Sie?*
Der Mann lächelte Walcher an.
Trotz der kühlen Allgäuer Nacht - schließlich war es noch lange nicht Hochsommer - trug er einen lässigen dunkelblauen Leinenanzug, wie man ihn eher in heißen Gegenden bevorzugte. Der grüne Rollkragenpulli unter der Jacke war da schon wärmender. Seine Füße steckten in Turnschuhen, die allerdings auch als modische Straßenschuhe aus Designerhand hätten durchgehen können.
*Wenn Sie Herr Walcher sind, dann möchte ich gern mit Ihnen sprechen, ich bin Armin von Wedern.*
Walcher entdeckte an ihm nichts, was ihn beängstigt oder irritiert hätte. *Wenn Sie in Freundschaft kommen, dann treten Sie ein.*
Armin von Wedern lächelte, *ich komme in Freundschaft und auch, weil Kommissar Brunner es mir empfohlen hat.*
Walcher führte den Gast ins Wohnzimmer, bot ihm einen Sessel an und setzte sich selbst auf die Liege. Armin von Wedern nahm dankend das Glas Wein an, zu dem Walcher ihn einlud. Walcher stand auf und ging in die Küche, auch um die anderen über den Besucher zu informieren.
Fürs Erste wollte er allein mit von Wedern sprechen und wenn es sinnvoll erschiene, würde er Johannes hinzuholen, so sprachen sie sich ab. Er nahm die halb volle Flasche vom Tisch, holte zwei Gläser und bat Marianne, für Johannes eine neue Flasche aus dem Keller zu holen.
Zu Irmi meinte er mit einem Blick auf die Uhr, *wenn ich zu lange brauche, dann geh bitte schlafen, morgen früh ruft erbarmungslos die Schule.*
Irmi nickte, *jaja, aber wie wär's, wenn ich sie mal ins Leere rufen lasse?*
Johannes grinste und hob den Daumen. Walcher ging ins Wohnzimmer und füllte die Gläser. Sie prosteten einander schweigend zu.
*Wenn es Ihnen recht ist, dann erzähle ich einfach mal, ja?*

Walcher nickte und lehnte sich zurück.

*Wir wären uns beinahe schon zweimal begegnet, wäre ich damals nicht so übervorsichtig gewesen. Bei Ihrem Besuch und dem Gespräch mit unserer Haushälterin in Lindau stand ich versteckt im Garten und verfolgte Sie bis zu Ihrem Auto. Dass Sie von meiner Schwester Anita beauftragt wurden … Brunner hat es mir erzählt, das wusste ich damals noch nicht. Ein Schulfreund half mir, über das Autokennzeichen Ihre Adresse und Ihr Büro herauszufinden. Sie kamen mir eigentlich wie gerufen. Ich suchte nämlich einen Journalisten, den ich über Ruidmans aufklären und dem ich das Material anvertrauen wollte. Sie erinnern sich an die Maske? In ihr schmuggelte ich die CDs aus Kolumbien. Auf ihnen sind alle Forschungsergebnisse des Labors in Kolumbien gespeichert.*

*An dem Abend hatte ich mich in Ihren Büroflur geschlichen, aber wie gesagt, dann war da plötzlich eine seltsame Stimmung und ich ging wieder. Allerdings ohne die Kiste mitzunehmen, da ich befürchtete, mich nachts mit einer Kiste verdächtig zu machen.*

*Wenn man auf der Flucht vor menschenverachtenden Monstern ist, die mit der halben Welt verbündet scheinen, dann wird man übervorsichtig,* erklärte von Wedern lächelnd.

*Was sind das für Aufzeichnungen,* fragte Walcher in die Pause hinein, die von Wedern machte.

*Die minuziösen Aufzeichnungen eines ungeheuerlichen Forschungsprojekts, das fast zehn Jahre lang lief und zu einem sensationellen Ergebnis führte.*

Armin von Wedern machte erneut eine Pause. In Gedanken schien er einen Augenblick lang weit weg zu sein, bevor er wieder weitersprach.

*Das ist die eine Seite, eine Entdeckung, von der die Menschheit, oder wenigstens ein Teil von ihr, begeistert sein wird. Die andere ist die, dass diese Versuche und das Ergebnis nur zustande kamen, weil Hunderte von Indios dafür ermordet wurden. Alte und Kinder der ohnehin um ihr Überleben kämpfenden Ureinwohner wurden getötet, um an ein Sekret zu gelangen, das nur die Indios in den endokrinen Drüsen erzeugen und das sich vermutlich irgendwann in grauer Vorzeit wegen andauernder spezieller Vergiftungen bei ihnen entwickelte. Dieses Sekret verhindert, dass Gewebezellen beim Tiefgefrieren durch Kristallisierung zerstört werden. Daneben besitzt dieses Sekret eine weitere besondere Eigenschaft, es scheint sich selbst nicht abzubauen, und wenn doch, dann nur über einen enorm langen Zeitraum.*

Weil Walcher ihn offenbar ziemlich verständnislos ansah, erklärte von Wedern: *Wenn Sie in einer solchen Brühe Fleisch einlegen, könnten Sie es, theoretisch jedenfalls, noch nach hundert Jahren in der Tiefkühltruhe gefahrlos verzehren. Verstehen Sie, was das bedeutet?*

Walcher versuchte es sich auszumalen. *Ich persönlich kann auf solches Fleisch verzichten. Aber im Ernst, man könnte Kranke einfrieren oder einlegen und sie nach Jahren wieder zum Leben erwecken, richtig?*

Armin von Wedern war ein schneller Denker. Er sah Walcher prüfend an und meinte: *Ich vergaß, Brunner sagte mir, dass Sie bei Ruidmans waren.*

*Ja, er hat mir von dieser Sensation berichtet und Sie als den Dieb hingestellt, der seine Entwicklung an den nächstbesten Pharmariesen verhökern würde,* gab Walcher zu.

*Das ist seine Denke. Machtgeil und größenwahnsinnig wie er ist,* nickte Armin von Wedern. *Deshalb werde ich für den Rest meines Lebens wohl nirgends auf dieser Welt mehr sicher sein, es sei denn, ich drehe den Spieß um. Diese Unterlagen belegen, dass Hunderte von Körperdrüsen extrahiert wurden, um wenige Milligramm dieser Substanz zu erhalten. Außerdem habe ich eine Fülle an weiterem Material mitgebracht: Abrechnungen, Quittungen der Menschenjäger, Namen, Zahlen, Daten, Kontenbewegungen, Landkarten, auf denen die Dörfer eingezeichnet sind, die es nicht mehr gibt. Und sie wurden fotografiert, die Indios, jeder Einzelne, und physiologisch bestimmt, vermessen, gewogen und untersucht. Ich besitze kistenweise Papiere über einen unvorstellbaren Genozid.*

Von Wedern trank sein Glas in einem Zug aus und hielt es Walcher auffordernd hin. Nachdem Walcher wieder mit einer vollen Flasche aus der Küche zurückkam – Marianne hatte sie in weiser Voraussicht bereits entkorkt –, schenkte

er erneut ein und Armin von Wedern sprach weiter.
*Auch ich bin Schuld an solchen Tragödien, weil ich sechs oder sieben Menschen, genau weiß ich das nicht, auf dem Gewissen habe. Indirekt zumindest. Unter ihnen zwei Männer, die geniale Wissenschaftler waren. Sie entwickelten die Formel für die synthetische Herstellung des Sekrets und hatten bereits einige Liter davon im Labor hergestellt. Nachdem ich alle Unterlagen, Ergebnisse, Formeln, Beweise, überhaupt alles, was in dem kolumbianischen Labor der Human Resorts herumlag, in Sicherheit gebracht hatte, jagte eine Revolutionseinheit, mit dessen Anführer ich mich anfreundete, das ganze Anwesen in die Luft. Wumms. Ich gestehe, es war mir eine Genugtuung. Seither bin ich auf der Flucht, mit einem Schrankkoffer übrigens, den ich, Sie mögen es mir verzeihen, inzwischen in Ihr Büro spedieren ließ.*
Wieder nahm von Wedern sein Glas und nahm einen tiefen Schluck.
*Das Wichtigste habe ich allerdings hier,* er klopfte auf seine linke Brusttasche. *Und das würde ich Ihnen gerne übergeben. Fünf CDs, die unsere Medizin revolutionieren werden. Wie gesagt, die schriftlichen Unterlagen sind bereits in Ihrem Büro. Was meinen Sie dazu?*
Walcher schüttelte den Kopf.
*Was habe ich an mir, dass ich scheinbar ständig um mein Leben und das meiner Freunde bangen muss?*
Armin von Wedern legte Walchers Reaktion als Ablehnung aus, wurde bleich und erstarrte.
*Soll das …*
*Nein, nein, keine Sorge,* Walcher verstand, was in seinem Gegenüber vorging und sagte, *wir ziehen das durch und zwar gemeinsam. Kommen Sie, jetzt gehen wir in die Küche, da sitzen meine Freunde und warten sicher darauf, dass wir sie endlich auch einweihen.*
Von Wedern stieß einen Seufzer der Erleichterung aus und prostete Walcher zu.
Es wurde eine lange Nacht. Walcher überredete Armin von Wedern zum Bleiben und richtete im Wohnzimmer ein

Schlaflager her. Zuvor aber war Walcher in den Gewölbekeller gestiegen und hatte dort die fünf CDs in das Geheimversteck gelegt. Wieder zurück, ließ Walcher die Bodenklappe offen und forderte Johannes und Armin auf – längst hatten sie sich auf das Du geeinigt –, im Keller nach den CDs zu suchen. Sowohl Armin als auch Johannes lehnten das Suchspiel ab. Armin schloss sich Johannes' Kommentar dazu an.
*Wie ich dich kenne, muss ich erst alle geistigen Getränke konsumieren, um an das Versteck heranzukommen. Vermutlich eine raffinierte Teufelei, die du dir da wieder mal ausgedacht hast, aber mit meiner einen Niere kann ich mir das nicht mehr leisten.*
Marianne verabschiedete sich ins Bett, die drei Männer blieben noch lange sitzen. Johannes und Walcher erzählten Armin von ihren Erlebnissen in Irland, die er nur kurz kommentierte: *Ruidmans kann man nur mit Frankenstein vergleichen.*
Spät in der Nacht, besser gesagt, früh am Morgen, torkelten schließlich auch die Drei in ihre Betten.

## Aktionsgemeinschaft

Am darauf folgenden Tag, der nur noch ein halber war, weil sie bis weit in den Vormittag hinein schliefen, fuhren sie zu dritt ins Büro nach Ravensburg. Sie verständigten auch die beiden Kollegen und baten sie, ebenfalls zu kommen.
Während Walcher Kopien von den CDs brannte, begannen Johannes und Armin den Inhalt des Schrankkoffers zu sortieren. Eine Stunde später kam auch Kurt Markowiez und kurz danach Ernst Böhmer. Walcher gab ihnen eine Kurzfassung der Story. Armin von Wedern schilderte dann in knappen Zügen die Situation in Kolumbien, die so etwas überhaupt erst möglich machte und wohl auch in Zukunft möglich machen würde.
*Verkaufe einer Holzfirma die Lizenz zum Roden und sie vertreibt sofort die Indios aus der Region. Weil die aber immer wieder zu-*

*rückkehren würden, werden sie einfach abgeknallt oder verschleppt. In diesem Fall wurden sie eingefangen und als Versuchskaninchen verkauft. Bis auf die Indios profitieren alle davon, die Politiker, die Landlords, die Revolutionäre, die ausländischen Investoren, die Holzfäller und die Killerbanden. So einfach ist das in armen Ländern.*

Papierstapel bedeckten bald Schreibtische und Fußböden in allen drei Büros und im Flur.

Wie Armin es beschrieben hatte, was da an Material zu Tage kam, war ungeheuerlich.

Böhmer flüsterte immer wieder: *Völkermord, das ist Völkermord.*

Sie standen vor den Beweisen für die Ausrottung von wenigstens fünf Dorfgemeinschaften. Dass der Verwaltungsleiter der so genannten Forschungsstation akribisch Buch geführt hatte, erinnerte an die Buchführung in den Vernichtungslagern der Nazis. Sechzig Jahre war das her, aber hier hatten sie es mit den Belegen über die Ermordung von Menschen im Hier und Heute zu tun. Gestern, heute, vor unser aller Augen, mit unser aller Wissen.

Fotos, Tabellen über Versuchsreihen, Kostenaufstellungen, Rechnungen und Belege über Munition, Transporte, Brandbeschleuniger, Sprengstoffe, Arsen, „spezielle Nahrungsmittel", Bestellungen über chemische Lösungen zur „Resteentsorgung".

Bleich und mit zitternden Händen hielt Johannes einen Stapel Listen hoch. Seite um Seite waren darauf die Einnahmen aus dem Verkauf von Haarschöpfen aufgeführt, penibel mit Datum, Menge, nach Geschlechtern und Farbnuancen geordnet und mit dem Betrag, den sie erbrachten.

*Sind das die Haare, die uns hier als „Echthaarperücken" verkauft werden?*, fragte er.

Armin von Wedern nickte, *vermutlich, was sonst sollte man mit Haaren machen. Aber sicher finden wir auch noch Patientenerklärungen oder Spenderverfügungen. Unterschrieben von Analphabeten, die freiwillig alles hergaben – Haare samt Kopfhaut, Nieren,*

*Lebern, Herzen, Knorpel, Bänder, eben alles, was heute in der modernen Medizin Verwertung findet. Natürlich der Human Resorts in der frohen Gewissheit übereignet, den Menschen Gutes zu tun.*
Verbissen sortierten sie schweigend die Dokumente, nach Vorgängen und Zeiträumen. Gegen Ende ihrer Arbeit brach Armin plötzlich in Jubel aus und führte einen regelrechten Tanz auf, dabei wedelte er mit einer Fotografie herum.
*Das ist ein Volltreffer, das ist es, worauf ich hoffte. Verdammt, das ist gut, das ist prächtig. Hier seht ihr Gottvater Zeus mit seinen Adlaten. Prächtig getroffen, prächtig.*
Alle beugten sich über das Foto. Eine Gruppe von Frauen und Männern stand vor dem Eingang eines schlichten Holzbaus. Wie auf alten Daguerreotypien von Kolonialherren des vorletzten Jahrhunderts stand als Staffage am linken Bildrand eine Gruppe von Indios, die neugierig und arglos in die Kamera sahen. Walcher erkannte den Mann in der Bildmitte. Professor Ruidmans, daneben Dr. Pohlmann und Dr. Bonnard.
*Doktor Klein, Professor Meinrath, Kensmith, Holder,* zählte von Wedern die übrigen Frauen und Männer auf dem Bild mit Namen auf. *Alles brillante Biologen und Chemiker.*
*Meinrath und Kensmith,* sagte er sehr leise, *die beiden und vier Laborassistenten, glaube ich, hielten sich in dem Labor auf, als die Anlage zerstört wurde. Das ist etwas, was ich ungeschehen machen würde, wenn ich könnte.*
Es klang hilflos. Armin machte mehrere Kopien von dem Foto und sagte dazu: *Ich werde es meiner Schwester schicken, das wird ihr und ihrem Professor einigen Kummer bereiten.*
Der kleine Kopierer benötigte die ein und andere Pause. Nach etwa hundert Kopien setzte er regelmäßig für zehn Minuten aus und das Gebläse heulte laut. Bis zehn Uhr abends brauchten sie für die am Ende über siebentausend Kopien. Walchers halbherzigen Vorschlag, sie könnten sich ja Pizzen bestellen, lehnten die anderen entschieden ab. Keiner von ihnen konnte sich vorstellen, überhaupt jemals wieder

Nahrung zu sich zu nehmen. Walcher kam sich schon vor wie ein Rohling und brachte zu seiner Verteidigung eine Fürsorgepflicht gegenüber Johannes vor. Der winkte jedoch ab und murmelte etwas, das sich mehr nach Schnapsfass anhörte.
In den kurzen Kaffeepausen berieten sie die weitere Vorgehensweise. Der Internationale Gerichtshof in Den Haag schien ihnen der einzig richtige Adressat. Parallel sollte in Kolumbien nach Rechtsanwälten gesucht werden, um dort die Verantwortlichen anzuzeigen. Auch Kommissar Brunner musste informiert werden. Walcher dachte an Hinteregger, aber das behielt er für sich. Sie beschlossen, noch zwei weitere vollständige Duplikate anzufertigen, sie an unterschiedlichen Orten aufzubewahren und das Original in einem Banksafe zu deponieren. Dazu jeweils einen Satz Kopien von den CDs.
Die original CDs behielt Walcher, er würde sie wieder in seinen *Allgäu-Tresor* einsperren, wie Johannes meinte.

Es war nach vierundzwanzig Uhr, als fünf müde Gestalten, jeder mit einem Karton beladen, aus dem Haus schlichen wie Einbrecher und die Beute in Markowiez' Wagen luden.
Er sollte die erste Kopie in Sicherheit bringen und sah als Versteck dafür sein Kanu vor, das an der Decke in seiner Garage befestigt war. Wie er meinte, wäre es der sicherste, weil unverdächtigste Platz, den es gäbe. Sie vereinbarten, sich gegen neun Uhr am Vormittag wieder zu treffen.

Zwei Tage später

An den Präsidenten des Internationalen Gerichtshofs war eine Klageschrift gerichtet, verfasst von Torsten Weber, einem Anwalt aus München, der als ein Spezialist für Menschenrechtsverletzungen galt. Er war zudem mit Böhmer befreundet. In der Macht des Präsidenten lag es nun, ein Verfahren zuzulassen oder abzulehnen. Parallel dazu bereiteten die

Journalisten eine gemeinsame Pressekonferenz vor, zu der sie im Vorfeld Fotos und Informationsmaterial verteilen würden. Die autorisierten Artikel von und über Armin von Wedern sollten den wichtigsten Medien zum lizenzfreien Abdruck und Berichterstattung angeboten werden.

Eine Welle der Empörung würde die Täter von der Bühne hinab in die Verliese spülen, das war ihre feste Überzeugung.

Kommissar Brunner schlug Armin von Wedern süffisant vor, eine Zelle in seinem „Hotel" zu beziehen, denn das wäre billiger, als ihn und alle anderen Beteiligten ständig überwachen zu lassen. Er schätzte die erneute Durchsuchung des Hofes oder eine Entführung als durchaus im Rahmen des Möglichen ein. Schließlich ging es um gigantische Summen, die mit der Vermarktung des Konservierungsstoffes zu verdienen wären.

Gegen Human Resorts in Irland wegen der Morde in Kolumbien vorzugehen, war eine Frage, die Brunner ebenfalls klären lassen wollte.

Die Tage und Abende verbrachten sie in gespannter Erwartung. Armin bat Walcher, auf dem Hof bleiben zu dürfen, bis Reaktionen vorlagen, von wem auch immer. In ein Hotel zu ziehen oder gar in das „Leichenhaus", wie er das Haus seines Onkels nannte, wollte er so wenig wie das Angebot von Brunner annehmen, in einer Zelle in dessen „Hotel" zu wohnen. *Ich brauche zur Zeit eure Nähe,* sagte er und Walcher meinte auch , dass es sicherer wäre, wenn sie alle zusammen blieben. Auch er hatte das Gefühl, dass sich irgend etwas über ihnen zusammenbraute.

Walcher schrieb Hinteregger eine ausführliche Mail, in der er ihm auch für die Hilfe in Irland dankte. *Dass du sogar einen General auf deiner Gehaltsliste hast, hat mich allerdings verwundert,* schrieb er und fragte nach Anwälten in Kolumbien, die genügend Mut, soziale Stabilität und den nötigen Einfluss besaßen, um einen Fall wie diesen zu übernehmen, was sicher mit Gefahren verbunden wäre.

Postwendend kam die Antwort. Eine Kanzlei „Lorenzo Garzónaras compañeros“ wäre sehr an der Übernahme des Falls interessiert. *Sie gehören zu unserer Company. Was den General betrifft,* fügte Hinteregger hinzu, *so liegst du falsch. Er gehört zu meiner Verwandtschaft. Dieser Querschädel ist mit einer Cousine meiner Mutter verheiratet. Wir treffen uns einmal im Jahr in Österreich zu einem Familientreffen, daher kenne ich ihn. Dass er diesen Kommisar in Galway kannte, war reiner Zufall.*

Armin von Wedern nahm Kontakt zu dem Notar auf, den Brunner ihm nannte. Nach dem ersten Treffen erzählte er mit gedämpfter Freude, dass er erst einmal die Jobsuche aufschieben könnte, die er sich vorgenommen hatte. Für ihn und seine Schwester Bettina läge ein respektables Erbe bereit, und zwar das vom Onkel sowie ein recht hoher Betrag auf dem Konto von Anita. Armin hatte von dem Notar wissen wollen, ob sein Erbe antreten durfte, der an der Ermordung beider Erblasser beteiligt war. *Das hängt von den Rechtsanwälten ab, die der Erbe hinzuzieht. Erst wenn der Erbe rechtsgültig verurteilt ist, erlischt sein Anspruch,* war die trockene Antwort des Notars.
Armin war außer sich. *Stellt euch vor, dieses Weib lässt ihre Schwester und ihren Onkel ermorden und sackt auch noch das Erbe ein, das darf doch nicht wahr sein, da ...*
*Du hast neue Mails,* unterbrach Irmi. Walcher entschuldigte sich und ging in sein Büro.
Eine Mail stammte von den Menschenhändlern, die interessierte ihn im Moment nicht, aber die zweite aus Irland von „bp@human-resorts.com“, die war höchst interessant. Bettina Pohlmann forderte darin unverfroren die Herausgabe der Forschungsdaten und drohte, wenn auch verschlüsselt, die Entführung von Familienmitgliedern an, sollten er und Armin die Rückgabe verweigern. *Sehr geehrter Freund, unsere Informanten haben uns mitgeteilt, dass sich Armin von Wedern bei Ihnen aufhält und Sie mit ihm gemeinsam einen Feldzug gegen unser Unternehmen begonnen haben. Nun, das mag störend für uns*

*sein, es tangiert uns jedoch nur am Rande. Was unseren Kontakt mit Ihnen und Armin von Wedern betrifft, so liegt unser Interesse ausschließlich in der Rückgabe unserer Unterlagen. Sollten Sie diese unserem Boten, der Sie am 24. Juli besuchen wird, nicht aushändigen oder gefälschte oder manipulierte Daten übergeben, so möchte ich Sie an das Schicksal meines Sohnes erinnern.*
*Auch Sie haben eine Tochter. Ich bitte Sie, mich umgehend in einer Antwortmail wissen zu lassen, ob Sie meinem Vorschlag zustimmen. Mit einem freundlichen Gruß, Dr. Bettina Pohlmann.*
Walcher druckte die Mail aus, ging mit weichen Knien nach unten und legte das Blatt kommentarlos auf den Küchentsch, an dem Marianne, Johannes und Armin saßen und Irmi bei den Hausaufgaben halfen.
Die Erinnerung an Lisa spukte ihm im Kopf herum und die gleiche Angst wie damals. Auch damals waren gnadenlose, machthungrige Fanatiker hinter CDs her gewesen und hatten Lisa ermordet, noch bevor es zu einer Übergabe kam.
Nie wieder, schwor er sich damals, nie wieder würde er wegen irgendwelcher Unterlagen, Beweise oder sonstwas ein Menschenleben in Gefahr bringen.
Armin überflog die Botschaft, nickte und sagte nur drei Worte: *Gib sie ihnen!*
Das erleichterte Walcher so sehr, dass er Armin spontan umarmte. Er hatte sich genau diese Reaktion von Armin erhofft, aber eine längere Diskussion oder gar ein klares Nein befürchtet.
*Eine Bitte habe ich allerdings,* meinte Armin bewegt, *dass du noch weitere sieben Kopien brennst.*
*Eine für mich und die übrigen sechs werde ich gleich morgen an die größten internationalen Pharmakonzerne schicken. Die Briefe habe ich schon vorbereitet. Die werden Champagnerkorken knallen lassen, wenn sie so ein Forschungsergebnis frei Haus erhalten.*
*Zögere deshalb bitte den Termin für die Übergabe noch etwas hinaus. Schreib meiner unsäglichen Schwester, dass du keinen von ihnen hier auf dem Hof sehen willst, sondern ihr die CDs in Frankfurt oder sonstwo übergibst, in vielleicht … in etwa sechs Tagen.*

*So lange brauchen die Konzerne, um die Daten zu überprüfen und gleichzeitig das Patent dafür anzumelden. Das ist nämlich meine Bedingung, die ich an die kostenlose Nutzung knüpfe.*
*Da Human Resorts noch kein Patent angemeldet hat, werden also gleichzeitig sechs internationale Unternehmen eine Anmeldung auf den Weg bringen. Vermutlich wird keine akzeptiert, sondern die Produktionsformeln als nicht schutzwürdig eingestuft werden und als „public domain" allen zugänglich sein.*
*Exzellent. Ihr glaubt ja nicht, wie ich mich auf den Wutanfall des Herrn Übervater Ruidmans freue. Ich gäbe viel darum, ihn miterleben zu dürfen.*
*Kann ich verstehen,* nickte Walcher und auch Johannes stimmte zu, der den ganzen Tag sowieso schon ziemlich geladen war. Er regte sich ständig aufs Neue über den Inhalt eines Einschreibens an Mr. Johannes Feinschmied c/o Mr. Walcher auf. Es kam aus Irland und enthielt ein Gutachten von der Universitätsklinik Galway, in dem zweifelsfrei festgestellt wurde, dass seine Niere irreparabel geschädigt war.
Als Nachweis lagen umfangreiche Testergebnisse dem Gutachten bei, die Human Resorts angeblich vor der Operation durchgeführt hatten. Für die Behandlung, sprich die Notoperation, würden ihm jedoch keine Kosten seitens der Klinik Human Resorts entstehen, auch das erstellte Gutachten der Universitätsklinik dürfe er als Gastgeschenk der Republik Irland betrachten.
*Diese Saukerle,* tobte Johannes, *haben wahrscheinlich die Testergebnise der vergammelten Niere von dem Arsch weitergegeben, dem sie meine eingebaut haben.*
Walcher hatte Johannes bisher mit keinem Wort von dem Gewerkschaftsboss und dem Bischof erzählt, die zeitgleich zu seiner Nierenoperation eine Spenderniere erhalten hatten. Er nahm sich vor, auch in Zukunft darüber zu schweigen. Johannes' Verbitterung würde damit nur neue Nahrung bekommen, dachte er.
*Nur die Akzeptanz des nicht Änderbaren ist die Basis für Zufriedenheit,* versuchte Walcher seinen Freund zu trösten.

Johannes murmelte undeutlich etwas wie *Klugscheißer*, aber Walcher hütete sich, darauf einzusteigen. Stattdessen verkündete er: *Dann gehe ich erst mal in den Keller runter nach einem Fläschchen schauen und dann brenne ich noch ein paar Scheiben am PC. Es macht dir doch nichts aus,* wandte er sich an Armin, *wenn ich meinem Freund Hinteregger auch einen Satz mit deinem Schreiben schicke, denn seine Company ist auch in der Pharmawelt zu Hause.*
Armin hatte nichts dagegen.

## Die Übergabe

Walcher versuchte seit Tagen allabendlich Susanna Reif zu erreichen - vergeblich. Einerseits empfand er eine große Sehnsucht, ihr wieder zu begegnen, andererseits schalt er sich einen Narren, der seine nicht ausgelebte Sexualität vermutlich mit Liebessehnsüchten verwechselte.
Was wusste er denn von dieser Frau? Dass sie gut aussah, dass sie eine klangvolle, angenehme Stimme hatte und schöne Augen, dass sie eine gute Figur machte wenn sie über eine Wiese lief? Ein bisschen wenig, mein Freund, um sich deswegen in Tagträume zu ergehen, sagte er sich.
Ich will sie ja nicht gleich heiraten, ich will sie nur kennen lernen, verteidigte sich die rationale Seite in ihm. Ach, Scheiße, Selbstgespräche bedeuteten den ersten Schritt Richtung Klapsmühle, egal, trotzdem wollte er sie wieder sehen, nahm er sich vor.
Und das sollte schneller passieren, als er zu hoffen wagte. Zwei Tage vor seinem Flug nach Frankfurt, über den er Brunner und Hinteregger, seine Bürogemeinschaft, einfach alle informierte, weil er einem erneuten Desaster wie Galway vorbeugen wollte, summte sein Handy und Susanna Reif war dran. *Hallo, ich bin frei*, und es klang wie ein Jauchzer in Walchers Ohr und deshalb antwortete er, *das klingt gut und auch vielversprechend.*

Nach einer kleinen Pause kam zögernd die Frage, *Du, Sie wissen schon noch, wer ich bin?*
*Das hast du schon bei deinem letzten Anruf gefragt, natürlich weiß ich das und weil ich es weiß, müssen wir uns unbedingt treffen. Wir haben Gesprächsstoff, mehr als du dir vorstellen kannst. Also wann sehen wir uns?*
*Die Franzosen haben mir ein Flugticket gegeben, übermorgen Vormittag komme ich in Frankfurt an, also könnten wir uns am Abend treffen. Wo wohnst du eigentlich, in Frankfurt?*
Walcher sagte es ihr und auch, dass eine Regie höheren Orts es offensichtlich so arrangierte, dass er ebenfalls in zwei Tagen in Frankfurt sein würde. Und sie könnten sich wieder an der selben Stelle treffen, wenn sie damit einverstanden wäre, und zwar so gegen zwölf Uhr. Sollten sie sich verfehlen, so würden sie einander ja übers Handy erreichen.
Mit dieser Verabredung beendeten sie das Gespräch. Wäre er von jemandem gefragt worden, so hätte Walcher seine Freude auf das kommende Wiedersehen nicht verleugnet.
Walcher erzählte Armin von Wedern davon, denn mit ihm würde er nach Frankfurt fliegen, quasi als Zeugen der Übergabe. Armin hatte darauf bestanden, schließlich war er für den Diebstahl des Materials verantwortlich und nicht Walcher.
Die Übergabe hatte er per E-Mail mit Bettina Pohlmann für den 29. Juli vereinbart. Punkt elf Uhr zwanzig im Terminal 1 in dem Café mit der großen Leuchtreklame „Lavazza", bevor es durch die Kontrolle zu den Gates von Abflughalle A ging, dort sollten sie warten. Ein Asiate würde sich mit dem Kennwort „Repayment" vorstellen, er allein war berechtigt, die CDs entgegenzunehmen.
Brunner bestand darauf, dass sich am Tag der Übergabe alle Beteiligten, auch die beiden Großelternpaare, auf dem Hof versammelten. Bei dieser Gelegenheit gestand er Walcher, dass die Polizei seit seiner Ankunft aus Irland sowieso rund um die Uhr seinen Hof überwachte. Nach dem Einsatz gegen das Viererkommando eine notwendige Entscheidung, wie Brunner auch zu seiner eigenen Bestätigung hinzufügte.

Immerhin musste er den hohen Personaleinsatz seinen Vorgesetzten gegenüber begründen. *Selbst mancher popelige Politiker auf Kreisebene läuft sein halbes Leben lang mit Polizeischutz durch die Gegend,* meinte Brunner und es klang eher nach Kritik. *Warum sollen nicht auch mal stinknormale Steuerzahler vor einem voreiligen Ende bewahrt werden,* grinste er. *Auch in Frankfurt stehen Kollegen auf dem Flughafen bereit, nur zur Beobachtung und nur für den Ernstfall.*
Was er unter einem „Ernstfall" verstand, beschrieb Brunner nicht näher und Walcher fragte auch nicht nach.
An Vorabend des 29. Juli holte Walcher eine Flasche Taittinger aus dem Keller. Er meinte dazu, *lasst uns mit diesem feinen Champagner auf gutes Gelingen für morgen anstoßen, außerdem hat gerade Böhmer angerufen. Unsere Klage ist zugelassen.*
*Der Internationale Gerichtshof wird eine Anhörung durchführen. Ob damit bei uns wieder Normalität einzieht, wage ich allerdings zu bezweifen.*
Um rechtzeitig zu dem Übergabetermin in Frankfurt zu sein, mussten sie bereits um 6.25 Uhr mit der Lufthansa, Flug 2029, von Friedrichshafen abfliegen. Nach der Ankunft in Frankfurt blieben ihnen bis 11.20 Uhr vier Stunden Zeit, in denen sie das Areal sondieren konnten.
Es wurde dennoch wieder spät an diesem Abend.
*Ich werde sowieso nicht schlafen können,* begründete Armin seine Ausdauer, mit der er am Küchentisch sitzen blieb. Johannes stimmte ihm zu. *Ich bin so aufgeregt, als würde ich selber mit dabei sein.*

Frankfurt, 29. Juli

Auf die Sekunde genau um 11.20 Uhr setzte sich ein freundlicher Japaner nach vielen Verbeugungen und mit Dauerlächeln zu ihnen an den Tisch. Er klappte sein Laptop auf und hielt Walcher auffordernd die offene Handfläche hin.
*Wir haben ein Kennwort vereinbart,* ignorierte Walcher die Geste.
*Natülich, natülich,* lächelte der Japaner, *Lepayment heißt das Zaubelwolt.*
Sie tun sich wirklich schwer mit dem R, dachte Walcher und nickte Armin zu, der die erste CD aus der Innentasche seiner Jacke zog und dem Japaner gab.
Der Grinsemann legte die CD in das seitlich ausgefahrene Laufwerk am Laptop, schob es hinein und hämmerte dann routiniert auf die Tastatur ein. Sein Grinsen verschwand und wich einer hochkonzentrierten Miene, die ihm offenbar eher eigen war als das andauernde Grinsen.
Zwei-, dreimal nickte er, dann warf der Minicomputer die CD aus, die der Japaner sorgsam in einer der Hüllen des CD-Albums verwahrte, das er aus seinem Mantel zog. Dann streckte er wieder die offene Hand hin, um die zweite CD entgegenzunehmen, die er wie die erste sorgfältig prüfte. Nach demselben Schema folgten drei und vier und schließlich die letzte CD.
Der Japaner schien zufrieden und glücklich, denn nachdem das Album in seiner Manteltasche steckte, kehrte auch sein Lächeln wieder zurück. Er stand auf, verbeugte sich viele Male, klappte nebenher seinen Computer zusammen, verbeugte sich noch mehrmals rückwärts gehend und winkte. Dann tauchte er in dem Menschenstrom unter. Die Übergabe war beendet. Mit einem mulmigen Gefühl verfolgte Walcher den Abgang des Japaners im großen Wandspiegel des Cafés. Vermutlich rettete dieser alte Westerntrick, den Feind im Auge zu behalten, ihnen beiden das Leben. Walcher beobachtete nämlich den Japaner, wie er ein letztes Mal winkte, aber nicht ihnen, sondern einem Mann in einem hellen

Trenchcoat, der seinen Mantel aufhielt und eine MP herauszog. Was dann geschah, sah Walcher nicht mehr, er hörte es nur.
Ohne sich umzudrehen und sich zu vergewissern, ob das, was er im Spiegel sah, auch tatsächlich so geschah, zerrte er Armin vom Stuhl und zu Boden. *Die legen uns um, los ab,* brüllte Walcher zu Armin, der aber sowieso kapiert hatte, was abging. Auf allen Vieren rutschten sie wieselflink im Schutz der Theke, die das Café zur Halle hin begrenzte, zwischen Stühlen und Tischen auf den Küchendurchgang zu. Den erreichten sie, als die erste Kugelsalve die Theke durchfetzte. Immer noch auf den Knien hetzten sie weiter in einen kleinen Abstellraum und dort hinter den Rollcontainer, der mit Kaffeepaketen befüllt war.
Während ihrer rasend schnellen Flucht brachen in der Halle und im Café Panik und Chaos aus. Feuerstöße, erst aus einer, dann aus einer zweiten und einer dritten MP, peitschten die Trommelfelle. Die Theke, die Stühle und Tische, der Wandspiegel, die Gläser, die Flaschen wurden zerfetzt. Das Café versank in einem Hagel von Geschossen und Explosionen. Glas- und Holzsplitter pfiffen durch die Luft, schrille, hysterische Schreie, Panik. Die Menschen warfen sich auf den Boden, hetzten aus dem Gefahrenbereich, stießen sich, schoben und zerrten einander weg, weg, weg. Dazwischen vereinzelte Schüsse, im Klang deutlich tiefer und lauter als die Salven aus den MPs.
Dann brach das Getöse unvermittelt ab und für Sekunden herrschte absolute Ruhe. Nur allmählich erwachte die Welt wieder aus ihrer Erstarrung. Erst ein hysterischer Schrei, dann Hilferufe von Verletzten, Kinder brüllten, Befehle von Polizisten, von Helfern schallten durch die Halle. Walcher und Armin trauten sich vorsichtig aus ihrer Deckung, schlichen durch die Küche und blieben vorsichtig am Durchgang zum Café stehen, um erst die Lage zu sondieren.
Ihnen bot sich ein Bild chaotischer Zerstörung. Die Theke, die Spiegelwand, das Café, alles in Trümmern, dazwischen lagen

Menschen. Überall Blut. Die Halle vor dem Café glich einem Schlachtfeld. Menschen lagen zwischen Koffern und Taschen auf dem Boden, manche bewegten sich, begannen sich aufzurichten, stöhnten, schrien, wimmerten, einige blieben regungslos. Polizisten mit Pistolen und Maschinenpistolen stürmten von allen Seiten auf die blutige Walstatt zu, Sanitäter, einzeln oder zu zweit, spurteten mit Tragen heran. Die Kellnerin, die Armin und Walcher bedient hatte, stand neben ihrer Registrierkasse und schrie wie eine Sirene, bis ihr ein Sanitäter auf die Backe schlug und sie abrupt verstummte. Inzwischen knieten bei jedem Liegenden ein, zwei Sanitäter und Polizisten. Wachleute begannen, eine Kette zu bilden und den Bereich rund um das Café großräumig abzusperren. Wie viele Menschen auf dem Boden lagen, konnte Walcher nicht sagen, aber es waren mehr als zehn. Um zwei von ihnen bildete sich ein Kreis von Polizisten, Walcher erkannte durch die Beine der Beamten hindurch einen hellen Mantel.

Armin flüsterte Walcher zu, dass es besser wäre, von hier zu verschwinden. Zwischen den Sanitätern und Polizisten hindurch verließen sie rasch die inzwischen abgesperrte Zone. Niemand hielt sie zurück. Von Wedern blieb kurz stehen und nahm Walcher am Arm, sah ihn an und sagte, *denke, dass du mir gerade das Leben gerettet hast, danke.* Walcher nickte, *wir haben Glück gehabt, verdammt noch mal.* Dann tönte sein Handy, es war Susanna Reif, sie war zwar gelandet, konnte aber nicht zum vereinbarten Treffpunkt kommen. *Hier ist alles abgesperrt,* rief sie gegen den Lärm um sie herum an. Walcher schlug vor, dass sie sich statt am Flughafen auf dem Hauptbahnhof in dem kleinen Café „Champagnertreff" in einer Stunde treffen sollten. Der Flughafen würde vermutlich in Kürze komplett abgesperrt werden, deshalb solle sie rasch ein Taxi nehmen oder wenigstens versuchen, eine S-Bahn zu bekommen. Dann rief er Brunner an und informierte ihn, dass sie unverletzt wären, gerade versuchten den Flughafen zu verlassen und mit dem Zug zurückfahren würden.

Es war ein seltsames Gefühl, als sie im Taxi saßen und sich vom Flughafen entfernten. Walcher hätte Susanna Reif gern am Flughafen erwartet, aber Armin trieb ihn zur Eile an. Zu Recht, wie sich herausstellte, denn hinter ihnen sperrten die Sicherheitskräfte die Straße ab, das gesamte Gelände wurde hermetisch abgeriegelt.

*Ob wohl unser Grinsemann geschnappt wird,* fragte Walcher.

*Hoffentlich nicht,* sinnierte von Wedern, *sonst musst du noch einen Satz Kopien brennen.*

Walcher dachte an seine Verabredung und hoffte, dass auch sie es noch rechtzeitig geschafft hatte, vom Flughafen wegzukommen. Es würde sonst Stunden dauern, bis alle Reisenden und Besucher kontrolliert wären.

Zehn Minuten später rief sie an. *Hier Susanna, ich hab zwar noch eine S-Bahn bekommen, aber die haben sie jetzt auf dem nächsten Bahnhof angehalten und kontrollieren gerade alle Fahrgäste.*

*Niemand hier weiß, was eigentlich los ist. Weißt du, was geschehen ist? Hier kursieren die wildesten Gerüchte.*

*Irgendein Anschlag,* rief Walcher in das Handy, die Verbindung war nicht besonders gut.

*Bleibt's bei unserem Treffen in dem Champagnercafé?,* fragte sie.

*Klar, ich warte,* war Walchers Antwort.

Walcher und Armin saßen kurz darauf in dem vereinbarten Café am Bahnhof.

Sie sprachen nicht viel, jeder hing seinen Gedanken nach. Armin dachte an die Mordserie, die er indirekt losgetreten hatte, an seine Zukunft und an die Gefahren, in die sie sich alle begeben hatten und von denen niemand vorhersagen konnte, ob und wann sie vorüber wären. Vermutlich war der Hass des Professors auf ihn so groß, dass selbst nach der Übergabe der Forschungsdaten kein Ende der Verfolgung zu erwarten war. Zu sehr hatte er den Egomanen in seiner Selbstherrlichkeit gekränkt.

Walcher stellte ähnliche Überlegungen an, dachte aber auch an das bevorstehende Treffen mit der „Querflöte", wie er sie n seinen Gedanken nannte. Er war etwas verunsichert. Dies war so gar kein Platz für eine romantische Begegnung und auch die Umstände rund herum trugen nicht gerade zu einer positiven Stimmung bei.

Erneut ging Walchers Handy. Brunner teilte ihm im Schnellverfahren mit: *Die Maschine nach Dublin ist vor zehn Minuten gestartet. Euer Japaner, mit dem seltenen Namen Ronald Tujong, ist an Bord. Die Frankfurter Kollegen haben ihn trotz des Terrors, den ihr dort veranstaltet habt, nur oberflächlich gefilzt, das hatte ich denen eingebläut. Seine beiden Begleiter haben ihr Ticket verfallen lassen. Die werden gefahren, und zwar in die Leichenhalle. Die drei waren während des gesamten Aufenthalts unter Kontrolle, allerdings haben die Kollegen nicht mit einer solchen Feuerkraft gerechnet. Ach übrigens, Ihre rothaarige Herzensdame ist heute von der französischen Polizei in ein Flugzeug nach Frankfurt gesetzt worden. Also dann bis morgen und viel Erfolg!* Brunner beendete abrupt das Gespräch. Walcher steckte das Handy in die Jackentasche, sah hoch - und in die Augen dieser wunderschönen Frau.

## Nachtrag

Kommissar Brunner und seinen Kollegen aus der Schweiz gelang es, Manfred Gross die Morde an Anita Freifrau von Wedern, an ihrem Onkel und an der Haushälterin nachzuweisen. Bei Gross fand die französische Polizei die Nadel-Waffe. Die DNA-Analyse der Blutpartikel auf der Waffe ergab eine Übereinstimmung mit den DNAs der Opfer.

Hinzu kam, dass Gross als Gast der Pension Sonne in Sils Maria identifiziert werden konnte. Auch fand man an seinen Bergschuhen Bodenpartikel, die zweifelsfrei aus dem Gebiet stammten, in dem Anita von Wedern zu Tode kam. Des Weiteren fand man seine Fingerabdrücke auf den Scherben der Sprudelflasche in dem Rucksack der Toten. Trotzdem wurde er nicht des Mordes an Anita von Wedern angeklagt, sondern lediglich des versuchten Totschlags und der Totenschändung. Des Mordes angeklagt wurde er für die Morde an dem Anwalt und an der Haushälterin. Sie waren nachweislich an inneren Blutungen zu Tode gekommen, die Gross ihnen zugefügt hatte.

Gross sollte jedoch weder seine Verhandlung noch seine zu erwartende Verurteilung erleben. Nach einem Verhör, bei dem Rücktransport in seine Zelle, entriss er einem der Polizisten die Pistole, lud durch und schoss sich ins Herz.

In seiner Zelle fanden Beamte einen Prospekt für Segeljachten. Eine der Jachten, ein stattliches Schiff aus Holz, hatte er mit einem Filzstift eingerahmt – seine Art von Abschiedsbrief.

Seine drei Helfer wurden wegen unerlaubten Waffenbesitzes, Brandstiftung und gemeinschaftlichen Mordes an den Detektiven angeklagt und warteten derzeit auf ihre Verhandlung. Dank der Hilfe tüchtiger Rechtsanwälte hatten sie durch den als Schuldgeständnis auslegbaren Selbstmord von Gross, gute Chancen, mit einer geringen Strafe davonzukommen.

Der Mord an der Nachbarin von Anita von Wedern konnte

weder Gross noch einem seiner Helfer nachgewiesen werden, er würde ungesühnt bleiben, jedenfalls in diesem Leben. Professor Ruidmans und seine Human Resorts bezahlten ein Bußgeld in Höhe von zweitausend Euro, wegen Verstoßes gegen das irische Tierschutzgesetz. Bereits drei Tage nach der Razzia nahm Human Resorts seinen Betrieb wieder auf.

Das Ergebnis der Anhörung vor dem Internationalen Gerichtshof in Den Haag lag zum Abschluss dieses Buches noch nicht vor. Das Echo der Presse hielt sich in Grenzen, es wurde überlagert durch Attentate, Atombombentests und kriegerische Auseinandersetzungen, wie sie an irgendeinem Ort der Erde ständig stattfinden.
In Kolumbien war es nicht möglich, auch nur einen einzigen der Beteiligten an dem Genozid der Indios ausfindig zu machen. Eine Klage gegen die kolumbianische Tochterfirma von Human Resorts verlief im Sande, das Unternehmen war liquidiert.

## Nachwort

Die Handlung dieses Romans und die darin vorkommenden Personen, Unternehmen, Beschreibungen von Örtlichkeiten, Rezepte, Reflexionen, Visionen, Funklöcher der Telekom und sonstige Variablen sind Fiktionen.
Eine Namensgleichheit mit lebenden Personen wäre rein zufällig. Sollte es dennoch, was Personen und/oder den Inhalt anbetrifft, Übereinstimmungen mit der Realität geben, so wäre dies ebenfalls rein zufällig.
Sollte ich mit diesem Buch nicht nur für Unterhaltung gesorgt, sondern jemandem Anstoß dazu gegeben haben, sich mit dem Thema Genforschung und Organhandel auseinanderzusetzen, so liegt dies sehr wohl in meiner Absicht.

Joachim Rangnick

Die Lotto Company

Der Roman erzählt die unglaubliche Entstehungsgeschichte eines weltumspannenden Firmenimperiums und zeichnet den Machtkampf nach, der um die Führung entbrennt.

Als der Investigativ-Journalist Robert Walcher mit der Company in Berührung kommt, bricht im beschaulichen Allgäu der blanke Terror aus, in einem Ausmaß, wie es sich dort bisher niemand vorstellen konnte.

Eine Kriminalfiktion, spannend, atemberaubend und verblüffend.

Die Lotto Company ISBN 398098890-2

J.RangnickVerlag